우리는 아우슈비츠에 있었다

우리는 아우슈비츠에 있었다
ⓒ 타데우슈 보롭스키 2011

초판1쇄 인쇄 2011년 7월 25일
초판1쇄 발행 2011년 7월 30일

지은이 타데우슈 보롭스키
옮긴이 정보라

펴낸이 박대일
편집 이문영, 임수진, 임유리
교정 하재영
마케팅 송재진
디자인 BYCHAI(표지), 심즈커뮤니케이션(본문)

펴낸곳 파란미디어
출판등록 2004년 9월 14일 제313-2004-00214호

주소 121-886 서울시 마포구 합정동 387-18 현화빌딩 2층
전화 02. 3141. 5589(영업부) 070. 7798. 5589(편집부)
팩스 02. 3141. 5590
전자우편 paranbook@gmail.com
블로그 paranbook.egloos.com
twitter @paranmedia

ISBN 978-89-6371-026-6 03890

*이 책의 판권은 지은이와 파란미디어에 있습니다.
 이 책 내용의 전부 또는 일부를 재사용하려면 반드시 양측의 서면 동의를 받아야 합니다.

*잘못된 책은 구입하신 서점에서 바꾸어 드립니다.

우리는 아우슈비츠에 있었다

타데우슈 보롭스키 지음 | 정보라 옮김

파란미디어

차례

번역에 관하여 007

타로고바 거리의 졸업시험 011

마리아와의 작별 023

성경책을 든 소년 077

걸어가던 사람들 099

신사 숙녀 여러분 가스실은 이쪽입니다 123

우리 아우슈비츠에서는…… 159

어느 저항군의 죽음 225

하르멘재의 하루 253

그룬발드 전투 301

돌로 된 세상 376

작가에 대하여 381

작품에 대하여 386

번역에 관하여

이 책은 1949년에 재출간된 『마리아와의 작별(Pożegnanie z Marią)』에 실렸던 단편들을 중심으로 구성하고 끝에 수필 「돌로 된 세상(Kamienny świat)」을 추가하였다. 이렇게 함으로써 제2차 세계대전 발발 직후부터 아우슈비츠 수용소를 거쳐 전쟁이 끝난 이후까지 작가의 경험을 생생하고도 폭넓게 소개하는 것이 목적이다. 원문 텍스트는 폴란드에서 가장 권위 있는 국립도서관(Biblioteka Narodowa) 장서본 시리즈 중 타데우슈 보롭스키 작품선(Tadeusz Borowski: Utwory wybrane, 1991)을 사용하였다.

보롭스키는 글 속에서 일종의 암호를 자주 사용한다. 슈흐 대로에 있었던 게슈타포 본부를 그냥 '슈흐 대로'라고 줄여서 지칭하거나, 아우슈비츠에 관한 작품들에서 약혼녀의 이름인 '마리아(Maria)'를 '투시카(Tuśka)'로 바꿔 부르는 것 등이 그 예이다.

'슈흐 대로' 같은 경우 당시 바르샤바에 살던 사람들 혹은 바르샤바의 역사를 조금이라도 아는 사람들은 모두 이해할 수 있다. 그러므로 작가도 굳이 설명할 필요를 느끼지 않았을 것이다. 그러나 약혼녀 마리아의 이름을 바꿔 부르는 것은 친한 사람이 아니면 알아들을 수 없다. 이것은 실제로 수용소에 있으면서 편지 혹은 소설의 형식으로 작품을 집필할 때 본의 아니게 '바깥세상'에 있는 가족과 친구들에게 혹시라도 피해가 갈까 조심한 것이다. 자신이 체포된 과정을 자세하게 적지 않은 것도 같은 맥락에서 이해할 수 있다.

그러나 이것은 사정을 잘 모르는 사람에게는 수수께끼 같은 단어나 이야기들이다. 이런 부분이 작품 곳곳에 포진해 있기 때문에, 독자 입장에서 조금이라도 이해가 되지 않을 것 같은 부분은 각주로 처리하여 최대한 설명하려 노력했다. 그러나 「성경책을 든 소년」처럼 이야기 자체에서 설명되지 않은, 혹은 설명할 수 없는 분위기가 떠도는 경우 그런 분위기도 당시의 시대상을 반영하는 작품의 일부라고 생각해서 지나친 설명은 붙이지 않았다.

또 한 가지 역자로서 매우 고심했던 부분은 수용소의 은어와 속어에 관한 것이다. 내용이 내용이니만큼 본문에 수용소의 은어와 속어가 무척 많이 나온다. 이런 용어들은 대부분 독일어에서 차용했거나 독일어를 폴란드어식으로 변형한 것이다. 그 외에도 수용소 안에 전 유럽에서 끌려온 각양각색 국적의 사람들이 섞여 있기 때문에 이 사람들이 각자 자신의 언어로 말하는 장면도 심심치 않게 나온다.

원문에서 독일어 혹은 다른 외국어를 쓴 경우 한글로 발음을 표시하고 의미는 괄호 안에 묶었다. 외국어를 폴란드어식으로 변형하여 사용하는 경우에만 의역했고, 양쪽 모두 최대한 각주를 달아 해설했다.

이런 특수용어의 해설에는 폴란드 국립도서관판 작품집의 주석과 함께 보롭스키 자신이 작품집에 첨부한 간략한 수용소 용어사전을 참고하였다. 이 수용소 용어사전 자체를 번역하여 부록으로 첨부하는 것도 고려했지만, 독일어를 폴란드어식으로 변형한 용어가 대부분이라 독일어와 폴란드어 양쪽을 다 알지 못하는 독자의 경우 별 의미가 없을 것 같아서 생략했다.

『우리는 아우슈비츠에 있었다(Byliśmy w Oświęcimiu)』는 충격적이고 불편한 내용이 많은 작품집이지만 그만큼 쉽게 접하기 힘든 이야기들이기도 하다. 그렇기 때문에 사료 가치와 함께 문학성도 충분하다고 믿는다. 제2차 세계대전과 아우슈비츠 강제수용소라는 구체적인 시대의 사실적인 기록일 뿐만 아니라, 독자들에게 인간이라는 존재의 본성에 대한 좀 더 깊은 성찰을 불러일으키는 작품으로 읽혔으면 좋겠다. 그것이 원저자의 의도일 것이다.

일러두기

(1) 외국어의 경우 다음과 같은 약자로 표기하였음.

그리스어 (그)	독일어 (독)	러시아어 (러)
루마니아어 (루)	영어 (영)	이탈리아어 (이)
우크라이나어 (우)	프랑스어 (프)	

(2) 앞에서 설명한 외국어는 뒤에서 생략한 경우가 있음.

이 작품의 시대적 배경은 1940년 6월이다.

1939년 9월 1일 독일군은 폴란드를 침공하면서

제2차 세계대전을 일으켰다.

이후 독일은 중립국이었던 룩셈부르크, 벨기에, 네덜란드를 공격하면서

프랑스로 진격하여 1940년 6월 14일 파리를 점령했다.

또한 이날은 악명 높은 아우슈비츠 수용소에

폴란드인 죄수 칠백이십팔 명을 실은 수송열차가

처음 도착한 날이기도 하다.

보롭스키는 이 당시 만 십칠 세였으며,

폴란드 학제에 따라 그 해 6월에

지하저항군의 비밀 고등학교에서 졸업시험을 치렀다.

타르고바 거리의 졸업시험

겨울 내내 나는 조그만 부속 건물에서 공부했다. 건물은 독일군이 바르샤바를 점령하기 위해 벌였던 첫 번째 전투 기간 동안 파괴된 집의 폐허 위에 지은 공장에 딸린 것이었다.

부속 건물은 좁고 낮고 습했다. 창밖으로 보이는 공터는 예전에 차고가 있었지만 이제는 폐허가 되어 관목 덤불로 덮였고 저녁이면 달빛이 흘러넘쳤으며 다리에서 비추는 야간 조명등 불빛이 번쩍였다. 그 당시 나는 늦은 저녁에 공부했다. 잉크병을 짜 맞추어 만든 조그만 등잔(석유를 절약해야 했다)의 불꽃이 숨결에 밀려 흔들렸다. 그러면 내 머리의 거대한 그림자가 벽을 따라 마치 영화에서처럼 소리 없이 움직였다. 판자를 뜯어 만든 간이침대 위에는 독일인의 공장에서 거의 열두 시간씩 일하는 아버지와 어머니, 그리고 도시가 포위되었을 때 어디서인지 모르게 우리 집으로 흘러들어온 커다란

타르고바 거리의 졸업시험

순종 도베르만이 깊이 잠들어 있었다. 몸집이 크고 착한 그 개는 늘 부모님 곁에서 맴돌았고, 집이 타버린 후 부모님이 텅 빈 광장에서 비를 막기 위해 타르 천으로 만든 천막 아래에서 노숙할 때에는 까마귀를 쫓아다니고 낯선 사람에게 짖어대면서 그냥 그렇게 우리와 함께 머무르게 되었다. 그 겨울에 안쥐이는 인력거를 끌고 다녔다. 인력거는 자전거 바퀴를 세 개 단 수레다. 그 위에 물건과 사람을 싣고 다닌다. 마치 일본에서 하듯이 발로 끄는 것이다. 키가 크고 홀쭉하고 눈빛이 매력적인 소년 안쥐이는 나와 함께 고등학교를 마쳤다. 내가 플라톤과 낭만주의 시대 폴란드 철학자들을 읽는 데 푹 빠져 있었을 때 그는 입센[1]과, '젊은 폴란드'의 정신적 지도자인 프쉬븨솁스키, 그리고 그 시대의 선구적 시인인 카스프로비치에게 끌렸다.[2] 아직 학교에 다닐 때는 직접 시를 짓기도 했다. 그래서 이제는 점령기에서 보내는 열띤 날들을 기록하고 있다. 아르카디우슈는 화가였다. 수학을 굉장히 잘했다. 철학 토론을 할 때면 우리가 모르는 이름들을 인용하고 전혀 들어보지도 못한 철학 사조를 읊어대곤 했다. 금발에, 예술가답게 꿰뚫어보는 듯한 눈빛이었다. 행인들의 캐리커처를 그려주는 것으로 생계를 이었다. 전부 합치면 일만 장이 넘게 그렸다.

안쥐이는 바르샤바의 유명한 양복장이인 부자 아버지의 집을 나와 외롭게 살면서 미술학교에서 공부하고 동시에 졸업시험을 통과

---

1) 헨릭 입센(Henrik Ibsen, 1828~1906): 『인형의 집』으로 유명한 노르웨이의 희곡 작가.
2) 젊은 폴란드(Młoda Polska): 19세기 말 20세기 초 폴란드의 상징주의 운동. 스타니스와프 프쉬븨솁스키(Stanisław Przybyszewski, 1868~1927)는 이 시기의 대표적인 철학자이며 다방면에 걸쳐 활약한 문필가. 얀 카스프로비치(Jan Kasprowicz, 1860~1926)는 시인, 희곡 작가, 비평가이자 번역가.

하고 — 술을 마셨다.

율렉은 예수회에 맡겨져 교육받았다. 토마스 아퀴나스[3]와 그리스인, 그리고 독일 철학을 체계적으로 파고들었다. 외국 화폐를 거래하여 돈을 벌었다.

그들 모두 내 눈앞에서 사라졌다.

그러나 운명이 우리를 갈라놓기 전에, 내가 오슈비엥침[4]으로 떠나기 전에, 안줴이가 알고 보니 가명으로 길거리에서 처형당하기 전에, 아르카디우슈가 바르샤바 바리케이드의 폐허 속에 묻히기 전에 — 그 겨울, 전쟁 첫해의 겨울에, 서쪽에서, 마지노선[5]에서 수비대의 정다운 충돌이 이어지고, 영국 비행기들이 독일 영토 위로 몇 뭉치나 되는 삐라를(우리끼리 농담했듯이) 우연히 독일인을 쳐서 죽이지 않도록 하나씩 잘 풀어서 뿌릴 때 — 우리의 도시, 무덤처럼 어두운 바르샤바에서는 총살대의 일제사격 소리가 드르륵 울렸고, 창문에 판자를 대어 막아둔 집에서 그때 우리는, 전쟁이 앞으로 여러 해 길게 이어지리라는 걸 알았지만, 그래도 고등학교 졸업반 과정을 마치고 졸업시험을 준비하고 있었다.

우리는 춥고 좁은 서로의 집에서 돌아가며 수업을 들었다. 그곳은 교실이자 화학 실험실 역할을 했다. 그래도 몇몇은 집이 부자였다. 그런 아이들은 폭신한 양탄자 위를 걸어 다니고 유명한 거장들의 그림을 둘러보며 금장한 책 표지를 손가락 끝으로 어루만지고,

---

[3] 토마스 아퀴나스(Thomas Aquinas, 1225?~1274): 이탈리아의 가톨릭 사제 겸 철학자, 스콜라 철학의 종교학자.
[4] 오슈비엥침(Oświęcim): 아우슈비츠의 폴란드어 발음.
[5] 마지노선(Linge Maginot): 프랑스 동부의 국경선. 1929년부터 1940년에 걸쳐 강화되었으나 1940년 6월 독일군의 기습 공격(Blitzkrieg)으로 무너졌다.

수업 후에, 수학 시간이 끝난 뒤에, 문학 강의나 체육 시간이나 종교 서적 강독이 끝난 뒤에(왜냐하면 선량한 사제가 종교에 대해서도 강의를 했기 때문이다) 수업을 들으러 온 사람들끼리 브리지 게임을 하러 둘러앉아서, 몇 번이나 암시장 거래를 해서 벌어온 돈을 카드놀이에 탕진해버렸다. 담배 연기가 거실에 짙게 끼고, 창가를 감싸고 천장을 향해 피어올랐다.

겨울은 비록 힘들고 어두웠지만 눈에 띄지 않게 지나갔다. 사실 안줴이는 폐렴을 심각하게 앓아서 인력거를 그만두어야 했고, 사실 아르카디우슈는 예술가 확인증을 사러 독일 관청에 가는 것을 원치 않았고 거리에서 경찰관들에게 미행당했지만, 그런 고생 끝에 우리가 얻은 대가는 상당했다. 안줴이는 좋은 시를 몇 수 써서 가방에 넣어 다녔고, 나는 판자를 뜯어 만든 만물 상자에 책을 몇 권 가지고 있었는데, 그 책은 톱으로 썬 널판을 연료용으로 팔아서 번 돈으로 산 것이었으며, 마침내 아르카디우슈는 지낼 곳을 구해서 더 이상 친구들 집에 묵지 않았다. 그 악몽 같은, 시체 같은 겨울이 지나고 여전히 남은 것은 바베르[6] 지역의 처형에 대한 기억이었는데, 술 취한 독일 군인이 동료 군인의 칼에 찔려 죽은 데 대한 보복으로 게슈타포는 남자 이백 명을 집에서 끌어내어 인적 없고 눈 덮인 벌판에서 쏘아 죽였다. 벌써 파비악[7]의 감방이 꽉꽉 들어차기 시작했고, 벌써 슈흐 대로[8]의 이름이 알려지기 시작했고, 벌써 저항군의

---

[6] 바베르(Wawer): 바르샤바 남서쪽 지역 이름.
[7] 파비악(Pawiak): 1835년 폴란드가 분할 점령되어 바르샤바가 러시아 제국의 영토였을 당시에 세워진 악명 높은 정치범 수용소. 제2차 세계대전 당시에는 독일군이 불시 일제검거에서 체포한 시민과 저항군, 정치범을 수용하는 감옥으로 사용했다.
[8] 슈흐 대로(Aleja Szucha): 바르샤바의 중앙 관청이 자리한 거리 이름. 나치 점령 당시에는 게슈타포 본부가

비밀신문이 우리 손에 들어오기 시작했고, 벌써 그것을 우리가 직접 나르기 시작했다.

봄에 독일 군대가 덴마크와 노르웨이를 침공했을 때, 그리고 그 바로 뒤에 마치 몸에 칼을 꽂듯이 프랑스로 밀고 들어갔을 때,[9] 바르샤바에서는 첫 번째 시민 일제검거[10]가 시작되었다. 거대한 독일군 수송차량과 방수포를 덮은 트럭들이 떼 지어 시내를 내달렸다. 헌병과 게슈타포들이 거리를 막고 행인들을 전부 차 안으로 몰아넣어 제3제국으로 데려갔다. 노동을 시키기 위해서였지만, 보통은 더 가까이 — 오슈비엥침, 마이다넥, 오라니엔부르그로, 악명 높은 강제수용소로[11] 실어갔다. 1940년 8월 오슈비엥침으로 실려 간 이천 명 중에 살아남은 사람은 몇 명이나 될까? 아마 다섯 명 정도. 1943년 1월 바르샤바의 거리에서 실려 간 일만칠천 명 중에 살아남은 사람은 몇 명이나 될까? 이백 명? 삼백 명? 그보다 많지는 않을 것이다!

또한 그때, 강대한 국가의 수도를 갑자기 정글로 바꾸어버려 더할 수 없이 부조리한 인상을 남겼던 독일군의 일제검거가 시작되던 시기에, 히틀러가 에펠탑에서 사진을 찍고, 죄수를 가득 실은 거대한 폴란드 수송열차가 오라니엔부르그로 향해 가던 시기에, 바로

있었다.
9) 나치는 1940년 1월부터 덴마크와 노르웨이 침공을 계획하여 4월에 감행했다. 덴마크는 즉시 항복했고, 노르웨이는 6월에 항복했다. 또한 1940년 6월 14일에 프랑스 파리가 점령당했다.
10) 일제검거(Łapanka): 1939부터 1945년까지의 나치 점령기간 동안 비밀경찰이 일반 시민에게 행했던 불시검거.
11) 마이다넥(Majdanek)은 본래 폴란드 동북부의 도시인 루블린에 있었던 강제수용소인데 루블린의 구역 이름을 딴 통칭이다. 오라니엔부르그(Oranienburg)는 독일 북동부의 도시로, 나치 비밀경찰 본부가 있었고 독일 제3제국의 첫 수용소가 세워진 곳 중 하나이다.

그때 우리 네 명 — 안줴이, 아르카디우슈, 율렉과 나는 졸업시험을 치렀다.

우리뿐만이 아니었다. 바르샤바의 어느 고등학교도 뒤처지지 않았다. 사방에서, 바토리 고등학교에서, 챠쯔키 학교에서, 렐레벨에서, 미쯔키에비치에서, 스타쉬쯔에서, 브와디스와프 4세 학교에서, 여자고등학교인 플라테르, 야드비가 여왕, 코노피에쯔카, 오줴슈꼬바에서, 모든 사립학교, 그러니까 가장 좋은 성 보이체흐나 자모이스키 같은 학교부터 차례로, 빈틈없이, 매년 그랬듯이, 현대 학교 교육이 존재하던 시기부터 언제나 그랬듯이 졸업시험이 치러졌다.

청소년들이 수천 명씩 졸업시험을 치렀다. 수천 명이 중학교 과정을 마치고 고등학교로 올라갔다. 유럽이 폐허 위에 누워 있을 때, 비엘코폴스카[12]에서, 슐롱스크[13]에서, 포모줴[14]에서, 그리고 폴란드의 심장인 바르샤바에서, 어린이들과 청소년들이 유럽에 대한 신념과 뉴턴의 이항식에 대한 신념을, 미적분에 대한 신념과 인류의 자유에 대한 신념을 구원했다. 유럽이 자유를 위한 전투에서 패배하고 있을 때, 폴란드의 청소년들은 — 그리고 내 생각에, 체코와 노르웨이의 청소년들도 마찬가지로 — 지식을 위한 전투에서 승리하고 있었다. 지금도 기억한다. 우리 셋은 예로졸림스카 대로[15]에 있는 거대한 국립경제은행 건물 앞 정류장에 서 있었다. 수도의 가장 큰 교통 동맥을 따라 대규모의 독일군 부대가 끊임없이 지나가

---

[12] 비엘코폴스카(Wielkopolska): 폴란드 동북부 지역.
[13] 슐롱스크(Śląsk): 폴란드 남서부 지역.
[14] 포모줴(Pomorze): 폴란드 북서부 해안 지역.
[15] 예로졸림스카 대로(Aleje Jerozolimskie): 바르샤바 중심부를 가로지르는 대로.

고, 그와 함께 동쪽과 서쪽으로 가는 수송대와 탱크, 장갑차, 군수물자로 넘쳐흐르는 트럭들이 다녔다. 거리를 몇 개 더 건너서, 이제는 아름다운 성 알렉산드르 교회의 잔해만이 남아 있는 '세 개의 십자가' 광장에서, 사람들이 일제검거를 당하고 있었다. 헌병들이 광장의 모든 출구를 막았다. 인력으로 밀어서 돌리는 엔진의 소음과 함께 수송차량들이 파비악 정치범 수용소를 향해 힘겹게 굴러갔다.

그것은 부조리한 광경이었다. 왜 웃음이 터져 나왔는지 나도 모르겠다. 때때로 인간이 할 수 있는 반응의 폭은 너무 좁아서 비극의 바닥까지 내려갔을 때면 웃음이 나오는 것이다. 우리 셋 모두 무척 기분이 좋았다 ― 살아 있었기 때문에, 일제검거의 한복판에 있었기 때문에, 졸업시험을 치르기 위해서 비수와 강[16] 반대편의 타르고바 거리로 건너가야만 했기 때문에. 그리고 땅이 무너지더라도 그곳으로 건너가고야 말 작정이었기 때문에.

그리고 바로 그때 우리 쪽으로 나이 든, 머리가 하얀 숙녀가 다가왔다. 주름진 얼굴을 우리에게 돌렸다. 그 눈에는 분명하게 근심이 어려 있었다.

"젊은이들, 시내에서는 '세 개의 십자가' 광장에서 일제검거가 벌어지고 있어요."

그녀가 조용히 말했다. 옛날에 전염병이 돌 때 그랬듯이, 일제검거를 앞두면 모두가 모두에게 경고했다.

"젊은이들을 붙잡은 사람은 아무도 없었나요?"

"아주머니 말고는 없었습니다."

---

[16] 비수와 강(Wisła): 바르샤바 중앙을 가로질러 흐르는, 폴란드에서 가장 큰 강.

안쥐이가 피식 웃었다. 우리는 전차에 올라타고 프라가[17]로 향했다. 다리 건너편으로 대로가 이어졌고, 대로 한쪽에는 벌판, 다른 한쪽에는 저택 밀집 지역인 사스카 켕파 구역이 펼쳐져 있었다. 그리고 저 멀리 대로가 끝나는 곳에 또 하나의 자동차 대열이 늘어서서 호랑이가 산길에서 영양을 기다리듯이 전차를 기다리고 있었다. 우리는 달리는 전차에서 배(梨)처럼 이리저리 굴러 떨어져서 신선한 채소를 심은 벌판을 서둘러 가로질렀다. 땅에서 봄 냄새가 났다. 벌판에는 꽃이 피고 꿀벌이 붕붕거렸다. 하지만 강 너머의 도시에서는 깊은 정글에서처럼 사람 사냥이 벌어지고 있었다.

타르고바 거리의 아파트에 도달했을 때 그곳에서는 권위 있는 교육자이며 화학 교수이고 졸업시험 위원회의 위원장인 시험 감독이 벌써 우리를 기다리고 있었는데, 그때는 이미 일제검거의 파도가 우리 창문 아래까지 밀려와 있었다.

시험 감독은 말이 없었다. 대답을 주의 깊게 들었다. 교육자이며 키가 크고 선량한 선생은 호의적으로 우리를 바라보며 눈빛으로 도왔다. 시인이며 비평가인 안쥐이도, 화가이자 철학자인 아르카디우슈도, 나도, 선량한 화학자들의 의견을 들어본 적은 한 번도 없었다. 우리의 흐리멍덩한 대답은 시험 감독의 얼굴에 교활한 웃음을 불러왔는데, 시험 감독의 하얗게 센 턱수염 때문에 학교에서 우리는 그를 염소수염이라고 별명 지었다. 사실 그는 매우 높이 평가받는 과학자였다.

어찌어찌해서 우리는 통과했다. 그러자 염소수염이 말했다.

---

[17] 프라가(Praga): 바르샤바 동쪽의, 비수와 강에 면한 구역 이름.

"그래, 신사 여러분(이 '신사 여러분'이 화학 분야에 있어 우리의 새로운 성숙도를 강조하였다), 바보 같은 행동은 하지 말고, 붙잡히지 마십시오."

그리고 선생은 손으로 창문을 가리켰는데, 그 바깥에서는 경찰관에게 둘러싸인 사람들의 무리가 몰려 서 있었고, 선생은 뭔가 빨간, 끔찍하게 합성한 액체가 담긴 시험관을 쳐들면서 말을 이었으며, 안줴이는 그 액체의 화학식을 칠판에 풀어놓으려 헛되이 애썼다.

"무엇을 믿어야 할지 알 수 없을 때는 화학을 믿으십시오. 과학을 믿으세요. 과학을 통해 인간에게 돌아갈 수 있습니다."

단지 한 사람이 그때 우리와 함께 있지 않았다 — 머리카락을 흩날리던, 예수회 신부들의 손에서 자란 율렉. 그는 노비 슈비아트[18]와 예로졸림스카 대로 사이에서 붙잡혔고 그 뒤로 흔적 없이 사라졌다. 가을에, 우리가 지하저항군의 비밀대학 과정에 입학했을 때, 우리는 율렉이 베를린 근교의 악명 높은 수용소인 오라니엔부르그로 실려 갔으며, 아직 살아 있다는 소식을 들었다.

---

18) 노비 슈비아트(Nowy Świat): 예로졸림스카 대로에서 조금 떨어진 곳에 있는 바르샤바 중심가의 거리 이름.

이 소설은 1943년 2월 보롭스키의 약혼녀 마리아 룬도가
체포되던 무렵의 상황을 배경으로 한다.

마리아와의 작별

I

탁자 뒤, 전화기 뒤, 커다란 입방체 모양의 거래 장부 뒤에 창문과 문이 있다. 문에는 조그만 유리창이 두 개 있는데, 그 창문은 까맣고 밤의 어둠 때문에 반짝인다. 그리고 부풀어 오른 구름으로 덮인 하늘이 창문의 배경이 되고, 바람이 그 하늘의 구름을 유리창 아래쪽, 남쪽으로, 타버린 집의 담벼락 너머로 불어 간다.

거리 반대편에 불타버린 집이 까맣게 보이고, 끝부분에 은빛 가시철사를 두른 보호용 철망을 친 그 집의 쪽문이 우리 창문을 통해 곧장 바라보이며, 그 쪽문 뒤로는 깜빡이는 거리 조명등의 연보랏빛 반사광이 마치 현악기 소리처럼 미끄러진다. 폭풍의 조짐이 보이는 하늘을 배경으로 집의 오른쪽에 기관차에서 뭉클뭉클 솟아오르는 우윳빛 연기에 감싸인 잎사귀 없는 나무의 윤곽이 애처롭게 드러나서 돌풍 속에서도 움직이지 않는다. 짐을 가득 실은 화물차가 나무 옆을 지나 덜컹거리며 전선으로 달려간다.

마리아는 책을 읽다가 고개를 들었다. 한 줄기 그림자가 그녀의 이마와 눈에 드리워져 투명한 두건처럼 볼을 따라 흘러내렸다. 그녀는 빈 병과 다 먹지 않은 샐러드 접시와 짙은 남색 다리가 달린 통통한 진홍색 술잔 사이에 양손을 모아 가지런히 놓았다. 사물 사이의 경계를 지우는 강렬한 빛이 양탄자 같은 하늘색 연기로 가득한 방 안에 침입해 들어와서 연약하고 쉽게 부서지는 유리 가장자리에 부딪쳐 부서지고는 술잔 안에서 바람 속의 금빛 잎사귀처럼 반짝였다. 빛은 악기의 현絃처럼 그녀의 양손을 훑고 지나갔고, 그 손은 밝은 빛이 비추는 분홍빛의 둥근 지붕이 되어 그 빛줄기 위로 단단히 잠겼으며, 단지 손가락 사이의 더 짙은 분홍빛 선만이 거의 눈에 띄지 않을 정도로 맥박 쳤다. 어둑어둑해진 작은 방은 비밀스러운 어둠으로 가득 찼고, 어둠은 손 쪽으로 모여서 홍합처럼 쪼그라들었다.

"봐, 빛과 어둠 사이에 경계가 없어."

마리아가 속삭였다.

"그림자는 밀물처럼 발치로 밀려와서 우리를 감싸고 빛을 우리 쪽으로 응축할 뿐이야. '우리'는 너와 나고."

나는 그녀의 입술 쪽으로, 입술 구석에 숨겨진 조그만 주름 쪽으로 몸을 숙였다.

"나무에 나뭇진이 흐르듯이 너는 시詩로 맥박 치는구나."

나는 머릿속으로 파고드는 술 취한 소음을 고개를 흔들어 떨쳐내면서 농담조로 말했다.

"세상이 도끼를 들고 너를 상처 입히지 않게 조심해."

마리아는 입술을 약간 벌렸다. 치아 사이로 어둡게 보이는 혀끝이 가볍게 떨렸다 — 미소 짓는 것이다. 그녀가 양손의 손가락을 더 꽉 모아 쥐자 눈 깊은 곳에 있던 반짝임이 흐려지다가 사라졌다.

"시! 나한테 그건 형태를 듣거나 소리를 만지는 것처럼 이해할 수 없는 물건이야."

그녀는 깊이 생각에 잠겨 긴 의자의 팔걸이 쪽으로 몸을 기울였다. 어스름 속에서 몸에 꼭 끼는 빨간 스웨터는 물기 어린 진보랏빛을 띠었고, 빛이 미끄러지는 주름의 안쪽만이 푹신해 보이는 선홍빛으로 반짝였다.

"하지만 시만이 인간을 진실하게 보여줄 수 있어. 그게 내 생각이야. 완전한 인간을 보여준다고."

나는 손가락으로 술잔의 유리를 두드렸다. 부서지기 쉬운 허무한 소리가 울려 나왔다.

"모르겠어, 마리아."

나는 의심하는 몸짓으로 어깨를 움찔하고 말했다.

"내 생각에는 시와 어쩌면 종교가, 그로 인해 깨어나는 인간의 인간에 대한 사랑을 재는 척도야. 그리고 그게 사물의 가장 객관적인 증명이야."

"사랑! 물론 사랑이지!"

마리아가 눈을 찡긋하며 말했다.

창밖의 타버린 집 뒤로, 광장을 중심으로 이어지는 넓은 거리에서 쇠 긁는 소리를 내며 전차가 다녔다. 전선에서 튀는 불꽃이 연보라색 하늘을 밝히고, 자기장의 푸른 불길에서 튄 불똥처럼 어둠 속을 꿰뚫었으며, 달빛이 집과 거리와 대문 위로 쏟아져 창문의 검은 유리에 씻겨나가고 그 위로 흐르다가 사라락 소리조차 없이 꺼졌다. 그 뒤로 한순간 전차 철로의 높고도 가느다란 노랫소리도 함께 멈추었다.

문 뒤의 다른 방에서 다시 전축 소리가 들려왔다. 마치 빗으로 연주하는 듯한 목 졸린 가락이 춤추는 발의 고집스러운 발소리와 여자아이들이 목구멍으로 킥킥 웃는 소리 속에 파묻혀 지워졌다.

"너도 알다시피, 마리아, 우리 외에도 또 다른 세계가 있어."

나는 웃음을 터뜨리고 긴 의자에서 일어섰다.

"알겠어? 그건 이런 거야. 자기의 생각을 이해하고 자기의 굶주림을 느끼고, 창문과 창밖의 대문과 대문 위의 구름을 보듯이 세계를 전부 이해하고, 세계를 전부 느끼고, 세계를 전부 볼 수 있다면, 모든 것을 한꺼번에 결정적으로 볼 수 있다면, 그때는······."

나는 찬찬히 생각하며 긴 의자를 한 바퀴 돌아서 마리아와 마조르카 타일[19]과 겨울을 대비해서 가을에 사둔 감자 자루 사이에 있는 달아오른 난로 곁에 서서 말했다.

"······그러면 사랑은 단지 척도일 뿐 아니라 모든 사물의 궁극적인 예증이 되는 거야. 불행히도 우리는 실험적인 방식에, 외롭고 기만적인 경험에 의존하고 있어. 그게 얼마나 불충분하고, 얼마나 거

---
19) 화려한 색이나 문양이 들어간 타일.

짓된 사물의 척도인지!"

 전축이 있는 방으로 통하는 문이 열렸다. 토마슈가 아내의 어깨에 기댄 채 음악의 박자에 맞춰 몸을 흔들며 들어왔다. 그녀의 가볍게 임신한, 벌써 몇 달 전부터 안정된 배는 친구들의 끊임없는 관심을 받았다. 토마슈는 탁자로 다가와서 잘 발달되고 튀어나온, 황소처럼 거대한 이마를 그 위에 기댔다.

 "공연한 헛수고야, 보드카가 없거든."

 그는 가벼운 힐난조로 말하고는 탁자 위의 그릇을 이마로 열심히 문질러 광을 낸 후 아내에게 밀려 문 쪽으로 흔들흔들 흘러갔다. 마치 그림을 보듯이 멍한 눈으로 아내를 쳐다보았다. 사람들 말로는 이건 가짜 코로[20], 노아콥스키[21], 판키에비치[22] 작품들을 거래할 때 얻은 직업병이라고 한다. 게다가 그는 격주로 발행되는 기업조합 회보의 편집자인데 자신을 과격한 좌파로 여겼다. 그와 아내는 뽀득뽀득 소리를 내는 눈 속으로 나갔다. 차가운 김이 덩어리져서 털투성이의 하얀 면 실타래처럼 마룻바닥에 펼쳐졌.

 토마슈의 뒤를 따라 쌍쌍이 춤을 추며 부엌 카운터까지 장엄하게 흘러 들어와서 창문 아래 물이 흐른 자국을 조심스럽게 피하며 탁자와 타일과 감자 주위를 꿈꾸듯이 돌아서, 방금 진흙을 씻은 마룻바닥을 밟아 묻어난 빨간 흔적을 남기면서 왔던 곳으로 돌아갔다. 마리아는 의자에서 벌떡 일어나 기계적인 몸짓으로 머리를 매만진 뒤 말했다.

---

20) 쟝-바티스트 카미유 코로(Jean-Baptiste Camille Corot, 1796~1875): 프랑스의 화가.
21) 스타니스와프 노아콥스키(Stanisław Noakowski, 1867~1928): 폴란드의 건축가이자 화가.
22) 유제프 판키에비치(Józef Pankiewicz, 1866~1940): 폴란드의 화가이자 교육자.

"나 가야 해, 타데우슈. 사장님이 일찍 일을 시작해달라고 했거든."

기업조합 운동이란 신디칼리즘의 특징적인 관점을 표현하는 노동운동의 한 종류로서, 정부의 필요성을 부정하고 생산과 물자의 분배에 관한 통제권을 노동조합, 즉 신디케이트가 가지는 사회주의적인 사회 건설 계획을 지지한다.

"한 시간은 좋이 남았는데."

내가 대답했다. 쭈그러진 양철 시계판이 달린 둥근 회사 시계는 반쯤 풀다 만 현수막과 상상의 지평선을 그린 그림과 열쇠 구멍 안으로 큐비즘 스타일의 침실이 부분적으로 엿보이는 모습을 그린 목탄화 사이에 긴 끈으로 매달려 규칙적으로 똑딱였다.

"셰익스피어 가져갈래. 화요일 수업 준비로 오늘밤에 햄릿을 다 읽어볼 거야."

그녀는 옆방으로 건너가서 책 앞에 쭈그리고 앉았다. 책장은 대패질을 하지 않은 판자를 원시적으로 짜 맞추어 만들었다. 판자는 책의 무게에 눌려 휘어져 있었다. 공기 중에는 하늘색과 흰색의 연기 몇 줄이 남아 있었고, 사람의 땀 냄새와 축축하고 썩어가는 벽의 석회 냄새가 섞인 짙은 보드카 향이 남아 있었다. 그 벽에는 바람에 날린 속옷처럼 화려하게 색칠된 골판지가 비뚜름하게 걸려서 심해의 밑바닥처럼 하늘색 연기 사이로 산호와 해파리의 색색 가지 촉수를 빛냈다. 유리 한 장으로 밤을 가로막은 검은 창문가에는 술에 중독된 바이올린 연주자가(그는 자신을 무기력자라고 여겼다) 기차에서 도둑질하는 여자에게 푼돈을 주고 빼앗아온 얇은 레이스 커튼에 휘감긴 채 비탄에 잠겨 헛되이 깽깽거리는 소리로 전축의 소음을 덮으려 애썼다. 그러나 시멘트 자루 속을 긁어내듯 잔뜩 긁어모은 끝에 바이올린에서 음울하지만 고집스럽게 흘러나온 것은 단지 한 소절 뿐이었다. 두 시간 전부터 그는 일요일의 시 낭송과 음악 콘서트를 대비하여 연습하고 있었다. 무대에 나갈 때는 세수를 하고 줄무늬 양복을 입고, 얼굴은 공기 중에서 음표를 읽는 것처럼 우수에 잠기고 눈은 꿈꾸는 듯했다.

탁자 위, 기차에서 도둑질하는 여자를 속여 빼앗은 빨간 꽃무늬 식탁보 위, 술잔과 책과 한 입씩 베어 문 샌드위치 사이에 아폴로니우슈의 더러운 발이 그대로 드러난 채 놓여 있었다. 아폴로니우슈는 의자 위에서 앞뒤로 몸을 흔들다가 빈대를 막기 위해 석회를 칠한 나무 간이침대 쪽으로 몸을 돌렸는데, 그 위에는 모래 위에서 숨이 막혀 죽어가는 물고기처럼 반쯤 취한 사람들이 누워 있었다. 아폴로니우슈는 쩌렁쩌렁한 목소리로 말했다.

"그리스도는 좋은 군인이 될 수 있었을까? 아냐, 아마 탈영했을 거야. 최소한 초기 기독교인들은 군대에서 도망쳤어. 악에 대항하고 싶지 않았던 거지."

"나는 악에 대항하는데."

피오트르가 느긋하게 말했다. 그는 옷매무새가 온통 흐트러진 여자아이 둘 사이에 퍼질러 누워서 그녀들의 머리카락을 만지작거렸다.

"탁자에서 발을 내리든지 아니면 발 좀 씻어."

"발 씻어. 폴렉[23]."

벽 아래에 있던 여자아이가 말했다. 허벅다리가 굵고 푹 퍼졌고,

---

23) 폴렉(Polek): 아폴로니우슈(Apoloniusz)의 애칭.

입술이 빨갛고 통통했다.

"어쭈! 그러면 너희야 좋겠지. 모두 주목! 어떤 반달[24] 부족이 있었는데, 아주 겁쟁이들이었어."

아폴로니우슈는 말을 이으면서 발뒤꿈치로 그릇을 밀어 하나로 쌓았다.

"모두 그들을 때려눕혀서 덴마크나 헝가리 같은 데에서 스페인으로 쫓아냈어. 거기서 반달족은 배를 타고 아프리카로 가서 카르타고까지 걸어갔는데, 거기 주교는 성 아우구스틴이었어. 성 모니카한테서 태어난 사람 말이야."[25]

"그리고 그때 성 아우구스틴은 당나귀를 타고 나가서 반달족을 개종시켰어."

난로 옆에 있던 소년이 파이프에서 연기를 뿜어내며 말했다. 복숭아 열매처럼 황금빛 잔털이 덮인 부드러운 분홍색 뺨이 부풀어 올랐다. 눈 밑에는 커다란 멍이 들어 있었다. 그는 피아니스트인데, 조그만 얼굴에 매력적인 보조개가 파이고 눈빛이 육식동물처럼 열정적인 여자 피아니스트와 오랫동안 함께 살았다. 여름에 우리는 그에게 세례를 주었는데(왜냐하면 국민종파[26] 신자였으므로) 불 켜진 초와 빗자루 모양으로 묶은 꽃다발과 서늘한 성수를 담은 성수반 앞에서 주의 깊은 사제가 성수로 그의 머리를 꼼꼼하게 씻어냈고, 세례가 끝난 직후 사람이 가장 많은 시각에 그루예쯔카 거리[27]에서 우리는

---
24) 반달족(Vandals): 동東 게르만의 일족.
25) 성 아우구스틴(St. Augustin, 354~430년): 가톨릭의 교부이며 철학자, 신학자. 성 모니카는 실제로 그의 어머니이다.
26) 19세기 말에서 20세기 초에 폴란드에서 조직된, 가톨릭과 유사한 종파.
27) 그루예쯔카 거리(ulica Grójecka): 바르샤바 중심부의 거리 이름.

일제검거를 교묘하게 피해갔다. 그와 여자 피아니스트는 곧장 결혼하지 않았고 늦겨울에야 식을 올렸다. 부모는 종파가 다른 사람과 결혼한다고 축복해주지 않았다. 사실은 양보하고 두 음악가에게 잠잘 방과 연습할 피아노와 밀주를 생산할 부엌까지 마련해주었으나, 그들 자신이 결혼 피로연에 친구들을 초대하기를 내키지 않아했고, 그래서 친구들은 직접 조그만 결혼 피로연을 열었다. 신부는 뻣뻣한 푸른색 드레스를 입고 막대기라도 삼킨 것처럼 소파에 움직이지 않고 앉아 있었다. 졸리고 지치고 술에 취해 있었다.

"여기 우리 집은 좋아요, 아주 좋아, 알아요?"

게토에서 도망쳐 그날 밤 잠잘 곳이 없었던 조그만 유대인 여자가 서가 옆의 마리아 곁에 무릎을 꿇고 양팔로 마리아를 껴안았다.

"이건 이상해요, 너무 오랫동안 칫솔, 소파, 찻잔, 책 같은 걸 손 닿는 데 가지고 있지 못했어요. 알겠어요, 그건 심지어 말로 표현하기도 힘들어요. 그리고 계속 떠나야만 한다는 느낌이 들고요. 패닉에 빠질 지경으로 겁이 나요!"

마리아는 착 달라붙은 머리카락이 반짝이며 물결치는 유대인 여자의 새 같은 머리를 말없이 쓰다듬었다.

"그래도 아가씨는 노래를 했다죠? 아마 아무것도 모자라는 게 없었을 거예요."

그녀는 국화꽃 무늬에 도발적으로 가슴이 파인 금빛 드레스를 입고 있었다. 그 안에서 수줍은 척하는 속옷의 크림색 레이스가 비어져 나왔다. 긴 사슬에 걸려 가슴 사이에서 흔들리는 것은 금 십자가였다.

"모자라요? 아뇨. 모자란 적은 없었어요."

유대인 여자는 눈물이 고인 탁하고 핏발 선 눈에 놀란 빛을 띠고 대답했다. 엉덩이가 넓고 딱 벌어져서 아이를 잘 낳게 생겼다.

"그쪽 신사분도 아시다시피, 예술가들은 심지어 독일에서도 상황이 달라요……."

그녀는 말을 끊고 멍한 눈빛으로 책을 쳐다보면서 생각에 잠겼다.

"플라톤, 토마스 아퀴나스, 몽테뉴."

수레 째 사온, 혹은 헌책방에서 훔쳐온 책의 해진 책등을 진보랏빛으로 칠한 손톱으로 만졌다.

"내가 담장 뒤에서 본 것을 보셨더라면……."

"성 아우구스틴은 책을 예순세 권 썼어! 반달족이 카르타고를 돌아다닐 때 아우구스틴은 마침 교정을 보던 참이었는데 그러다 죽은 거야!"

아폴로니우슈가 광기에 차서 외쳤다.

"반달족이 사라진 뒤에는 아무것도 남지 않았지만, 지금도 사람들은 아우구스틴을 읽잖아. 즉……."

그는 손가락을 쭉 편 손을 천장을 향해 들어올렸다.

"……전쟁은 지나가지만, 시는 남는 거야. 그리고 그와 함께 내 짧은 시구들도 남을 거야!"

천장 아래에서는 시집 표지[28]를 끈에 매달아 말리는 중이었다. 거기서 인쇄물에 쓸 잉크를 뽑아냈다. 편편한 표지의 검은색과 붉

---

28) 보롭스키의 첫 작품집인 시집 『땅 어느 곳이나(Gdziekolwiek ziemia, 1942)』를 말함. 소설에 언급된 저자의 친구이자 시인 아르카디우슈 쥬랍스키(Arkadiusz Żórawski)가 기획하여 작중에 언급된 스카리솁스카(Skaryszewska) 거리의 아파트에서 직접 인쇄기를 돌려 초판 백육십 부를 찍어냈다.

은색 사이로 불빛이 비추고 마치 숲의 관목 덤불 속에서처럼 책장 사이로 엉켰다. 표지들은 마른 나뭇잎처럼 바스락거렸다.

조그만 유대인 여자가 전축에 다가가서 음반을 갈아 끼웠다.

"내 생각에는 아리안 쪽에도 게토가 생길 것 같아요."

그녀는 곁눈질로 마리아를 바라보면서 말했다.

"단지 거기서는 나갈 길이 없을 거예요."

유대인 여자는 피오트르에게 붙잡혀 춤추는 무리 속으로 흘러갔다.

"불안해하는 거야."

마리아가 조용히 말했다.

"가족이 게토 담장 뒤에 남았거든."

전축 바늘이 음반의 깨진 곳에 닿아서 단조롭게 울어댔다. 문가에 얼굴에 홍조를 띤 토마슈가 서 있었다. 그의 아내가 가볍게 부풀어 오른 배 위의 드레스를 바로잡았다.

"아직도 말의 콧김으로 날려 보내지 못한 무거운 구름이 몇 개 남았을 뿐."[29]

그는 선언하고 손으로 창밖의 대문을 가리키면서 감정을 담아 소리쳤다.

"말! 말!"

문 위에서 비치는 금색 불빛의 원 안에 눈(雪)이 회색 식탁보 위의 흰 접시처럼 눈부시도록 하얗고 매끄럽게 깔려 있었고, 그 뒤의 그림자 속에서 하늘을 반사하듯 회색으로, 납빛으로 변해서 쪽문 앞

---

[29] 폴란드 후기 낭만주의 시인 찌프리안 노르비드(Cyprian Norwid)의 시 「신성한 안식(Święty-pokój, 1863)」의 첫 줄.

까지 가서야 거리의 조명등 불빛 속에 반짝였다. 물건을 너무 많이 실어서 짚더미를 쌓아올린 수레처럼 보이는 짐마차가 어둠 속에 산처럼 움직이지 않고 서 있었다. 바퀴 아래에서 빨간 등불이 흔들리며 눈 위에 나타났다 사라지는 그림자를 만들고 말의 다리와 아랫배를 비추었는데, 말은 보통보다 더 크고 뚱뚱해 보였다. 마치 피부로 숨을 쉬는 것처럼 말에게서 김 덩어리가 뿜어져 나왔다. 고개를 떨어뜨린 것을 보니 지친 듯했다.

마부는 수레 옆에 서서 손을 외투의 가슴께에 쑤셔 넣고 참을성 있게 기다렸다. 내가 토마슈와 함께 대문간에서 물러나자 마부는 서두르지 않고 채찍을 집어 말고삐를 흔든 후 혀를 쯧쯧 찼다. 말은 고개를 번쩍 들고 온몸으로 끌었으나 수레는 움직이지 않았다. 앞바퀴가 도랑에 빠져 있었다.

"주둥이를 잡고 뒤로 밀어보세요."

내가 이런 일에 전문가인 양 말했다.

"지금 도랑에 판자를 깔 테니까."

"이쪽이오!"

기둥에 기대 있던 마부가 소리쳤다. 전에는 시립학교였지만 이제는 프로이센에서 노동을 하기로 예정된 '자원자'들로 감옥처럼 가득 찬 옆 건물을 지키던 푸른 외투를 입은 헌병이 징을 박은 군화로 보도의 돌을 밟아 둔한 소리를 내면서 조명등 쪽에서 나타났다. 가슴에는 탐조등이 가죽끈으로 매달려 있었다. 스위치를 돌려 예의바르게 불을 비추었다.

"짐을 너무 많이 실었군."

그가 건조하게 사실을 진술했다. 철모 가장자리 아래 깊은 그림자 속에 있는 헌병의 눈에서 불빛 한 줄기가 반사되어 마치 늑대의 인광처럼 날카롭게 번쩍였다. 아침마다 그는 교대 후 간이사무처로 가서 밤 동안 중요한 사건은 아무것도 일어나지 않았다고 전화로 보고했다.

말은 히힝 울고 뒷다리로 주저앉아 온몸으로 뒤로 밀었고 짐마차는 사방으로 들썩였다. 그리고 말은 앞으로 달려가려 했다. 짐 나르는 거룻배처럼 여행 가방과 꾸러미와 이불과 가구와 쨍그랑거리는 알루미늄 그릇을 가득 실은 수레는 흔들거리다가 나무판 위를 지나 마당으로 나갔다. 헌병은 조명등을 끄고 허리띠를 바로잡고 규칙적인 발걸음으로 학교 쪽을 향해 멀어져 갔다. 보통은 학교를 지나 팔로틴[30] 사제들의 조그만 교회(9월에 일부가 불탔고 가을 내내 우리 회사의 자재로 끊임없이 조심스럽게 복구한)까지 걸어가서 여기 철로 앞 버려진 공장 강당에 자리 잡은 실업자 보호소의 무너져가는 담장 아래에서 꺾어졌다. 그곳은 전에 분주한 이송 지점이었다. 짐짝으로 묶은 혹은 낱장 담요, 원단 두루마리, 따뜻한 옷, 양말, 통조림, 그릇, 식탁보와 수건, 그리고 다른 여러 종류의 물건들이 그곳으로 흘러들어왔기 때문이다. 그 물건들은 전쟁터로 가는 화물차에서 훔쳐냈거나 위생 열차의 근무원들에게서 구입한 것이었는데, 그런 위생 열차는 전선에서 시계, 음식, 부상병, 속옷과 기계 부품, 가구와 곡물을 싣고 돌아오다가 부두에 정박하는 배처럼 기차역에 머무르곤 했다.

마부는 기분 전환을 위해 다시 한 번 채찍을 휘두르더니 말을 뒷

---

30) 팔로틴(Pallotyni): 19세기 초에 이탈리아의 가톨릭 신부인 빈첸조 팔로티가 창립한 선교회.

걸음질 치게 해서 나무로 지은 창고 아래까지 마차를 뒤로 몰아갔다. 말은 엉뚱한 방향으로 나가며 입김을 뿜었다. 마부가 거친 솜씨로 말을 고삐에서 풀어주자, 말은 힘에 겨워 지친 것처럼 잠시 우뚝 서 있다가 마침내 날카로운 채찍에 몰려 수돗가로 천천히 가서 양동이 안으로 주둥이를 들이밀었다. 말은 양동이의 물을 바닥까지 다 마시더니 다른 양동이에서도 물을 후루룩 들이켜고 고삐를 질질 끌면서 마구간의 열린 문 쪽으로 걸어가기 시작했다.

"짐을 많이 지고 왔네요, 올렉."

내가 짐칸의 물건을 훑어보고 말했다.

"여주인이 다 가져가라고 하더라고요."

마부가 말했다.

"봐요, 심지어 부엌의 둥글 의자와 화장실 선반까지 실었다니까. 노파가 착한 영혼 앞에 선 사형 집행인처럼 날 지켜봤다고요."

"백주 대낮인데, 여주인이 겁내진 않던가요?"

"그 집 사위가 자기 친구한테서 허가증을 얻어줬대요."

올렉이 말했다. 그의 얼굴은 뼈가 앙상하고 여윈데다 매서운 추위로 굳어져 있었다. 그가 모자를 벗어던졌다. 석회가 묻어 뻣뻣해진 머리카락이 이마 위로 흩어졌다.

"딸은요?"

"남편이랑 같이 남았어요. 노파랑 다퉜죠, 하루 더 남아 있겠다고 해서."

마부는 핏줄이 튀어나오고 시멘트와 석회, 생석회 때문에 피부가 벗겨진 거친 손바닥에 침을 뱉었다.

"자, 이제 짐 내려야지."

그는 마차 위로 기어 올라가서 끈을 풀고는 조그만 의자, 화병, 베개, 속옷을 담은 바구니, 옛날 책을 노끈으로 묶어 담은 상자를 하나둘씩 건네기 시작했다.

나는 토마슈와 함께 짐을 내려서 두 쌍의 팔로 안아든 뒤 공기가 탁하고 컴컴한 창고 안으로 날라다가 반쯤 굳어버린 시멘트 자루, 역청 냄새가 진동하는 검은 방수천 무더기, 농부들에게 소매로 팔 마른 생석회 더미 사이의 콘크리트 바닥에 내려놓았다. 생석회는 가느다란 먼지가 되어 공중으로 떠올라 못 견딜 정도로 콧속을 태웠다. 토마슈가 발작적으로 숨을 가쁘게 쉬었다. 그는 심장병을 앓고 있었다.

"그런데 말이에요. 사장님은 왜 그 노파를 자기 가게에 숨겨주는 걸까요?"

마부가 짐을 다 내린 후에 물었다.

"자기를 사람으로 만들어줬으니까, 감사의 표시를 하려는 거죠."

나는 창고 문을 밀어 닫고 큰 자물쇠를 채워 잠갔다.

"감사의 마음이란 아름다운 것이지."

토마슈가 말했다. 그는 공기를 깊이 들이마시며 고르게 숨을 쉬었다. 손으로 눈을 한 줌 집어 올려 손바닥 사이에 넣고 비볐다. 바지에 문질렀다.

"아아……. 오늘 일 많이 했네."

마부가 짐칸에서 내려오며 말했다. 그는 생석회와 역청과 타르로 한 겹 덮여서 단단해진 양가죽 외투를 입어 자유롭게 움직이지 못했다. 마차에 기대서 한숨 놓은 듯 코를 훌쩍이고는 손으로 이마를 문질렀다.

"타덱 씨, 타덱 씨, 내가 거기서 본 거, 아마 믿지 못할 거요. 애기들, 여자들……. 아무리 유대인이라고는 하지만, 그래도 말입니다……."

"그래도 어떻게 운 좋게 빠져 나오셨잖아요?"

"엔지니어가 길에서 우리를 봤어요. 무슨 뒤탈이 있을까요?"

나는 경멸하듯 대답했다.

"그래봤자 말단인데 우리한테 뭘 어쩌겠어요? 사장님이 사무실을 차리고 싶다면 좋게 받아들여야지, 안 그래요? 아침에 늘 가던 대로 한 바퀴 도세요. 생석회 1미터는 암거래용이고. 일곱 시 전에 돌아와요."

"그래, 석회는 아침 일찍 구덩이에서 파내야겠군요. 말을 준비시켜야지."

그는 말이 간 길을 따라 마구간 쪽으로 부섭세 걸어갔다. 간이사무실 옆을 지나면서 모자를 흔들어 보였다.

불빛의 금색 원 안에, 후광이 비쳐 나오는 듯, 별들의 반지를 끼고 흔들리는 남빛 밤의 손바닥에 둘러싸인 채 마리아가 서 있었다. 음악 소리와 사람들을 차단하기 위해 등 뒤로 문을 닫고 뭔가 기대하듯이 어둠 속을 쳐다보고 있었다. 나는 손의 먼지를 털어냈다.

"그래서 내일 배달은 어떻게 할 거야?"

나는 그녀의 어깨에 팔을 두르고 신발 아래에서 삐걱삐걱 소리를 내는 오래된 눈 위를 걸어서 이미 여러 번 가본 길을 따라 쪽문 쪽으로 데려갔다.

"오후까지 기다려줄래? 같이 배달하자."

우리는 열린 쪽문 앞에 서 있었다. 조명등의 깜빡이는 불빛이 활짝 열어준 텅 빈 거리에는 학교를 지키는 푸른 외투의 헌병이 둔한 발소리를 내며 산책하고 있었다. 거리 위로, 조명등의 불빛 위로, 창고 벽으로 둘러싸인 가파른 지붕 위로 요란한 소리를 내며 바람이 지나갔고, 그러면서 기차의 연기를 실어갔고 깃털 같은 구름을 밀어갔고, 그 바람과 구름 위로 마치 어두운 물살의 바다처럼 깊은 하늘이 몸을 떨었다. 달이 구름 사이로 빛나는 것이 금빛 모래 조각 같았다.

마리아가 따뜻하게 미소 지었다.

"너도 잘 알잖아, 나 혼자 배달할 거야."

그녀는 책망하듯 말한 뒤 키스해달라고 입술을 내밀었다. 커다랗고 검은 모자가 마치 날개처럼 그녀의 얼굴에 그림자를 드리웠다. 그녀는 나보다 머리 절반 정도 키가 컸다. 나는 남들 앞에서 그녀와 입 맞추는 것을 좋아하지 않았다.

"이봐, 시적 유아론자唯我論者, 그건 사랑일지도 몰라."

토마슈가 양순하게 말했다.

"왜냐하면 사랑은 희생이거든. 이건 내 경험에서 우러나온 말이야, 나는 애인이 많았으니까."

사람의 윤곽을 지워버리는 어스름이 그에게 거친 질감과 무게를 더해서, 토마슈는 돌로 깎아낸 것처럼 보였다.

그의 왼쪽 눈 아래 사마귀가 기념비와도 같은, 회색 사암沙巖으로 깎아낸 듯한 얼굴에서 교활하게 검은색으로 빛났다.

"물론 사랑이지!"

마리아가 아무 걱정도 없는 듯 가볍게 웃음을 터뜨리고는 우아하게 무릎을 굽혀 인사한 뒤 거리의 철망을 따라 우리 머리 위로 바람이 밀어간 구름을 향해 걸어갔다. 그녀는 내가 아침식사 거리로 빵과 카샨카[31]를 구해오는 밀거래꾼의 가게를 지나갔고, 한 농부가 자기 아이들이 갇혀 있는 학교 옆을 지나갔다. 그리고 그녀는 주위를 돌아보지 않고 모퉁이 너머로 사라져버렸다. 나는 공기 중에서 그녀의 자취를 쫓듯이 뒷모습을 조금 더 바라보았다.

"사랑, 물론 사랑이지!"

내가 토마슈에게 미소 지으며 말했다.

"마부한테 보드카라도 줘, 혹시 침대 밑에 숨겨둔 게 있으면."

토마슈가 말했다.

"가자, 사람들하고 어울려야지."

II

밤에 눈이 조금 왔다. 하루의 거래를 시작한다는 신호로 내가 대문을 공식적으로 열기 전에, 술 취한 손님들을 배웅하고 방을 청소한 후에 보니 동트기 전에 일어난 마부는 이미 생석회를 구덩이에서 퍼내고 건축 자재를 실어오고, 암거래를 한 바퀴 돌고 와서

---
31) 카샨카(kaszanka): 돼지 피와 메밀을 섞어 채운 폴란드 특유의 소시지.

말을 풀어주고 광장에서 바퀴 자국을 지우는 일까지 해치웠다. 그렇게 이른 아침에 밖은 아직도 푸르스름했고 거리는 비어 있었다. 철로에서 기차가 오가는 우르릉 소리가 전해왔다. 순찰하는 헌병은 밀려가는 어둠 속에서 회색으로 더 작아진 것처럼 보였는데, 어둠은 사람들이 몰려드는 거리의 둔덕 위에 그 헌병을 마치 잊힌 해초처럼 남겨두고 가버렸다. 전에 학교였던 건물의 창문 너머로 갇힌 사람들의 머리가 나타나기 시작했다. 밀거래꾼의 상점 앞, 달아오른 난롯가에서는 진청색 제복을 입은 경찰관 두 명이 몸을 녹이고 있었다. 주정뱅이가 흔히 하듯이 벌건 눈을 깜빡이면서, 가게 주인은 떨리는 손으로 유리창 뒤의 선반에 치즈와 카샨카와 빵을 진열했다. 농군 아낙이 바구니에서 소시지 한 줄을 꺼냈고, 그것은 이중벽 안의 선반 아래로 사라졌다. 서리 낀 유리창 사이로 동틀 무렵의 회색 햇살이 방울져 흘러내렸다. 더러운 물방울이 녹슨 창살을 따라 창턱으로 단조롭게 내려가서 바닥으로 뚝뚝 떨어졌다.

여름, 가을, 겨울과 봄에, 돌이 울퉁불퉁하게 깔리고 열린 시궁창의 썩어가는 냄새가 진동하는 이 조그맣고 막다른 골목은 한쪽으로는 부패한 시신처럼 물렁물렁해진 벌판이, 반대쪽으로는 세탁소, 이발소, 비누 가게, 조그만 잡화점 몇 개와 정체불명의 식당이 자리 잡은 썩어 들어간 단층 건물이 늘어선 사이로 길이 좁게 이어져 방향을 잃었고, 그런데도 매일 모여들어 흘러넘치는 사람들로 붐볐다. 그 사람들은 학교의 콘크리트 담장 아래로 흘러들어 현대식 창문 쪽으로, 납작하고 붉은 타일을 씌운 지붕 쪽으로 얼굴을 내밀어 머리를 들고 팔을 휘두르며 소리를 질렀다. 학교의 열린 창문을 향해 고함치고 하얀 손바닥으로 신호하는 것이 마치 바닷가를 떠나는 선박에서 하는 행동 같았다. 제방처럼 두 줄로 늘어선 경찰에게 붙잡힌 사람들은 골목을 따라 흘러나가서 거리 끝에 자리한 광장까지 걸어갔다. 그곳에서부터는 강가의 버려진 방앗간과 여기저기 무더기로 자라난 갈대와 드문드문 부스럼처럼 덮인 눈과, 흔들리며 흘러가는 안개 속에 놓인 다리와, 깨끗하고 평온한 연푸른색 하늘 속으로 녹아드는 시내의 파스텔색 집들의 보기 좋은 풍경이 펼쳐졌고 ― 사람들은 절망적으로 광장에 몰려 서 있다가 다시 고함을 지르며 돌아갔다.

밀거래꾼의 상점은 작고 조용한 만(灣)이었다. 카운터에서는 사탕무로 만든 밀주 잔을 놓고 경찰과 농군들이 친근하게 말을 섞었고 학교에서 온 사람들이 거래를 했다. 밤이면 경찰이 학교 창문을 통해 물건을 내놓았는데, 그 물건은 골목의 빈터 속으로 즉시 사라지거나 아니면 비인간적으로 만신창이가 되어 우리 건설 회사 마당의 가시철망을 넘어와서 간이사무실이 닫혀 있는 아침까지 그곳에서 헤맸다. 보통 그것은 여자아이들이었다. 무력하게 마당을 돌아다니며 모래 더미, 진흙 무더기, 입방형으로 쌓아놓은 벽돌, 톱밥, 아스팔트를 구경하면서 돌가루를 담은 상자까지 걸어왔다. 그 돌가루는 여러 가지 색상과 크기로 계단이나 비석에 사용되었고, 여자아이들은 그곳에서 아무 걱정 없이 자기들 일을 보았다. 잠에서 깨면 나는 매우 애타적으로 그 여자아이들을 철문 밖으로 내쫓았는데, 그런 거래의 혜택을 입는 것은 경찰(그리고 단순한 일반 시민의 일에는 나서지 않는 것이 분명한 무관심한 헌병도)을 제외하면 우리의 이웃인 밀거래 가게 주인

뿐이었다. 그러나 그는 아무런 의무감도, 감사를 표현해야 할 필요도 느끼지 않았다. 매일 나는 갈색 빵 한 조각과 카샨카 100그램, 그리고 버터 20그램을 구하기 위해 그의 가게에 들렀다. 원칙적으로 내게는 그램 수를 속이지 않았지만 가격은 눈에 띄게 반올림했다. 그는 부끄러운 듯 웃음을 지었지만, 돈을 긁어모으는 손은 떨렸다.

어쨌든. 그는 100그램짜리 잔에 밀주를 끝까지 채우지 않았고, 버터 20그램을 제대로 달지 않았고, 빵은 들쭉날쭉한 조각으로 잘랐으며, 몰래 내보낸 여자아이 하나하나에 대해 농군들에게서 무자비하게 돈을 쥐어짜냈지만, 그 자신은 혼자 살고 싶어 했고, 아내와, 고등학교에 다니는 아들과 중학교 수업을 듣는 한창 자라나는 딸이 있었으며, 그 딸은 옷맵시와 남자아이들의 눈길과 학문의 맛과 음모의 매력을 괴롭도록 느끼는 중이었다. 위에 말한 건설 회사 또한, 농군들에게 하듯 엔지니어들에게도 젖은 백토白土[32]와 굳어버린 시멘트를 팔았고, 생석회에 물을, 접착제에 모래를 섞었고, 물건을 실은 화물차를 받아들이면서 철도 창고 담당원의 암묵적인 이해 아래 상당한 적자를 선언했고, 그것은 즉시 장부에 기입되었다. 공급자 측 사무원은 여기에 대해 꿀 먹은 벙어리로 일관했는데, 회사와는 따로 정산을 했고 그것은 장부에 기록되지 않았기 때문이다.

건설 회사! 그것은 마치 참을성 있는 젖소처럼 모두의 생계를 유지해주었다. 그 회사의 성실한 소유주는 값싼 장신구가 달린 꽉 끼는 줄무늬 조끼를 입은 배불뚝이로, 가부장적으로 허옇게 센 머리에 병적으로 신경이 예민하며 뾰족한 턱수염을 기른 엔지니어인데,

---

[32] 원문에서는 톤(ton)으로 쓰였다. 흰색 가루 형태의 건축자재로 물을 섞어서 접착성 착색료를 만들 때 쓴다.

거지와 교회와 수도사들에게 돈을 낭비하는 지나치게 독실한 아내와 호색가인 아들을 먹여 살리면서 대기근의 시기에(그때 우리는 야채 껍질과 배급 빵에 소금을 뿌려 먹었다) 마치 유방에서 젖을 짜내듯 아내에게서 몇 천이나 짜내서 중심가에 창고 건물을 몇 개나 짓고 9월에 불타버린 회사 자리의 공터를 세내어 그곳에 자기 사업체의 사무소를 차리더니 귀족적인 마차와 꼬리를 다듬은 짐 끄는 말을 사고 마부를 고용하고 수도 근교에 오십만 즈워띠[33] 정도 되는 부동산을 손에 넣었다. 사실 그것은 어느 정도는 제대로 돌보지 않아서 반쯤 무너진 것이었으나, 사냥터(그곳에는 여기저기 숲이 많았다)와 산업화(진흙이 났다)에 적합한 곳으로, 마침내 전쟁 삼 년째 되던 해에 독일 동부 철도 회사와 철도 지선支線의 구매와 증설, 그리고 그 옆에 이송 창고를 세우는 것에 대한 협상을 시작하여 성공적으로 진행하였다.

엔지니어가 고용한 일꾼들의 운명도 그와 함께 성공적으로 풀려 나갔다. 사실 독일 총독부는 엔지니어가 일주일에 칠십삼 즈워띠 이상 급료로 주는 것을 금지했지만, 그래도 엔지니어는 자기가 고용한 열댓 명의 사람들에게 거의 일주일에 백 즈워띠를 세금도 경비도 복지 비용도 제하지 않고 자발적으로 지급했다. 응급 상황, 예를 들어 가족이 수용소로 실려 간다거나, 질병이나 뇌물의 경우에도 자기 의무를 절대로 피하지 않았다. 석 달 동안 내가 지하저항군의 대학 과정에서 공부할 수 있도록 자금을 대주었고, 여기에 내건 조건은 하나뿐 — 내가 조국을 위해 공부해야 한다는 것이었다.

사무실은 이런 너그러운 복지 정책과는 다른 방식으로 운영되었

---

[33] 즈워띠(Zloty): 폴란드의 화폐 단위. 일 즈워띠는 백 그로쉬(grosz).

다. 마부들은 생석회를 거리에서 팔고 건설 현장에는 용량에 못 미치는 물건을 실어왔다. 개인적으로 거래를 돌며 돈을 벌었다. 화물 열차와 기차역에서 훔쳤다. 나도 처음에는 창고의 백토와 백악 가루를 바구니에 담아 근방의 비누 가게에서 팔았지만, 사장과 더 친밀한 관계가 된 후로 그의 사무실에서 일터를 공유하며 회계 장부의 앞뒤를 맞추었다. 또한 우리를 묶어주는 것은 사장의 아파트에서 내가 댄 비용으로 진행되는 밀주 생산이었다. 그것을 소매로 파는 일을 대부분 내게 넘기고, 사장은 회사를 출발점으로, 창고의 전화를 믿을 수 있는 의사소통 수단으로 활용하며 폭 넓은 거래망을 텄다. 사장은 금과 보석류를 잘 알았고 가구를 사거나 팔았으며 부동산 거래인들의 주소를 알고 있었고, 심지어 몇 채는 직접 거래하기도 했으며, 철도의 도둑들과 인맥이 있어서 그들이 장물을 거래하는 가게와 접촉하도록 주선해주었고, 운전수와 자동차 부품 상인들과 친하게 지냈고, 또한 게토와도 활발한 물물교환을 진행하고 있었다. 사장은 내키지 않는 듯, 자신의 법에 대한 존중심을 거스르듯, 대단히 두려워하며 거래했다. 전쟁 전의 안전하던 시대에 대해 굉장한 그리움을 간직하고 있었다. 그때는 유대인 사업체에서 재고 담당으로 일했다. 여사장의 날카로운 눈길 아래 인맥을 넓히고, 스포츠카를 사서 택시로 운행하면서 운전수의 일당을 제외하고도 하루 최대 삼백 즈워띠까지 벌어들였다. 얼마 지나지 않아 도시 근교 고속도로 근처의 택지를 손에 넣었고, 전쟁 몇 달 전에는 가까운 교외에 또 하나를 샀다. 그는 자신이 인간의 법에 따라 행동하고 있음을 이해했고, 영적인 문제에 번거롭게 주의를 빼앗기지 않고 마음껏 인생을 살았다. 이 시기에 벌어둔 돈으로 부동산과 외화와 그리고 나이 든 의사 부인과의 깊은 관계를 지켜냈다.

노파는 마리아의 집에서 나무로 만든 간이침대의 발치에 앉아 있었다. 얼굴은 저속하고 황폐하고 인적 없는 도시처럼 공허했다. 검은 실크 원피스를 입고 있었는데 낡아서 팔꿈치 부분이 반들거렸다. 목에는 공단으로 된 폭 넓은 리본을 매었고 머리에는 제비꽃 다발로 장식한 구식 모자를 썼으며 그 아래로 숱 적고 하얗게 센 머리카락이 한 줄 비어져 나왔다. 무릎 위에는 공들여 지은, 목깃의 털이 빠진 외투를 쥐고 있었다. 전쟁 전에 거대한 건설 물자 창고와 트럭 몇 대와 철도 지선과 국내와 스위스 은행 구좌에 무진장한 잔고를 소유하고 수십 명의 노동자를 거느렸던 여사장치고는 차림새가 너무 초라했고, 갖가지 짐을 실은 짐마차와 미리부터 신중하게 스위스 영사관에 보관을 맡긴 여러 대의 정밀한 계산기와(아리안 쪽 사람들의 상상에 의하면 모든 유대인들이 게토에서 가지고 나온) 금붙이와 다이아몬드의 소유주로서도 그 옷차림은 지나치게 초라했다. 초라한 옷을 입고 노파는 겸손하게 구석에 앉아 있었다. 시선은 천장 쪽을 향해서 책장 위의 거미줄을 보고 있었다. 거미줄이 흔들렸다. 거미가 위쪽으로 올라가는 중이었기 때문이다.

"야시오,[34] 그 쪽에서 전화를 하겠죠, 그렇죠?"

노파가 긴 침묵 끝에 사장에게 말했다.

나는 중세 시대와 미신에 대한 책을 읽다가 놀라서 고개를 들었다.

노파는 돌을 돌에 대고 비비는 것처럼 쉰 목소리로 속삭이듯 말

---

[34] 야시오(Jasio): 남자 이름 얀(Jan)의 애칭.

했다. 쌕쌕 소리가 섞인 속삭임이 한숨과 함께 목구멍에서 흘러나왔다. 두 줄의 휘황한 금으로 된 이가 입속에서 반짝였고, 짤깍거리며 거의 금속성의 소리를 울리는 것만 같았다.

"그쪽에서 올 예정인지 알려줘야 하거든요. 그렇죠, 그래야만 하죠?"

노파는 사장 쪽으로 색 바래고 죽어버린, 얼어붙은 듯한 눈을 돌렸다.

"아, 그건, 아마 기다리는 편이 나을 겁니다, 사모님."

사장이 단호하게 말했다.

그는 얼어붙은 유리창에 열심히 입김을 불었고, 고개를 한쪽으로 기울이고 한눈으로 광장과 열린 대문과 이미 사람들로 가득 차기 시작한 거리를 곁눈질하면서, 손가락으로 창틀을 두드리며 고객을 기다렸다.

"지배인께서 전화하기로 약속하셨으니까요. 분명히 오늘 사모님 따님과 함께 나올 겁니다."

"그냥 말을 그렇게 하시는 거죠. 그 정도로 운이 좋지 못하면 어쩌죠, 야시오?"

노파는 다시 시선을 천장에서 창문 쪽으로 돌렸다. 시들고 쪼그라든 지렁이 같은 손을 노란 스카프 위에 놓고 손가락을 팔에서 뽑아내려는 것처럼 꽉 움켜쥐더니 무력하게 무릎 위에 내려놓았다.

"사모님도 무슨 말씀을!"

사장이 믿을 수 없다는 듯 쇳소리를 냈다. 물결치는 숱 많은 금발을 초조한 몸짓으로 쓸어 넘겼다. 그렇게 움직이는 서슬에 포플린 셔츠의 소매 아래로 토바로바 거리의 회사에 다니던 좋은 시절의 기념품, 기다랗고 둥글게 휘어져 손목 주위를 감싼 금팔찌가 드러났다.

"사모님도 무슨 말씀을! 사모님의 사위는 창고 지배인이니, 언제든 원할 때 나올 수 있잖습니까! 용건을 해결하고, 서류를 주머니에 넣고, 휙! 사람들 눈에 띄는 건 그 정도일 겁니다! 어떻게 빠져나올지 사모님께서 뭐 하러 걱정하세요?"

사장은 의자를 끌어당겨 앉아서 장교용 장화를 신은 다리를 편하게 뻗었다.

"여기서 생각해야 할 일은 어디서 아파트를 사느냐 하는 겁니다! 사모님은 요즘 시세가 얼마인지 아세요? 오만이에요! 전쟁 첫해에 어디 한 구석 사 놓은 게 다행이지, 안 그랬으면 어쩔 뻔했어요? 남의 집에 세 들어 살겠어요? 하숙을 하겠어요?"

"당신은 어떻게든 해결했을 거예요, 야시오!"

노파가 속삭이고 입 끝으로 살짝 웃었다.

"하느님이 보우하사 사람은 팔다리가 있고, 어디에 비벼야 할지 생각할 수 있으니, 그 덕에 사는 거죠!"

그리고 그는 내 쪽으로 몸을 기울였다.

"타덱[35] 군, 자네 여자 친구가 25리터를 준비했더군. 절약할 줄 아는 아가씨야! 고맙다고 전하게! 석탄도 반이나 적게 태웠어. 일도 잘 하고, 안 그런가!"

"전화했어요."

---

35) 타덱(Tadek): 남자 이름 타데우슈(Tadeusz)의 애칭.

나는 책 위로 고개를 숙이고 중얼거렸다.

"밀주 배달하러 시내로 나간다고요. 오래지 않아 돌아올 거예요."

난로와 옷걸이 사이는 어두컴컴했지만 따뜻했다. 따뜻하게 데워진 등이 기분 좋게 간질거렸다. 머리가 무거워지면서 웅웅 울렸다. 보드카와 달걀이 눈앞에 떠올랐다. 중세 수도원에 대한 책 때문에 반쯤 잠든 채로 어두운 승방이 나오는 백일몽을 꾸었는데, 그곳에서는 민속적인 미신과 부족의 학살, 그리고 시내의 화재 속에서 인간의 영혼을 구원하려는 작업이 완성되어가고 있었다.

"야시오, 여행 가방들은 다 괜찮은가요?"

노파가 우물 밑바닥에서처럼 둔하게 울리는 목소리로 속삭였다.

"이미 잘 알겠지만, 이젠 그게 딸아이의 유일한 재산이거든요. 그 애는 너무나 현실을 몰라요. 엄마가 돌봐주는 데 익숙해져서."

난로 앞에서 온기를 쪼이면서 나는 바닥을 내려다보았다. 간이침대에서 흘러내린 담요는 빨갛게 진흙을 바른 판자에 닿지 않았다. 그 아래로 레밍턴 타자기의 까만 덮개가 보였다. 나는 기계가 습기를 먹지 않도록 창고에서 가져와 만약의 경우를 대비해 침대 아래 넣어두었다.

"사모님, 여기서는 모든 게 다 괜찮아야만 해요."

사장이 버릇대로 양손을 비비고는 잠시 나를 쳐다보았다.

"보건소처럼 질서정연해야 하죠. 왜요, 사모님, 아직도 절 모르세요?"

"그런데 어떻게 딸아이가 나를 못 찾을 수 있죠? 골목이 이렇게 작고 변두리에 있는데."

갑자기 노파가 불안해했다.

"전화를 걸래요."

결정을 내리고는 간이침대에서 몸을 움직였다.

"사모님, 갑자기 노망이라도 났어요?"

사장이 돌연히 내뱉고는 분노에 차서 선량한 푸른 눈을 가늘게 뜨고 밀짚색의 눈썹으로 거의 눈을 가렸다.

"우리 머리 위로 독일 놈들을 데려오려고요? 감청할 수 있게? 마음대로 하라지, 하지만 우리 전화선은 안 돼!"

노파는 몸을 꼿꼿이 세우고 불시에 잠에서 깬 부엉이처럼 부풀어 올랐다. 추위를 타는 것처럼 가슴 앞에 손을 모아 쥐었다. 원피스에 매단 브로치를 손가락으로 잡고 기계적으로 돌렸다.

"사모님은 어떻게 우리 쪽까지 오셨어요?"

내가 대화를 계속하기 위해서 물었다.

간이사무실의 문이 삐걱거렸다. 고객이 장화에서 눈을 털어내느라 발을 굴렀다. 사장은 의자를 발로 차고 고객을 맞으러 나갔다. 의사 부인이 공허한 눈길을 내게 돌렸다.

"거리 봉쇄에 스물일곱 번 걸렸어요. 거리 봉쇄가 뭔지 알아요? 아마 잘 모르겠지? 뭐, 상관없어요."

노파는 친근하게 팔을 움직이며 감정에 겨워 훌쩍거렸다.

"우리는 이렇게 특별한 구석의 옷장 뒤에 은신처를 마련했어요. 스무 명이! 어린아이들은 눈치가 빨라요, 군인들이 걸어 다니거나 개머리판으로 벽을 때리거나 혹은 총을 쏠 때면, 어린아이들은 그저 아무 소리 없이 눈을 이렇게 뜨고 쳐다보기만 했어요, 알아요?

때맞춰 나올 수 있을까요?"

나는 책장으로 다가갔다. 중세 책들 사이에 책을 꽂았다. 노파를 쳐다보았다.

"아이들이요?"

나는 놀랐다.

"아니, 아니, 아니! 아이들이라니, 무슨 아이들! 사위와 딸아이가 나올 수 있느냐는 거죠! 사위는 총책임자와 아주 친한 사이예요. 하이델베르크 대학 때부터 그랬죠."

"왜 사모님과 같이 안 나왔어요?"

"사위는 거기 사업 관계가 있거든요. 하루만 더, 이틀만 더······. 거기선 모든 게 다 끝났어요. 계속 아우스, 아우스, 아우스(독 : 밖으로).
         aus   aus   aus
건물은 비었고, 길거리에서 빨래를 하고, 사람들을 실어나가고, 실어나가고······."

노파는 숨을 가쁘게 쉬며 말을 멈추었다.

문 뒤에서 주고받는 말소리가 쨍쨍하게 들려왔다. 고객과 사장은 오트보쯔크 게토[36]에서 유대인들이 남기고 간 건물의 목재를 가져오는 가격을 흥정하고 있었는데, 그 목재는 크라이스하웁트만(독 : 한
                                                    kreishauptman
지역의 부책임자)이 폴란드인 사업가에게 도매로 파는 것이었다. 문짝이 찌걱거리더니 두 사람이 술로 거래를 마무리 짓기 위해 가게 쪽으로 나갔다. 사장은 금주가였지만 특별히 성공적인 상황에서는 유혹에 몸을 맡기기도 했다.

"내 물건을 가져와야겠어요."

---

36) 오트보쯔크 게토(Getto otwockie): 바르샤바 남부 외곽의 유대인 거주 지역.

마리아와의 작별

노파가 갑자기 말했다. 무릎에서 외투를 내려놓고 서둘러 밖으로 걸어 나갔다.

간이사무실의 여사무원이 책상 뒤에서 내게 미소를 지어 보였다. 작고 마른 사무원은 조그만 의자에 편안하게 들어맞았다. 그곳에서 하루 종일 싸구려 연애소설을 읽었다. 엔지니어가 현금을 지키게 하려고 그녀를 우리 사무실로 보내왔다. 엔지니어의 계산에 의하면 회사는 지나치게 적은 수입을 올리고 있었다. 사무원이 근무한 지 이주 째가 되었을 때 잔고가 천 즈워띠 모자랐다. 사장은 차액을 자기 주머니에서 메웠고 여사무원은 엔지니어에게 신뢰를 잃었다. 여사무원이 간이사무실에서 일하는 것은 어쨌든 몇 시간뿐이었고, 그녀는 재고 쪽으로 한 번도 눈길을 주지 않았으며, 접착제가 뭔지 역청탄이 뭔지 전혀 몰랐지만, 그 대신 우체국처럼 정기적으로 검과 쟁기 문양이 장식된 지하저항군 신문을 내게 공급해주었다. 나는 그녀가 저항군을 위해 일하는 것이 부러웠는데, 왜냐하면 나 자신은 반쯤 개인적인 소식지를 복사하고 수많은 책을 읽고 시를 쓰고 아침이면 시를 낭독하는 데 만족했기 때문이다.

"저 노파는 뭐예요? 가구가 많은가 보죠?"

여사무원이 빈정거리는 말투로 추측했다. 그녀의 머리는 높이 모아서 묶은, 고집스럽게 흐트러진 머리카락 속에 묻혀 있었다.

"다들 할 수 있는 한 탈출구를 찾는 거죠."

"가까운 사람들의 도움을 받아서요."

그녀는 심술궂게 눈을 찡긋했다. 얼굴에 아무렇게나 분칠을 했다. 가느다란 코는 마치 가죽으로 문질러 닦은 것처럼 번들거렸다.

"이봐요, 재고 담당자님, 시 쓰는 건 어때요? 책 표지는 말랐어요?"

사장은 노파의 손을 잡아 간이사무실로 데리고 들어왔다. 마부가 몸을 녹이기 위해 들어왔다. 난로 앞에 쭈그리고 앉아 숨을 가쁘게 쉬면서 바람과 추위로 얼어 터진 손에 불을 쪼였다. 외투가 그의 어깨 위에서 김을 내며 젖은 가죽의 악취를 풍겼다.

"시내에 군대가 있어요."

마부가 말했다.

"중심가에 갔었어요. 거리가 다 비어서 지나가기 무서울 정도예요. 유대인들이 다 끝나면 다음에는 우리를 실어간대요. 그리고 우리도 똑같이 잡아가요. 교회 근처와 역 앞은 헌병들로 거의 초록색이에요."

"그거 좋네요."

조그만 사무원이 코웃음 쳤다. 신경질적인 몸짓으로 책상에서 일어섰다. 발에 비해 너무 큰 눈장화를 끌고, 얇고 짧은 원피스를 통해 비치는 뼈가 앙상한 골반을 자기도 의식하지 못한 채 매력적으로 돌리면서 걸어 나왔다.

"난 이제 집에 어떻게 돌아가죠?"

"도보로요."

나는 씁쓸하게 말하고 서둘러 외투를 입은 뒤 사무실을 나갔다.

눈 섞인 날카로운 바람이 얼굴을 후려쳤다. 생석회를 담은 상자 위에서 근무자가 박자에 맞춰 몸을 흔들고 있었다. 추위 때문에 마치 졸린 말처럼 발을 구르면서, 물을 넣어 소화消和 중인 생석회를 괭이로 섞었다. 덩어리진 하얀 김이 끓는 혼합물 위로 피어올라 그의 얼굴을 감쌌다. 소화공消和工은 겨울 내내 쉬지 않고 일하면서 여름철에 사용할 생석회를 마련해두었다. 추위 속에서 하루 최고 2톤까지 건조한 생석회를 매일 소화했다.

  사장이 창고의 대문을 닫았다. 일제검거가 거리를 휩쓸었을 때 우리는 자물쇠를 걸어 대문을 잠갔다. 사람들은 벌판 쪽으로 몸을 숨겼고, 술 취한 경찰이 그 나머지를 거리에서 청소했다. 독일인 헌병은 군중보다 키가 컸고 그래서 근심하는 사람들을 경멸하듯 내려다보았지만, 경찰관의 움직임은 일일이 주시하면서 쇠로 징을 박은 군화로 무심하게 보도를 때리며 걸어 다녔다. 건물 담장 아래의 광장에서는 아직도 웅성거리는 소리가 들리고 사람들로 가득했다. 창 아래에서는 행상인들이 짚신을 신은 채 무릎을 떨고 발을 구르며 롤빵과 담배와 카샤카 소시지와 도넛과 희고 검은 빵을 담은 바구니 위로 목쉰 소리를 질렀다. 그 광경은 건물의 검은 벽이 떨리며 소리치는 것 같았다. 대문가의 사람들은 원시적인 저울로 신선한 돼지고기를 달고 서둘러 밀주를 따랐다. 학교 뒤쪽에 자리한 택지에서는 또 놀이공원이 열려 있었다. 잡음 섞인 음악이 반복해서 울려 퍼지는 가운데 얼빠진 아이 하나를 태운 회전목마가 장엄하게 돌아갔다. 텅 빈 나무 자동차, 자전거, 날개가 떨어진 백조들이 물결 위에서처럼 흔들리며 공기 중에서 부드럽게 흘러갔다. 판자 뒤에 숨은 일꾼들이 회전목마 아래에서 회전 바퀴를 밟았다. 강렬한 색을 칠한 사격장과 천막 아래 동물원에서는(눈 때문에 빛바랜 포스터가 선언하는 바에 의하면 그곳에는 악어와 낙타와 늑대가 있어야 했다) 절망적인 빈 공간만 빛났다. 보호소에서 온 신문기자 몇 명이 옆구리에 독일 신문 뭉치를 끼고 정류장 앞에서 서성거렸다. 사람 없는 전차들이 광장 주변에 원을 그리며 돌다가 쇠사슬 소리를 울리며 대로를 따라 기어갔다. 나무들은 눈에 덮인 채 날카로운 햇빛 아래에서 빛났는데, 그 모습은 마치 깨지기 쉬운 크리스털로 깎은 것 같았다. 하늘은 평온하고 창백하게 높이 솟아 있었다. 그것이 일상적인, 영업 날의 풍경이었다.

거리 안쪽 공간은 석조 건물의 네모진 윤곽과 드문드문 무리지어 선 벌거벗고 바짝 마른 나무들로 가로막혀 있었다. 스페인 염소[37]로 봉쇄한 육교와 철조망과 철로의 표지판 뒤에서 헌병들의 경계선으로 둘러싸인 군중이 물결치며 육교 쪽으로 조금씩 흘러갔다. 그 군중 속에서 방수천을 씌워 불룩해 보이는 트럭들이 차바퀴로 눈을 헤치며 다리 위로 나아갔다. 마지막 차 뒤로 군중 속에서 여자가 뛰어나왔다. 차를 따라잡지는 못했다. 자동차는 속도를 냈다. 여자는 절박한 몸짓으로 양팔을 들어 올렸는데, 헌병의 친절한 어깨가 아니었다면 넘어졌을 것이다. 헌병은 그녀를 군중 속으로 밀어 넣었다.

"사랑, 물론 사랑이지."

나는 감동하여 생각하고 창고 안으로 도망쳤다. 광장은 다가오는 일제검거로 인해 텅 비어 있었기 때문이다.

"자네 여자 친구가 전화했네."

사장이 말했다. 그는 기분이 좋아서 붉은 콧수염 아래로 노래를 흥얼거리며 발로 춤추듯이 반원을 그렸다.

---

[37] 십자로 엮은 각목에 가시철망을 두른 일종의 바리케이드.

"오호타[38]에서 오는 길인데 더 빨리는 올 수가 없대, 사방에서 일제검거라서. 저녁때나 돼야 올 거야."

닭 볏처럼 머리를 올려 묶은 바짝 마른 여사무원이 내 쪽으로 짧지만 심술궂은 시선을 보냈다.

"분명 유대인들에게 했듯이 우리 쪽에서도 시작하는 거겠죠? 걱정되나요?"

"어떻게든 되겠죠."

내가 사장에게 말했다. 나는 뼛속까지 얼어붙었다. 난로의 나무껍질로 몸을 덥히고 이탄을 더 넣었다. 난로의 열린 문에서 뿜어져 나온 연기가 사무실 전체를 채웠다.

"아마 이번 달에는 화물차가 안 오겠죠? 분명 화물차도 봉쇄할 것 같죠?"

사장은 마음에 들지 않는다는 듯 얼굴을 찡그렸다. 의자에 앉아서 피아니스트처럼 섬세한 손가락으로 탁자를 톡톡 쳤다.

"그렇지만 화물차를 보내주면 그중에서 우리한테 뭐가 오게 될까?"

그가 씁쓸하게 말했다.

"엔지니어는 시멘트와 소석회를 간직해두는 걸 무서워하고, 생석회는 독일인들이 벰 요새[39] 작업에 쓸 것밖에 없고, 그래 자네는 어떻게 했으면 좋겠나? 그로홉스카[40]의 가게들은 시멘트를 화물차로 세 대 받았으니 원하는 건 전부 가졌지만, 우리는 뭐야? 용마루 기

---
38) 오호타(Ochota): 바르샤바 중심부의 구역 이름.
39) 유제프 벰 요새(Fort Józefa Bema): 19세기 러시아인들이 바르샤바를 둘러싸고 지은 요새.
40) 그로홉스카(Grochowska): 바르샤바 동쪽을 가로지르는 대로 이름.

와, 납작 기와, 돌가루, 접착제, 갈대 돗자리뿐이잖아!"

"너무 과장하지 마세요, 사장님."

여사무원이 말했다.

"화물 창고에 파묻혀버리면 그거나 저거나······."

"물론, 그거나 저거나 자네한텐 똑같겠지! 거래를 트고 수지를 맞출 궁리는 내가 하니까! 그렇지 않으면 누가 물건 사러 오기나 하겠어? 없는 물건을 밀거래 가게 주인한테서 빌려오기라도 할 거냐고!"

전화기가 따르릉 울렸다. 사장은 의자에서 빙글 돌아 조그만 여사무원보다 반 초 빨리 수화기를 잡았다. 말없이 몸짓을 하며 내게 건네주었다.

"우리 차예요."

내가 손으로 수화기를 가리고 속삭였다.

"뭐라고 하죠?"

"오십 자루 달라고 해."

"퓐프찌크(독 : 오십)."
Fünfzig

내가 수화기에 대고 말했다.

"아벤즈(독 : 저녁)? 저녁에 온대요."
Abends

"아주 좋아, 그렇다면 뭔가 먹으러 가자."

사장이 양손을 비볐다.

노파는 구석에 몰린 짐승처럼 간이침대 위에 움직이지 않고 앉아 있었다. 사장이 서둘러 방 안을 돌아다니며 수프를 데우고 탁자를 치웠다.

"엔지니어가 우리 쪽에서 얻는 수입이 줄어들면, 첫째로는 이 거래를 끊을 거고, 둘째로는……. 아, 언제, 자넨 결정했나?"

"제가 뭘 결정할 수 있겠어요?"

내가 절망적으로 말했다.

"우리가 가진 건 전부 밀주에 털어 넣었어요. 사장님도 어떤지 아시잖아요 — 책 조금 샀고, 옷 조금, 그런 거죠. 종이도 사려면 돈이 들고."

"자네는 그 시라도 팔 수 없나?"

"팔지 잘 모르겠어요. 팔려고 쓴 게 아니에요. 이건 벽돌도 역청도 아니잖아요."

나는 마음에 상처를 입고 대답했다.

"잘 썼으면 분명히 사람들이 사겠지."

사장이 롤빵을 베어 물며 고분고분 말했다.

"여기 이천 즈워띠 회사로 가져가게. 자넨 머리가 좋아."

노파는 느릿느릿, 그러나 맛있게 먹었다. 금빛의 강력한 치아 두 줄이 부드러운 롤빵 속으로 기운차게 파고들었다. 나는 턱 전체에 본능적으로 무게감과 가치를 더해주는 그 반짝임을 들여다보았다.

문이 삐걱거리더니 고객이 들어왔다. 이웃한 교회에서 온 팔로틴 사제는 뿔테안경을 쓰고 소심하게 웃었다. 일제검거에 대해 알려준 후 그는 시멘트 한두 자루와 금색 돌가루를 주문했다. 꾸러미로 묶은 일 즈워띠 동전만으로 미리 값을 치렀다.

"찬미를 받으소서."

그는 말하고 검은 모자를 쓰고는 사제복을 사각거리며 나갔다.

"영원히 받으소서."

사무원이 말을 받았다. 난로를 끄고 손가락을 신문 가장자리에 문질러 닦았다.

"어떻게 생각해요, 저 노파가 어떻게 할 것 같아요?"

"사장님이 지낼 곳을 찾아주시겠죠. 손에서 놔주기엔 노파가 돈이 너무 많거든요."

내가 목소리를 죽여 말했다.

"설마."

여사무원은 경멸하듯 코웃음을 쳤다.

"그러니까 아무것도 모르시네요? 사장님이 나갔을 때 노파가 딸한테 전화를 했어요. 게토에서 나갈 수가 없대요. 이미 너무 늦었어요. 전부 끝장이라고요."

"노파는 좀 걱정하다가 말 거예요."

"퍽이나 그렇겠네요."

사무원은 낡은 털외투로 몸을 감싸고 자기 자리에 편안하게 들어가 앉아서 다시 책을 읽기 시작했다. 더 이상 대화하고 싶은 기색은 보이지 않았다.

III

저녁이면 나는 가게 안에서 젖은 속옷처럼 건조 중인 시집 표지 사이에 혼자 남았다. 아폴로니우슈가 종이를 휴대용 등사기의 조판에 맞는 크기로 잘라서 이절 판으로 접어주었다. 수동식 등

사기는 무한히 귀중한 라디오 성명서와 대도시에서 거리 투쟁을 어떻게 진행하는지에 대한 가치 있는 조언(도표도 함께)을 인쇄하는 용도로 내게 대여된 것이었고, 또한 묵시록적으로 불어오는 현 사태의 바람에 대한 나의 비호의적인 관계를 표현하는 형이상학적 육각형을 인쇄물의 형상으로 나타내는 역할도 했다. 표지는 양면으로 검고 흰 당초무늬 장식이 되어 있었는데, 이것은 혁신적인 최신 인쇄 기술을 이용한 것이었다. 즉, 민무늬 지형紙型을 한 조각씩 조판에 붙이면 그 자리에 흰 반점이 생기고, 조판 자체는 검은 반점을 찍어낸다. 이 방법은 아주 기발했지만 잉크를 너무 많이 빨아들였고, 표지는 이미 일주일째 말리는 중이었지만 성과가 없었다. 그래서 나는 표지를 조심스럽게 줄에서 걷어내어 두꺼운 양피지로 감아서 꼭꼭 싼 후에 나무 간이침대 아래 집어넣었다. 마룻바닥에 내던져진 담요는 기술자를 기다리는 망가진 라디오, 시가 케이스처럼 납작한 여행 가방 모양의 휴대용 인쇄기, 습기를 먹지 않도록 창고에서 가져온 레밍턴 타자기, 그리고 어떤 제국주의 조직의 출간물 전집을 덮고 있었는데, 그 출간물은 친구가 가게에 보관해달라고 두고 간 것으로, 집에 두면 안 되지만 고서 수집가적인 취향 때문에 도저히 버릴 수가 없었다.

또한 저녁이면 나는 등과 무릎을 아끼지 않고 바닥을 문질러 닦았고 탁자와 창문도 닦았고, 그리하여 조그만 방 안이 둥지처럼 평온하고 아늑하다는 것을 인정했을 때에야 불 켜진 등잔을 청록색 갓으로 덮고 방의 온기가 새어나가지 않도록 문을 조심스럽게 닫았다. 보통 나는 간이사무실 안의 난로 앞에 앉아 있었다. 자질구레한 서지 사항을 찾아두었고, 그런 메모는 특별한 상자에 채워놓았으며, 잡다한 종잇조각에 책에서 찾아낸 뜻 깊은 문장과 정곡을 찌르는 격언을 적어놓고 외웠다. 그러다보니 어스름이 찾아와서 책장 위로 드리워졌다. 나는 문 쪽으로 시선을 들고 마리아가 들어오기를 기다렸다.

창밖에서는 눈이 회색 시멘트처럼 어스름과 섞여 연푸른빛을 잃었다. 타버린 집의 담장이 높이 솟아서 젖은 벽돌처럼 붉은색을 띠었고, 검은색으로 물들더니 침묵을 지키는 것처럼 움직이지 않았으며, 소리 없는 바람이 철로 위로 덩어리진 분홍색 연기를 몰아가다가 그것을 갈래갈래 찢어서, 투명한 물 위로 눈송이를 던지듯 남색으로 물드는 하늘로 던졌다. 보통의 사물들 — 썩은 멜론처럼 물렁물렁한 회사 소유의 모래 더미, 구불구불한 오솔길, 대문, 보도, 거리의 벽과 건물들이 불어나는 밀물 속에서처럼 어둠 속으로 사라졌다. 오직 남은 것은 가장 깊은 정적 속에서 맥박 치는 소음, 인간의 몸 안에서 뛰는 뜨거운 맥박과, 인간이 결단코 경험할 수 없을 사물과 감정에 대한 무딘 그리움뿐이었다.

아직 마당에는 사람들이 분주하게 돌아다녔다. 마부는 어두운 창고 안쪽에서 자루에서 꺼내듯 꾸러미를 꺼내 와서 팔을 한 번 휘둘러 마차의 짐칸에 던져 넣었다. 짐칸에는 나이든 소화공이 다리를 벌리고 서 있었다. 투덜거리며 화물을 붙잡아서, 소석회 자루를 쌓거나 물 섞은 생석회를 바를 때처럼 전문가적인 몸짓으로 짐마차에 눌러 쌓았다. 힘을 쓰느라 뺨 안쪽으로 혀를 불룩하게 내밀고 있었다.

사장은 마차 뒤에 있는 나이 든 소화공 옆에 서 있었다. 마차 가장자리의 판자를 잡고 아무 생각 없이 손톱으로 나무 거스러미를 파냈다.

"전 그쪽은 몰라요, 다른 방식으로 배웠으니까."

사장은 노파에게 화난 목소리로 입술을 내밀며 말했다.

"그렇지만 제 생각엔 이렇게 갑자기 떠나면 안 됩니다. 머리는 어디 갔어요? 생각은? 도대체 무엇 때문에 이 야단법석인 거예요?"

노파는 꽃 장식이 달린 모자를 쓴 머리를 어깨에 기대고 있었다. 흙빛 뺨은 추위 때문에 순무 색깔로 달아올랐다. 입술도 추위 때문에 떨렸다. 입술 안쪽에서 금니가 반짝였다.

"짐을 쌓을 때 아주 조심해주세요."

노파가 소화공에게 날카롭게 말했다. 노파의 얼굴은 짐을 하나씩 던져 실을 때마다 그녀 자신이 짐칸에 던져지는 것처럼 떨렸다.

"야시오, 야단법석을 일으켰다면 미안해요."

노파가 사장 쪽으로 돌아섰다.

"하지만 돈은 다 냈잖아요, 그렇죠?"

"대체 사모님께선 뭘 생각하시는 겁니까."

사장은 어깨를 들썩이며 말했다.

"제가 받아간 돈은 거처를 마련하는 데 썼고, 사모님이 저한테 맡기신 그 옷가지 몇 벌은, 그거야 언제든지……. 전 그걸로 부자가 되진 않을 테니까요."

노파는 창고의 회색 담장 아래 구부정하게 서서 낡고 닳아빠진 구두를 신은 발을 추위 때문에 움찔거리며 코를 훌쩍이고는 근시인 사람이 흔히 하듯이 불그레한 눈꺼풀을 찡긋거리며 눈물 어린 눈으로 사장을 쳐다보았다. 아무 말 없이 웃음을 지었다.

"사모님은 그 사람들에게 참 많은 것을 지켜주시는 겁니다."

사장이 땅을, 바퀴살과 마차 바퀴 아래의 진흙을 내려다보며 말을 이었다.

"왜요, 어떻게 될지 모르시는 겁니까? 저들은 죽이고 불을 지르고 파괴하고 짓밟겠지요. 그게 전부예요. 살아 있는 게 낫지 않아요? 사람이 평온하게 장사를 하도록 허락되는 때가 언젠가 올 거라고 저는 믿어요."

사이드카가 달린 강력한 디젤 엔진이 연기를 뿜어내며 거리를 달려서 대문 가까이 다가왔다. 사장은 안도의 미소를 짓고 다른 창고를 열기 위해 서둘러 갔고, 그래서 나는 눈 속을 뛰어서 대문까지 갔다. 트랙터는 뒷부분으로 반대쪽 보도를 향해 한숨을 내쉰 뒤에 시궁창을 기어서 건너 마당으로 나온 딱정벌레처럼 문이 열린 창고 쪽으로 다가갔다. 더러운 작업복을 입고 반짝이는 검은 머리카락 위에 지휘관인 양 독일군 모자를 쓴 운전수가 운전석에서 뛰어내렸다.

"아벤드(독 : 저녁). 오십 자루?"
　　Abend

그가 묻고는 팔을 한 번 넓게 벌려 박수를 딱 친 뒤에 허리를 건들거리는 걸음으로 창고 안에 들어왔다. 흥미 깊게 구석구석 훑어보았다.

"오, 이런, 이런! 전부 다 팔았나?"

그가 입맛을 다시고 물었다.

"물건이 많이 나가면 이익도 크지. 하지만 이제는 자루 하나당 십 즈워띠 더 비싸졌어. 삼십오 즈워띠씩?"

"그런 숫자는 통하지 않아요."

사장이 의미심장한 몸짓으로 팔을 벌려 보이며 말했다.

"삼십이. 시장에서는 오십오부터 시작한다고."

군인이 초조한 기색 없이 말했다.

"저 사람, 짐 내릴 사람들을 데리고 왔나?"

사장이 내게 물었다.

"모아와야죠."

"카이네 로이테(독 : 사람들은 필요 없어)."
 Keine Leute

군인이 입을 크게 벌리고 웃었다. 치아는 말처럼 건강했고 뺨은 정성스럽게 면도해서 반짝였다. 그는 사이드카 쪽으로 다가가서 방수천을 푼 뒤에 명령했다.

"마이네 헤렌, 라우스(독 : 신사 분들, 내리세요)! 여러분, 내리세요.
 Meine Herren raus
아우슬라덴(독 : 짐 내려요)!"
Ausladen

시멘트 자루 위에서 졸고 있던 일꾼 두 명이 덮고 있던 외투를 내던지고 차 안쪽에서 겁에 질려 고함을 지르며 뛰어내려 덮개를 열었다. 한 명이 차 바닥 가장자리로 자루를 끌고 왔다. 다른 한 명이 납작한 자루를 손으로 받아서 가슴에 바짝 안고 가게 안으로 날아와서 큰 소리를 내며 바닥에 던져놓았다. 나는 자루를 묶으면서 무더기가 무너져서 크 쵸르뚜(러 : 엉망진창)[41]가 되지 않게 하려면 시멘트를 어떻게 내려놓아야 하는지 그에게 설명했다.
К черту

---

41) 직역하면 '악마에게나 가버리다'라는 러시아 속어를 사용했다.

운전석에서 졸고 있던 운전자 조수가 차창 밖으로 고개를 내밀었다.

"이 사람들 서둘러야 해, 페터. 우리도 곧 떠나야 하고."

그는 팔꿈치로 몸을 지탱하고 졸린 눈으로 창고 안을 들여다보았다. 손목에 여자용 금팔찌가 느슨하게 걸려 있었다. 손등에 털이 수북하고, 얼굴은 거무스름하고 수염이 자라서 검었다.

"빨리, 빨리! 두 알타 슬라베(러 : 너, 이 늙은 슬라브인).
  Du   alta Slave"

그가 이빨 사이로 내뱉었다. 나의 관찰하는 시선과 마주치자 친근하게 미소 지었다.

창고에서는 시멘트를 뒤집어쓴 일꾼 하나가(물건을 다룰 줄 모르면 언제나 운송 중에 자루가 몇 개 찢어져서 손해가 난다) 시멘트 가루에 뒤덮여 은빛으로 보이는 얼굴을 내 쪽으로 들고 손등으로 눈을 비비는 척하면서 속삭이듯이 물었다.

"다섯 자루 더 있어요. 오늘 받을 거예요?"

"자루 당 이십 즈워띠."

내가 입술을 움직이지 않고 중얼거렸다.

"간이사무실로 콤(독 : 와요). 정산합시다.
        Komm"

내가 군인에게 말했다. 그는 성냥을 끄고 신발 바닥으로 주의 깊게 밟았다. 기쁜 듯이 연기를 빨아들였다. 탁한 분홍색 불꽃이 그의 뺨을 밝히고 눈에 반사되었다.

"퓐프찌크 슈투크(독 : 오십 개)? 오십 개?"
  Fünfzig   stuck

그가 손가락 다섯 개를 쫙 벌려 일꾼들에게 보여주었다.

"야, 야(독 : 예, 예). 대장, 내가 세고 있어요! 한 자루도 더 주지 않
 Ja Ja

아요!"

심부름꾼이 방수천 아래에서 열성적으로 소리쳤다.

마부가 마차에 짐을 다 실었다. 소화공이 마지막 짐을 때려 누른 후 끈을 당겼다. 마치 유리를 싼 꾸러미처럼 조심스럽게 짐칸을 끈으로 묶었다. 일꾼들은 짐 싸는 법을 잘 알았다. 가운데에 가장 값나가는 물건과 가죽 여행 가방과 속옷이 든 방수천 자루를 숨기고, 겉과 옆쪽에는 갈대를 엮은 바구니, 둥글 의자, 쨍그랑거리는 그릇을 넣었다. 짐칸은 방주처럼 참을성 있게 서 있었다. 노파는 손을 털토시 속에 넣은 채 창고 앞에서 제자리걸음을 했다. 가까이 지나가는 군인을 보고 그녀는 겁에 질려서 가게 문 뒤로 숨었다.

"이사 가나?"

운전수가 지나가면서 물었다.

"이사, 물론 이사죠. 그게 아니면 뭐겠어요?"

하늘이 더 가까이 다가와서, 땅으로 내려오는 새처럼 사르락 소리조차 없이 어둠 위로 내려앉았다. 철로의 잎사귀 없는 나무가 마치 굴복하지 않기로 결심한 사람처럼 결사적으로 바람과 싸웠다.

"당신들 정말 평화롭게 사는군."

선량한 조롱을 담아 군인이 말했다.

"우리 군인들은 당신들의 평화를 위해 싸우는데."

사장이 앉을 것을 권했다. 그는 전화로 아내와 이야기하고 있었다.

"그래서 점심 식사는 장만했어, 못 했어? 사탕무는 안 돼. 양배추로 해."

그는 참을성 있게 웃었다.

"아이는? 자? 깨워. 벌써 두 시간째 자잖아."

"책을 들여왔나 보군, 응?"

군인이 방문을 살짝 열어보고 말했다.

"오, 이 분위기라니! 전축만 있으면 되겠군! 아가씨가 있네, 응, 아가씨?"

그는 옷걸이에 걸린 빨간 가운을 손가락으로 가리켰다. 아폴로니우슈가 그린, 거친 담벼락 아래 양 눈알이 뽑힌 아이를 가느다란 팔에 안은 거지 여인 그림과 노란 물주전자가 있는 정물화를 둘러보았다. 그는 방 안으로 진흙과 군인 특유의 악취를 끌고 들어왔다.

사장이 지갑에서 조심스럽게 싼 지폐 꾸러미를 꺼내 기도하듯이 중얼거리며 헤아린 후 운전수에게 건넸다.

"다시 수요일, 다음 주, 야(좋아)?"

운전수가 물었다.

"이스트 구트(독 : 좋아)."
  Ist gut

사장이 말했다.

"이스트 제어 구트(독 : 아주 좋아). 그거 아나, 타덱 군, 자기 가게를
  Ist sehr gut
가진 사람은 상품을 숨겨선 안 돼. 며칠만 버티면 틀림없이 돈이 들어오는 거야."

"사무원이 당장 엔지니어에게 뛰어갈 텐데요."

"아무것도 못 찾으면 안 믿을 거야……. 암거래하는 가게들하고는 손을 씻어야지. 하지만 엔지니어도 우리에게 동조해줘야 해. 엔지니어도 뒤로는 다른 거래를 해서 돈을 벌었고, 지금도 하고 있거든."

사장이 자랑스럽게 말했다.

"사장님은 그 건물도 살 방법을 알아보세요. 저도 버는 대로 보탤 게요."

"건축이 완전히 금지되면 어쩌고?"

"지금도 금지돼 있지만 사람들은 집을 짓잖아요. 버텨내는 거라면 사장님은 서랍 속에 숨겨둔 돈만으로도 버틸 수 있어요. 건물 부지랑 창고는 전쟁이 끝나도 남을 거예요. 지금 그대로요. 자, 사장님, 의사 사모님 배웅하러 가죠."

"사모님이 자네한테 맡긴 타자기를 잊었더군."

사장이 말했다. 손으로 머리를 쓸어 넘기고 전차 차장들이 쓰는 베레모를 상당히 우아하게 눌러 썼다. 거리에서는 전차 차장인 척했다. 전차를 공짜로 타고 다녔고 일제검거가 임박해도 안전하다고 느꼈다.

"타자기는 회사에 도움이 될 거예요."

"야, 이스트 구트(독 : 그래, 좋다)."

군인이 돈을 다 세어 작업복 주머니에 넣고 상냥하게, 그러나 열의는 없이 우리와 악수를 하더니 장화 소리를 찰각거리며 나가버렸다.

마부가 말에게서 사료 자루를 내려주고 등불을 켜고, 마차 아래 등불을 붙들어 맨 뒤 손에 고삐를 그러쥐고 장엄하게 말을 향해 쯧쯧 소리를 냈으며, 짐칸은 카니발 행렬의 마차처럼 핏빛으로 흔들리는 불꽃으로 밝혀진 채 삐걱거리며 움직여 대문 밖으로 나가서 그림자가 깔린 대로 속으로 사라지듯이 거리에 잠겨버렸다.

나이 든 유대인 여자는 흰 커튼 줄로 잡아맨 달아오른 입술 같은 진홍색 이불과 개처럼 덩어리로 묶은 불룩한 여행 가방 사이에 다리를 모은 채 웅크려 앉아 있었고, 그 위는 대각선으로 기울어진 탁자가 가리고 있었는데, 탁자 다리는 죽은 나뭇등걸처럼 하늘을 향해 뻗어 있었고, 마차가 움직일 때마다 탁자 상판과 함께 튀어 오르는 모습이 복수심에 차서 하늘을 위협하는 것처럼 보였다. 노파는 눈을 감고 머리는 털 달린 옷깃으로 감싸고, 아무리 봐도 분명 졸고 있었다. 초라한 행색의 아이들 몇 명이 뭔가 훔칠 수 있을까 하는 기대를 가지고 짐칸 뒤로 뛰어다녔다.

거리는 저녁이 되어 살아나고 있었다. 남청색 하늘에 깃털 같은 구름 맞은편에 금빛 달이 파인애플의 둥근 형체처럼 떠올라 금속성으로 빛나며 거리의 지붕 위를, 가려진 담장 안쪽을, 은빛 양철처럼 찰각거리는 보도의 눈을 내려다보았다. 학교 앞에는 황혼 때문에 완전히 푸른색이 된 잘생긴 헌병이 걸어 다녔다. 세탁소의 아가씨들이 보라색 조명등 아래로 나와서 타버린 집의 그림자 속으로 사라졌다. 밀거래꾼의 가게에서 살짝 취해 기분이 좋아진 경찰관들이 밤 근무를 하러 나왔다. 우리 창고에서 사간 시멘트와 생석회로 개축한 교회의 종이 즐겁게 노는 어린아이처럼 지저귀면서 종탑 창턱에 잠들어 있던 비둘기들을 겁주자, 비둘기들은 날개를 퍼덕이며 탑 위로 날아 올라가서는 국화 꽃잎처럼 졸음에 겨워 지붕 위로 미끄러져 내렸다.

시멘트를 실은 트랙터가 조심스럽게 생석회 구덩이를 피해서, 작별의 뜻으로 경적을 울린 뒤 마당을 나갔다. 나는 부속 건물로 뛰어가서 일꾼이 내민 손에 돈을 쥐어주었다.

"열 자루였다고, 열 자루!"

그가 소리쳤다. 그의 뒤로 방수천이 덮였다.

"오늘 벌이 잘 했군."

사장이 전차 차장 외투의 옷깃을 여미면서 말했다. 허리띠를 성실하게 힘껏 조였는데, 날씬해 보이고 싶었기 때문이다.

"자네 혼자 남겠군. 여자 친구는 왜 안 오나?"

"그 애가 걱정돼요."

내가 말했다.

"하루 종일 일제검거가 이어졌어요. 분명히 엄청나게 잡아들였을 거예요."

"어쩐다."

사장이 무겁게 한숨을 쉬었다.

"여자 친구는 분명 자네를 못 찾아오겠군."

그는 내일 점심에 먹으려고 골라둔 고기 한 점을 서류 가방에 집어넣었다.

"좀 기다려보게, 나가서 저녁 식사로 뭔가 사올 테니. 이렇게 바보 같은 하루를 보내고 나면 배가 고프다니까."

우리는 외투를 버석거리며 거리로 나섰다. 독일 트랙터가 거리 끝을 막고 소음과 연기를 뿜었다. 행인들은 보도에 모여서서 광장 쪽을 바라보았다. 시궁창 앞에 짐을 실은 마차가 서 있었다. 마부는 자유롭게 지나갈 수 있을 때까지 참을성 있게 기다리는 중이었다.

저녁의 어스름이 점점 깊이 내려왔다. 검은 띠처럼 보이는 벌판 너머 강의 은빛 흐름 위에, 돌다리가 하늘을 배경으로 반원처럼 펼쳐졌다. 건너편 강가에는 도시의 검은 군집이 물컹한 어둠 속으로 잠겼다. 그 위로 반사등의 높은 기둥이 하늘에 수은의 불빛을 비추었고, 하늘을 가로질러 마리오네트 인형의 팔처럼 힘없이 땅으로 떨어져 내렸다. 한순간 세상은 드러난 혈관처럼 맥박 치는 하나의 거리 안에 뱀처럼 휘감겼다.

덜걱거리는 소리를 내며, 반사등의 환한 빛 속에서, 사람을 가득 태운 트럭들이 길의 울퉁불퉁하게 파인 곳을 메우며 차도로 쏟아져 들어갔다. 방수천 아래에서 사람들의 얼굴은 밀가루로 뒤덮인 듯 하얗게 보였다가 바람에 불린 듯 어둠 속으로 사라졌다. 철모를 쓴 군인들을 태운 오토바이가 육교 아래에서 나타나 거대한 괴물 나방처럼 어둠의 날개를 퍼덕이더니, 굉음을 내며 차들 뒤로 사라졌다. 연소 엔진이 내는 숨 막히는 연기가 차도에 퍼졌다. 자동차의 행렬은 다리 쪽을 향해 갔다.

"교회 근처에서 잡아왔대요."

밀거래 가게 주인이 내 뒤에서 말했다. 내 어깨에 무겁게 손을 얹었다. 그 손에서는 보드카 냄새가 피어오르고 싸구려 담배의 악취가 났다.

"저들이 땅으로 꺼지기라도 하면 좋을 텐데!"

"우리 쪽으로 몰려오는데."

근무 복식 규정대로 모자 끈을 턱 밑에 묶은 경찰관이 우울하게 말했다. 모자를 벗고 소매로 이마를 닦았다. 경찰 모자로 눌렸던 대머리의 빨간 자국이 추위 속에서 하얗게 변했다.

"그럼 그렇지."

그가 내뱉듯이 덧붙였다.

"저 유대인 여자는 사장님 집을 나가는 거죠?"

밀거래 가게 주인이 비밀스럽게 속삭였다.

"그렇게 빨리?"

"어디 다른 곳으로 옮겨가는 거요."

"그럼 아파트는 어떻게 하고요?"

가게 주인이 불안해했다. 귓가로 몸을 기울였다.

"내가 이미 사람들과 이야기를 좀 했어요. 사장님이 오늘 계약금을 주기로 했대요."

"그럼 사장님을 찾아보세요."

내가 성급하게 말하고 그의 손을 떨쳐냈다.

"미안합니다."

가게 주인이 속삭였다. 반사등의 조명이 그의 얼굴을 지나갔다. 그는 불빛에서 물러서며 눈꺼풀을 찡그렸다. 반사등이 거리 안쪽을 밝혔고, 가게 주인의 얼굴은 어둠 속에 잠겼다.

"게토로 돌아가는 거예요. 거기에 딸이 있는데, 나오질 못한대요."

"그거야 그렇겠죠."

가게 주인이 확신에 차서 말했다.

"최소한 딸과 함께 사람답게 죽겠죠……."

그는 무겁게 한숨을 쉬고 거리를 둘러보았다.

대로로 꺾어지는 부분에 장애물이 서 있었다. 행렬이 멈추고, 자동차들은 서로 가까워졌다. 목쉰 외침 소리가 수그러들었다. 오토바이들이 자동차 뒤로 나타나서 전조등으로 차도와 전차와 보도와 군중을 비추었다. 전조등이 하얗게 바랜 뼈를 훑듯이 사람들의 얼굴 위를 지나서 아파트의 검게 막힌 창문을 둘러보더니 녹색 꽃등으로 빛나는, 반쯤 돌다 말고 멈춘 회전목마와 줄에 묶인 채 달려가는 여러 종류의 말, 목을 길게 빼어 부드럽게 기울인 백조, 나무 자동차와 자전거를 감싸고, 경마장 안쪽을 더듬고, 악어와 늑대와 낙타가 있는 동물원 천막에 닿았다가, 불이 꺼진 채 서 있는 전차의 안쪽을 탐사하고, 화난 뱀 머리처럼 왼쪽 오른쪽으로 망설이다가 사람들 쪽으로 돌아가서 다시 한 번 눈부신 빛을 비추고는 자동차 쪽으로 방향을 돌렸다.

검은 모자의 넓은 챙으로 둘러싸인 마리아의 얼굴은 석회처럼 희었다. 시체 같이, 분필 같이 창백한 손을 작별의 몸짓처럼 발작적으로 가슴께로 올렸다. 그녀는 자동차 안, 헌병 옆의 군중 속에 밀려 들어가 서 있었다. 눈이 먼 것처럼 조명등 불빛을 정면으로 들여다보며 내 얼굴을 뚫어져라 쳐다보았다. 이름을 부르고 싶은 듯 입술을 움직였다. 몸이 흔들리다가 거의 떨어질 뻔했다. 자동차가 차체를 부르르 떨고 으르렁거리더니 갑자기 출발했다. 나는 어떻게 해야 할지 전혀 알 수 없었다.

나중에 알게 되었지만 마리아는 아리안과 유대인의 미슐링(독 : 혼혈)으로서 유대인 수송대와 함께 바닷가의 유명한 수용소로 실려 간 뒤 소각장에서 독가스로 살해되었다. 그녀의 몸은 틀림없이 비누로 만들어졌을 것이다.[42]

---

42) 소설에서는 극적인 효과를 위해 약간의 각색이 있지만, 실제로 마리아 룬도는 가스실로 가지 않고 아우슈비츠 II 비르케나우에 수감되어 살아남았다. 소설과 달리 보롭스키는 약혼녀가 체포되는 상황을 직접 보지 못했고, 어느 날 그녀가 집에 돌아오지 않아서 찾으러 갔다가 자신도 체포되었다. 두 사람은 이후 비르케나우에서 다시 만나게 된다.

이 소설은 보롭스키가 아우슈비츠로 이송되기 전
두 달 남짓 머물렀던 파비악 수용소를 배경으로 한다.
바르샤바에 있는 파비악 수용소는
폴란드가 러시아의 지배를 받던 19세기 초에 건설되어
정치범을 수용하는 감옥으로 악명을 떨쳤다.
제2차 세계대전 당시 독일군도 파비악을
정치범 수용소 및 일제검거로 잡아온 일반 시민을 분류하는
임시 수용소로 이용했다.

성경책을 든 소년

간수가 문을 열었다. 감방 안으로 소년이 들어와서 문간에 멈추어 섰다. 문이 그의 뒤로 쿵 소리를 내며 닫혔다.

"넌 무슨 일로 잡혀 들어왔지?"

베드나르스카 거리[43]의 조판공 코발스키가 물었다.

"아무 일도 없었어요."

소년이 대답하고 박박 민 머리를 손바닥으로 문질렀다. 낡고 검은 학생복을 입고 있었다. 팔에는 목깃에 털이 달린 외투를 걸쳐 들었다.

"저 애를 왜 잡아왔을까?"

마우키니아[44]에서 온 밀수꾼 코제라가 말했다.

---

43) 베드나르스카 거리(ulica Bednarska): 바르샤바 중심가의 거리 이름. 바르샤바에서 가장 오래된 거리 중 하나이다.
44) 마우키니아(Małkinia): 폴란드 동부 지방의 도시.

"아직 강아지잖아. 분명 유대인이겠지?"

"우리 그런 이야기는 안 했으면 좋겠는데, 코제라."

벽 아래에서 모코톱스카 거리[45]의 사무원인 슈라예르가 대꾸했다.

"저 애는 전혀 그렇게 안 보여."

"그만 떠들어. 저 애가 이 안에는 산적들만 앉아 있는 줄 알겠다."

조판공 코발스키가 말했다.

"여기 짚자리 위에 앉아라, 애야. 나쁘게 생각할 거 없다."

"못 앉게 해, 거기 므왑스키 자리야. 곧 조사 끝나서 돌아올지도 몰라."

모코톱스카 거리 출신의 슈라예르가 말했다. 그의 집에서는 신문[46]이 발견되었다.

"뭐라는 거야, 늙은이. 결국 돌아버렸나?"

조판공 코발스키가 놀랐다. 조금 물러나서 소년에게 자리를 만들어주었다. 소년은 앉아서 외투를 무릎에 얹었다.

"뭘 들여다봐? 지하실이야. 그뿐이지. 지하실 본 적 없어?"

마툴라가 물었다. 그는 게슈타포를 사칭하며 장화와 가죽 외투 차림으로 농가를 돌아다니면서 돼지를 징발했다.

"한 번도 본 적 없어요."

소년이 중얼거렸다. 감방은 작고 천장이 낮았다. 어둠 속에서 지하실 벽의 습기가 반짝거렸다. 더럽고 비뚤어진 문짝은 주머니칼로 새긴 날짜와 이름으로 뒤덮여 있었다. 문가에는 양동이가 있었다.

---

[45] 모코톱스카 거리(ulica Mokotowska): 바르샤바 중심부의 거리 이름.
[46] 지하저항군의 비밀신문을 말함.

벽 아래 콘크리트 바닥에는 지푸라기 매트리스가 두 개 깔려 있었다. 사람들은 몸을 웅크리고 서로 무릎을 맞닿은 채 앉아 있었다.

"둘러봐라, 잘 봐."

마툴라가 웃음을 터뜨렸다.

"어딜 가도 이런 건 못 볼 거다."

그는 짚자리 위에서 고쳐 앉았다.

"뽑을 건가?"

그가 물었다.

"뽑죠."

내가 카드를 골랐다.

"여기."

나는 카드 세 장을 집었다. 들여다보았다.

"되든 안 되든, 충분해."

"이십."

나는 카드를 보여주었다.

"내가 졌군."

마툴라가 말했다. 무릎에서 먼지를 털어냈다. 그의 승마용 반바지는 아직 구겨지지 않았다.

"빵은 네 거야. 그런데 이 카드는 정말 의미심장하군."

복도에서 전류 개폐기가 삐걱거리는 소리를 냈다. 천장 밑에 둔한 불빛이 켜졌다. 천장 아래의 조그만 창문에 남청빛 하늘 조각과 주방 지붕의 일부가 보였다. 열린 부분으로 보이는 창살은 완전히 검은색이었다.

"이름이 뭐냐, 얘야?"

사무원 슈라예르가 물었다. 그의 집을 뒤졌을 때 신문 외에도 조직 활동을 위해 모금한 돈에 대한 영수증 조각이 발견되었다. 그는 하루 종일 짚자리 위에서 움직이지 않고 끊임없이 의치를 우물거렸다. 그의 양쪽 귀는 굶주림 때문에 점점 벌어졌다.

"내 이름이 뭐든 그쪽이 무슨 상관인데요."

소년이 경멸을 섞어 말했다.

"우리 아버지는 은행장이에요."

"그렇다면 너는 은행장 아들이구나."

슈라예르가 소년 쪽으로 돌아앉으며 말했다.

소년은 책 위로 몸을 기울이고 앉아 있었다. 책을 눈 가까이 가져다댔다. 외투는 무릎 위에 가지런히 얹었다.

"아하, 책이군. 그건 무슨 책이냐?"

"성경이요."

소년이 책에서 눈길을 들지 않고 말했다.

"성경? 이런 데에서 그게 도움이 될 거라고 생각해? 염병 옆구리나 도움이 될까."

밀수꾼 코제라가 문간에서 대꾸했다. 그는 큰 걸음으로 벽에서 벽까지 걸어 다녔는데, 두 걸음 앞으로, 두 걸음 뒤로 걸어 다시 제자리로 돌아왔다.

"이렇게, 이렇게 해서 굴뚝으로 가는 거지."

"누가 가는데."

내가 다시 마툴라에게서 카드를 받으며 말했다.

"에이스."

"궁금한데. 오늘은 우리 방에서 누구를 불러낼까?"

모코톱스카 거리 출신의 슈라예르가 말했다. 그는 자신이 총살당할 거라고 계속 예상하고 있었다.

"또?"

조판공 코발스키가 적대적으로 말했다.

"한 번 더 하지."

가짜 게슈타포 마툴라가 말했다. 마지막 징발 때 그의 권총은 안쪽이 걸려서 발사되지 않았다.

"위험이고, 모험이지만, 그래도 살아야지."

카드는 소포 상자의 골판지로 만든 것이었다. 문양은 우리보다 먼저 이곳에 있었던 사람들이 화학 연필[47]로 그려 넣었다. 카드 한 장 한 장이 의미심장했다.

"그 애는 아무 일도 없을 거예요."

내가 카드를 섞으며 말했다.

"좀 들어앉아 있으면 아빠가 돈을 바르고 엄마가 필요한 사람한테 눈웃음을 쳐서 애를 데려갈 걸요."

"난 어머니가 없어요."

성경책을 든 소년이 말했다. 책을 좀 더 눈에 가까이 가져다댔다.

"그래, 그래."

조판공 코발스키가 말하고 소년의 머리 위에 손을 무겁게 얹었다.

---

47) 연필심에 물을 묻히면 잉크처럼 변해서 지우개로 쉽게 지워지지 않는 연필. 볼펜이 일반화되기 전 중요한 문서에 기입할 때 주로 사용했다.

"누가 알겠니, 우리가 내일도 하루 더 살게 될지?"

"또?"

모코톱스카 거리 출신 사무원 슈라예르가 대꾸했다.

"아무것도 걱정하지 마."

내가 소년에게 말했다.

"중요한 건 남들이 네 걱정을 하지 않는 거야. 그게 가장 나쁘거든. 언제 체포당했어?"

"체포당한 게 아니에요."

소년이 대답했다.

"경찰서에 안 갔다고?"

마우키니아 출신 밀수꾼 코제라가 놀라서 물었다.

"안 갔어요."

소년이 대답했다. 책을 조심스럽게 덮어서 외투 주머니에 간직했다.

"거리에서 잡혔어요."

"오늘 일제검거가 있었나? 어느 거리에서?"

집에서 신문과 영수증이 발견된 사무원 슈라예르가 불안하게 물었다. 그에게는 중학교에 다니는 딸이 둘 있었다. 집에서 보낸 음식 소포를 받으리라는 희망을 가지고 있었다.

"이거 뭔가 이상한데."

조판공 코발스키가 말했다.

"일제검거가 있었다면 사람들을 무더기로 실어오지 저 애 하나만 데려오진 않았을 걸. 여기서도 무슨 말을 들었을 거야."

"아니면 이 감방에서 나가는 철문을 보게 되거나?"

내가 천장 아래 창문 쪽으로 고갯짓을 하면서 말했다.

"저기로는 주방 지붕과 작업장 한쪽밖에 안 보여요."

나는 가짜 게슈타포 마툴라에게 카드를 보여주었다.

"십구."

"여기서 어떻게 나가."

마우키니아 출신 밀수꾼 코제라가 말했다. 그는 소금에 절인 베이컨을 러시아 쪽으로 가지고 나가다가 고전적인 장소인 국경에서 잡혔다. 지금은 문가에 서서 창문을 바라보고 있었다.

"문가에서 보면 더 많이 보여. 주방 근처에 독일군 경비병이 개를 데리고 다니는데. 내일 먹을 감자를 들여오고 있어."

"또 졌네."

마툴라가 카드를 짚자리 위로 내던지며 말했다.

"운이 없어. 분명히 날 데리러 올 거야. 안 그러면 뭐하러 날 여기로 실어 왔겠어. 굴뚝으로 가는 거지, 안 그래?"

"그럼 풀어주려고 데려왔겠어?"

밀수꾼 코제라가 대꾸했다. 큰 걸음으로 짚자리에서 문까지 갔다가 돌아오기를 되풀이했다.

"그래."

마툴라가 한숨을 쉬며 말했다.

"어쩌면 잃은 만큼 다시 딸지도 모르지. 안 그러면 내일 치 빵도 네 거다."

그는 소포 상자의 골판지로 만든 카드를 나누기 시작했다.

"오늘 아저씨를 데리러 오면, 내일 치 빵이 나한테 무슨 소용이에요?"

나는 손을 내밀었다.

"카드 줘요."

"코지아 거리에서 경찰관한테 붙잡혔어요."

소년이 말했다.

"남색 제복이?[48] 나도 그랬는데."

밀수꾼 코제라가 이야기했다.

"보통 경관이었어요. 그리고 날 여기로 데려왔어요."

"철문으로 곧장? 게토를 지나서? 거짓말이야."

모코톱스카 거리의 사무원 슈라예르가 말했다.

"길거리 마차로 데려왔어요. 폴리짜이(독 : 독일 경찰)로 이송하기에
  Polizei
는 너무 늦었다고 그랬어요. 그렇게 해서 철문 안으로 들어오게 된 거예요."

소년이 이야기하고는 모두를 향해 웃음 지었다.

"유머 감각이 있군."

내가 소년에게 말했다.

"분명 벽에다 그림도 그렸겠지?"

"분필로."

소년이 대답했다.

"그림을 그리고 싶었나?"

---

[48] 남색 경찰(policja granatowa): 독일어의 블라우어 폴리짜이(Blaue Polizei)를 직역한 용어로, 제2차 세계대전 당시 1939년부터 1944년까지 폴란드의 지방자치 정부에서 재정을 지원하고 독일 경찰이 운영한 지역 경찰이다. 거리 순찰과 기차역 및 철로 경호, 주민등록 업무를 맡았다. 폴란드인만을 관할했으며, 독일인은 독일 경찰, 유대인은 게토 내의 유대인 질서유지대가 따로 있었다. 그러나 유대인 질서유지대를 교육하고 훈련하는 역할도 남색 경찰이 맡아서 게토 안을 간접적으로 관리했다.

베드나르스카 출신 조판공 코발스키가 말했다.

"방장이 네 덕에 일거리가 생기겠군. 내가 네 아버지 역할을 해야겠으니 말이야."

그는 소년의 박박 깎은 머리를 쓰다듬었다.

"코발스키, 그런데 자넨 왜 베드나르스카에서 신문을 찍어냈나?"

밀수꾼 코제라가 물었다. 그는 벽에서 벽까지 큰 걸음으로 걸어다녔다.

"신문 같은 거 찍어낸 적 없어. 소파를 사러 나갔지."

"하필 그게 지하 인쇄소였지, 안 그래? 졌네."

내가 카드를 가짜 게슈타포 마툴라에게 건넸다.

"'프랑스 금화가 거리의 여자에게 어울리듯이 그렇게 너는 그녀에게 어울렸지.' 이건 셰익스피어예요, 조판공 코발스키 씨."

"한 번 더, 이번엔 도로 딸 거야."

마툴라가 말하고 카드를 섞기 시작했다.

"됐어요. 빵 두 덩어리 내 거예요."

내가 카드를 밀어냈다.

"나도 너처럼 아무 죄 없이 들어왔어."

베드나르스카 거리의 조판공 코발스키가 말했다.

"내가 여자 친구를 찾으러 나갔을 뿐이라는 거 아시잖아요, 이틀이나 집에 안 들어왔단 말이에요."

"여자 친구를 찾으러 총포상한테 갔단 말이지?"

조판공 코발스키가 소리 내어 웃었다. 나는 소년 쪽으로 몸을 기울이고 손으로 건드렸다.

"나중에 나도 좀 읽게 해줄래?"

소년은 부정적으로 고개를 저었다.

"하지만 내가 어떻게 알 수 있었겠어?"

조판공 코발스키가 말했다.

"어쨌든 성명서가 기둥에 붙어 있었단 말이야."

우리는 입을 다물었다. 천장 아래에서 둔한 불빛이 빛났다. 우리는 찢어진 짚자리를 두 개 깔고 앉아 있었다. 창문 아래 구석에는 모코톱스카 거리 출신 사무원 슈라예르가 무릎에 머리를 얹고 앉아 있었는데, 그의 두 딸은 비밀 중학과정에 다니고 있었다. 그는 귀가 점점 더 벌어졌다. 징발을 다니던 가짜 게슈타포 마툴라는 문에 등을 대고 앉아서 짚자리 위에 벌여놓은 카드를 몸으로 가리고 있었다. 다른 짚자리 위에는 지하 인쇄소에서 소파를 샀던 베드나르스카 거리의 조판공 코발스키가 앉아 있었다. 그 옆에는 벽에 분필로 낙서를 하고 성서를 읽는 소년이 앉아 있었다. 마우키니아 출신 밀수꾼 코제라는 짚자리에서 문까지 갔다가 돌아오기를 반복했다.

문은 검고 낮았으며, 이름과 날짜가 가득 새겨져 있었다. 창문의 검은 창살 뒤로 주방 지붕의 불그스름한 한 조각이 빛나고 보라색 하늘이 밝아왔다. 그 아래에는 담장이 있었다. 담장 위로 자동소총을 든 군인들이 있는 감시탑이 솟아 있었다. 계속해서 담장 밖 게토에는 창문이 텅 빈 사람 없는 집들이 널려 있었는데, 그 안에서 닳아 떨어진 베개와 깃털 이불의 깃털이 흩어져 나왔다.

사무원 슈라예르는 무릎에서 고개를 들고 성경을 든 소년을 쳐다보았다.

소년은 다시 책을 눈에 바짝 대고 읽고 있었다. 복도에 발소리가 울려 퍼졌다. 바닥을 덮은 금속판이 낭랑한 소리를 냈다. 감방 문이 삐걱삐걱 소리를 내기 시작했다.

"드디어 왔군."

슈라예르와 함께 엿듣던 조판공 코발스키가 말했다.

"몇 명이나 새로 올지 궁금한데."

"그런 물건은 절대로 모자라지 않을 거야. 밀수할 필요도 없지. 제 발로 걸어오니까."

마우키니아 출신 밀수꾼 코발스키가 말했다.

"바깥세상에서 무슨 일이 벌어지는지 이야기 듣는 정도라도 쓸모가 있잖아."

징발을 하러 다녔고 이제는 사형 집행을 기다리는 마툴라가 말했다.

"이주 전에는 너희도 바깥세상에 있었다고."

사무원 슈라예르가 말했다.

"무슨 일이 벌어지는지 그땐 많이들 알고 살았어?"

"하지만 이주 후에 다시 바깥세상에 있게 될지는 알 수 없지."

마툴라가 대꾸했다.

"그럼 바깥에서 무슨 일이 벌어지는지 너하고 무슨 상관이야? 그렇게 굴뚝으로 가고, 또 그렇게 굴뚝으로 가는 거지. 안 그래?"

코제라가 말했다.

"만약에 전쟁이 오래지 않아 끝나면, 굴뚝으로 안 갈지도 모르지?"

"폴란드 법원도 네가 한 강도짓에 대해서는 사형을 선고할 거야."

조판공 코발스키가 말했다.

"그래 너는 소파를 사러 다녔으니 십자 훈장이라도 받겠다."

감방 문이 다시 열렸다. 조사를 받으러 갔던 므왑스키가 들어왔다. 그의 등 뒤로 문이 쾅 소리를 내며 닫혔다.

"어떻게 지냈나, 제군?"

그가 물었다.

"나 오늘 겁먹었어. 거기 남아서 밤샐 줄 알았지. 차 한 대가 사람들을 또 실어왔어."

"분명 나무에는 벌써 꽃이 피겠지, 그렇지? 사람들은 아무렇지도 않게 거리를 걸어 다니고? 맞지?"

내가 손 안에서 카드를 돌리며 물었다.

"여기 올 때 직접 보지 않았나? 사람들은 살아가고, 살아가는 거지."

"여기 수프 있네."

조판공 코발스키가 저녁을 담은 그릇을 그에게 건넸다.

"점심은 사람들이 먹어버렸어."

"점심에는 빵과 버섯 수프가 나왔지. 먹을 건 나쁘지 않게 준다고."

"그 대신 잠자리가 호화롭죠."

므왑스키가 말했다. 그는 짚자리 앞에 서서 젤리처럼 굳어버린 수프를 숟가락으로 가르는 중이었다.

"그래 조사는 어땠어? 앉을 수 있나?"

"조사가 어땠냐고! 별 거 아니었어. 그냥 전차를 탔지.[49] 우리랑

---

49) 파비악 정치범 수용소에서 게슈타포 본부가 있는 슈흐 대로까지 가려면 바르샤바를 대각선으로 가로질러 동남쪽으로 25킬로미터 정도 내려가야 한다. 이때 죄수들을 호송하는 수단으로 전차를 이용했다.

알고 지내는 정보원이 있었거든. 라돔에서 우리 아버지랑 사업을 했어. 어떤지 너도 알잖아, 안 그래?"

그는 서두르지 않고 숟가락으로 수프를 저었다.

"나 이 수프 좋아해. 식어도 가끔은 맛이 좋다니까. 집에 있는 것 같다고. 오늘은 감자가 많군."

"주방 감독관한테 네가 먹을 거라고 얘기했어. 바닥까지 뒤적여서 퍼준 거야."

내가 대답했다.

"정보원이 뭐라고 했는데?"

집에서 신문과 영수증이 발견된 사무원 슈라예르가 물었다.

"아무 말도 안 했어요."

므왑스키가 부루퉁하게 대답했다. 수프 그릇을 양동이 아래 내려놓고 외투를 벗었다.

"네 외투 때문에 따귀를 한 대 맞았어. 안감에서 유리 조각이 떨어졌다고. 찔러 죽이기라도 할 셈이었나?"

"만약의 경우를 대비한 거지."

내가 대꾸하고 외투를 받아 입었다. 므왑스키는 조사에 대비해 내 외투를 빌려 입고 갔는데, 왜냐하면 그의 가죽으로 된, 거의 새것인 재킷을 폴리짜이에서 빼앗아갈까 두려워했기 때문이었다.

므왑스키는 내 옆에 앉았다. 속삭이는 소리로 물었다.

"그거 아나? 아버지한테 비밀 연락원이 되면 어떻겠느냐고 제안했어. 어떻게 생각해?"

"아버지는 어떻게 생각하셔?"

내가 물었다.

"아버지는 동의했어. 이젠 어떻게 하면 되나? 말해줘."

나는 어깨를 으쓱했다. 므왑스키는 성경책을 든 소년 쪽으로 고개를 돌렸다.

"신참인가, 응? 너 폴리짜이에서 본 것 같은데, 안 그래? 전차에서 나랑 나란히 앉지 않았어?"

"아니오."

소년이 성경을 내려다보며 대꾸했다.

"전차 같은 데 앉아 있었던 적 없어요."

"저 애 말로는 길거리에서 남색 제복 경찰이 붙잡아서 길거리 마차로 감옥에 데려왔다는군."

므왑스키에게 코제라가 문간에서 말했다.

"널 폴리짜이에서 봤다는 데 내기라도 걸겠어."

므왑스키가 소년에게 말했다.

"하지만 네 말대로 일반 경관에게 붙잡혔다면……. 이상하네. 하지만 그럴 수도 있지."

우리는 침묵했다. 하늘과 검은 창살 사이에 봄의 저녁이 깔려 있었고, 그 아래쪽으로부터 감옥의 조명등이 비추었다. 슈라예르는 얼굴을 손으로 감싸고 있었는데, 그 옆으로 굶주림 때문에 점점 벌어지는 귀가 튀어나와 있었다. 코제라는 문에서 짚자리까지 걸어갔다가 되돌아왔다. 소년은 성경을 읽었다.

"블랙잭 하겠나?"

마툴라가 내게 물었다.

"나뭇등걸처럼 앉아 있군. 어쩌면 내가 딸지도 모르잖아?"
"카드 좀 그만해."
슈라예르가 얼굴을 들지 않고 말했다.
"그러다가 카드에 친어머니까지 걸겠군. 여기선 사람이……."
그는 말을 멈추었다. 의치를 움직였다.
"끼어드는군. 신문 지식인."
마툴라가 말했다.
"한 판 하겠나?"
"점호 준비나 하는 게 좋겠어. 감독관이 벌써 고함을 치잖나."
베드나르스카 거리의 조판공 코발스키가 말했다.

우리는 짚자리에서 일어섰다. 문 쪽을 바라보고 열을 지어 섰다.

"오늘은 우크라이나인이 근무해. 하지만 어쩌면 괜찮을지도 몰라."

내가 므왑스키에게 중얼거렸다. 그는 고개를 끄덕였다.

우리 방의 문이 열렸다. 문간에는 얼굴이 붉고 사각형에 금발머리의 숱이 적은 뚱뚱하고 키 작은 친위대 장교가[50] 서 있었다. 입을 꽉 다물고 있었다. 휘어진 다리에는 반들거리는 목이 긴 장화를 신고 있었다. 허리띠에 일곱 발짜리 자동 권총을 찼다. 손에는 말 채찍을 들고 있었다. 그 뒤에는 키 큰 우크라이나인이 열쇠를 들고 서 있었다. 검은 장교 모자를 위협적으로 귀 위에까지 눌러 썼다. 그 옆에는 감독관과 슈라이버(독 : 서기)가 서 있었다. 슈라이버는 작고 마른 유대인으로, 게토 출신 변호사였다. 손에 서류를 들고 있었다.

---
50) 원문에는 '에스만(esman)'으로 되어 있다. 나치 친위대의 장교를 이르는 수용소와 감옥의 속어.

모코톱스카 출신 슈라예르가 미리 외워둔 독일어 몇 마디를 중얼거렸다. 감방 몇 호실, 죄수 몇 명. 전원 이상 무.

얼굴이 빨간 친위대 장교가 주의 깊게 손가락으로 헤아렸다.

"야(독 : 그래)."

그가 말했다.

"슈팀트(독 : 맞다). 슈라이버, 누가 나가지?"
   Stimmt

슈라이버가 서류를 들어 눈앞으로 가져갔다.

"베네딕트 마툴라."

그가 읽고 우리를 훑어보았다.

"오 하느님 맙소사, 여러분, 굴뚝으로 간다!"

게슈타포 차림으로 징발하러 다녔던 마툴라가 다 들릴 만한 소리로 속삭였다.

"로스(독 : 자), 나가자, 라우스(독 : 나가)."
  Los   raus

친위대 장교가 소리치고 한손으로 그의 목덜미를 붙잡아 복도로 내팽개쳤다. 문이 활짝 열렸다.

복도에는 완전무장한 친위대원들이 서 있었다. 전구의 칙칙한 불빛 속에서 철모가 음울하게 빛났다. 허리띠에는 수류탄이 줄지어 꽂혀 있었다.

친위대 장교가 슈라이버 쪽을 쳐다보았다.

"끝인가? 가는 건가?"

"아뇨, 아직 아닙니다."

게토 출신 변호사인 슈라이버가 말했다.

"또 하나 있습니다. 나모켈. 즈비그니에프 나모켈."

"예."

성경을 든 소년이 말했다.

그는 짚자리로 다가가서 외투를 집어 들었다. 문가에서 우리 쪽을 돌아보았다. 그러나 아무 말도 하지 않았다. 복도로 나갔다. 그의 등 뒤로 감방 문이 쾅 소리를 내며 닫혔다.

"그리고 점호가 벌써 끝난 거야! 하루 더 살게 됐어! 사람은 둘이 줄었고! 내일도 이랬으면!"

마우키니아 출신 밀수꾼 코제라가 소리쳤다.

"우리 방에 데려갈 사람이 그렇게 많이 남았나?"

코발스키가 무미건조하게 말했다.

"애가 있었고, 이제는 애가 없잖아."

그는 용변통 위에 다리를 벌리고 앉았다.

"이보게들, 그만해. 짚자리를 옮기자고. 앞으로는 남의 머리를 밟지 않게. 가자, 아직 불빛이 있을 때 정리하지."

우리는 짚자리를 옮기기 시작했다.

"유감이야, 성경을 두고 가지 않아서."

내가 므왑스키에게 말했다.

"읽을거리가 생겼을 텐데."

"그 애한텐 이제 성경도 소용없어. 하지만 나 오늘 그 애를 폴리짜이에서 봤어, 맹세해."

므왑스키가 말했다.

"그 애가 무슨 짓을 했겠어, 그렇게 어린데? 그리고 왜 거리에서 경찰한테 잡혔다고 거짓말을 하는 거야?"

성경책을 든 소년 95

"유대인처럼 보였어, 분명히 유대인일 거야."

슈라예르가 창문 아래에서 말했다. 그는 이미 짚자리 위에 누워 신음 소리를 내며 외투로 다리를 감쌌다. 발음이 불분명했는데, 입에서 의치를 꺼냈기 때문이었다. 소포에서 찢어낸 종잇조각으로 의치를 감싸서 주머니에 넣었다.

"하지만 그렇다면 왜 성경책을 가지고 다녔을까?"

"분명히 유대인이야. 그렇지 않았다면 그렇게 갑작스럽게 데려가지 않았을 거야."

코발스키가 코제라 옆에 모로 누우면서 말했다.

"마툴라도 함께 데려갔지만."

"범죄자에다, 염병, 징발에, 밤이면 권총을 들고 강도짓을 하러 다녔잖아."

코제라가 말했다.

"벌써 오래 전에 데려갔어야 했어."

나는 므왑스키 옆에 누웠다. 다리는 그의 가죽 재킷으로, 몸의 나머지 부분은 내 외투로 덮었다. 나는 머리를 부드러운 털 목깃으로 가렸다. 기분 좋은 온기가 느껴졌다.

창살을 박은 창에서 습기 찬 냉기가 뿜어 들어왔다. 하늘은 이미 완전히 깜깜해졌다. 하늘과 창문 사이, 지상과 같은 높이에 펼쳐진 공간은 노르스름한 불빛으로 가득했다. 감옥의 모든 전등이 켜져 있었다. 그 불빛 사이로 침침하고 깜빡이는 별빛이 보였다.

"세상은 아름답구나, 형제여, 단지 그 안에 우리가 없을 뿐이지."

내가 목소리를 죽여 므왑스키에게 말했다. 우리는 온기를 지키기 위해 서로 바짝 누워 있었다.

"궁금한데."

그가 내게 속삭였다.

"우리 아버지도 잡혔을까?"

나는 그를 향해 돌아누워서 얼굴을 들여다보았다.

"오늘 들었어, 아버지가 유대인이라는 걸."

므왑스키가 말했다.

"그 정보원이 아버지를 알아봤어. 라돔의 게토에서 함께 사업을 했거든."

"그럼 너도 다른 곳으로 옮겨가겠군."

내가 속삭이는 소리로 대답했다.

"당장은 안 가. 난 혼혈이거든. 어머니는 폴란드인이야."

"하지만 어떻게 아버지가 비밀 정보원일 수 있어? 그렇다면 잡아가선 안 돼."

"하느님의 뜻으로 잡혀가지 않았으면. 그러면 좋을 텐데."

"한밤중에 쏘삭거리는군."

코제라가 짚자리에서 일어나며 말했다.

"잠들기 전에 운동이라도 하고 싶어?"

우리는 입을 다물고 졸기 시작했다. 어딘가 멀지 않은 곳에서 둔하게 불분명한 총소리가 들려왔다. 그리고 또 한 번. 우리는 모두 짚자리에서 일어났다.

"그들을 숲으로 데려가지 않은 게 분명하군. 여기 어딘가 감옥 근처에서 쏘는 거야."

내가 목소리를 죽여 말하고 헤아리기 시작했다.
"열넷, 열다섯, 열여섯……."
"철문 건너편에서 쏜다."
므왑스키가 말했다. 온 힘을 다해 내 손을 잡았다.
"유대인이 틀림없어, 성경을 가진 애. 어느 게 그 애한테 쏘는 걸까?"
조판공 코발스키가 말했다.
"누워서들 자는 게 좋겠어."
모코톱스키 출신의 우울한 사무원 슈라예르가 말했다.
"하느님! 누워서들 자는 게 낫다고."
"자야만 해."
내가 동료에게 말했다.
우리는 다시 누워서 가죽 재킷과 외투로 몸을 감쌌다. 서로 더 바짝 붙어 누웠다. 창문에서 습기 찬 냉기가 흘러 들어와 감방 안을 휩쌌다.

걸어가던 사람들

이 작품은 유대인 학살로 악명 높은
아우슈비츠-비르케나우 수용소의 경험을 바탕으로 쓴 것이다.
아우슈비츠 수용소는
세 개의 수용소가 연합된 형태인데 이 중
비르케나우(아우슈비츠 II)는 가스실과 소각로가 있는 곳이었고,
아우슈비츠 I과 III은 강제노동 수용소였다.
보롭스키는 1943년 2월에 체포되어
파비악 정치범 수용소를 거쳐
4월 29일 비르케나우(아우슈비츠 II)로 보내져서
1944년 8월 다하우 수용소로 이송될 때까지
약 일 년 사 개월 정도를 비르케나우에서 지냈다.

우선 우리는 병동 뒤에 펼쳐진 텅 빈 벌판에 축구장을 지었다. 벌판은 위치가 '좋았다' — 왼쪽에는 집시와 떠돌아다니는 집시의 아이들, 변소 뒤에 앉아 있는 여자들과 제복의 마지막 실밥 하나까지 빳빳하게 풀을 먹인 아름다운 간호사들, 그 뒤로는 — 철조망, 그 뒤로는 끊임없이 화물차가 드나드는, 폭 넓은 철도가 놓인 하역장, 그리고 하역장 뒤로는 여자 수용소였다. 사실은 절대로 여자 수용소가 아니다. 그런 식으로 말하지 않았다. FKL[51]이라고 했다 — 그걸로 충분했다. 벌판 오른쪽에는 소각장이, 하역장 뒤 FKL 옆에 한 군데, 다른 한 군데는 더 가까이에, 거기도 철조망 가까이에 있었다. 단단한 건물들로, 땅에 굳건하게 자리 잡고 있다. 소각장 뒤

---

51) FKL: 독일어로 여성 강제수용소(Frauen Konzentration Lager)의 준말.

로는 작은 숲이 있고, 그 숲은 조그만 하얀 집[52]으로 이어진다.

우리는 축구장을 봄에 지었고 아직 작업이 다 끝나기 전에 창문 아래 꽃을 심고 막사 바로 옆에 부서진 벽돌 조각으로 빨간 오솔길을 놓기 시작했다. 시금치와 양배추, 해바라기와 마늘 씨앗을 심었다. 축구장 가장자리를 두른 잔디에서 뗏장을 떼어다가 작은 잔디밭을 만들었다. 수용소 세면장에서 물통으로 져 나른 물을 매일 뿌려주었다.

물을 주어 기른 꽃이 망울을 터뜨리기 시작했을 즈음, 축구장이 완성되었다.

이제 꽃은 혼자 자랐고, 병자들도 혼자 침대에 누워 있었고, 우리는 축구를 했다. 매일 저녁 식사가 배급된 후 원하는 사람은 누구나 축구장으로 나가서 공을 찼다. 다른 사람들은 철조망 아래를 산책하며 드넓은 하역장 건너편의 FKL과 이야기를 나누었다.

한 번은 내가 골키퍼였다. 일요일이었고, 병원 잡역부들과 회복기 환자들이 온통 무리를 지어 축구장을 둘러쌌고, 그곳을 가로질러 누군가가 다른 어떤 사람을, 그리고 틀림없이 축구공을, 쫓아 뛰어갔다. 나는 골 옆에, 하역장 쪽으로 등을 돌리고 서 있었다. 공은 축구장 밖으로 튀어나가 철조망 아래까지 굴러갔다. 나도 쫓아서 뛰어갔다. 공을 땅에서 집어 들면서 하역장을 흘끗 보았다.

경사로에 마침 기차가 들어오고 있었다. 화물차에서 사람들이 내리기 시작하여 작은 숲 쪽으로 걸어갔다. 멀리서는 단지 원피스만

---

52) 가스실을 말함. 1942년 비르케나우의 첫 가스실인 일명 '조그만 붉은 집'이, 몇 주 뒤에 '조그만 하얀 집'이 완공되었다.

얼룩처럼 보였다. 분명 여자들은 벌써 여름옷을 입고 있었는데, 계절이 바뀐 후로는 처음이었다. 남자들은 정장 겉옷을 벗어들었고 하얀 와이셔츠가 반짝였다. 행렬은 천천히 나아갔고, 화물차에서 새로 내린 사람들이 계속해서 합류했다. 마침내 멈추었다. 사람들은 잔디 위에 앉아서 우리 쪽을 쳐다보았다. 공을 가지고 돌아가서 축구장 안으로 차 넣었다. 공은 이 발 저 발을 거쳐서 아치를 그리며 골 아래로 돌아왔다. 코너로 차 넣었다. 잔디 위로 굴러갔다. 다시 공을 가지러 갔다. 그리고 땅에서 집어 들면서 나는 못 박힌 듯 멈추어 섰다 — 하역장은 비어 있었다. 다채로운 여름옷의 무리 중에서 단 한 사람도 그곳에 남아 있지 않았다. 화물차도 떠나갔다. FKL 막사가 똑똑하게 보였다. 철조망 아래에서는 다시 잡역부들이 서서 여자들에게 인사말을 외쳤고, 여자들도 반대쪽에서 그들에게 대답하느라 소리 질렀다.

공을 가져와서 코너로 건네주었다. 첫 번째와 두 번째 코너킥 사이에 내 등 뒤에서 삼천 명이 가스실로 갔다.

그 후에 사람들은 두 가지 경로를 통해 숲으로 가기 시작했다. 하역장에서 직접 이어지는 길과 우리 병원 반대쪽에 있는 길이다. 둘 다 소각장으로 이어졌으나, 몇몇 사람들은 운 좋게도 계속 걸어서 자우나(소독실)[53](zauna)까지 갔다. 그곳은 그들에게 단지 몸을 씻고 머릿니를 소독하고, 머리를 깎고 기름 색깔로 염색한 새 죄수복을 입는 곳일 뿐 아니라 또한 삶을 의미했다. 물론 수용소에서의 삶이지만, 그

---

53) '사우나'를 뜻하는 독일어 sauna를 발음 나는 대로 폴란드식으로 옮겨 쓴 것. 이 책에 나오는 수용소 속어나 은어 중에 이런 식으로 독일어-폴란드어가 혼합된 용어들이 많다.

래도 ― 삶이다.

아침 일찍 마룻바닥을 닦기 위해 일어났을 때, 사람들은 걷고 있었다 ― 이쪽과 저쪽 길로. 여자들, 남자들과 아이들이다. 그리고 꾸러미를 들고 있었다.

점심을 먹기 위해 식탁 앞에 앉았을 때 ― 집에서 먹던 것보다 나은 식사다 ― 사람들은 걷고 있었다. 이쪽과 저쪽 길로. 막사에는 햇빛이 환하게 비쳐 들었고, 우리는 문과 창문을 활짝 열었으며, 먼지가 나지 않도록 바닥에 물을 뿌렸다. 오후에 나는 집하장에서 소포를 가져왔다. 소포는 수용소의 중앙 우편국에서 아직 이른 아침에 실어온 것이다. 서기가 편지를 나눠주었다. 의사들은 붕대를 감고 주사를 놓고 투관침으로 고름을 뺐다. 어쨌든 막사 전체에 주사기는 단 한 대뿐이었다. 따뜻한 저녁에 나는 막사의 문가에 앉아서 피에르 로티[54]의 『나의 형제 이브』를 읽었다. 그리고 사람들은 계속해서 걸어갔다 ― 이쪽과 저쪽 길로.

밤에 막사 앞으로 나갔다 ― 어둠 속에서 철조망 위의 전등이 빛났다. 길은 어둠 속에 뻗어 있었으나, 멀리서 몇 천이나 되는 목소리가 웅얼거리는 것을 분명하게 들었다 ― 사람들은 계속해서 걸어가고 있었다. 숲에서 불빛이 비쳐 나와 하늘을 밝혔고, 불빛과 함께 사람의 비명 소리가 울려나왔다.

나는 망연자실한 채, 말없이, 움직이지 않고, 밤의 심연을 쳐다보았다. 내 안에서 온몸이 내 의지와 상관없이 덜덜 떨며 소용돌이쳤다. 그 떨림을 하나하나 느낄 수 있었지만, 이미 나는 통제력을 잃

---

[54] 피에르 로티(Pierre Loti, 1850~1923): 본명은 쥘리엥 비오(Julien Viaud)로 프랑스의 소설가이자 해군 장교.

었다. 나 자신은 완전히 평온했으나, 내 몸은 전율했다.

그 뒤에 얼마 지나지 않아 나는 병원에서 수용소까지 걸어갔다. 그 며칠 동안 큰 사건들이 많이 일어났다. 프랑스의 해안에 연합군이 상륙했다. 러시아군은 전선을 옮겨 바르샤바 근교까지 퇴각해야 했다.

그러나 우리 수용소에서는 밤이나 낮이나 정거장에 사람을 가득 실은 기차들이 늘어서 있었다. 화물칸의 문이 열리면 사람들이 걸어가기 시작했다 — 이쪽과 저쪽 길로.

우리 노동 수용소 옆에는 사람이 살지 않고 완공도 되지 않은 C구역이 있었다. 완성된 것은 단지 막사와 전기 철망으로 만든 울타리뿐이었다. 그러나 지붕에는 타르도 칠하지 않았고, 몇몇 막사에는 침상도 없었다. 삼층 침상이 마구간처럼 줄지어 놓인 비르케나우의 수용소 막사는 오백 명까지 수용할 수 있었다. C구역에서는 이런 막사마다 천 명이 넘는 젊은 여자들을 채워 넣었는데, 이들은 저 — 걸어가던 사람들 중에서 선택된 이들이었다. 막사 스물여덟 개 — 삼만 명이 넘는 여자들이다. 이 여자들은 머리털을 빡빡 깎고 소매가 없는 짧은 여름 죄수복을 입었다. 속옷은 지급되지 않았다. 숟가락도, 그릇도, 몸을 깨끗이 닦을 수건도 주지 않는다. 비르케나우는 산기슭의 늪지대에 있었다. 낮이면 투명한 대기 속으로 산이 또렷하게 보였다. 아침이면 산은 안개 속을 떠다니며 서리가 낀 것처럼 보였는데, 이른 아침은 유별나게 춥고 안개 속에 잠겨 있었기 때문이다. 그런 아침은 타는 듯한 낮이 오기 전에 우리를 깨워주었으나, 20미터 오른쪽에서 새벽 다섯 시부터 점호 때문에 서 있던 여자들은 추위에 새파랗게 되어 메추라기 떼처럼 서로 몸을 바짝 붙이고 있었다.

이 수용소는 '페르시아의 장터'라는 별칭이 붙었다. 날씨가 좋은 날이면 여자들은 막사에서 나와서 막사 사이의 넓은 길에 웅크리고 앉았다. 색색 가지 여름옷과 박박 깎은 머리를 가린 다채로운 머릿수건이 멀리서 보면 활기차게 웅성거리며 반짝이는 시장 같은 인상을 주었다. 그 이국적인 느낌 때문에, 페르시아다.

멀리서 보면 여자들은 얼굴도 나이도 알 수 없다. 단지 하얀 얼룩과 파스텔색 형체일 뿐이다. 페르시아의 장터는 완공된 수용소가 아니었다. 바그너 작업 부대가 그 안에 돌로 길을 내는 중이었는데, 거대한 롤러로 밀어서 길을 닦았다. 다른 사람들은 비르케나우의 모든 구역에 새로 설치된 하수구와 세면장에서 뚝딱거리며 작업했다. 또 다른 사람들은 구역 복리후생의 기초를 닦았다 ― 이불, 담요, 양철 식기와 연장을 실어 와서 대장인 담당 친위대 장교를 위해 집하장에 쌓아두었다. 물론, 이런 물건들 중 일부는 곧 수용소로 흘러 들어갔는데, 거기서 일하는 사람들이 이렇게 저렇게 훔친 것이었다. 그래봤자 그 모든 이불과 담요와 식기를 다 쓰지는 못했기 때문에 훔쳐도 괜찮았다.

페르시아 장터 전체에 있는 막사 건물의 모든 지붕을 나와 내 동료들이 덮었다. 그것은 명령을 받아서 한 일도, 동정심에 한 일도 아니었다. 왜냐하면 우리는 '조직'한[55] 타르 천을 씌우고 '조직'한 역

---

[55] 보급품 중에서 훔쳤다는 의미. '조직하다(organizować)'는 훔친다는 수용소 속어이다.

청으로 덮었기 때문이다. 오래된 번호들이나, 여기에서 모든 기능[56]을 차지한 FKL 간호사들에 대한 유대감 때문도 아니었다. 수용소 소유의 타르 천 한 장, 역청 한 양동이마다 그 값을 치러야만 했다. 카포[57]에게, 코만도퓌러[58]에게, 작업부대의 프로미넨트[59]들에게 말이다. 값을 치르는 방법은 다양했다. 금, 식량, 막사의 여자들, 혹은 자기 몸으로 치렀다. 상황에 따라 달랐다.

우리가 지붕을 이었듯이, 똑같은 방식으로 전기공들이 전등을 설치하고, 목수들이 '조직'한 목재로 막사 안의 가구와 집기를 만들었으며, 벽돌공들이 훔쳐온 철제 난로를 들여놓고 필요한 곳에 벽을 발랐다.

그때 나는 이 기묘한 수용소의 진면목을 알게 되었다. 아침 일찍 타르 천과 역청을 실은 수레를 밀고 철문 앞으로 갔다. 철문에는 여자 친위대원[60]들이 서 있었는데, 엉덩이가 떡 벌어지고 가죽 장화를 신은 금발 여자들이다. 금발 여자들은 우리를 검문하고 안으로 들여보냈다. 그러고 나서 막사 안을 검사하기 위해 자기들도 들어왔다. 그 여자 장교들 중에는 벽돌공과 목수들 가운데 애인을 둔 사람이 한둘이 아니었다. 그 여자들은 아직 완공되지 않은 세면장이나 막사 대장의 숙소에서 애인에게 몸을 내주었다.

그 뒤로 우리는 수용소 안쪽의 어떤 막사 건물 사이로 들어가서 그곳의 어떤 광장에서 불을 지피고 역청을 준비했다. 여자들이 즉

---

56) 기능(funkcja): 편한 보직을 가리키는 수용소 속어.
57) 카포(kapo): 죄수들로 이루어진 작업부대의 대장.
58) 코만도퓌러(kommandoführer): 작업부대를 담당하는 독일군 장교.
59) 프로미넨트(prominent): 수용소 내에서 높은 지위를 누리는 죄수를 말함.
60) 원문에서는 바흐만카(wachmanka)로 독일군 여자 장교를 뜻하는 수용소 용어.

시 떼 지어 우리를 포위했다. 주머니칼, 손수건, 숟가락, 연필, 종잇조각, 노끈, 빵을 부탁하며 애걸했다.

"어쨌든 당신들은 남자고 뭐든지 할 수 있잖아요."

그들이 말했다.

"이 수용소에서 그렇게 오래 살고도 안 죽었잖아요. 분명 뭐든지 다 가지고 있을 거예요. 어째서 우리랑 나누어 가지려고 하지 않는 거죠?"

우리는 잡동사니를 전부 그들에게 나누어주고, 이제 아무것도 없다는 증거로 주머니를 뒤집어 보였다. 그들을 위해 윗옷을 벗었다. 나중에는 빈 주머니로 찾아가서 아무것도 주지 않았다.

그 여자들은 그곳에서 20미터 왼쪽 지점의 다른 구역에서 볼 때 우리가 생각했듯이 모두 똑같지 않았다.

그들 중에는 머리를 깎이지 않은 어린 소녀들도 있었는데, 「최후의 심판」 그림에 나올 법한 길 잃은 아기 천사들이었다. 젊은 처녀들도 있었는데, 우리를 둘러싼 여자들의 무리를 놀란 눈으로 쳐다보며, 우리, 거칠고 짐승 같은 남자들을 경멸의 눈빛으로 바라보았다. 사라져버린 남편 소식을 알아봐달라고 우리에게 절박하게 부탁하는 기혼녀들도 있었고, 자기 아이의 흔적을 우리에게서 찾으려는 엄마들도 있었다.

"우리는 정말 힘들어요. 춥고 배고파요."

그들은 울었다.

"그 애들만이라도 사정이 좀 나을까요?"

"그 애들은 분명히 더 나은 곳에 있을 겁니다. 정의로운 신이 존재한다면요."

우리는 평소의 비웃음이나 조롱 없이 진지하게 대답했다.

"그래도 죽지는 않았겠죠?"

여자들이 우리 눈을 불안하게 들여다보며 물었다.

우리는 서둘러 작업을 하기 위해 말없이 발길을 돌렸다.

페르시아 장터의 막사 대장은 이 여자들의 언어를 아는 슬로바키아 여자들이었다. 그녀들은 수용소에서 지낸 지 몇 년이나 되었다. FKL의 초창기, 모든 막사 아래에 여자들의 시체가 뒹굴고 병원 침대에 치워내지 못한 시체가 썩어가며, 막사마다 인분이 괴물 같은 무더기를 이루며 쌓여가던 시절을 기억하고 있었다.

거친 외면과는 달리 여자다운 부드러움과 ─ 선량함을 간직하고 있었다. 분명 그 나름대로 애인을 두었을 것이고, 압수된 개인 소지품 중에서 실어온 담요나 옷값을 치르기 위해 똑같이 마가린과 통조림을 훔쳤지만, 그러나…….

……그러나 나는 미르카, 땅딸막하고 다정한, 장밋빛을 띤 여자를 기억한다.

숙소도 장밋빛으로 꾸미고 막사를 내다보는 창문에도 조그만 장밋빛 커튼을 달았다. 숙소 안의 공기가 반사되어 안색도 장밋빛을 띠었고, 그 여자는 마치 섬세한 베일로 짠 것 같았다. 그런 그녀와 우리 작업 부대의 이빨이 망가진 유대인이 사랑에 빠졌다. 유대인은 그녀를 위해서 수용소 전체에서 모아온 신선한 달걀을 샀고, 부드럽게 잘 싸서 철조망 너머로 던졌다. 그녀와 오랫동안 함께 시간을 보내고, 여자 친위대원들의 검문도, 하얀 여름 제복 위로 거대한 권총을 차고 돌아다니는 우리 담당 장교에게도 신경 쓰지 않았다. 담당 장교를 우리는 딱 맞는 별명인 '조그만 필립'[61]이라고 불렀는데, 예상치 못한 곳에서 튀어나왔기 때문이었다.

어느 날 미르카는 우리가 타르 천을 덮고 있던 지붕 아래로 달려왔다. 유대인에게 팔을 흔들고 나를 향해 외쳤다.

"내려와보세요! 아저씨도 뭔가 도와줄 수 있을지 몰라요!"

우리는 지붕에서 내려가 막사 문 쪽으로 갔다. 미르카는 우리 팔을 움켜잡고 자기 쪽으로 잡아당겼다. 침상들 사이로 이끌고 가서 색색 가지 이불이 가득한 잡동사니 통과 그 안에 누워 있는 아기를 가리키며 극적으로 외쳤다.

"보세요, 이러다간 아기가 오래지 않아 죽고말 거예요! 말해주세요, 어떻게 해야 하죠? 어째서 아기가 이렇게 갑자기 병이 난 거예요?"

아기는 아주 불안하게 잠들어 있었다. 마치 황금으로 테를 두른 장미 같았다 — 빨갛게 상기된 양볼과 머리카락의 황금빛 후광.

"정말 예쁜 아기로군."

내가 조용히 속삭였다.

"예쁘죠!"

미르카가 소리쳤다.

"아저씨도 예쁘다는 걸 아는군요! 하지만 아기가 죽을지도 몰라요! 가스실로 가지 않게 숨겨야만 해요. 친위대 장교가 찾아낼지 몰라요. 도와주세요!"

유대인이 그녀의 어깨에 손을 얹었다. 그녀는 돌연히 몸을 떨더니

---

[61] 폴란드 민담에서 '필립'은 주로 토끼의 별명이며, 아무 데서나 튀어나오는 동물로 여겨진다.

흐느끼기 시작했다. 나는 어깨를 움츠려 보이고는 막사를 나갔다.

멀리 하역장으로 들어오는 화물열차가 보였다. 화물열차는 새로운 사람들을 실어왔고, 그들도 걸어가게 될 것이었다. 일단의 카나다[62]들이 화물열차를 향해 구역의 샛길로 돌아가면서 교대하러 가는 다른 카나다의 무리를 지나쳐갔다. 숲에서 연기가 피어올랐다. 끓어오르는 냄비 옆에 자리 잡고 앉아 역청을 섞으며 나는 오랫동안 생각했다. 어느 순간, 나도 잠이 들어 뺨에 홍조를 띠고 머리카락이 흐트러진 그런 아기를 갖고 싶다는 생각에 사로잡혔다. 어처구니없는 망상에 웃어버리고 타르 천을 덮기 위해 지붕 쪽으로 갔다. 나는 또한 다른 막사 대장도 기억하는데, 키가 크고 빨간 머리에 발볼이 넓고 손바닥이 빨간 여자아이였다. 자기 숙소를 따로 갖고 있지 않았고, 다만 담요 몇 개를 침대에 깔고 몇 개는 벽 대신 끈으로 주위에 걸어놓았다.

침상에 머리를 줄줄이 맞대고 누운 여자들을 가리키면서 그녀는 말했다.

"내가 저 사람들한테서 도망치려 한다고 생각하지 못하게 하고 싶어요. 저들에게 아무것도 줄 수 없지만, 받아내지도 않을 거예요."

"내세를 믿어요?"

한 번은 농담을 섞어 대화하던 도중에 그녀가 나에게 물었다.

"가끔요."

나는 조심스럽게 대답했다.

"한 번은 감옥에 있을 때 믿었고, 또 한 번은 수용소에서 죽을 뻔

---

[62] 카나다(Kanada): 수용소 내에서 좋은 보직을 맡거나 편하게 지내는 위치에 있는 사람들을 이르는 속어.

했을 때 믿었어요."

"그렇다면 만약 사람이 나쁜 짓을 하면 벌을 받겠죠, 그렇죠?"

"아마 그렇겠죠, 인간의 것보다 더 높은 정의의 규범이 있지 않은 한. 알잖아요 — 원인과 결과나, 내적인 동기를 밝히고, 세상의 근본적인 의미에 비하면 죄의 무게는 중요하지 않다는, 그런 규범 말예요. 땅에서 저지른 범죄를 하늘에서 벌할 수 있겠어요?"

"하지만 그냥 인간적으로, 보통으로 말이에요!"

그녀가 외쳤다.

"반드시 처벌해야죠. 그건 분명해요."

"그럼 당신은 할 수 있다면 착한 일을 할 거예요?"

"상을 받으려는 게 아니에요. 나는 지붕을 잇고 수용소에서 살아나가고 싶어요."

"그럼 저 사람들은……."

그녀는 불특정한 방향으로 고개를 끄덕였다.

"벌주지 않아야 한다고 생각해요?"

"부당하게 고통 받는 사람들에게 정의만으로는 충분하지 않다고 생각해요. 그 고통을 준 범인들도 똑같이 부당하게 고통 받았으면 좋겠어요. 모두 그게 정의라고 생각할 거예요."

"현명한 남자로군요! 하지만 수프는 정당하게 나눠줄 줄 모르는군요. 애인한테 안 주다니!"

그녀는 빈정거리듯이 말하고는 막사 안쪽으로 들어가버렸다. 여자들은 침상 위에 층을 지어 머리를 맞대고 누워 있었다. 움직이지 않는 얼굴에서 커다란 눈만 반짝였다. 수용소에서는 이미 기근이 시작되고 있었다. 빨간 머리 막사 대장은 침상 사이를 돌아다니며 여자들에게 말을 걸어 그들이 생각을 하지 못하게 했다. 노래할 줄 아는 여자를 침상에서 끌어내어 노래를 시켰다. 춤출 줄 아는 여자들에게도 춤추도록 시켰다. 달변가에게도 시를 읊도록 시켰다.

"계속, 계속 나한테 물어요. 자기 어머니, 아버지가 어디 있느냐고. 편지를 쓸 수 있게 해달라고 부탁해요."

"나한테도 부탁해요. 힘들죠."

"당신한테! 당신은 왔다가 가버리지만, 나는요? 나는 저들에게 부탁하고, 애원한다고요. 임신한 여자는 의사에게 보고하지 말라고, 아픈 사람은 막사 안에 있으라고! 내 말을 믿을 것 같아요? 어찌 됐든 사람은 단지 자기 이익만을 원하는 거예요. 하지만 자기들이 스스로 가스실 쪽으로 나서는데 내가 어떻게 도와주겠어요!"

어떤 여자아이가 화덕 위에 서서 최신 유행가를 불렀다. 끝까지 부르자 침상에 누운 여자들이 박수를 치기 시작했다. 여자아이는 미소를 짓고 고개 숙여 인사했다. 빨간 머리 막사 대장은 자기 머리를 감싸 쥐었다.

"더는 못 견디겠어! 이건 정말 역겨워."

쉿소리를 내고는 화덕 위로 뛰어올랐다.

"내려가!"

여자아이에게 소리 질렀다. 막사 안이 조용해졌다. 막사 대장은 손을 쳐들었다.

"조용해!"

아무도 말하지 않지만, 그녀는 외쳤다.

"당신들 부모와 애들이 어디 있느냐고 물었지. 말해주지 않은 건 당신들이 불쌍해서였어. 이제 말해주겠어, 당신들도 알 수 있도록, 왜냐하면 당신들도 병이 나면 똑같이 당할 테니까! 당신 애들, 남편과 부모는 사실 다른 수용소에 있는 게 아냐. 지하실에 밀어 넣고 가스로 질식시켜버렸어! 알겠어, 가스라고! 다른 수백만 명처럼, 내 부모님처럼! 무더기로 쌓아서 소각장에서 태운다고. 지붕 위로 보이는 저 연기, 저건 당신들한테 말하는 대로 벽돌 공장에서 나오는 연기가 아냐. 저건 당신 애들한테서 나오는 거라고! 그러니까 이젠 계속 노래해."

그녀는 겁에 질린 여자아이에게 조용히 말한 후 화덕에서 뛰어내려 막사에서 나가버렸다.

오슈비엥침과 비르케나우[63]의 사정이 처음에는 나빴으나 점점 좋아지고 있음을 알 수 있었다. 처음에는 작업 부대에서 때리고 죽이는 것이 일상이었으나 나중에는 가끔씩 그런 일이 일어났다. 처음에는 사람들이 맨바닥에서 옆으로 누워 자면서 돌아누울 때도 명령에 따라야 했지만, 그 뒤로 원하는 사람은 침상에서, 심지어 개인 침대에서 자게 되었다. 처음에 사람들은 점호 때면 이틀씩 서 있었지만, 그 뒤에는 두 번째 공이 울릴 때까지만, 아홉 시까지만 서 있어도 되었다. 초창기의 몇 년 동안은 소포를 받는 게 허락되지 않았지만, 나중에는 500그램까지, 그리고 마침내 원하는 만큼 허락되

---

63) 오슈비엥침(Oświęcim)은 폴란드어 원 지명이고 아우슈비츠(Auschwitz)는 이를 독일식으로 읽은 것이다. 일반적으로 알려진 아우슈비츠 수용소는 사실 세 개의 인접한 수용소로 이루어져 있다. 아우슈비츠 혹은 아우슈비츠 I과 아우슈비츠-모노비츠(Auschwitz-Monowitz) 혹은 아우슈비츠 III은 강제노동 수용소이며, 비르케나우(Birkenau) 혹은 아우슈비츠 II는 주로 인종 학살을 목적으로 건설되어 가스실과 소각로를 갖춘 곳이다.

었다. 옷에 주머니를 달 수 없었지만, 나중에는 비르케나우 부지 내에서도 심지어 평상복을 입을 수 있게 되었다. 수용소 생활은 '갈수록 좋아졌다'. 삼사 년이 지나자 옛날같이 살 수 있으리라는 것을 아무도 믿지 않았고, 살아남았음을 자랑스럽게 여겼다. 전선의 독일군에게 상황이 나빠질수록 수용소에서는 더 좋아진다. 그러니 그들 상황이 점점 나빠지기를……

페르시아 장터에서 시간은 거꾸로 흘러갔다. 1940년의 오슈비엥침을 다시 보게 되었다. 여자들은 우리 막사라면 아무도 먹지 않을 수프를 걸신들린 듯 핥아먹었다. 땀과 생리혈 냄새로 악취를 풍겼다. 새벽 다섯 시부터 점호를 받으러 서 있었다. 숫자를 다 세기도 전에 거의 아홉 시가 되었다. 그러면 차가운 커피를 받았다. 오후 세 시부터 저녁 점호가 시작되고 저녁 식사를 배급받았다 — 빵과 거기에 딸린 부식이다. 여자들은 일을 하지 않았기 때문에 작업의 대가인 노동 배식을 받을 자격이 없었다.

가끔은 낮에 가외의 점호를 위해 여자들을 막사에서 쫓아냈다. 다섯 명씩 바짝 붙어 서서 하나씩 막사로 걸어 들어갔다. 떡 벌어진 금발 여자들, 높은 가죽 장화를 신은 친위대 여장교들이 그 행렬 중에서 더 마르고 더 더럽고 배가 부어오른 여자들을 끌어내어 '눈알' 안에 집어넣었다. '눈알'은 손을 잡고 늘어선 막사 부대장들이었다. 그렇게 닫힌 원을 만들었다. 여자들로 가득 찬 '눈알'은 죽음의 춤처럼 수용소 철문까지 움직여가며 모든 것을 '눈알' 안으로 빨아들였다. 오백 명, 육백 명, 천 명의 선택된 여자들이다. 모두들 걸어갔다 — 저쪽 길로.

때때로 친위대 여장교가 막사로 들어왔다. 침상을 훑어보고, 여자가 여자들을 쳐다보았다. 질문했다. 의사에게 가고 싶은 사람 있나? 임신한 사람은? 병원에서 우유와 흰 빵을 받을 수 있다.

여자들이 침상에서 걸어 나와 '눈알'에 둘러싸인 채 철문을 향해 걸어갔다 — 이 역시 저쪽 길을 향해서.

자유 시간에는 하루를 빨리 보내기 위해서 — 왜냐하면 일감이 별로 없었기 때문에 — 우리는 페르시아 장터의 막사 대장 숙소에서, 막사 건물 앞에서 혹은 변소에서 시간을 보냈다……. 막사 대장 숙소에는 차를 마시거나 손님용으로 빌려주는 침대에서 한 시간쯤 낮잠을 자러 갔다. 막사 건물 앞에서는 목수나 벽돌공과 이야기를 했다. 그들 주위에서 여자들이 어슬렁거렸는데, 그들은 이미 스웨터와 스타킹 차림이었다. 그 어떤 누더기가 되었든 가져가기만 하면, 그 여자들과 뭐든지 원하는 대로 할 수 있다. 수용소야 수용소지만, 이런 여자들의 카나다는 전무후무했다!

변소는 남녀 공용이다. 최소한 판자로 가려서 막아 놓았다. 여자들 쪽은 사람이 몰리고 시끄럽지만, 우리 쪽은 조용하고 시멘트로 마무리해서 기분 좋게 시원하다. 여기에 몇 시간이고 앉아서, 자그맣고 눈치 빠른 화장실 청소부 카쨔[64]와 함께 사랑에 관한 긴 대화를 나누는 것이다. 아무도 부끄러워하지 않고, 이 상황에서는 아무도 방해하지 않는다. 모두 수용소에서 이루 다 설명할 수 없는 여러 가지 일들을 보아온 것이다…….

그렇게 6월이 지나갔다. 낮에도 밤에도 사람들은 걸어갔다 — 이

---

64) 카쨔(Катя): 러시아 여자 이름 예카쩨리나(Екатерина)의 애칭.

쪽과 저쪽 길로. 동틀 무렵부터 밤늦게까지 페르시아 장터 전체가 점호를 받으려고 서 있었다. 낮에는 날씨가 좋았고 역청이 지붕에서 녹아내렸다. 그러고 나서 비가 내리고 사나운 바람이 불었다. 아침에는 살을 엘 듯이 추워졌다. 그 뒤에 다시 따뜻한 날씨가 돌아왔다. 하역장에는 끊임없이 화물열차가 들어왔고 그리고 ― 사람들은 계속 걸어갔다. 우리는 종종 아침에 일하러 나가지 못하고 서 있었는데, 왜냐하면 그 사람들로 길이 모두 막혔기 때문이었다. 그들은 천천히, 느슨하게 무리를 지어 서로 손을 잡고 걸어갔다. 여자와 늙은이와 아이들이다. 철조망 뒤에서, 우리 쪽으로 말없이 얼굴을 돌리고 걸어갔다. 동정 어린 눈길로 우리를 쳐다보며 철조망 너머로 빵을 던져주었다.

여자들은 손목에서 시계를 벗겨내어 우리 발밑으로 밀어 넣으며 가져가도 좋다고 몸짓으로 신호했다.

철문 아래에서 악단이 폭스트로트[65]와 탱고를 연주했다. 수용소 사람들은 걸어가는 사람들을 쳐다보았다. 사람은 거대한 감정과 갑작스러운 열정에 한정된 반응만을 보일 수 있다. 그런 반응을 자질구레하고 일상적인 부스러기와 똑같이 표현한다. 그때도 똑같이 단순한 단어를 사용한다.

"저 사람들 지금까지 몇 명이나 지나갔지? 5월 중순부터 거의 두 달이 지났는데, 매일 이만 명씩 치면……. 거의 백만이네!"

"매일같이 그렇게 많이 가스실로 보낸 건 아니겠지. 하긴 누가 알겠어, 굴뚝이 네 개에 지하실이 두어 갠데."

---

[65] 폭스트로트(foxtrot): 20세기 초에 유행했던 빠르고 경쾌한 대중음악 곡.

"또 달리 생각하면 말이야. 코쉬쩨[66]와 문카츠[67]를 합치면 거의 육십만인데, 말해서 뭐하겠어. 전부 데려왔잖아. 그리고 부다페스트[68]는? 삼십만 정도 되나?"

"너한텐 아무래도 상관없지 않아?"

"야(독 : 그래), 하지만 어쩌면 이게 머지않아 끝날지도 모르잖아? 어쨌든 전부 다 죽일 거 아냐."

"앞으로도 모자라진 않을 걸."

그리고 어깨를 으쓱하고는 길을 쳐다본다. 사람들의 무리 뒤로 친위대 장교들이 상냥한 웃음으로 행진을 재촉하며 천천히 걸어간다. 벌써 멀지 않았음을 가리켜 보여주면서, 웅덩이 쪽으로 달려가서 갑작스럽게 바지를 끌어내리며 그 안에 쭈그리고 앉는 어떤 노인의 어깨를 부드럽게 두드린다.

친위대원은 노인에게 점점 멀어지는 무리를 가리켜 보인다. 노인은 고개를 끄덕이고 바지를 끌어올린 후 우스운 모양새로 펄쩍펄쩍 뛰며 무리를 뒤쫓아 간다.

사람들은 다른 사람이 그토록 서둘러 가스실로 가는 모습을 보면서, 재미있어서 웃는다.

그러고 나서 우리는 새로이 우리를 기다리는 지붕을 덮기 위해 개인 소지품 창고로 갔다. 그곳에는 산처럼 쌓인 옷과 아직 안을 비우지 않은 짐 덩어리가 층층이 쌓여 있었다. 걸어가던 사람들이 모아온 보물들이 밖에 드러난 채, 햇볕도 비도 가리지 못한 채 놓여

[66) 코쉬쩨(Koszyce): 현재 슬로바키아 동부의 도시.
67) 문카쯔(Munkacs): 현재 우크라이나 서부의 도시.
68) 부다페스트(Budapest): 헝가리의 수도.

있다.

우리는 역청에 불을 지피고 '조직'하러 갔다. 누군가는 물 담은 양동이를 들고 왔고, 다른 사람은 말린 버찌나 매실이 담긴 자루, 또 다른 사람은 설탕을 가져왔다. 우리는 콤포트[69]를 만들어 지붕으로 가지고 가서 그곳에서 작업 진행을 확인하는 사람들이 마시도록 내주었다. 다른 사람들은 베이컨을 양파와 함께 볶아서 옥수수빵과 함께 베어 물었다.

우리는 손닿는 곳에 있는 물품이면 뭐든지 훔쳐서 수용소로 날랐다.

지붕에서는 불타는 덩어리와 작업 중인 소각장이 또렷하게 보였다. 사람들은 무리지어 안으로 들어가서 옷을 벗었고, 그러면 친위대 장교들이 빗장을 단단히 걸어 재빨리 창문을 잠갔다. 몇 분이 지나면, 타르 천 한 장을 제대로 펴기에도 충분치 못한 시간이지만, 한 옆의 창문과 문을 열고 환기를 시켰다. 특별 작업대[70]가 와서 시체를 끌어내어 무더기로 쌓았다. 그리고 이렇게 아침부터 저녁까지 ― 매일매일 처음부터 되풀이했다.

때때로 이렇게 수송된 사람들이 가스실로 보내진 후 병자와 간호사를 실은 자동차가 뒤늦게 찾아왔다. 이들은 가스실로 보낼 가치가 없었다. 발가벗긴 뒤에 독일군 상사인 몰이 새 사냥하는 총으로 쏘아 죽이거나, 산 채로 불타는 구덩이에 밀어 넣었다.

한 번은 젊은 여자가 자동차를 타고 왔는데, 자기 어머니에게서 떨어지려 하지 않았다. 가스실 앞에서 둘 다 옷이 벗겨졌고, 어머니

---

69) 콤포트(Kompot): 과일에 설탕을 넣고 아주 달게 끓인 음료.
70) 존더코만도(Sonderkommando): 시체 치우는 일만 전문적으로 하는 작업 부대. 일반적으로 유대인으로만 이루어졌다.

가 앞서 갔다. 딸을 데려가기로 되어 있던 사람은 그 여자 몸의 굉장한 아름다움에 놀라 멈추어 서서 경탄하며 머리를 긁적였다. 여자는 이 인간적이며 단순한 몸짓에 긴장을 풀었다. 얼굴을 붉히며 그의 손을 잡았다.

"말해주세요, 저 사람들이 나를 어떻게 하려는 거죠?"

"용기를 내시오."

그가 손을 빼지 않고 대답했다.

"난 용감해요! 봐요, 당신 앞에서 부끄러워하지 않잖아요! 말해 줘요!"

"잘 기억해요, 용기를 내라는 걸. 그리고 걸으시오. 내가 안내해 주겠소. 다만 쳐다보지 마시오."

그는 여자의 손을 잡고 데려가면서 다른 손으로 여자의 눈을 가렸다. 탁탁 하는 소리와 불타는 지방 냄새와 지하실에서 끼쳐오는 열기에 그녀는 겁을 먹었다. 빠져나가려고 몸부림쳤다. 그러나 그는 세심하게 여자의 목덜미를 가리고 고개를 기울였다. 그 순간 상사가 조준도 거의 하지 않고 총을 쏘았다. 그는 여자를 불타는 구덩이 속으로 밀었고 여자가 떨어질 때 그 무시무시한, 중간에 끊어지는 비명 소리를 들었다.

걸어가던 사람들 중에서 선택된 여자들로 페르시아 장터와 집시 수용소와 FKL이 가득 차자 페르시아 장터 맞은편에 새 수용소가 문을 열었다 — '멕시코'다. 그곳도 똑같이 내부 설비가 갖추어지지 않았고 똑같이 막사 대장 숙소와 전등이 설치되었으며 유리창이 끼워졌다.

매일이 대체로 비슷했다. 사람들이 화물차에서 내려 걸어갔다 ─ 이쪽과 저쪽 길로.

수용소 사람들에게도 그들 나름대로 소일거리가 있었다. 집에서 오는 소포와 편지를 기다렸고, 친구와 연인을 위해 '조직'했으며, 다른 사람들 사이에서 계략을 짰다. 낮이 가면 밤이 찾아왔고, 건기가 지나면 비가 내렸다.

여름이 끝나면서 기차가 들어오지 않았다. 소각장으로 가는 사람의 수가 점점 적어졌다. 처음에 수용소 사람들은 어떤 공허감을 느꼈다. 그 뒤에는 익숙해졌다. 어쨌든 다른 중요한 사건들이 일어난 것이다. 러시아 군대가 진격해서 바르샤바를 불태웠고, 수용소에서 수송되어 나간 사람들이 매일같이 서쪽으로, 알 수 없는 곳으로, 새로운 질병과 죽음을 향해 떠났고, 소각장에서 봉기가 일어나 특수 작업대가 탈출했는데, 이것은 탈주자들을 총살하는 것으로 끝났다.[71]

그 뒤에는 사람을 이 수용소에서 저 수용소로, 숟가락도, 그릇도, 몸을 닦을 수건도 없이 내던진다.

사람의 기억은 오로지 영상만을 간직한다. 그리고 오늘날, 오슈비엥침에서의 마지막 여름을 생각하면 내 눈에 보이는 것은 끝없이

---

[71] 1944년 10월에 있었던 특수 작업대 봉기를 말한다. 특수 작업대는 유대인으로 이루어져 있었으므로 나치는 전쟁이 끝나면 작업대 자체를 가스실로 보낼 예정이었다. 1944년 여름부터 이런 낌새를 눈치 챈 특수 작업대 죄수들은 다른 공장으로 차출되어 나간 죄수들과 연계하여 화약을 훔쳐다가 사제 수류탄을 만들었다. 1944년 10월 6일과 7일에 친위대가 삼백 명에 달하는 특수 작업대를 '숙청'하러 왔을 때 특수 작업대는 도끼와 망치 그리고 자체 제작한 화기를 들고 봉기했다. 특수 작업대는 독일군 경비대원 세 명을 죽이고 열두 명에게 부상을 입혔으며 수용소 내 전화선을 절단했고, 그 과정에서 죄수 육백 명이 탈출했다. 특수 작업대는 또한 4번 소각로를 폭파하려고 시도하여 부분적으로 성공했다. 그 때문에 친위대 일 개 중대가 출동했고, 결국 탈주자는 모두 총살되었다. 그러나 4번 소각로는 전쟁이 끝날 때까지 기능을 복구하지 못했다. 1944년 특수 작업대 봉기 사건은 아우슈비츠 역사상 최대 규모의 죄수 봉기이다.

이어진 다채로운 사람들의 무리가 장엄하게 움직여서 — 이 길과 저 길로 걸어가는 모습과, 타오르는 구덩이 위로 고개를 숙이고 서 있는 여자들과, 막사의 어두운 내부를 배경으로 서 있는 빨간 머리 여자가 나를 향해 조급하게 소리치는 모습이다.

"죄를 지으면 벌을 받을까요? 하지만 그냥 인간적으로, 보통으로 말예요!"

그리고 아직도 내 앞에는 이빨이 망가진 유대인이 저녁마다 침상 아래로 다가와서 고개를 들고 변함없이 묻던 모습이 보인다.

"오늘 소포 받았나? 미르카에게 줄 건데, 달걀 팔지 않겠어? 값은 마르크로 줄게. 그녀는 달걀을 아주 좋아하거든."

신사 숙녀 여러분 가스실은 이쪽입니다

이 작품 역시 전작과 마찬가지로
비르케나우(아우슈비츠 II)에서 겪은 일을
바탕으로 쓴 것이다.

수용소 전체가 벌거벗은 채 걷고 있었다. 사실 우리는 벌써 이 소독을 거쳤고, 물을 탄 사이클론으로 가득 채운 욕조에서 돌아오는 길에 옷도 받았는데, 사이클론은 옷 속의 이와 가스실 속의 사람을 훌륭하게 독살했으며, 다만 우리와 스페인 염소를 사이에 두고 가로막힌 막사의 사람들만이 아직 옷을 '지급받지' 못했지만, 그래도 어쨌든 이쪽이나 그쪽이나 모두 벌거벗고 걸어 다녔다. 더위가 무시무시했기 때문이다. 수용소는 단단히 잠겼다. 죄수 한 명도, 이 한 마리도 감히 철문을 통과해 나갈 엄두를 내지 못한다. 작업부대의 노동은 중지되었다. 하루 종일 벌거벗은 사람들 수천 명이 길과 점호장에 밀어닥치고 담장과 지붕 위에 늘어져 있었다. 사람들은 짚을 채운 매트리스와 담요를 소독하려고 내놓은 판자 위에서 낮잠을 잤다. 마지막 막사 건물에서 FKL이 보였다 — 그곳에서도 이 소독을 하고 있었다. 이만팔천 명의 여자들이 옷이 벗겨져 막사에서 쫓겨났다 — 이제 그들은 골목과 광장의 '풀밭'[72]에서 우글거린다.

아침부터 점심 식사를 기다리고, 소포로 들어온 음식을 먹고, 친구들을 만나러 다닌다. 시간은 폭염 속에서 흔히 그렇듯이 천천히 흘러간다. 흔한 오락거리조차 없다 — 소각장으로 가는 넓은 길은 텅 비어 있다. 며칠 전부터 이미 수송이 끊어졌다. 카나다는 부분적으로 숙청되고 나머지는 작업 부대로 재편성되었다. 그들은 전에 이미 잘 먹고 잘 쉬었으므로 이제 가장 힘든 수용소 중 하나인 하르멘제에 떨어졌다. 왜냐하면 수용소는 잔인한 정의가 지배하기 때문이다 — 힘 있는 사람이 추락하면, 친구들은 그가 가장 밑바닥까지 떨어지도록 애써준다. 카나다, 우리의 카나다, 사실은 피들레르가 말한 것처럼 송진 향이 아니라[73] 프랑스 향수 냄새를 풍기지만, 그래도 진짜 카나다에 키 큰 전나무가 아무리 많이 자란다 해도, 우리의 카나다가 유럽 전체에서 모아와 숨겨둔 다이아몬드와 동전의 수만큼은 못할 것이다.

이제 우리는 몇몇이 침상 위에 앉아서 아무 걱정 없이 다리를 흔들고 있다. 예술적으로 구워진 흰 빵을 뜯어 먹는데, 그것은 바삭바삭해서 부스러기가 많이 생기고 혀에 조금 거슬리는 맛이지만, 몇 주가 지나도 곰팡이가 슬지 않는다. 빵은 멀리 바르샤바에서 보내온 것이다. 바로 일주일 전에 그 빵은 우리 어머니가 손에 들고 있었다. 자비로우신 하느님, 자비로우신 하느님······.

---

[72] 풀밭(wiese): 독일어. 빈터를 뜻하는 수용소 속어.
[73] 폴란드의 작가이자 여행가인 아르카디 피들레르(Arkady Fidler)가 1935년 캐나다를 여행한 후 '송진 향으로 가득하다'고 묘사한 것을 말함. 이후 폴란드에서는 '송진 향기'가 캐나다의 일반적인 이미지로 자리 잡았다.

우리는 베이컨과 양파를 꺼내고 농축 우유가 든 깡통을 연다. 앙리, 몸집이 크고 온통 땀을 흘리는 그는 큰 소리로 스트라스부르에서, 파리 근교에서, 마르세유로부터 오는 수송열차를 통해 실려 오는 프랑스 와인을 꿈꾼다.

"들어보라고, 몬 아미(프 : 내 친구). 다시 하역장에 가면 진짜 샴페인을 가져다줄게. 틀림없이 한 번도 못 마셔봤을걸, 그렇지 않지?"[74]

"못 마셔봤어. 하지만 철문을 통과해서 가져오진 못할 거야, 그러니까 큰 소리 치지 말라고. 차라리 신발을 '조직'해 와, 알겠어? 이렇게 구두끈 꿰는 구멍이 있고 바닥이 이중으로 된 것 말이야, 그리고 와이셔츠는 말할 것도 없지, 가져다주겠다고 오래 전에 약속했잖아."

"참을성이 있어야지, 참을성. 수송열차가 오면 뭐든지 가져다줄게. 또 하역장에 갈 테니까."

"하지만 더 이상 굴뚝으로 가는 수송열차가 없을지도 모르는데?"

내가 심술궂게 쏘아붙였다.

"봐, 수용소 생활이 얼마나 편해졌는데, 소포 수도 제한이 없고, 때릴 수도 없게 됐잖아. 게다가 집에 편지도 보내고……. 운영 방침에 대해서 여러 말들을 하지, 자네도 그렇게 떠들잖아. 하지만 어쨌든, 젠장, 사람이 모자라게 될 거라고."

"바보 같은 소리는 안 했으면 좋겠는데."

---

[74] 앙리는 서툰른 폴란드어를 하기 때문에 가끔 문법이나 어법에 맞지 않는 말을 한다. 번역에서 이 점을 최대한 반영하려 노력했다.

마치 코스웨이[75]의 미니어처 같이 영적인 표정을 한 뚱뚱한 얼굴의 마르세유 남자(내 친구지만, 이름은 모른다)의 입이 청어리샌드위치로 가득 차서 벌어져 있다.

"바보 같은 소리는 안 했으면 좋겠어."

샌드위치를 힘겹게 삼키면서("넘어갔다. 젠장!") 그가 되풀이했다.

"바보 같은 소리는 안 했으면 좋겠다고. 사람이 모자라서는 안 돼, 그랬다간 우리 모두 수용소에서 뒈질 테니까. 여기 우리 모두 그 사람들이 실어오는 걸로 살고 있잖아."

"모두라고 해도 모두는 아냐. 난 소포가 오니까……."

"그런 게 오는 건 너하고 네 동료하고, 또 네 친구 열 명 정도뿐이지. 너희 폴란드인들은 소포가 오지만, 그것도 모두에게 오는 건 아냐. 하지만 우리 유대인들은, 게다가 러시아인들은? 그래, 만약 우리가 먹을 게 없다면, 수송 오는 데서 '조직'하지 못하면, 그럼 너희는 너희 소포를 그렇게 평화롭게 먹을 수 있을 거 같아? 그렇게 가만두지 않지."

"가만두든가 아니면 너희도 그리스인들처럼 굶어 뒈지는 거야. 수용소에서는 먹을거리를 가진 사람이 권력을 가진 거라고."

"너희도 가졌고 우리도 가졌는데, 뭘 싸우고 그래?"

사실 싸울 이유는 없다. 너희도 가졌고 나도 가졌으니, 우리는 함께 먹고, 같은 침상에서 잔다. 앙리가 빵을 자르고, 토마토로 샐러드를 만든다. 배급용 겨자와 함께 먹으니 맛이 기가 막히다.

막사 안의 아래쪽 침상에서 사람들이 발가벗고 땀에 젖은 채 우

---

[75] 리처드 코스웨이(Richard Cosway, 1742~1821): 18세기 영국의 화가 겸 미니어처 제작 전문가.

글거린다. 침상 사이의 통로를 헤매거나 재치 있게 설치해둔 거대한 화덕을 따라서 마구간을(문가에는 아직도 '페어주흐테 프페르데(독)', 즉 감염된 말들은 저쪽에 격리해야 한다는 표지판이 걸려 있다) 오백 명이 넘는 사람들을 위한 '게뮈틀리히(독 : 살기좋은)' 집으로 바꾸어주는 설비 사이를 돌아다닌다. 여덟 명씩 열 명씩 아래쪽 침상에 둥지를 틀고, 벌거벗고 뼈가 앙상해서는 땀과 배설물로 역겨운 냄새를 풍기며 뺨이 움푹 파인 채로 드러누워 있다. 내 아래쪽, 가장 밑바닥에 있는 것은 랍비다. 그는 담요에서 뜯어낸 누더기 조각으로 머리를 덮은 채 크고 단조로운 목소리로 한탄하듯 히브리어 기도서를 읽는다(이곳의 읽을거리란……).

"저 사람 좀 진정시킬 수 있을까? 하느님이 다리를 붙잡은 것처럼 고함치는데."

"난 침상에서 내려가고 싶지 않아. 고함치라고 해, 더 빨리 굴뚝으로 갈 테니까."

"종교는 인민의 마약이야. 난 마약하는 거 아주 좋아해."

왼쪽에서 마르세유 남자가 격언을 읊듯이 덧붙인다. 그는 공산주의자에다 이자로 생활하는 불로소득자다.

"사람들이 하느님과 내세를 믿지 않았다면 이미 오래 전에 소각장을 무너뜨렸을 거야."

"그럼 너희는 왜 그렇게 안 하는데?"

이 질문에는 형이상학적 의미가 있지만 마르세유 남자는 이렇게 대답한다.

"멍청아."

입을 토마토로 가득 채우고 뭔가 말하고 싶은 몸짓을 하지만, 먹던 것을 다 먹고 입을 다문다. 우리가 막 음식을 다 삼켰을 때 막사 문간에 더 큰 움직임이 일어나더니, '무슬림'[76]들이 일어나 달려가고, 침상 사이로 도망치고, 막사 대장의 숙소로 심부름꾼이 뛰어들었다. 조금 뒤 막사 대장이 장엄하게 걸어왔다.

"카나다! 안트레튼(독 : 집합)! 빨리! 수송열차가 온다!"
   Antreten

"위대하신 하느님!"

앙리가 침상에서 뛰어내리며 고함쳤다. 마르세유 남자는 토마토를 입에 쑤셔 넣고 겉옷을 집어 들고 아래쪽에 앉은 사람들에게 "라우스(독 : 꺼져)"라고 고함치고 벌써 문가에 가 있었다. 다른 침상에도 사람들이 모여들었다. 카나다는 하역장으로 떠났다.

"앙리, 신발!"

내가 작별인사 대신 외쳤다.

"카이네 앙스트(독 : 걱정 마)!"
   Keine Angst

그는 벌써 밖에 나가서 내게 외쳤다. 음식을 도로 싸서 짐 가방을 끈으로 묶었다. 그 안에는 바르샤바에 있는 아버지의 정원에서 기른 양파와 토마토가 포르투갈 산 정어리 옆에 놓여 있었고 루블린의 '바쭈틸' 공장에서 온 베이컨(형이 보내줬다)이 테살로니카[77]에서 생산된 최상급 진품 견과류와 섞여 있다. 나는 노끈을 묶고 바짓단을 펴고 침상에서 내려갔다.

"플라쯔(독 : 비켜)!"
   Platz

---

76) 무슬림(Muzułman): 생기와 삶의 의지를 잃고 몸과 마음이 허약해진 수인을 일컫는 수용소 속어. 종교와는 관계가 없다.
77) 테살로니카(Thessalonica): 그리스 북부의 도시.

그리스인들 사이로 비집고 지나가며 나는 소리쳤다. 그들은 옆으로 비켰다. 문가에서 앙리와 마주쳤다.

"알레, 알레, 비뜨, 비뜨(프 : 가자, 가자, 빨리, 빨리)!"
　Allez　allez　vite　vite

"바스 이스트 로스(독 : 무슨 일이야)?"
　Was　ist　los

"우리랑 같이 하역장으로 갈래?"

"갈 수도 있지."

"그럼 가자, 윗도리 가져와! 몇 명이 부족해서 카포에게 얘기했어."

그리고 그는 막사에서 나를 밀어냈다.

우리는 줄지어 섰고, 누군가 번호를 배정해주었으며, 누군가 선두에서 "전진, 전진" 하고 고함쳐서, 우리는 사람들의 여러 언어가 뒤섞인 외침을 뒤로 하고 철문까지 뛰어갔고, 그 사람들은 벌써 독일군의 가죽 채찍에 밀려 서둘러 막사로 돌아가고 있었다. 아무나 하역장에 갈 수 있는 것은 아니다……. 벌써 사람들에게 작별인사를 했고, 벌써 우리는 철문 가까이에 가 있다.

"링크스, 쯔바이, 드라이, 퓌어! 뮛쩬 압(독 : 왼쪽, 왼쪽, 둘, 셋, 넷! 모자 벗
　Links　zwei　drei　vier　Mützen ab
어)!"

몸을 똑바로 세우고, 손을 뻣뻣하게 허벅다리에 대고, 우리는 즐겁게, 경쾌하게, 약간은 우아하게 철문을 지나간다. 잠에 취한 친위대 장교가 손에 거대한 목록표를 들고 허공에서 손가락으로 우리를 다섯 명씩 나누어 표시하며 졸린 듯 굼뜬 동작으로 수를 센다.

"훈데르트(독 : 백)!"
　Hundert

마지막 오인조가 지나가자 장교가 외친다.

"슈팀트(독 : 이상 무)!"
　Stimmt

선두에서 목쉰 소리로 외쳤다. 우리는 빠르게, 거의 뛰듯이 전진한다.

경비병은 수가 많고, 젊고, 자동소총을 들었다. 우리는 수용소 ⅡB의 모든 구역을 지나간다 — 사용하지 않는 C막사, 체코인 막사, 격리 구역을 지나 트룹펜라자렛(독 : 야전병원)의 배나무와 사과나무 사이로 깊이 들어간다. 마치 달에서 온 것처럼 낯선, 요 며칠간의 햇볕에 갑자기 웃자란 녹음綠陰 사이로 우리는 반원을 그리며 뛰어서 막사 건물들을 지나 한 줄로 늘어선 거대한 감시탑 사이를 통과하여 큰길로 나간다 — 목적지에 도착했다. 여기서 몇 백 미터만 더 가면 — 나무들 사이에 하역장이 있다.

그곳은 인적 없는 시골 기차역이 보통 그렇듯 목가적인 하역장이었다. 키 큰 나무들의 녹음이 대문처럼 솟아난 작은 마당은 자갈로 덮여 있었다. 그 옆쪽, 길가에 나무로 지은 조그만 막사가 웅크리고 있었는데, 기차역에서 가장 보기 흉하고 조잡한 임시 건물보다 더 흉하고 조잡했으며, 그 뒤로는 레일과 침목의 거대한 무더기, 나무판 더미, 짓다 만 막사, 벽돌, 석재, 우물 주위에 두르는 돌덩이가 뒹군다. 바로 여기서부터 비르케나우로 가는 화물, 즉 수용소를 확장할 자재와 가스실로 보낼 사람들을 싣는 것이다. 평범한 근무일이면 차들이 들러서 목재와 시멘트와 사람들을 데려간다……

군인들이 철로 위에, 목재 위에, 슐롱스크 산 개암나무의 녹색 그늘 아래 배치되고, 단단한 원 모양으로 하역장을 둘러싼다. 이마의 땀을 닦으며 수통의 물을 마신다. 폭염은 굉장하고, 해는 정점에 움직이지 않고 서 있다.

"해산!"

우리는 철로 근처의 드문드문한 그늘 아래 앉는다. 굶주린 그리스인들이(몇 명이 섞여 들어왔다. 어쩌다 그렇게 되었는지는 아무도 모를 일이다) 철로 사이를 쥐새끼처럼 돌아다니다가 누군가 과일 통조림 하나, 곰팡이 낀 빵 몇 조각, 먹다 만 정어리를 찾아낸다. 그들은 먹는다.

"슈바이네드렉(독 : 돼지 똥)!"
　　Schweinedreck

하고 그들에게 침을 뱉는 것은 젊고 키 큰 군인으로, 풍성하고 연한 금발에 눈은 꿈꾸는 듯한 푸른색이다.

"조금만 있으면 먹을 게 너무 많아서 다 씹어 넘기지도 못하게 될 텐데. 너희는 앞으로 오랫동안 음식에 신경도 안 쓰게 될 거야."

그는 자동소총을 고쳐 메고 손수건으로 얼굴을 닦았다.

"짐승들이죠."

우리도 맞장구를 친다.

"너, 뚱뚱이."

군인의 군화가 앙리의 목덜미를 가볍게 건드린다.

"파스 마이 아우프(독 : 이봐), 뭣 좀 마실래?"
　Pass　mai　auf

"마시고 싶지만, 마르크가 없어요."

프랑스인이 전문용어를 쓰며 대답했다.

"샤데(독 : 유감이다), 안 됐군."
　Schade

"하지만 헤어 포스텐(독 : 경비병님), 저하고 신용 거래는 안 하시겠다는 겁니까? 전에도 저와 거래한 적이 있잖아요? 비이퓌엘(독 : 얼마
　　　Herr　Posten　　　　　　　　　　　　　　　　　　　　　　　　　　Wieviel
입니까)?"

"백 마르크, 게마흐트(독 : 됐나)?"
　　　　　Gemacht

"게마흐트(독 : 좋습니다)."

우리는 아직 나타나지 않은 사람들에게 돈을 달아놓고, 역겹기만 한 맛도 없는 물을 마신다.

"이봐, 조심해."

프랑스인이 멀리 있는 철로 위로 병을 던져 깨뜨리며 말한다.

"돈은 가져가지마, 검열이 있을지도 모르니까. 하긴 돈 따위 개나 주라지, 먹을 게 이만큼이나 있는데. 옷도 가져가지마, 그랬다간 도망치려 한다고 의심받으니까. 셔츠는 가져가도 좋지만, 실크로 되어 있고 목깃이 달린 것이어야 해. 안감이 튼튼한 걸로. 그리고 혹시 뭔가 마실 걸 찾아내면 나 부르지 마. 알아서 할 테니까, 그리고 얻어맞지 않게 조심해."

"때려?"

"당연한 일이지. 등 뒤에도 눈이 달려 있어야 해. 아르샤우겐(독 : 엉덩이에 달린 눈)."
Arschaugen

우리 주위에는 그리스인들이 앉아서 마치 거대하고 비인간적인 벌레처럼 욕심 사납게 턱을 움직이며 썩은 빵 덩어리를 맛나게 씹는다. 혼란에 빠져서 뭘 해야 할지 알지 못한다. 목재와 레일 때문에 그들은 불안해진다. 그런 짐을 옮기는 것을 좋아하지 않는 것이다.

"바스 비어 아르바이텐(우리는 무슨 일을 하는 거지)?"[78]
Was wir arbeiten

그들이 묻는다.

---

[78] 부정확한 독일어.

"닉스(아무것도), [79) 트란스포르트 콤멘, 알스 크레마토리움, 꽁프리(수송
 Niks   Transport kommen alles krematorium   compris
열차가 오면, 모두 소각장으로 간다, 알겠어)?"[80)]

"알스 페어슈테헨(전부 알아듣는다)."[81)]
 Alies   verstehen

그들은 소각장 에스페란토로 대답한다. 그들은 안심한다 — 레일을 들어 차에 싣거나 목재를 이고 다니지 않아도 되는 것이다.

그즈음 하역장에서는 말소리가 점점 커지고 사람도 많아진다. 포어아르바이터(독 : 십장)들은 자기들끼리 그룹을 나누어서 한 팀은
 Vorarbeiter
앞으로 도착할 화물열차의 문을 열고 내용물을 내리는 일을, 다른 한 팀은 나무 계단 아래에서 사람들에게 효율적으로 작업하는 법을 설명하는 일을 맡는다. 계단은 접이식인데, 편리하고 널찍해서 마치 단상에 오르는 층계 같다.

웅웅 소리를 내는 오토바이들이 은 배지를 가득 단 독일군 하사관을 싣고 드나든다. 그들은 땅딸막하고 기름 낀 남자들로, 광을 낸 장교용 군화를 신고 얼굴은 천박하게 번들거린다. 어떤 이들은 서류 가방을 들고 왔고, 다른 이들은 가늘고 잘 휘어지는 채찍을 들고 있다. 그 때문에 그들은 군인답고 민첩하다는 인상을 준다. 그들은 야전 식당으로 들어왔다. 아까 말한 그 초라한 막사가 그들의 야전 식당인 것이다. 그들은 여름이면 그곳에서 생수를 — 수데텐퀠[82)]을 마시고, 겨울이면 뜨거운 와인으로 몸을 데우며, 정부 방침에 따라

---
79) Nichts라는 독일어를 잘못 발음한 것.
80) 부정확한 독일어와 불어가 섞여 있다.
81) 부정확한 독일어.
82) 수데텐퀠(Sudetenquelle): '수데텐의 샘'이라는 뜻으로, 체코의 카를로비 바리(Karlovy Vary) 지방에서 솟아나는 신맛이 도는 생수를 뜻한다. 제2차 세계대전 중에 이 지역은 독일군에 점령되어, 프랑스인 포로들을 시켜 이 지하수를 병에 담아서 각지의 독일군에게 군용 식수로 공급했다.

로마식으로 팔을 뻗어 서로 인사하고, 그러고 나면 다정하게 오른손으로 다시 악수하고 신실하게 미소 지으면서, 편지와 집에서 전해온 소식과 아이들에 대해서 이야기하고 서로 사진을 보여주었다. 몇몇은 조그만 마당을 위엄 있게 걸어 다녔다. 자갈이 덜걱거렸고 군화가 덜걱거렸고 사각형은 배지가 목깃에서 반짝였고 대나무 막대가 조급하게 휘파람 소리를 냈다.

줄무늬 죄수복을 입은 각양각색의 사람들 한 떼가 철로 곁의 좁은 띠처럼 이어진 그늘 속에 누워 가쁘고 고르지 못하게 숨을 쉬며 각자의 언어로 떠들고, 녹색 제복을 입은 장엄한 사람들과 가깝지만 손닿을 수 없는 나무의 녹음과 멀리 떨어진 작은 교회의 탑을 느긋하고 무심하게 바라보았다. 그 교회에서는 방금 뒤늦은 천사의 기도[83]를 알리며 종이 울린 참이었다.

"수송열차가 온다."

누군가 말하자 모두 기대에 차서 흥분 상태에 빠졌다. 굽은 길 뒤에서 화물열차가 나타났다. 기차는 후진해서 들어왔고, 제동기 옆에 서 있던 철도원이 몸을 기울이고 팔을 흔들며 호각을 불었다. 여기에 대답하여 기관차가 귀를 찢을 듯 날카롭게 기적을 울린 뒤 푸우 하고 김을 내뱉었고, 기차는 역을 따라 느리게 흘러 들어왔다. 철창이 달린 조그만 창문 안에 사람들의 얼굴, 창백하고, 잠을 제대로 자지 못한 듯 부어오르고, 머리카락이 헝클어진 얼굴들이 보였다 — 겁에 질린 남녀들인데, 머리카락이 있다는 사실이 이국적으

---

[83] 가톨릭에서 수태고지를 기념하여 성모에게 올리는 기도. 폴란드에서는 일반적으로 오전 여섯 시, 정오, 오후 여섯 시에 종을 울린다.

로 보였다. 그들은 천천히 지나가며 침묵 속에서 기차역을 바라보았다. 그때 화물열차 안에서 뭔가 웅성거리면서 나무 벽을 두드리기 시작했다.

"물! 공기!"

억눌린, 절망적인 비명 소리가 터져 나왔다. 창문에서 사람의 얼굴이 비어져 나왔고, 입이 절박하게 공기를 빨아들였다. 공기를 몇 모금 삼킨 뒤 사람들은 창문에서 사라졌고, 그 자리에 다른 사람들이 비집고 나왔다가 똑같이 사라졌다. 비명과 결사적으로 덜컹거리는 소리가 갈수록 커졌다. 녹색 제복을 입고 다른 사람보다 은 배지를 더 많이 단 사람이 불쾌감에 입술을 일그러뜨렸다. 담배를 깊이 빨아들이고는 갑작스러운 몸짓으로 내던진 후, 서류 가방을 오른손에서 왼손으로 옮겨들고 경비병에게 고개를 끄덕여 보였다. 경비병은 어깨에서 자동소총을 천천히 벗어들고 조준한 뒤에 화물차를 향해 한 줄로 쏘았다. 조용해졌다. 그때쯤 트럭이 다가왔고, 그 아래 간이의자를 배치했는데, 화물차 근처의 정해진 위치에 효율적으로 줄지어 세워둔 것이다. 서류 가방을 든 거한이 손짓했다.

"금붙이든 뭐든 음식이 아닌 것을 가져가는 사람은 제국의 소유물을 훔치는 절도범으로 간주하여 총살할 것이다. 알아들었나? 페어슈탄덴(독 : 알아들었나)?"
Verstanden

"야볼(독 : 예, 알겠습니다)!"
Jawohl

고르지 못하게 제각각 소리쳤으나, 어쨌든 우리는 기운차게 대답했다.

"알소 로오오스(독 : 그럼 시작)! 작업 개시!"
Also loos

빗장이 철컹거리고 화물차의 문이 열린다. 신선한 공기의 물결이 안쪽까지 들어가서 독가스처럼 사람들을 후려친다. 말로 표현할 수 없을 정도로 지치고, 수많은 괴물 같은 짐짝과 큰 짐 가방, 작은 짐 가방, 조그만 여행 가방, 배낭, 온갖 종류의 보따리에 둘러싸여(왜냐하면 그들로서는 이전의 삶을 구성했던 모든 것을 다 가져왔고, 미래의 삶을 시작할 예정이었기 때문이다) 사람들은 무시무시하게 비좁은 곳에 둥지를 틀고, 더위에 기절하고, 숨이 막혔거나 다른 사람의 숨통을 막고 있었다. 이제는 열린 문가에 모여 모래 위에 던져진 물고기처럼 헐떡인다.

"주목. 물건을 가지고 내린다. 전부 다 가지고 나온다. 자기 소지품은 전부 화물차 옆에 무더기로 쌓는다. 외투는 벗는다. 여름이니까. 왼쪽으로 행군한다. 알겠습니까?"

"선생님, 우리는 어떻게 됩니까?"

그들은 이미 자갈 위로 뛰어내려, 불안해하며 어쩔 줄 모른다.

"어디서 왔습니까?"

"소스노비에츠, 벤진요.[84] 선생님, 어떻게 되는 겁니까?"

그들은 고집스럽게 질문을 되풀이하며 타인의 지친 눈을 열띠게 들여다본다.

"몰라요, 폴란드어 못 해요."

수용소의 법칙은 죽음을 향해 가는 사람들을 마지막 순간까지 속이는 것이다. 그것이 유일하게 허용되는 자비심이다. 더위가 엄청나다. 해는 정점에 도달했고, 달아오른 하늘은 떨리고, 대기는 물결

---

84) 소스노비에츠, 벤진(Sosnowiec, Będzin): 모두 폴란드 남부의 도시 이름. 같은 슐롱스크 주에 속하여 서로 인접해 있으며 아우슈비츠보다 30킬로미터 정도 북서쪽에 있다.

치고, 바람은 한순간 우리 사이를 지나가지만 그것은 끓어올라 물처럼 흐르는 공기다. 입술은 이미 부르텄고, 입안에서 찝찔한 피 맛이 느껴진다. 햇볕 아래 오래 누워 있어서 몸은 약해졌고 움직이기를 거부한다. 물, 오오, 물을 마셨으면.

화물차에서 색색 가지 물결, 사람들로 꽉꽉 들어차서 새로운 강둑을 찾는, 감각을 잃어 눈먼 강물 같은 물결이 흘러나온다. 그러나 그들이 정신을 차리기 전에, 신선한 공기와 식물의 냄새를 맞닥뜨린 사람들에게서 이미 손에 든 보따리를 빼앗고 외투를 벗기고, 여자들에게서 핸드백을 낚아채고 우산을 거두어들인다.

"선생님, 선생님, 하지만 그건 햇빛 때문에, 전 견딜 수가……."

"페어보텐(독 : 금지됐다)."
　Verboten

경비병은 날카롭게 쉬익, 큰 소리를 내며 이빨 사이로 짖어댄다. 등 뒤에서는 친위대 장교가 이런 상황은 이제 익숙하다는 듯이 평온하게, 위엄 있게 서 있다.

"마이네 헤어샤프텐(독 : 신사 숙녀 여러분), 그렇게 물건을 여기저기 던
　Meine　herrschaften
지지 마십시오. 성의를 좀 보이세요."

그는 상냥하게 말하지만, 가느다란 채찍이 손에서 신경질적으로 휘어진다.

"알겠습니다, 알겠습니다."

여러 다른 목소리가 지나가면서 대답하고, 사람들은 좀 더 즐겁게 화물차 곁을 따라 걷는다. 어떤 여자가 재빨리 몸을 숙여 핸드백을 집는다. 채찍이 휙 소리를 냈고, 여자는 비명을 질렀고, 발이 걸려서 군중의 발길 아래 넘어졌다. 여자 뒤를 따라 달려온 아이가 새

된 소리를 지른다.

"마멜레(루 : 엄마)!"
Mamele

너무나 작고, 머리가 헝클어진 어린 여자아이다······.

무더기가 점점 커진다 — 소지품, 여행 가방, 보따리, 배낭, 격자무늬 외투, 옷, 핸드백, 그리고 핸드백은 떨어지며 열려서 색색의 무지갯빛 지폐, 금붙이, 시계 등을 쏟아낸다. 화물차 문 앞에는 빵 무더기가 층을 이루고, 여러 색의 잼과 버터를 담은 유리병이 모이고, 햄과 소시지 덩어리가 불거지고, 자갈 위로 설탕이 흩어진다. 아이를 찾는 여자들의 절망적인 비명과 갑자기 혼자 남은 남자들의 망연자실한 침묵 속에서 군인들이 직접 밀어서 시동을 건 자동차가 지옥 같은 소음을 내며 떠나갔다. 오른쪽으로 간 사람들 — 젊고 건강한 사람들 — 이 막사로 떠나는 것이다. 가스가 그들을 피해 가지는 않겠지만, 우선 일을 하게 될 것이다.

차들이 끊임없이, 괴물 같은 띠로 이어진 것처럼, 떠나갔다 다시 돌아온다. 쉴 새 없이 적십자 구호차량이 드나든다. 엔진 뚜껑 위에 칠한 거대한 핏빛 십자가는 햇볕 아래 녹아 흐른다. 적십자 차량은 지치지도 않고 왔다 갔다 한다 — 그 안에 가스, 이 사람들을 독살할 가스를 실어오는 것이다.

카나다 작업대 사람들은 나무 계단 아래 서서 가스실로 가는 사람들과 막사로 가는 사람들을 분리하느라 숨 돌릴 틈도 없다. 가스실로 가는 사람들은 나무 계단 위로 밀어 올려 차에 때려 넣는다. 트럭 한 대에 육십 명씩, 더 많기도 하고 적기도 하지만 그 정도.

옆에는 매끈하게 면도한 젊은 신사, 친위대 장교가 손에 메모판을 들고 서 있다. 차 한 대마다 줄을 하나씩 그어서 트럭 열여섯 대가 떠나면 천 명이다. 더 많기도 하고 적기도 하지만 그 정도. 신사는 냉철하고 면밀하다. 그가 알지 못하거나 줄을 긋지 못하는 사이에 차가 떠나지는 못한다 — 오르둥 무스 자인(독 : 질서가 있어야만 한다).
Ordnung muss sein
줄이 몇 천 개로 불어나고, 몇 천 개가 수송열차 전체로 불어나며, 여기에 대해서는 '테살로니카', '스트라스부르'[85], '로테르담'[86]이라고 짧게 말할 뿐이다. 이번에 대해서는 벌써 오늘부터 '벤진'이라고 한다. 그러나 영원히 얻게 된 이름은 '벤진-소스노비에츠'다. 이번 수송열차에서 막사로 간 사람들은 131-132번을 얻게 된다. 실제 숫자는 여기에 천을 곱해야 한다는 걸 모두 알지만, 그냥 짧게 이렇게만 말하게 될 것이다. '131-132.'

  수송열차는 몇 주씩, 몇 달씩, 몇 년씩 불어난다. 전쟁이 끝나면 태워버린 사람들의 수를 셀 것이다. 다 세면 사백오십만이 될 것이다.[87] 이번 전쟁의 가장 치열한 전투이며, 단결되고 통일된 독일의 가장 큰 승리이다. 아인 라이히, 아인 폴크, 아인 퓌러(하나의 제국, 하나의
Ein Reich ein Volk ein Führer
민족, 하나의 지도자)[88] — 그리고 네 개의 소각장이다. 그러나 소각장은 오슈비엥침에 열여섯 개가 생길 것이고, 하루에 오만 명씩 태울 역량을 갖추게 될 것이다. 수용소는 점점 확장되어 전기 철조망을 비수와 강에 맞댈 지경이 될 것이고, 줄무늬 죄수복을 입은 삼만 명의 사람들이 그 안에서 살게 될 것이며, 그곳을 페어브레허-슈타트(독),
Verbreche-Stadt

---

85) 스트라스부르(Strasbourg): 프랑스의 도시 이름.
86) 로테르담(Rotterdam): 네덜란드의 도시 이름.
87) 일반적으로 홀로코스트 당시 가스실에서 살해된 사람의 수는 육백만으로 친다.
88) 나치당의 가장 유명한 표어.

즉 '범죄자들의 도시'라고 부르게 될 것이다. 아니다, 사람은 모자라지 않을 것이다. 유대인을 불태우고 폴란드인을 불태우고 러시아인을 불태워도, 서쪽과 남쪽에서, 대륙과 섬에서 사람들이 실려 올 것이다. 줄무늬 죄수복을 입은 사람들이 실려 와서 파괴된 독일의 도시들을 새로 건설하고 버려진 땅을 갈고, 그러다가 인정사정없는 노동에, 영원한 베베궁, 베베궁(독 : 움직여라)에 지쳐 약해지면 — 가스실의 문이 열릴 것이다. 가스실은 개량되어, 원료를 더 절약할 수 있고 그럴 듯하게 가장되어 있을 것이다. 이미 전설이 되어 전해지는 드레스덴의 소각장[89]처럼 될 것이다.

화물열차가 벌써 비었다. 마르고 얼굴이 얽은 친위대 장교가 침착하게 안을 들여다보고 혐오스러운 얼굴로 고개를 끄덕이더니 우리를 꼼짝 못하게 하는 눈빛으로 쳐다보면서 안을 가리킨다.

"라인(독 : 깨끗하게) 청소!"

우리는 안으로 뛰어 들어간다. 구석구석마다 인간의 배설물과 잃어버린 시계 사이에 아무렇게나 흩어진 것은 숨이 막히고 발에 밟힌 아기들, 거대한 머리에 배가 부어오른 작은 괴물들이다. 마치 닭처럼 한 손에 여럿씩 쥐고 밖으로 나간다.

"차에 싣지 마. 여자들에게 줘."

친위대 장교가 담뱃불을 붙이면서 말한다. 라이터가 자꾸 꺼져서 장교는 매우 짜증이 나 있다.

---

[89] 나치는 우생학 정책에 따라 1939년 드레스덴(Dresden) 근교 조넨슈타인(Sonnenstein) 성의 정신병원에 가스실과 소각로를 설치하여 1940년부터 1942년까지 환자들을 살해했다. 이때 살해된 환자들은 약 만오천 명 정도로 추산된다. 1942년 9월 가스실과 소각로는 운영을 중지하고 조넨슈타인 정신병원은 군용 병원으로 개조하였다. 이곳에서 환자들을 살해하는 업무를 담당했던 직원들은 홀로코스트 시기에 다른 강제수용소로 차출되어 같은 일을 담당하기도 했다.

"이 아기들 좀 데려가요, 하느님 맙소사."

나는 고함을 터뜨린다. 여자들이 겁에 질려 팔로 머리를 감싸고 내게서 도망가기 때문이다.

기괴하고도 불필요하게 하느님의 이름이 튀어나왔다. 아이 딸린 여자들은 모두 트럭으로 가고, 그 규칙에 예외는 없기 때문이다. 아이의 시체를 받아든다는 것이 무슨 의미인지 우리 모두 알고 있으며, 그래서 증오와 공포를 담은 눈으로 서로 쳐다볼 뿐이다.

"왜, 다들 데려가기 싫은가?"

놀란 듯, 비난하는 듯 얼굴이 얽은 친위대 장교가 말하고는 권총을 총집에서 꺼내려 했다.

"쏠 것 없어요, 내가 데려갈게요."

머리가 하얗게 세고 키가 큰 숙녀가 아기들을 받아들고 한순간 내 눈을 정면으로 쳐다보았다.

"아가야, 아가야."

그녀는 미소를 지으며 속삭였다. 자갈에 걸려 비틀거리면서 가버렸다.

나는 화물차 벽에 기댔다. 무척 지쳤다. 누군가 내 팔을 잡아당긴다.

"가자, 마실 거 줄게. 토하려는 것 같네. 엔 아방(프: 이리 와), 철로 쪽으로, 가자!"
En avant

나는 바라본다. 눈앞에서 그 얼굴은 뛰어오르고 녹아 흐르더니 거대하고 투명하고 움직이지 않는 나무들, 어째서인지 새까만 나무들과, 쏟아져 나오는 사람들의 무리와 섞인다……. 나는 다급하게 눈을 깜빡인다 — 앙리다.

"이봐, 앙리, 우리는 좋은 사람들인가?"

"뭐 하러 바보 같은 걸 물어봐?"

"그거 아냐, 친구여, 마음속에서 저 사람들에 대해 전혀 이해할 수 없는 악의가 부풀어 오르고 있어. 저 사람들로 인해 내가 여기 있어야만 한다는 사실 말이야. 저들이 가스실로 간다는 데 아무 동정심도 느끼지 않아. 저 사람들 모두 발밑에서 땅이 꺼져도 상관없어. 주먹을 들고 저들에게 덤빌 수도 있어. 하지만 이건 아마 병적인 증상이겠지. 난 이해를 못 하겠어."

"오오, 완전히 정반대로. 그건 정상적이고 예측 가능하고 예정된 증상이야. 하역장 일은 힘드니까 온몸으로 싸워야 하고, 그런데 악의를 가장 쉽게 풀 상대는 나보다 약한 사람들이거든. 악의를 풀어놓는 건 심지어 꼭 필요하기까지 한 일이야. 말하자면 그게 현실적인 처세라고. 꽁프리(프 : 알겠어)?"
_{Compris}

프랑스인은 철로 옆에 편안하게 자리 잡고 앉으면서 약간은 반어적으로 말한다.

"그리스인들을 봐, 상황을 이용할 줄 안다니까! 손 안에 기어들어 오는 건 뭐든지 우물거리지. 내 앞에서 잼 한 병을 다 먹더라니까."

"짐승들. 내일이면 절반이 설사병으로 뒈질걸."

"짐승? 너도 배고파봤잖아."

"짐승들."

나는 씁쓸하게 되풀이한다. 눈을 감아도 비명 소리가 들리고, 땅이 떨리는 것과 눈꺼풀에 달라붙은 끈끈한 공기가 느껴진다. 목구멍은 완전히 말랐다.

사람들은 흘러가고 또 흘러가고, 차는 마치 화난 개떼처럼 으르렁거린다. 눈 속에 화물열차에서 끌어낸 시체들이 파고 들어온다. 밟혀 죽은 아이들과 시체와 함께 쌓아올린 불구자들, 그리고 사람들, 사람들, 사람들⋯⋯. 화물열차가 들어오고, 옷과 여행 가방과 배낭 무더기는 커지고, 사람들은 화물차를 나와서 해를 쳐다보고 숨을 들이쉬고 물을 구걸하고 차에 타서 떠나간다. 다시 화물차가 다가오고, 다시 사람들⋯⋯. 영상이 머릿속에서 섞이는 것이 느껴지고, 이것이 실제로 벌어지는 일인지 꿈을 꾸는 건지 알 수 없다. 갑자기 어떤 나무의 녹음이 보이는데, 그것은 거리 전체와 색색 가지 군중과 함께 흔들리고, 하지만 — 그것은 대로가 아닌가! 머릿속이 울리고, 토할 것 같은 느낌이 든다. 앙리가 내 어깨를 끌어당긴다.

"자면 안 돼, 물건 실으러 가야지."

벌써 사람들은 없어졌다. 마지막 트럭 몇 대가 거대한 흙먼지 구름을 일으키며 멀리 찻길을 미끄러져 가고, 기차는 떠났고, 위엄 있는 친위대 장교들이 목깃에 달린 은 배지를 번쩍이며 텅 빈 경사로를 걸어 다닌다. 광을 낸 군화가 반짝이고, 벌겋게 땀에 젖은 얼굴이 번들거린다. 그들 사이에 한 여자가 있는데, 그녀가 내내 여기에 있었다는 사실을 나는 지금에서야 깨닫는다 — 말라비틀어지고 가슴이 없고 뼈가 앙상하다. 숱이 적고 색깔 없는 머리카락은 말끔하게 빗어 넘겨서 '북방 민족다운' 매듭으로 묶었고, 손은 폭 넓은 치마바지 안에 쑤셔 넣었다. 바짝 마른 입술에 시궁쥐처럼 고집 센 미소를 붙인 채 경사로 구석구석을 돌아다닌다. 외모가 추하게 변했고 스스로도 그것을 알고 있는 여자의 증오심으로 여성스러운 아름다움을 증오한다. 그렇다, 이 여자를 벌써 여러 번이나 보았고 잘 기억해두었다 — 그녀는 FKL의 대장[90]으로 자기 전리품을 구경하러 왔다. 일부 여자들은 차에 태우지 않고 남겨두는데, 이들은 걸어서 막사로 가기 때문이다. 우리 남자들, 자우나(소독실)의 이발사들은 그 여자들에게서 머리카락을 완전히 없애버릴 것이고, 그녀들이 자유로운 세상에서 지니고 온 수치심을 구경하면서 한껏 즐기게 될 것이다.

그래서 우리는 옷을 싣는다. 무거운 여행 가방, 텅 비기도 하고 꽉 차기도 한 것들을 들어 올려서 힘겹게 차 안으로 던진다. 그곳에서 짐을 무더기로 쌓고 뒤지고 숨겨두고, 손에 잡히는 대로 칼로 잘라낸다. 즐기기 위해서, 또한 보드카와 향수를 찾기 위해서다. 이런 것들은 그대로 밖으로 쏟아진다. 여행 가방 하나가 열리고, 옷, 셔츠, 책이 쏟아진다……. 나는 어떤 뭉치를 집어 든다. 무겁다. 풀어본다. 금붙이다. 좋이 두 주먹은 되겠다. 보석함, 팔찌, 반지, 목걸이, 다이아몬드…….

"깁 히어(독 : 이리 줘)."
　Gib　hier

친위대 장교가 금과 색색 가지 외국 화폐로 가득한 서류 가방을 열어서 내밀며 평온하게 말한다. 친위대 장교는 서류 가방을 닫아 다른 장교에게 건네준 후 비어 있는 다른 서류 가방을 가져다가 다

---

[90] 마리아 만델(Maria Mandel, 1912~1948)을 묘사하는 것으로 추정된다. 아우슈비츠와 그 부속 수용소들 안의 여자 막사를 전부 총괄했으며, 미성년자를 포함하여 약 오만 명의 여성 죄수들이 만델의 명령에 따라 가스실로 보내졌다. 1945년 미군에 의해 체포되어 이듬해 폴란드 정부에 인계되었고 1947년 크라쿠프의 아우슈비츠 재판에서 사형 언도를 받아 1948년에 교수형을 당했다.

른 차 앞에 가서 기다린다. 그 금붙이는 제국으로 간다.

폭염, 엄청난 폭염이다. 공기는 흐르지 않고 달아오른 기둥으로 변해 정체되어 있다. 목구멍이 말라서 매번 말할 때마다 고통스럽다. 오오, 물. 열에 들뜬 듯, 한 시라도 빨리, 어디든 그늘 속으로, 어떻게든 쉬었으면. 우리는 짐 싣기를 끝내고, 마지막 차가 떠난다. 우리는 철로 위에 떨어진 종잇조각을 전부 주워 모으고, 조그만 자갈 사이에서 이곳에 속하지 않는, 수송대에서 나온 오물을 긁어내어 '이 엉망진창의 흔적이 남지 않게' 하고, 다음 순간 마지막 트럭이 나무 뒤로 사라지고 나면, 우리는 — 드디어! — 휴식을 취하고 물을 마시러 철로 쪽으로 간다(어쩌면 프랑스인이 또 경비병에게서 사줄지 몰라). 굽은 길 뒤에서 철도원의 호각 소리가 들린다. 느리게, 말로 형용할 수 없이 느리게 화물열차가 들어오고, 기관차는 귀가 찢어질 듯한 기적 소리를 울리고, 부어오르고 창백하고 마치 종이를 잘라낸 듯 밋밋한 얼굴들이 거대하고 열에 들떠 불타는 눈으로 창밖을 내다본다. 벌써 차가 와 있고, 벌써 메모장을 든 평온한 신사가 서 있고, 벌써 야전 식당에서 친위대 장교들이 금과 돈을 담을 서류 가방을 들고 나와 있다. 우리는 화물열차를 연다.

안 된다, 이젠 더 이상 자신을 통제할 수가 없다. 사람들 손에서 거칠게 여행 가방을 잡아채고, 잡아당기다가 외투가 찢어진다. 가시오, 가시오, 지나가시오. 그들은 걸어서 지나간다. 남자들, 여자들, 아이들. 그중 몇몇은 알고 있다.

여기 바로 한 여자가 빠르게 걸어간다. 눈에 띄지 않으려 애쓰면서 열띠게 서두른다. 서너 살쯤 되어 보이는 조그만 아이가 아기 천사 같은 통통한 얼굴이 빨갛게 달아오른 채 여자 뒤를 쫓아 뛰어가다가 따라잡지 못하자 울면서 조그만 손을 내민다.

"엄마, 엄마!"

"거기 여자, 아이 손을 잡으시오!"

"선생님, 선생님, 제 아이가 아니에요, 제 아이가 아니에요!"

여자는 광란하듯 외치며 손으로 얼굴을 가리고 도망친다. 그녀는 숨고 싶어 한다. 저쪽 사람들, 차로 가지 않고 걸어서 가는, 살아남을 사람들을 따라잡아 함께 가려고 한다. 그녀는 젊고 건강하고 예쁘고, 살고 싶어 한다.

그러나 아이는 여자 뒤를 쫓아 뛰어가면서 목청껏 호소한다.

"엄마, 엄마, 도망가지 마!"

"내 아이가 아니에요, 내 아이가 아냐, 아냐!"

그러다가 그녀를 붙잡은 것은 안드레이인데, 세바스토폴[91]에서 온 선원이다. 보드카와 폭염 때문에 눈이 풀렸다. 여자를 붙잡아서 강력한 한 방으로 어깨를 쳐 때려눕힌 후 쓰러진 여자의 머리채를 잡아 다시 위로 들어올렸다. 그의 얼굴은 격노로 일그러져 있었다.

"아, 너, 예빗 뜨보유 마찌, 블라지 예브레이스까야(우 : 이런 망할 계집, 빌어먹을 유대년 같으니)! 자기 아이한테서 도망치려고 해! 내가 정신 차리게 해주지, 창녀야!"

그는 반쯤 들어 올린 여자를 붙잡아 막 소리를 지르려던 목을 양손으로 조르더니 마치 무거운 곡식 자루처럼 한 번 휘둘러서 여자를 트럭 안으로 던져 넣었다.

---

[91] 세바스토폴(Севастополь)은 우크라이나 남부, 흑해 연안의 항구도시.

"알겠지! 이 애도 데려가! 개 같은 년!"

그리고 그는 아이도 여자의 발치에 던졌다.

"**구트 게마흐트**(독 : 잘했다). 타락한 엄마들은 그렇게 벌줘야 하는 법이지."
_{Gut gemacht}

친위대원이 차 옆에 서서 말했다.

"**구트, 구트 루스키**(독 : 좋아, 좋은 러시아인)."
_{Gut gut Ruski}

"**말취**(러 : 닥쳐)!"
_{Молчи}

안드레이는 이빨 사이로 짖어대고는 화물차 쪽으로 가버렸다. 누더기 더미 아래에서 숨겨둔 수통을 꺼내 뚜껑을 돌려 열고 입에 대고 마신 후에 내게 주었다. 독한 술이 목구멍을 태운다. 머리가 울리고 다리가 풀리고 욕지기가 밀려 올라온다.

갑자기, 차들 쪽을 향해 보이지 않는 힘에 밀린 강물처럼 맹목적으로 움직이던 그 모든 사람들의 물결 속에서 한 소녀가 솟아올라 화물차에서 자갈 위로 가볍게 뛰어내리더니, 뭔가에 몹시 놀란 사람처럼 관찰하는 시선으로 주위를 둘러보았다.

풍성한 밝은 색 머리카락은 부드러운 물결이 되어 어깨 위로 흩어졌고, 소녀는 조급하게 고개를 흔들어 머리카락을 등 뒤로 넘겼다. 반사적인 몸짓으로 손을 움직여 블라우스 아래쪽의 주름을 펴고 눈에 띄지 않게 치마를 바로잡았다. 그렇게 잠시 서 있다가 마침내 사람들의 무리에서 시선을 떼고 누군가를 찾는 것처럼 우리 얼굴을 하나씩 들여다보기 시작했다. 나도 모르게 소녀의 시선을 따라갔고, 우리는 눈길이 마주쳤다.

"저기요, 저기요, 말해주세요. 저 사람들 우리를 어디로 데려가려는 거죠?"

나는 소녀를 쳐다보았다. 바로 눈앞에 경이로운 금빛 머리카락에 가슴이 아름다운 소녀가 고급 아마포로 만든 여름 블라우스를 입고 지혜롭고 성숙한 시선으로 나를 보며 서 있다. 서서 내 얼굴을 똑바로 들여다보며 기다린다. 저기 가스실이 있다. 공동의 죽음, 끔찍하고 추한 죽음이다. 저기 수용소가 있다. 박박 밀어버린 머리에, 폭염에도 솜을 누빈 소비에트제 바지를 입고, 더럽고 열기에 달아오른 여자의 몸에서 구역질나고 숨 막히는 냄새가 풍기고, 짐승 같은 굶주림과 비인간적인 노동과 마지막에는 아까와 똑같은 가스실, 더 끔찍하고 더 추하고 더 무시무시한 죽음이 기다리는 곳이다. 일단 이곳에 들어온 사람은 아무것도, 심지어 자기 몸을 태운 재조차 감시탑 너머로 가지고 나가지 못한다. 영원히 저편의 삶으로 돌아가지 못한다.

"저건 왜 가져왔을까, 그래봤자 빼앗아갈 텐데."

소녀의 손목에 채워진 가느다란 금 시곗줄이 달린 아름다운 손목시계를 보고 나도 모르게 그런 생각을 했다. 투시카도 똑같은 걸 갖고 있었는데, 단지 시곗줄이 검고 가느다란 리본이었다.

"저기요, 대답해주세요."

나는 침묵했다. 소녀의 입술이 굳어졌다.

"다 알아요."

목소리에 귀족적인 경멸의 기색을 담아 고개를 뒤로 젖히면서 소녀가 말했다. 그리고 대담하게 차들 쪽으로 걷기 시작했다. 누군가 소녀를 세우려 했으나 대담하게 그를 옆으로 밀치고 나무 계단을 뛰어올라 이미 거의 가득 찬 트럭에 탔다. 트럭이 달리자 풍성하고 밝은 머리카락이 휘날리는 것을 나는 다만 멀리서 볼 뿐이다.

화물차로 들어가서 아기들을 들고 나오고 짐짝을 밖으로 내던졌다. 전에도 시체를 만져봤지만, 야만적인 공포심이 치밀어 오르는 것을 억누를 수 없었다. 도망쳐봐도 그들은 사방에 누워 있었다. 자갈 위에, 시멘트로 바른 플랫폼 가장자리에, 화물차 안에 줄지어 놓여 있었다. 아기들, 끔찍한 벌거벗은 여자들, 경련하며 몸을 뒤트는 남자들. 나는 가능한 한 멀리 도망친다. 누군가 채찍으로 내 등을 내려치고, 나는 욕설을 내뱉는 친위대 장교를 곁눈질로 보고 그에게서 도망쳐 줄무늬 죄수복을 입은 한 무리의 카나다 작업대 속에 섞여든다. 마침내 나는 다시 철로 옆에 눕는다. 해는 지평선 위로 깊이 몸을 숙이고 핏빛으로 저물어가는 광선을 하역장 위에 쏟았다. 나무 그늘이 유령처럼 길게 늘어지고, 사람들의 비명이 더 크게 더 끈질기게 하늘을 향해서 치고 올라갔다.

그때서야 그곳, 철로 바로 곁에서, 시끌시끌한 하역장의 지옥도 전체가 보였다. 바로 저기 한 쌍의 사람들이 결사적인 포옹으로 엮인 채 땅에 넘어져 있다. 남자는 발작적으로 손가락을 여자의 몸에 쑤셔 넣고 이빨로 옷을 물어뜯는다. 여자는 광란하며 비명을 지르고 욕설을 퍼부으며 저주하다가 군화에 목을 밟혀 버둥대고는 잠잠해진다. 사람들은 둘을 목재처럼 갈라놓고 짐승처럼 서둘러 차에 싣는다. 바로 저기 카나다 네 명이 시체를 들어 올린다. 거대하게 부어오른 여자인데, 그들은 욕설을 퍼부으며 힘을 쓰느라 땀을 흘리고, 길 잃은 아이들을 발로 차서 쫓아 보낸다. 그 아이들은 개처럼 공포에 질려 비명을 지르며 하역장 구석구석에서 울고 있다. 사람들은 그 아이들의 목덜미를, 얼굴을, 팔을 잡아서 트럭 위에 던져 올려 무더기로 쌓는다. 저쪽의 카나다 네 명은 여자를 들어 올려 차에 싣지 못하고 다른 사람들을 불러 함께 안간힘을 써서 그 고깃덩어리를 위로 밀어 트럭의 짐칸에 올린다. 하역장 전체에서 거대하고 부어오르고 부풀어 오른 시체들을 지고 나른다. 그 사이로 불구자, 마비된 사람들, 숨이 막힌 사람들, 의식이 없는 사람들이 섞인다. 시체들의 산이 웅성거리고 끙끙거리고 울부짖는다. 운전사는 엔진을 켜고 떠나간다.

"할트, 할트(독 : 정지, 정지)!"
  Halt halt

멀리서 친위대원이 고함친다.

"정지, 정지, 빌어먹을!"

군인들이 연미복 외투를 입고 팔에 띠를 두른 노인을 끌고 온다. 노인은 자갈과 돌에 머리를 부딪치고 신음하면서 끊임없이 단조롭게 탄식한다.

"이히 빌 밋 뎀 헤렌 코만단텐 슈프레헨(독 : 지휘관과 이야기하기를 원한
 Ich will mit dem Herrn Kommandanten sprechen
다) — 나는 지휘관님과 이야기하고 싶소."

길을 가는 내내 노인다운 고집으로 이 말을 반복한다. 차에 던져지고 누군가의 발에 밟혀 숨이 막히면서도 계속 중얼거린다.

"이히 빌 밋 뎀……."

"이봐요, 진정하시오, 원 참!"

젊은 친위대 장교가 큰 소리로 웃음을 터뜨리며 그에게 소리친다.

"삼십 분만 있으면 제일 윗선의 지휘관과 이야기하게 될 거요! 다

만 그를 만나거든 '하일 히틀러!'라고 말하는 걸 잊지 마시오!"

다른 사람들이 한쪽 다리가 없는 어린 소녀를 지고 온다. 양팔과 남은 한 쪽 다리를 잡아서 들고 있다. 소녀의 얼굴에 눈물이 흘러내리고, 소녀는 애처롭게 속삭인다.

"아저씨, 아파요, 아파요⋯⋯."

그들은 소녀를 트럭 위의 시체들 사이로 던져 넣는다. 산 채로 그들과 함께 불타게 될 것이다.

시원하고 별이 가득한 저녁이 다가온다. 우리는 철로 위에 눕는다. 주위는 형언할 수 없이 조용하다. 높은 기둥 위에 기운 없어 보이는 가로등이 타오르고, 둥근 불빛 너머로 꿰뚫을 수 없는 어둠이 뻗어간다. 그 안으로 한 걸음만 들어가면 사람은 사라져 영영 돌아올 수 없다. 그러나 경비병의 눈이 주의 깊게 지켜보고 있다. 자동소총은 발사할 준비가 되어 있다.

"신발 바꿨어?"

앙리가 내게 묻는다.

"아니."

"왜?"

"이봐, 난 정말 지겨워. 완전히 지긋지긋하다고!"

"처음 하는 수송열차 작업인데 벌써! 생각해봐, 야(독 : 응), 크리스마스 때부터 내 손을 거쳐 간 사람이 아마 백만 명쯤 될 거야. 가장 나쁜 건 파리 근교에서 온 수송열차였어. 항상 아는 사람하고 마주치거든."

"그럼 그 사람들한테 뭐라고 하는데?"

"목욕하러 갔다가 나중에 수용소에서 만날 거라고 하지. 너라면 뭐라고 하겠어?"

나는 입을 다문다. 우리는 독주가 섞인 커피를 마시고, 누군가 카카오 깡통을 따서 설탕과 섞는다. 그것을 손으로 퍼내고, 카카오가 입에 달라붙는다. 다시 커피, 다시 독주.

"앙리, 우리는 뭘 기다리는 거지?"

"수송열차가 하나 더 올 거야. 하지만 확실하게는 몰라."

"더 오더라도 나는 짐 내리러 안 갈래. 못 하겠어."

"물든 거야, 뭐야? 카나다가 편하지?"

앙리는 선량하게 웃고는 어둠 속으로 사라진다. 잠시 후에 다시 돌아온다.

"좋아. 하지만 조심해, 친위대원에게 잡히지 않게. 넌 여기 계속 앉아 있는 거야. 그리고 신발 구해줄게."

"신발 얘기 좀 그만해."

나는 자고 싶다. 깊은 밤이다.

다시 안트레튼(독 : 집합), 다시 수송열차. 어둠 속에서 화물열차가 떠올랐다가 불빛의 띠를 지나 다시 황혼 속으로 사라진다. 경사로는 작지만 불빛의 원은 그보다 더 작다. 우리는 수송물을 차례로 내릴 것이다. 어딘가에서 차가 짖어대고, 유령처럼 새까만 트럭들이 나무 계단으로 다가가고, 전조등으로 나무를 비춘다. 바써(독 : 물)! 루프트(독 : 공기)! 다시 똑같이, 아까와 똑같은 영화를 뒤늦게 상영한다 — 자동소총을 한 줄로 발사하고, 화물차가 조용해진다. 단지 어떤 소녀가 화물차 창문에서 몸을 반쯤 내밀었다가 균형을 잃고 자갈 위로 떨어진다. 한순간 움직이지 않고 누워 있다가 마침내 몸을 일으켜서 원을 그리며 점점 더 빨리 걷기 시작한다. 체조를 하듯이 뻣뻣하게 팔을 휘두르며 큰 소리로 공기를 들이마시고 단조롭고 새된 소리로 울부짖는다. 화물차 안에서 숨이 막히면서 제정신을 잃은 것이다. 신경에 거슬리기 때문에 친위대 장교가 소녀에게 뛰어가서 무거운 군화로 등을 찼고, 소녀는 넘어졌다. 장교는 발로 소녀를 짓밟고 권총을 꺼내 한 번, 두 번 쏘았다. 소녀는 발로 땅을 차다가 급기야 움직이지 않았다. 화물열차 문이 열렸다. 나는 다시 화물열차 앞에 있었다. 따뜻하고 달콤한 냄새가 터져 나왔다. 사람의 산이 화물차 안쪽에 절반 높이까지 쌓여 있었다. 그 산은 움직이지 않고 괴물처럼 얽혀 있지만, 아직 숨을 쉰다.

"아우슬라덴(독 : 짐 내려)!"
Ausladen

친위대 장교의 목소리가 어둠 속에서 떠올라 사방으로 퍼져 나갔다. 가슴에는 휴대용 전조등이 매달려 있었다. 그가 안쪽을 비추었다.

"뭘 그렇게 바보 같이 서 있나? 수송물을 내려!"

그리고 그는 막대로 휘익 소리를 내며 등을 내리쳤다. 나는 손으로 시체를 움켜잡았다 ─ 시체의 손이 내 팔을 감싸고 발작적으로 조여들었다. 나는 비명을 지르며 손을 빼내고 도망쳤다. 심장이 마구 쿵쾅거리고 목 안이 조여들었다. 한순간 욕지기가 나를 덮쳤다. 나는 화물차 아래 웅크리고 토했다. 비틀거리면서 철로 곁으로 몰래 내려갔다.

나는 다정하고 시원한 쇠 위에 누워서 수용소로 돌아가는 것을, 짚을 깔지 않은 침상을, 밤에 가스실로 가지 않는 동료들 사이에서 조금이라도 자는 것을 꿈꾸었다. 갑자기 수용소는 내게 평온한 안식처로 보였다. 계속해서 다른 사람들이 죽어가고, 나는 어떻게든 아직 살아 있고, 먹을 것도 있고, 일할 기운도 있고, 조국도 있고, 집도, 여자도…….

불빛이 유령처럼 깜빡거리고, 사람들의 물결은 끝없이 둔하게, 열띠게, 마비된 채 흘러간다. 그들에게는 수용소에서 새 인생이 시작될 것처럼 보이고 그래서 심리적으로 생존을 위한 힘겨운 싸움을 준비하고 있을 것이다. 자신들이 곧 죽을 것이고, 옷 주름과 솔기, 신발 굽, 몸의 은밀한 부위에 조심스럽게 숨겨둔 금과 돈과 보석이 필요 없게 되리라는 것을 알지 못한다. 이런 일을 일상적으로 하는 전문가들이 그들의 몸을 구석구석까지 뒤져 혀 밑에서 금을, 자궁과 직장에서 보석을 끄집어낼 것이다. 금니를 뽑아낼 것이다. 단단히 봉한 상자에 넣어 베를린으로 보낼 것이다.

친위대 장교들의 검은 형상이 익숙하고 평온하게 오간다. 손에 메모장을 든 신사가 마지막으로 줄을 긋고 숫자를 채운다. 일만오천 명이다.

헤아릴 수 없이 많은 차들이 화장장으로 갔다.

이제 끝나간다. 경사로에 늘어놓은 시체를 마지막 차량이 수거하고 소지품도 실었다. 빵과 잼과 설탕을 그러모으고 향수와 깨끗한 속옷 냄새를 풍기는 카나다가 막사로 돌아가는 행군을 위해 열을 짓는다. 카포가 차 끓이는 냄비에 금과 실크와 검은 커피 담는 일을 마친다. 이것은 철문가의 경비병을 위한 것이다. 뇌물을 바친 대가로 검열 없이 작업대를 들여보내준다. 며칠간 수용소는 이 수송물로 살아갈 것이다. 그들의 햄과 소시지와 통조림과 과일을 먹고, 그들의 보드카와 과일주를 마시고, 그들의 속옷을 입고, 그들의 금과 보따리를 거래할 것이다. 많은 사람들이 사제 물품을 수용소 밖으로, 슐롱스크, 크라쿠프[92], 그리고 더 멀리 내어간다. 그리고 담배와 달걀과 보드카와 집에서 보낸 편지를 들여온다.

며칠 동안 수용소에서는 '소스노비에츠-벤진' 수송열차에 대해 이야기할 것이다. 그것은 좋은, 풍성한 수송열차였다.

우리가 수용소로 돌아갈 때 별들은 창백해지기 시작하고 하늘은 점점 투명해져서 우리 위로 솟아오르며, 밤은 밝아진다. 날씨가 좋고 무척 더운 낮을 예고한다.

소각장에서 강력한 안개 기둥이 솟아올라 위에서 거대한 검은 강을 이루며 합쳐져서 형언할 수 없이 느리게 비르케나우의 하늘을 뒤덮고 숲을 지나 트췌비니아[93] 쪽으로 사라진다. 소스노비에츠 수송대는 이미 불타고 있다.

우리는 기관총으로 무장하고 경비 교대를 하러 가는 독일군 부대 옆을 지나친다. 그들은 나란히 고르게 줄지어 서서 하나의 무리를 이루어 한 뜻으로 걸어간다.

"운트 모르겐 디 간쩨 벨트(독 : 그리고 아침에는 온 세상이)……."[94]
　　Und　morgen　die　ganze　Welt
그들은 목청껏 노래한다.

"레흐츠 란(독 : 우향우)!"
　　Rechts　ran
선두에서 명령이 떨어진다. 우리는 그들을 위해 길을 비켜준다.

---

92) 크라쿠프(Kraków): 폴란드 남부에 위치한 폴란드 제2의 대도시.
93) 트췌비니아(Trzebinia): 폴란드 남부의 도시 이름.
94) 나치 당가의 일부.

보롭스키는 1943년 2월 25일 체포되어
파비악 정치범 수용소에서 두 달 정도 지낸 후
1943년 4월 말 아우슈비츠 II 비르케나우 수용소로 이송되었다.
비르케나우에 수감된 지 몇 달 후에 보롭스키는
강제노동으로 쇠약해진데다 극심한 폐렴에 걸려 사경을 헤맸다.
수용소 병원에 입원하여 어느 정도 회복한 뒤에
그는 그대로 병원의 야간 경비원 보직을 얻어
얼마 동안 강제노동을 피할 수 있었다.
이렇게 계속 병원에서 일하면서 남자 간호사로 승급하여
1944년 봄에 아우슈비츠 I으로 파견되었다.
이 작품은 당시에 같은 비르케나우 수용소의 여자 막사에
수감되어 있던 약혼녀 마리아(작품 내에서는 '투시카'로 칭함)에게
보낸 편지를 바탕으로 한 것이다.

우리 아우슈비츠 에서는……

I

……그렇게 해서 나는 벌써 위생 교육을 받고 있어. 비르케나우 전체에서 우리 열댓 명을 선발해서 거의 의사 노릇을 할 수 있을 정도로 교육을 시켜. 나는 사람 몸에 뼈가 몇 개인지, 피가 어떻게 순환하는지, 복막腹膜이란 무엇인지, 포도상구균은 어떻게 물리치는지, 또 연쇄구균은 어떻게 없애는지, 맹장 수술을 무균 상태로 집도하려면 어떻게 해야 하는지 그리고 기흉氣胸은 무엇 때문에 있는지 알아야 해.

우리는 매우 고상한 임무를 띠고 있어. '운이 나빠서' 질병이나 삶에 대한 무관심 혹은 실의로 고통 받는 동료들을 치료해야 하거든. 우리, 그러니까 비르케나우의 남자 이만 명 중에서 열댓 명이 수용소의 사망률을 낮추고 수인들의 사기를 높여야 해. 라게르아르츠(독 : lagerartz 수용소 의사)가 떠나기 직전에 그렇게 말하고 우리 한 명 한 명에게 나이와 직업을 물었는데, 나는 이렇게 대답했어.

"학생입니다."

의사는 놀라서 눈을 크게 뜨더군.

"대체 뭘 공부했습니까?"

"문학사입니다."

나는 겸손하게 대답했지. 의사는 실망해서 고개를 젓고는 차에 올라 떠나갔어. 그러고 나서 우리는 아주 아름다운 길을 따라 오슈비엥침까지 걸어갔고, 풍경도 실컷 보았고, 그 뒤에 누군가 우리를 어딘가의 어떤 병동에 외부 간호사[95]로 배치했지만, 나는 여기에는 그다지 관심이 없었어, 왜냐하면 스타섹(알지, 나한테 갈색 바지 준 사람)과 함께 수용소로 갔거든. 나는 너한테 이 편지를 전해줄 사람을 찾으러 간 거였고, 스타섹은 부엌과 매점에 들러서 저녁식사로 흰 빵과 마가린 한 덩이, 그리고 단 한 조각이라도 좋으니 소시지를 '조직'하러 간 거지, 왜냐하면 우리는 다섯 명이니까.

물론 편지를 전해줄 사람은 못 찾았어. 나는 백만 번이니까, 그리고 여기엔 오래된 번호들밖에 없어서 나를 무척 깔보거든. 하지만 스타섹이 자기 연줄을 이용해서 편지를 보내주겠다고 약속하면서 다만 길게 쓰지는 말라고 했어.

"여자 친구에게 그렇게 매일같이 편지를 쓰는 건 틀림없이 지루할 테니까."

---

[95] 플레거(fleger): 수용소 병원에서 의사를 보조하는 업무를 맡은 남자 의료 직원.

이렇게 말하더라고.

그러니까 사람 몸에 뼈가 몇 개고 복막이 뭔지 공부하는 김에 너의 화농성 피부염과 네 옆 침상 여자의 열병에 대해서 조언해줄 수 있을지도 몰라. 한 가지 겁나는 건 십이지장궤양을 어떻게 고치는지는 알면서도 가려움증에 쓰는 윌킨슨 연고 같은 멍청한 물건 하나 훔쳐다줄 수 없다는 사실이야. 비르케나우 전체에 하필 그 연고가 없거든. 여기서 우리는 환자들에게 박하차를 따라주면서 대단히 효과적인 어떤 주문을 외우는데, 유감스럽게도 이 편지에 되풀이할 만한 내용은 아니야.

그리고 사망률을 떨어뜨리는 것에 대해서 말인데, 우리 막사에서 프로미넨트[96]가 병에 걸렸어. 몸이 나빠지고 열이 나더니 점점 자주 죽음에 대해서 말하더라고. 한 번은 나를 자기 침상으로 불렀어. 침대 가장자리에 앉았지.

"어쨌든 나는 수용소 안에서 유명하지, 안 그런가?"

프로미넨트가 불안하게 내 눈을 들여다보면서 물었어.

"누구든 모르는 사람이 없죠……. 기억 못하는 사람도 없고."

내가 순진하게 대답했지.

"봐."

그가 불빛으로 빨갛게 된 유리창을 손으로 가리키면서 말했어.

저쪽, 숲 뒤에서 타오르고 있었어.

"알겠어? 나를 따로 뒀으면 좋겠어. 함께 말고. 무더기 위는 싫어. 알아들어?"

---

[96] 프로미넨트(Prominent): 죄수들 사이의 우열 관계에서 상위를 차지하는 특권계층의 죄수를 뜻함.

"겁내지 마세요."

내가 그에게 신실하게 말했지.

"여기 제가 침대 시트도 드리잖아요. 그리고 시체 치우는 사람들하고도 얘기해볼게요."

그는 침묵 속에 내 손을 쥐었어. 하지만 아무 일도 일어나지 않았어. 건강해져서 막사로 돌아간 후 나한테 마가린 한 덩이를 보냈더라고. 그것을 신발에 칠해. 왜냐하면 물고기 기름으로 만든 그런 물건이거든. 그렇게 나는 수용소의 사망률 감소에 공헌한 거지. 하지만 이런 이야기는 그만하자, 너무 수용소스러우니까. 거의 한 달이나 집에서 편지를 받지 못했어…….

II

안락한 날들이야 — 점호도 없고, 의무도 없어. 수용소 전체가 점호를 받기 위해 서 있는데, 우리는 창밖으로 몸을 반쯤 기울이고 구경하는 다른 세상에서 온 관객이야. 사람들이 우리한테 미소를 짓고 우리도 사람들한테 미소를 짓고, 사람들은 우리에게 '비르케나우에서 온 동료들'이라고 말해. 우리가 이렇게 운이 좋지 않다는 걸 조금은 동정하면서, 또 자기들은 그렇게 운이 좋다는 걸 조금은 부끄러워하면서. 창문에서 보이는 풍경은 순전해. 소각장이 보이지 않아. 사람들은 오슈비엥침과 사랑에 빠져서 자랑스럽게 말해 ─ "우리 아우슈비츠에서는……."이라고.

드디어 찬양할 일이 생겼어. 상상해봐, 오슈비엥침이 뭔지. 파비악 정치범 수용소, 그 끔찍한 헛간을 생각해봐, 그리고 세르비아[97]를 더하고 이십팔을 곱해서 그걸 전부 아주 가깝게 붙어 있도록 늘어놔봐. 파비악들 사이에 단지 약간의 틈새만 남겨두고, 그 모든 걸 이중 철조망으로 빙 두르고 삼면을 시멘트 담장으로 막고 진흙을 덮고 빈혈 걸린 나무를 심어. 그리고 그 모든 것의 한가운데에 사람을 만 몇 천 명 들여놓는 거야. 수용소에서 몇 년이나 있었고, 환상적으로 고생했고, 최악의 순간을 이기고 살아남은 사람들이, 이제는 손을 벨 정도로 빳빳하게 주름잡아 다림질한 바지를 입고 엉덩이를 흔들며 걷는 거지. 그걸 다 해보면 그들이 우리 비르케나우에서 온 사람들에게 왜 그렇게 엄청난 경멸과 동정을 담아서 대하는지 이해할 거야. 왜냐하면 비르케나우에는 그저 나무로 만든 마구간 막사밖에 없으니까. 사람들이 지나다닐 수 있게 만들어놓은 길도 없고, 뜨거운 물이 나오는 욕실 대신 소각장 네 개뿐이니까.

간호사실에 가면 벽이 아주 하얗고, 이렇게 좀 독일식이고, 시멘트로 된 감옥 바닥에 삼층 침상이 아주아주 많은데, 거기서는 자유로 가는 길이 완벽하게 보여. 그 길로 가끔씩 사람이 지나가기도 하고, 가끔은 차가, 가끔은 나무 수레가 지나가기도 하고, 그리고 가끔은 ― 자전거 탄 사람이 지나가. 분명 일터에서 돌아오는 노동자일 거야. 멀리, 그러니까 아주 멀리(넌 모를 거야, 그렇게 작은 창문 안에 얼마나 많은 공간을 집어넣을 수 있는지. 전쟁이 끝나면, 내가 살아남으면, 창문으로 벌판이

---

97) 파비악 정치범 수용소의 여성 구역.

내다보이는 높은 집에 살았으면 좋겠어) 집이 몇 채 있고 그 뒤로는 푸른 숲이야. 땅은 검고 틀림없이 습할 거야. 스타프[98]의 소네트처럼, 기억하니, 「봄의 산책」!

하지만 우리 간호사실에도 사제 물품이 있어. 타일 바른 화덕인데 색색 가지 마조르카 타일을, 우리 창고에 쌓아두었던 재고 같은 걸 붙인 거야. 그 화덕에는 석쇠가 아주 교묘하게 설치되어 있어 ― 거의 아무것도 없는 것 같지만, 돼지 한 마리도 통째로 구울 수 있지. 침상에는 '카나다제' 담요가 있는데 고양이 털가죽처럼 폭신폭신해. 침대 시트는 하얗고 주름도 없어. 탁자가 있어서 가끔 식탁보를 덮기도 하는데, 명절날과 식사 때만 덮을 수 있지.

창밖으로 자작나무 길 ― 비르켄베그[99]가 보여. 유감이야, 겨울이라 이파리 없이 '우는' 자작나무들이 살이 다 떨어진 빗자루처럼 아래쪽으로 매달려 있고 그 밑에는 잔디밭 대신 끈적끈적한 진흙만 깔려 있어. 분명 길 건너편의 '저쪽' 세상과 똑같은 진흙이겠지만, 여기서는 그 진흙을 발로 이겨야 하지.

우리는 저녁 점호가 끝난 뒤에 그 조그만 자작나무 길로 산책을 다녀. 아는 사람들에게 진지한 얼굴로 위엄 있게 고개를 끄덕여 인사하면서. 교차로 한 쪽에는 양각으로 부조된 표지판이 있는데, 두 남자가 벤치에 앉아서 서로 귓가에 속삭이고 또 다른 남자가 그쪽

---

[98] 레오폴드 스타프(Leopold Staff, 1878~1957): 폴란드의 시인이자 수필가.
[99] 비르켄베그(Birkenweg): 수용소 이름인 비르케나우(Birkenau, 혹은 폴란드어로 브제진카Brzezinka)는 '자작나무 숲'이라는 뜻이다. 아우슈비츠─비르케나우 수용소 주위에는 본래 자작나무가 많았는데, 자작나무는 폴란드에서 고상하고 낭만적인 이미지로 여겨졌다. 그 때문에 작품 속에서 수용소라는 환경과 반대되는, 대단히 역설적인 느낌을 준다. 아우슈비츠의 폴란드어 이름인 오슈비엥침(Oświęcim)도 '성스러운 땅' 혹은 '축복받은 땅'이라는 뜻으로, 강제노동이나 인종 학살 등의 역사적 현실에 비출 때 아이러니라 할 수 있다.

으로 몸을 기울인 채 고개를 내밀어 엿듣고 있어. 경고하는 거지, 네가 하는 모든 대화는 감청되고 주석이 붙어서 해당 기관에 밀고된다고. 여기선 한 사람이 다른 사람에 대해서 모든 걸 알아 — 언제 '무슬림'이었는지, 무엇을 누구에게서 '조직'했는지, 누구를 목 졸라 죽이고 누구를 학대했는지. 그리고 다른 사람을 칭찬하면 모두 조롱하는 웃음을 지어.

그러니까 파비악 정치범 수용소를 상상해봐, 그곳을 몇 배나 부풀리고 이중 가시철조망으로 두른 광경을. 비르케나우하고는 다르지, 비르케나우에는 즈븨쥬까(러 : 망루)[100](zwyżka)들이 정말 길고 높은 장대 위의 황새처럼 서 있고 기둥 세 개마다 탐조등이 비추고 있고, 철조망은 한 겹이지만 그 대신 구역의 수는 양손가락으로 다 셀 수 없거든!

그러니까 여기는 그렇지 않다는 거야 — 탐조등은 기둥 두 개마다 비추고 망루는 단단하게 축조되어 있고, 철조망은 두 겹이고 또 담장이 있어.

그러니까 우리는 방금 자우나(소독실)에서 나온 우리의 사제 평상복을 입고 비르켄베그를 따라 걷는 거야. 줄무늬 죄수복을 입지 않은 유일한 오인조인 거지.

면도하고 단장하고 아무 걱정 없이 비르켄베그를 따라서 걷는 거야. 사람들의 무리가 작은 그룹을 지어서 돌아다니고, 또 한 무리가 십 번 막사 앞에 죽치고 서 있어. 거기에는 철창과 단단히 막은 창문 뒤로 여자아이들이 앉아 있고 — 실험용 토끼들이지. 하지만 가

---

[100] 본래 러시아어 단어를 폴란드 수용소 속어로 사용했다.

장 흔한 장면은 슈라이브슈투바(행정 사무실)[101]가 있는 막사 앞에 모여 있는 거야. 거기에 교향악단실과 도서실과 박물관이 있기 때문이 아니라, 그저 다만, 이층에 '푹푹'이 있거든. '푹푹'이 뭔지는 다음번 편지에 쓸게, 그때까지 궁금해 하고 있어…….

그거 알아? 너한테 편지를 쓰는 게 얼마나 이상한지. 네 얼굴을 본 지가 그렇게 오래되었는데 말이야. 네 모습은 기억 속에 흩어져서, 의지를 가지고 엄청나게 노력해도 불러낼 수가 없어. 꿈이란 상상할 수 없이 대단한 거라서, 꿈속에서 너는 정말 생생하고 입체적이야. 그거 알아? 꿈은 그림 같은 게 아니라 경험 같은 거야, 그 안에는 공간이 있고 물건의 무게와 그리고 네 몸의 온기가 느껴져…….

티푸스를 앓은 뒤 머리를 바짝 자르고 수용소 침상에 누운 네 모습을 상상하는 건 쉽지 않아……. 파비악에서의 너를 기억해. 키 크고 늘씬한 아가씨가 가볍게 미소를 지으며 슬픈 눈을 하고 있었지. 슈흐 대로[102]에서는 고개를 숙이고 앉아 있어서 나한테는 너의 검은 머리카락만 보였어. 지금은 잘렸겠지만.

그리고 바로 이런 모습이 그곳, 저쪽 세상의 기억 중에서 내 머릿속에 가장 강력하게 남아 있어. 너의 모습 말이야. 너를 기억하는 게 이토록 힘들긴 하지만. 그리고 그 때문에 너한테 이렇게 긴 편지를 쓰는 거야, 왜냐하면 이게 내가 너와 나누는 저녁의 대화거든,

---

101) 본래 독일어 Schreibstube에서 온 단어이나 원문에서는 수용소 속어로 정착되어 따로 외국어 표기를 하지 않았다.
102) 슈흐 대로(Aleja Szucha): 바르샤바의 중앙 관청이 자리한 거리 이름. 나치 점령 당시에는 게슈타포 본부가 있었으며, 본문에서도 그런 의미로 쓰였다.

예전에 스카리쉡스카 거리[103]에서 했던 것처럼. 그리고 그래서 이 편지들은 온화한 거야. 나는 마음속에 온화함을 많이 간직하고 있고, 너도 온화함을 잃지 않았다는 걸 알아. 이 모든 것에도 불구하고, 게슈타포 앞에서 고개를 숙였음에도 불구하고, 티푸스와 폐렴과 그리고 — 짧게 잘린 머리카락에도 불구하고.

하지만 이 사람들은……. 너도 봤지, 이 사람들은 수용소라는 무시무시한 학교를, 전설이 떠도는 이 수용소를 초창기부터 겪어왔어. 몸무게가 30킬로그램까지 떨어져봤고, 얻어맞고, 가스실로 선발되어 간 거야. 이해하겠어? 어째서 그들이 지금 우스꽝스럽게 몸에 꽉 끼는 양복 윗도리를 입고 걸음걸이를 특이하게 흔들거리면서 한 발자국 걸을 때마다 오슈비엥침을 찬양하는지.

그러니까 그건 이런 거야……. 우리는 비르켄베그를 따라 걷고 있어. 우아한 모습으로, 사제 양복을 입고 말이야. 하지만 어쩌겠어 — 우리는 백만 번인 걸! 십만삼천 번, 십일만구천 번들이 있는데. 깜깜하게 절망스러운 거지, 더 **빠른** 번호들은 이길 수 없으니까! 줄무늬 옷을 입은 어떤 사람이 우리한테 다가왔어. 이만칠천 번이야, 오래된 번호지. 너무 오래되어서 머리가 어지러울 정도야. 눈빛이 흐리멍덩한 게 자위를 너무 많이 한 것 같은 젊은 남자였는데 걸음걸이에서 짐승 같은 위험성이 피어올라.

"동료들, 어디에서 왔어요?"

"비르케나우지요, 동료 분."

[103) 스카리쉡스카 거리(ulica Skaryszewska): 바르샤바의 거리 이름으로, 보롭스키가 체포되기 전에 약혼녀와 살던 아파트가 있었다.

"비르케나우에서?"

우리를 비판적으로 바라보더군.

"그런데 그렇게들 좋아 보여요? 하지만 거긴 무서운데……. 거기서 어떻게 버틸 수 있죠?"

내 키 큰 친구이자 훌륭한 음악가인 비텍이 소매를 걷어 올리면서 대답했어.

"유감스럽게도 우린 피아노 같은 건 없지만, 버틸 수는 있어요."

오래된 번호는 우리를 안개 속에서 보는 것처럼 쳐다보았어.

"우리는 비르케나우가 무섭거든요……."

III

교육은 계속 연기되고 있어. 이웃 수용소에서 남자 간호사들이 오기를 기다리는 중이거든. 야니나, 야보쥬노, 부나에서.[104] 그리고 글리비쩨와 믜스워비쩨[105]에서도 남자 간호사들이 오기로 되어 있는데, 이곳은 또 다른 수용소지만 그래도 오슈비엥침에 속한 곳이지. 기다리는 동안 우리는 검은 제복을 입은 교육 담당관, 조그맣고 말라빠진 아돌프의 고양된 연설을 들었는데, 아돌프는 얼

---

104) 야니나(Janina)는 아우슈비츠에 이웃한 도시 리비옹쥬(Libiąż)에 있는 탄광으로, 제2차 세계대전 당시 독일군이 접수하여 강제노동 수용소로 사용했다. 야보쥬노(Jaworzno) 또한 아우슈비츠에 인접한 도시로, 제2차 세계대전 당시 정식으로 독일 영토가 되어 아우슈비츠의 연계 수용소가 세워졌다. 부나(Buna)는 독일의 고무 생산 공장인 IG Farben Buna의 지부가 아우슈비츠 III(모노비츠) 안에 있었던 것을 가리킨다. 이 때문에 '아우슈비츠 III-모노비츠'는 속칭 '아우슈비츠 부나'로도 불렸다.
105) 글리비쩨(Gliwice)와 믜스워비체(Mysłowice)는 모두 아우슈비츠 인접 도시로, 이곳에 있었던 하위 수용소를 말한다. 아우슈비츠와 연계된 하위 수용소는 총 마흔다섯 개가 있었다.

마 전에 다하우[106]에서 왔고 귓바퀴까지 '카메라드샤프트(독 : 동료애)'
Kameradeschaft
로 가득한 사람이야. 간호사들에게 신경 체계가 뭔지 교육시킴으로
써 수용소의 건강 상태를 고취하고 사망률을 감소시킬 예정이지.
아돌프는 유별나게 다정하고 이쪽 세계 사람은 아니지만, 독일인
답게 사물과 현상 사이의 적정한 비율을 모르고 말뜻에 집착해, 마
치 단어가 현실을 구성하는 것처럼. "카메라덴(독 : 동료들)"이라고 말
Kameraden
한 뒤 우리를 진심으로 '카메라덴'이라 여기고, "고통을 감소시킨다"
고 말한 뒤 그게 가능하다고 생각해. 수용소 정문에는 철제로 만든
글자가 붙어 있어. '노동은 자유를 만든다.' 그들은 아마 그걸 믿을
거야, 친위대 장교와 독일인 죄수들은. 루터와 피히테와 헤겔과 니
체를 읽으며 자란 사람들 말이야. 그래서 지금 당장은 교육이 없고,
나는 수용소 안을 어슬렁거리면서 지리학적이고 심리학적인 소풍
을 하고 있어. 사실은 몇 명이 함께 어슬렁거리지 — 스타셱과 비텍
과 나. 스타셱은 보통 부엌과 매점 근처를 돌면서 자기가 예전에 뭔
가 주었던 사람들, 그리고 이제는 그에게 뭔가 주어야 하는 사람들
을 찾아다녀. 어찌되었든 저녁이면 행진이 시작돼. 눈으로 보기에
괴로운 타입의 사람들이 내려오는데, 면도한 턱으로 상냥하게 웃으
면서 꽉 끼는 양복 윗도리 아래에서 이런저런 걸 꺼내는 거야. 이
사람은 마가린 한 덩이를, 저 사람은 병원용 흰 빵을, 다른 사람은
소시지를, 또 다른 사람은 담배를. 이걸 전부 아래쪽 침대에 던지고
마치 영화에서 하듯이 사라져버려. 우리는 전리품을 나누고 소포로

---

[106] 다하우(Dachau)는 독일 남부의 도시로, 1933년에 최초로 나치 강제수용소가 건설되어 1945년 전쟁이 끝날 때까지 운영되었다.

받은 데서 보충해 화덕에 굽는 거지, 색색 가지 마조르카 타일을 바른 그 화덕에.

비텍은 피아노 뒤에서 돌아다녀. 음악실에 검은 상자가 있는 막사에, 그러니까 '푹푹'도 있는 그곳에 서 있지만, 아르바이트세이트(작업 시간)[107]에는 연주하면 안 돼. 하지만 점호 뒤에는 음악가들이 연주를 하지. 그 사람들은 그밖에도 일요일마다 교향악 콘서트를 해. 언젠가 꼭 들으러 갈 거야.

음악실 반대편에서 '도서실'이라는 팻말이 달린 문을 찾아냈지만, 속내를 아는 사람들은 거기에 그저 라이히스도이처(독 : 제국 독일인)[108]
Reichsdeutsch
만을 위한 범죄 소설 몇 권밖에 없다고 강조하더군. 확인하진 못했어. 문이 영원토록 잠겨 있었거든.

도서관 옆의 같은 문화 막사 안에 정치부가 있고 그 옆에 박물관실이 있어. 거기에는 죄수들에게 오는 편지에서 압수한 사진이 있는데 아마 그밖에는 아무것도 없을 거야. 하지만 유감이야, 거기에 저 굽다 만 사람의 간(肝)을 전시해둘 수도 있을 텐데. 그걸 뜯어먹은 죄로 내 친구 그리스인이 등짝을 스물다섯 대 얻어맞았거든.

하지만 가장 중요한 건 이층에 있어. 그건 '푹푹'이야. '푹푹'은 밖에서 보면 창문만 보이는데, 겨울에도 반쯤 열려 있어. 그 창문에서는 — 점호가 끝난 뒤 여러 색깔의 여자 머리들이 밖으로 나오고, 푸른색과 분홍색과 청록색(나 이 색깔 아주 좋아해) 가운 아래에서 눈처럼 하얀 어깨가 바다의 물거품처럼 솟아나오지. 내가 보기에 머리

---

[107] '근무시간(arbeitzeit 아르바이트짜이트)'이라는 독일어를 폴란드식으로 발음한 수용소 속어.
[108] '식민지'인 지배국 시민에 대하여 정식 독일 시민을 뜻하는 말.

는 열다섯 개고, 어깨는 삼십 개야. 강력하고 신화적인, 전설적인 가슴으로 유명한 나이 든 마담의 어깨까지 세지 않는다면. 마담은 그 머리와 목과 어깨와 기타 등등을 돌보는 거지……. 마담은 창밖으로 몸을 내밀지 않지만 그 대신 '푹푹'으로 가는 입구를 지키는 지옥의 개처럼 이층에서 사무를 봐.

'푹푹' 주위에는 수용소 권력 계층의 무리가 서 있어. 만약에 줄리엣이 열 명이면 로미오는(그것도 아무나 하는 건 아니야) 천 명쯤이야. 그래서 줄리엣 한 명마다 군중이 몰리고 경쟁을 하는 거지. 로미오들은 막사 맞은편 창문에 서서 소리치고 손으로 신호하고 유혹해. 라게르알테스터(독 : 수용소 장로)와 라게르카포(독 : 막사 작업 부대 대장)도 있고, 병원 의사들과 작업 부대 대장들도 있어. 오래된 연인을 둔 줄리엣이 한둘이 아니라서, 영원한 사랑과 수용소 생활 이후 둘만의 행복한 삶에 대한 맹세 말고도, 불평하거나 놀리는 소리 말고도, 비누, 향수, 실크 속옷과 담배에 관련된 아주 구체적인 숫자들이 들려와.
Lageraltester   Lagerkapo

사람들 사이에는 끈끈한 동지애가 있어. 부정한 경쟁은 하지 않아. 창가의 여자들은 아주 다정하고 유혹적이지만, 수족관 속의 금붕어처럼 손에 넣을 수 없어.

밖에서 보면 '푹푹'은 그렇게 보여. 안으로 들어가는 유일한 길은 슈라이브슈투바를 통해서 카드를 얻는 건데, 그 카드는 성실하게 일을 잘 하는 데 대한 상이야. 사실 우리는 비르케나우의 손님으로서 여기서도 우선권이 있지만 거절했어. 우리는 빨간 딱지[109]를 달

---

109) 독일의 수용소 체계에서 붉은 역삼각형 표지는 정치범이라는 뜻. 그밖에도 녹색은 일반 범죄자, 검은색은 반사회적 강력범, 보라색은 사제와 신학자, 분홍색은 동성애자, 하늘색은 이민자를 의미하며, 가운데에 수놓은 글자로 해당자의 국적을 표시했다. 유대인은 1944년 초반까지 죄목을 분류하는 표지 외에도 노란색을 덧대

앉으니까, 범죄자들이나 그들에게 어울리는 걸 이용하라지. 그러니 네가 불평해도 할 수 없지만, 지금부터 묘사하는 건 간접적으로 들은 거야. 그래도 믿을 만한 증인들과 오래된 번호들, 그러니까 간호사(사실 이제는 명예직이지만)인 우리 막사의 M 같은 사람의 말을 바탕으로 한 건데, 그 사람 번호는 내 번호 끝 두 자리보다도 세 배나 작아. 알겠어? 창립 멤버라고! 그래서 그 사람은 오리처럼 엉덩이를 흔들면서 걷고, 주름잡은 바지의 앞섶을 안전핀으로 잡아매고 다니는 거야. 저녁이면 흥분하고 즐거워하면서 돌아와. 곧바로 슈라이브슈투바로 가서, 마담이 '입장 가능한' 번호를 읽어주면 그 자리에 없는 사람 번호를 가로채는 거야. 그럴 때면 "히어(독 : 여기)"라고 소리친 뒤 통과증을 움켜쥐고 마담을 쫓아가는 거지. 마담의 손아귀에 담배를 한두 갑 쥐어주고, 마담은 그의 곁에서 위생에 관련된 몇 가지 조처를 해주고, 그러면 약을 뿌린 이 남자 간호사는 큰 걸음으로 뛰어서 위로 올라가는 거야. 좁은 복도에서 아까 말한 창문의 줄리엣들이 몸을 간신히 가리는 짧은 가운을 입고 돌아다니고. 가끔 그중 하나가 이 남자 간호사 옆을 지나가면서 형식적으로 물어.

"몇 번이세요?"

"팔 번."

남자 간호사가 대답하지, 확인하려고 카드를 들여다보면서.

"그럼 내가 아니네요. 저기 이르마예요, 금발 여자애."

여자는 실망한 듯 중얼거리고 어슬렁거리는 걸음으로 창문 쪽으로 가버리는 거야.

어 두 가지 색깔의 별 모양으로 표지를 달았다.

그러면 남자 간호사는 팔 번 문패가 걸린 방으로 들어가지. 문에는 또, 이런저런 변태 행위는 허용되지 않으며, 아니면 영창에 가고, 허용되는 것은 오직 이런저런 것(구체적인 지시)과 몇 분에서 몇 분까지만이라고 적혀 있고, 남자는 엿보는 구멍 쪽으로 한숨을 쉬는데, 그 구멍으로 가끔은 다른 여자들이, 가끔은 마담이, 가끔은 '푹푹'의 코만도퓌러(담당 장교)가, 그리고 가끔은 심지어 수용소 지휘관이 들여다보는 거야. 남자는 탁자에 담배 한 갑을 놓고 그러면……아하, 조그만 선반 위에 영국산 두 갑이 있는 걸 또 눈치 채는 거야. 그때서야 비로소 그……를 하는 거고, 그 뒤에 남자는 나가면서 무심결에 주머니에 영국산 담배 두 갑을 집어넣는 거지. 또 다시 소독을 받고 우리에게 이 모든 것을 즐겁고 행복하게 이야기해주는 거야.

하지만 소독은 가끔 실패해서, 그 결과 저번에 '푹푹'에서 전염병이 발생했어. '푹푹'은 문을 닫았고, 번호를 확인해서 누가 있었는지 알아내고 사무적으로 그들을 불러서 치료를 실시했어. 통과증 거래가 만연하기 때문에 치료를 받은 건 실제로 치료가 필요한 사람들이 아니었어. 하, 그런 게 인생이지. '푹푹'의 여자들도 막사로 소풍을 나갔어. 밤이면 남자 옷을 입은 뒤 사다리를 타고 술을 마시거나 난잡한 파티를 하러 나가. 하지만 그걸 가까운 건물의 경비병이 못마땅하게 생각했고 그래서 모든 게 멈췄어.

다른 곳에도 여자는 있어. 십 번 막사, 실험용이지. 그곳에서는 여자들을 인위적으로 임신시키거나(들리는 말로는) 티푸스나 말라리아를 주사하고 외과 시술을 해. 그 작업을 지휘하는 사람을 지나가면서 봤어. 녹색 사냥복을 입고, 스포츠 배지가 잔뜩 달린 티롤식 모자[110]를 쓰고, 얼굴은 선량한 사튀르[111]처럼 생겼어. 아마 대학 교수라나 봐.[112]

그쪽 여자들은 철창과 판자로 보호되고 있지만, 가끔 가끔씩 거기도 몰래 들어가서 전혀 인위적이지 않은 방법으로 임신을 시켜. 늙은 교수님은 몹시 화가 날 거야.

이것 한 가지는 알아둬야 해. 그런 일을 하는 사람들은 변태가 아냐. 수용소 전체가, 잔뜩 먹고 실컷 자면서도 여자에 대해 말하고, 수용소 전체가 여자를 꿈꾸고, 수용소 전체가 여자들에게 밀고 들어가려고 해. 라게르알테스터(독 : 수용소 장로) 하나가 상습적으로 창문을 통해 '푹푹'에 기어들어간 죄로 처벌 수송열차에 실려 갔어. 열아홉 살짜리 친위대 장교가 구급차에서 음악대 지휘자를, 뚱뚱하고 심각한 인물인데, 의사 몇 명과 함께 의심의 여지가 없는 자세로 여자 파트너와 같이 있는 걸 붙잡았어. 여자들은 이빨을 뽑으러 왔다고 했지. 친위대 장교는 마침 손에 들고 있던 몽둥이로 그 즉시 적절한 부위에 적절한 처벌을 가했어. 그런 일로는 아무도 체면이 깎이지 않아. 그저 운이 없었던 거지.

수용소에서는 여자 집착증이 점점 커져가. 그래서 '푹푹'의 여자들은 정상적인 사람들로 취급받는 거야, 그들에게는 사랑이나 가정생활에 대해 이야기하니까. 이 여자들은 열 명이지만, 수용소에 있는 사람은 만 몇 천 명이야.

---

[110] 챙이 좁은 중절모 형태의, 오스트리아 티롤 지방의 전통 모자.
[111] 사튀르(Satyr): 그리스 신화에 전해오는 욕정적인 반인반수의 괴물.
[112] 불임과 거세 실험을 주도했던 칼 클라우베르그(Carl Clauberg) 박사로 추정됨.

그러니까 남자들이 그렇게나 FKL에, 비르케나우에 가려고 안달하는 거야.[113] 그 사람들은 병들었어. 그리고 생각해봐, 이건 오슈비엥침 하나만의 문제가 아냐. 이건 몇 백 개나 되는 강제 '거대 수용소'의 상황인 거야, 오플라그(독 : 장교 포로수용소)[oflag]들과 슈탈라그(독 : 사병과 부사관 수용소)[stalag]들인 거야, 그리고…….

알겠니, 너한테 이 모든 것에 대해 쓰면서 내가 무슨 생각을 하는지?

늦은 저녁이야. 잠자면서 무겁게 숨을 쉬는 병자들이 가득한 큰방과 책장 하나로 가로막혀서 나는 조그만 근무실의 까만 창문 아래 앉아 있어. 그 창문에는 내 얼굴과 등잔의 청록색 전등갓과 탁자 위에 놓인 흰 종이가 비치고. 빈에서 온 젊은 청년 프란츠가 첫날 저녁부터 나와 잡담을 했고 그래서 지금 그의 탁자에 앉아서 그의 등잔에 불을 켜고 그의 종이에다 너에게 보내는 편지를 쓰는 거야. 하지만 나와 프란츠가 오늘 무슨 이야기를 했는지는 쓰지 않을래. 독일 문학에 대해서, 포도주에 대해서, 낭만주의 철학에 대해서, 물질주의에 대해서 이야기했지.

알겠니, 너한테 이런 것에 대해 쓰면서 내가 무슨 생각을 하는지?

스카리솁스카 거리에 대해서 생각해. 어두운 창문을 쳐다보면 유리에 비친 네 얼굴이 보이지만, 유리창 너머는 밤이고, 경비 막사 탐조등이 갑작스럽게 번쩍이면서 어둠 속에서 사물의 파편만 드러내 보여. 그걸 보면서 스카리솁스카를 생각해. 창백하고 불꽃이 튀던 하늘과, 반대편의 불타버린 집과, 그런 광경을 마치 스테인 글라

---

[113] 비르케나우의 여자 막사에는 여자 죄수가 약 이만 명 수감되어 있었는데(보롭스키 작품에는 삼만 명이라고 나온다) 육만 명이 수감된 남자 막사와 기차선로 하나를 사이에 두고 마주보는 형태라 접근이 비교적 쉬웠다.

스처럼 갈라놓던 창틀의 쇠창살을.

그때 네 몸이 무척 그리웠던 걸 생각해. 그리고 가끔은 우리가 체포된 뒤에 우리 집에서 내 책과 시 옆에 너의 향수와 가운이 발견된 게 얼마나 굉장한 충격이었을지, 생각나면 가볍게 웃곤 해. 그 가운은 벨라스케스의 그림에 나오는 주단처럼 빨갛고 무겁고 길었지(그 가운 정말 좋아했어. 그걸 입었을 때 너는 가장 아름다워 보였거든, 너한테는 한 번도 이런 말을 한 적 없지만).

네가 얼마나 성숙했는지, 그리고 ― 용서해, 지금 너한테 이런 말을 쓰는 거 ― 우리 관계에 얼마나 많은 애정과 희생을 바쳤는지, 네가 어떻게 스스로의 의지로 내 인생에 들어왔는지, 저녁이면 식은 차를 마시고 반쯤 말라 죽은 꽃 한두 송이가 꽂혀 있고, 언제나 물어뜯으려드는 개와 석유 등잔이 있는 우리 부모님 집의 내 조그만 방 안으로 걸어 들어왔던 걸 생각해.

그걸 생각하면서, 사람들이 내게 도덕에 대해서, 법률에 대해서, 전통에 대해서, 의무에 대해서 말할 때면 관대하게 미소를 지어……. 아니면 사람들이 모든 종류의 부드러움과 감상주의를 거부하고 주먹을 들어 보이면서 강고함의 시대에 대해서 말할 때도. 나는 미소를 짓고 생각하는 거야, 사람은 언제나 새로이 다른 사람을 발견한다고 ― 사랑을 통해서. 그리고 이것이 사람의 인생에서 가장 중요하고 가장 오래 남는 것이야.

이런 생각을 하면서 파비악의 감방을 떠올리곤 해. 첫 한 주 동안은 그날들을 버틸 수 없었지, 책 없이, 저녁의 둥근 불빛 없이, 글을 쓸 종이 없이, 너 없이…….

그리고 봐, 익숙해진다는 게 어떤 건지. 나는 감방 안을 걸어 다니면서 걸음걸이의 박자에 따라 시를 지었어. 그중 하나를 같은 방 동료 죄수의 성경에 써 넣었지만, 다른 건 — 호라티오식 노래[114]였는데 — 몇 행만 기억해, 자유로운 친구들에게 보냈던 그 시처럼 말이야.

> 자유로운 친구들이여! 감옥의 노래로 여러분에게 작별을 고한다,
> 내가 절망 속에 떠나는 것이 아니라는 걸 여러분이 알 수 있도록.
> 내 뒤로도 사랑과, 내 시와, 여러분이 살아 있는 한,
> 친구들의 기억이 남아 있으리라는 걸 나는 아니까.

IV

오늘은 일요일이야. 오전에는 산책을 나가서 실험용 여자 막사의 겉모습을 구경하고(창살 사이로 머리를 내미는 게 완전히 우리 아버지의 토끼들 같아. 기억하니? 털은 회색이고 한쪽 귀만 처진 모습), 그 다음에는 SK 막사[115]를 주의 깊게 보고 왔어(거기 마당에는 그 까만 담벼락이 있어. 오래 전에는 그 앞에서 총살을 했고 지금은 더 조용히 눈에 띄지 않게 처리하지 — 소각장에서).

바깥사람들도 몇 명 봤어. 털코트를 입은 겁에 질린 여자 둘과 잠을 못 자서 부석부석해진 얼굴의 남자 하나. 친위대 장교가 그들을

---

114) 생의 소박한 즐거움을 노래하는 내용의 시를 말함.
115) 슈트라프콤파니에(Strafkompanie): 처벌용 막사.

데리고 왔는데, 아니 겁낼 건 없어, 지역 내 임시 체포니까. 그렇게 체포한 사람들을 지금 SK 막사에 들여놓는 거야. 여자들은 공포에 질린 눈으로 줄무늬 죄수복을 입은 사람들과 수용소의 장대한 모습을 바라보았어 — 몇 층이나 되는 건물과 이중 철조망과 철망 뒤의 담장과 단단한 감시 막사를. 그 담장이 — 사람들 말로는 — 아래를 파고 도망칠 수 없도록 땅 속으로 2미터나 내려가 있다는 사실을 여자들이 알았다면! 우리는 그 사람들에게 미소를 지었어, 별일 아니니까. 몇 주 갇혀 있다가 나가겠지. 어쩌면 정말로 증거를 찾아낼지도 몰라. 그 사람들이 암시장에서 거래했다는 증거 말이야. 그러면 소각장으로 가는 거지. 이런 바깥사람들은 재미있어. 수용소에 대해서 마치 총기류를 처음 본 야만인처럼 반응해. 우리 삶이 돌아가는 체계를 이해하지 못하고 그 모든 것에서 비현실적이고 신화적이고 인간의 힘을 넘어서는 뭔가를 느끼는 거야. 기억하니? 네가 체포되었을 때 겁에 질려서 웅크리고 있던 거, 나한테 보내는 편지에 썼지? 나는 마리아의 집에서 『황야의 늑대』[116]를 읽었는데(그녀도 책을 모았지) 뭐가 어떻게 되었는지 기억이 잘 나지 않아.

이제 그 신사분이 비현실적이고 신화적이라고 생각했던 걸, 매일매일 소각장을 보고, 수천 명이 봉소염과 결핵에 걸리고, 비와 바람과, 그리고 태양이 무엇인지, 빵과, 순무로 끓인 수프와, 처벌받지 않으려고 하는 노동과, 노예가 된다는 게 어떤 건지, 그리고 권력이란 무엇인지, 이런 걸 알게 되고, 말하자면 짐승과 손닿는 곳에 있

---

[116] 헤르만 헤세가 1927년 발표한 소설. 부르주아 사회 출신의 중년 남성이 자기 내면의 고양되고 정신적인 부분과 저열하고 짐승 같은, '황야의 늑대'인 부분 사이에서 갈등한다는 내용이다.

게 된 지금은 — 학자가 일반인을 바라보듯이, 내부자가 국외자를 바라보듯이, 조금은 관대한 눈으로 그들을 쳐다보는 거야.

이런 일상적인 사건들에서 일상성을 전부 벗겨내고 공포와 혐오와 경멸도 던져버리고, 이 모든 것에서 철학적인 명제를 찾아봐. 가스와 금붙이에서, 점호와 '푹푹'에서, 바깥사람들과 오래된 번호들에서.

만약 내가 예전에, 우리 둘이 오렌지색 불이 켜진 조그만 방 안에서 춤을 추었을 때 너에게 이런 말을 했더라면 — 들어봐, 사람들을 백만 명, 아니면 이백만, 아니면 삼백만 명 데려다가 아무도 모르게, 심지어 그 사람들 자신도 모르게 죽여, 만 몇 천 명을 가둬놓고, 그들의 단결심을 무너뜨리고, 사람을 미끼로 사람을 낚아서……. — 아마 넌 날 미쳤다고 생각했을 거고, 춤추던 것도 그만두었을지 누가 알겠어. 하지만 분명 나는 그렇게 말하지 않았을 거야. 만약에 수용소를 알았다고 해도, 분위기를 깨고 싶지 않았을 테니까.

하지만 여기서 봐, 처음에는 시골 헛간 하나를 흰색으로 칠하더니 그 안에서 사람들을 질식시켜. 그러고 나서 더 큰 건물을 네 채 짓고, 이만 명이 아무렇지도 않게 사라졌어. 마법도 독약도 최면술도 없이. 길이 막히지 않도록 한두 명이 몸짓으로 신호하면, 사람들이 마치 꼭지를 돌린 수도에서 물이 흐르듯이 흘러들어와. 이런 일이 연기로 흐릿해진 숲의 빈혈 걸린 나무들 사이에서 일어나는 거야. 평범한 트럭이 사람들을 실어오고, 마치 띠로 이어진 것처럼 다시 돌아가서 또 싣고 와. 마법도 독약도 최면술도 없이.

도대체 어떻게 해서 아무도 비명도 지르지 않고, 얼굴에 침을 뱉지도 않고, 몸에 덤벼들지도 않는 걸까? 숲에서 돌아오는 친위대 장교들 앞에서 우리는 모자를 벗고, 이름이 불리면 그들과 함께 죽으러 가서 — 그게 끝이야? 우리는 굶주리고 비에 젖고 가장 가까운 사람들을 빼앗겼어. 알겠어? 그게 신비로워. 이게 바로 사람의 사람에 대한 기묘한 광기야. 이게 바로 그 무엇도 깨뜨릴 수 없는 야만적인 수동성이야. 그리고 단 하나의 무기는 가스실에 다 넣을 수 없는 우리의 숫자인 거야.

아니면 또 이런 건지도 몰라 — 목에 겨눈 삽자루와, 매일 사람 백 명씩. 아니면 쐐기풀 수프와 마가린 바른 빵과, 그 뒤에는 젊고 몸집 좋은 친위대 장교가 손아귀에 구겨진 종잇조각을 들고, 팔에 번호를 새기고, 그 뒤로는 자동차가 나타나고, 그중 한 대는⋯⋯. 마지막으로 '아리안'을 선발해서 가스실로 보낸 게 언제인지 알아? 4월 4일이야. 그리고 우리가 언제 수용소에 도착했는지 기억해? 4월 29일이야. 만약 우리가 석 달 일찍 도착했다면 너의 폐렴은 어떻게 되었을까?

⋯⋯나도 알아, 네가 친구들과 함께 공동 침상에 누워 있다는 걸, 그리고 그 친구들은 분명 내 말에 굉장히 놀라겠지.

"타데우슈가 온화하다더니, 여기 봐, 순 음울한 얘기만 써놨잖아."

그리고 분명 나한테 굉장히 화가 나 있을 거야. 그래도 우리 주위에서 일어나는 일들에 대해서 이야기할 수 있는 거잖아. 공연히 무책임하게 악을 불러내는 게 아니라, 어쨌든 우리가 그 속에 있잖아. 알겠어? 이제 다시 괴상한 사건으로 가득하던 날이 지나고 늦은 저

녘이야.

  오후에 권투 시합을 보러 바쉬라움(독 : 세척장)이 있는 거대한 막사
로 갔어. 가스실로 가는 수송대가 처음에 출발점으로 사용했던 그
곳 말이야. 강당 안은 천장까지 사람이 꽉 들어찼지만 요란을 떨며
우리를 안으로 들여보내줬어. 커다란 대기실에 링을 설치했어. 천
장에서 조명이 비치고, 심판(주목해. 올림픽에서 폴란드 쪽 심판이었어)과 국
제적인 명성을 떨치는 권투 선수들이 등장하지. 하지만 오로지 아
리안이어야 해, 왜냐하면 유대인은 입장 금지니까. 그리고 매일매
일 몇 십 개씩 이빨을 뽑아내던 사람들이, 그 중 몇몇은 이빨이 하
나도 남지 않은 사람들이, 쵸르텍[117]이나 함부르크 출신 발터, 그리
고 수용소에서 훈련받아서 사람들이 말하듯 거물로 성장한 어떤 젊
은 청년에게 열을 올리는 거야. 여기에는 아직도 칠십칠 번에 대한
추억이 생생한데, 언젠가 그는 독일인과 권투를 해서 다른 사람들
이 벌판에서 당한 일을 링에서 마음껏 복수해줬다고 해. 강당은 담
배 연기로 뿌옇고, 권투 선수들은 기어들어오는 대로 마구 서로 때
렸어. 하지만 비전문적으로 하더군, 끈기는 몹시 좋았지만.

  "저 발터 말이야."

  스타섹이 말했어.

---

[117] 안토니 쵸르텍(Antoni Czortek, 1915~2003): 폴란드의 유명한 권투 선수로 1936년 베를린 올림픽에도 참 여했다. 1939년 제2차 세계대전이 발발하자 저항군에 참여하여 싸우다가 독일군의 총을 맞고 부상당해 포로 가 되었다. 그가 유명 권투 선수임을 알아본 독일군은 쵸르텍을 아우슈비츠로 보냈고, 그는 수용소에서 목숨 을 건 권투 시합을 강요당했다. 같은 문장 안에 언급되는 '함부르크 출신 발터'가 독일군이 내세운 선수였는데, 쵸르텍이 시합에서 이길 경우 독일군은 쵸르텍을 처형할 예정이었다고 한다. 쵸르텍은 총 십오 회 이런 경기를 가졌고, 결국 1945년 소련군이 진주하여 아우슈비츠를 해방시킬 때까지 살아남았다. 1949년 폴란드 전국 챔 피언십에서 우승했고, 이후 2003년 사망할 때까지 복싱 코치로 일하며 후진을 양성했다. 쵸르텍은 폴란드에서 영웅 대접을 받았고, 그의 목숨을 건 수용소 권투 시합은 폴란드인들 사이에 유명한 이야기로 남아 있다.

"다들 좀 보라고! 작업대에서는 원하기만 하면 한 방에 '무슬림'을 때려눕혔는데! 그런데 여기서는, 봐봐, 삼 라운드 째인데, 아무것도 없어! 낯짝에 또 한 대 맞았잖아. 구경꾼이 너무 많은 거야, 안 그래?"

구경꾼들은 자기들 나름대로 황홀경에 빠졌고, 우리는 첫 번째 줄에 있었어. 너도 알다시피 우리는 손님이니까.

권투 시합 직후에 콘서트 표를 추첨하러 갔어. 너와 네 친구들은 그쪽, 너희의 비르케나우에서는 상상도 못 할 거야, 여기 소각장 굴뚝에서 고작 몇 킬로미터 떨어진 곳에서 어떤 문화적 기적이 일어나고 있는지. 상상해봐, 「탄크레디」 서곡[118]과 베를리오즈의 뭔가를 연주하고, 이름에 '아아아'가 많이 들어가는 핀란드 작곡가의 무슨 춤곡도 연주했어. 이런 교향악단에 비하면 바르샤바는 저리 가라지! 그리고, 그리고, 다음 차례로 너한테 이야기해줄 게 있어. 잘 들어봐, 아주 들을 만한 이야기거든. 어쨌든 그래서 나는 흥분하고 기뻐하면서 권투 시합장을 나가서 즉시 막사로 돌아갔는데, 그 막사에는 '푹푹'도 있어. '푹푹' 아래에는 음악실이 있고. 그 안은 사람들이 들어차서 시끄러웠고, 벽 쪽에는 청중들이 서 있었고, 음악가들이 방 전체에 흩어져 앉아서 악기를 고르고 있었어. 창문 반대편에는 단상이 있었는데 그 위에 주방 카포(독 : 작업 반장)가 서 있었고(지휘자와 함께) 감자 캐는 사람과 수레 미는 사람이(여기 쓰는 걸 잊었군. 작업 시간 중에 교향악단은 감자를 캐 모으고 손수레 미는 일을 해) 연주하기 시작했어. 나는 두 번째 클라리넷과 바순 사이에 간신히 도착한 거지. 거기서

---

118) 이탈리아의 작곡가 로시니의 오페라.

아무도 차지하지 않은 첫 번째 클라리넷 의자에 앉아서 음악을 듣는 데 온몸을 맡겼어. 삼십 명으로 이루어진 심포니 교향악단이 큰 방에서 얼마나 강력한 소리를 내는지 너는 한 번도 생각해보지 못했을 거야! 지휘자가 손으로 벽을 치지 않기 위해서 지휘봉을 흔들었고, 거기에 맞추지 않는 사람은 눈에 띄게 협박했어. 감자밭에 가서 정신 차리게 해주는 거지. 방 끝에 있던 사람들은(한 사람은 드럼이었고, 다른 사람은 비올라 다 감바[119]였어) 할 수 있는 한 따라갔어. 바순 소리가 모든 것을 뒤덮었는데, 아마 내가 바로 옆에 있었기 때문일 거야. 하지만 비올라 다 감바는! 식견 있는 청중 열다섯 명이(그 이상은 방에 들어가질 않아) 음악에 푹 **빠졌고**, 드문드문한 박수로 교향악단에게 보답했어.

누군가 우리 수용소를 베트룩슬라거(독, Betrugslager), 즉 속임수의 수용소라고 이름붙인 적이 있지. 작고 하얀 집 앞에 드문드문한 관목 숲, 시골집과 비슷한 앞마당, '목욕'이라고 써 붙인 푯말만으로도 수백만 명을 호도하고 죽음에 이르기까지 속이는 데 충분하니까. 권투 시합 좀 하고, 막사 앞에 잔디밭 좀 깔고, 가장 성실한 죄수에게 한 달에 이 마르크씩 지급하고, 간이식당에 겨자소스도 있고, 매주 이(蝨) 검사와 「탄크레디」 서곡이면 세상은 물론이고 우리까지 속이기에 충분하지. 바깥사람들은 그게 끔찍하다고 생각하지만, 그래도 그렇게까지 나쁘지는 않아. 교향악단이 있고 권투 시합이 있고 잔디밭이 있고, 침대에 담요가 깔려 있고……. 사기를 치는 것은 배급 빵의 분량이야, 살기 위해서는 더 먹어야 하니까.

---

119) 첼로와 흡사하나 약간 작은 현악기.

사기를 치는 것은 말해서도 안 되고 앉는 것도 쉬는 것도 안 되는 노동 시간이야. 사기를 치는 것은 매번 삽으로 뜨는 흙이고, 한 삽을 다 채우지 않고 퍼서 무덤가로 던지니까.

이 모든 것을 잘 보고, 상황이 나쁠 때에도 기운을 잃지 마.

왜냐하면 이 수용소에 대해서, 이 속임수의 시간에 대해서 살아남은 사람들에게 보고하고, 일어나서 죽은 이들을 비호해야 하는 날이 올 수도 있으니까.

언젠가 우리는 작업대 별로 열을 지어 수용소에서 작업장으로 오가곤 했어. 음악대가 부대의 발걸음에 맞춰 연주했지. DAW[120]와 다른 작업대 열 몇 개가 도착해서 철문 앞에서 기다렸어 — 남자 일만 명이야. 그리고 그때 FKL에서 벌거벗은 여자들을 가득 태운 차가 몇 대 다가왔어. 여자들은 어깨를 내밀고 소리쳤어.

"살려줘요! 가스실로 가고 있어요! 살려줘요!"

그리고 차는 깊이 침묵하는 우리 남자 일만 명 곁을 지나갔어. 한 사람도 움직이지 않았고, 손 하나도 쳐들지 않았어.

왜냐하면 언제나 산 사람은 죽은 사람보다 옳기 때문이야.

V

우선 우리는 교육을 받았어. 대체로 교육받기 시작한 지는

---

[120] DAW: Deutsche Abrüstungswerke의 준말로 중장비 작업대를 뜻함. 주로 추락한 비행기 부품을 수거하는 일을 했다. 야외 작업 중 죄수들의 탈출 경로로 많이 이용되었다.

벌써 오래되었지만 너한테는 한 마디도 쓰지 않았지. 왜냐하면 지붕 아래층이라서 굉장히 추웠거든. 우리는 '조직'해온 조그만 탁자 위에 앉아서 아주 재미있게 놀았어. 특히 커다란 인체 모형이 흥미로웠지. 사람들은 호기심에 차서 그게 뭔가 하고 쳐다보았지만, 나와 비텍은 서로 스펀지를 던지고 줄자로 칼싸움을 했어. 그 때문에 가무잡잡한 아돌프는 절망에 빠지는 거지. 우리한테 팔을 휘두르면서 '카메라드샤프트(동지애)'와 수용소에 대해서 말해. 우리는 구석에 조용히 앉고, 비텍은 아내 사진을 꺼내서 목소리를 죽여 묻는 거야.

"아돌프가 다하우에서 몇 명이나 죽였을지 궁금해. 그러지 않았다면 이런 식으로 공공연히 떠들어대진 않을 텐데……. 저 사람을 목 졸라 죽일 수 있다면 넌 그렇게 하겠어?"

"으음……. 그런데 네 마누라 예쁘다. 어떻게 붙잡았어?"

"언젠가 프루슈꾸프[121]에서 같이 산책했어. 알아? 사방이 푸르고, 오솔길이 갈래갈래 나 있고, 지평선엔 숲이 있고. 우리는 서로 꼭 붙어서 걸었어, 그러다가 저기 옆에서 친위대 군견이 뛰어나와서……."

"헛소리하지 마. 거긴 프루슈꾸프라며, 오슈비엥침이 아니고."

"정말 친위대 군견이었어. 왜냐하면 가까이에 게슈타포가 점령한 저택이 있었거든. 그리고 그 짐승이 여자한테 덤비는 거야! 어쩌겠어? 권총을 들고 짐승한테 덤벼들었다가, 아내의 팔을 잡고 '이르카, 도망쳐!' 했지. 그런데 아내는 마치 못박인 것처럼 서서 총을 쳐

---

121) 프루슈꾸프(Pruszków): 바르샤바 외곽의 숲이 많은 도시.

다보는 거야. '그건 어디서 났어?' 하면서. 간신히 끌고 도망쳤지, 왜냐하면 빌라에서 사람 목소리가 들려왔거든. 벌판을 가로질러 지름길로 두 마리 토끼처럼 뛰었어. 이르카한테 한참 설명해야 했어, 그 쇳조각이 나한테는 직업상 필요하다고."

그러는 사이에 강단에는 몇 번째인지 모를 의사가 올라가서 식도라든가 사람 몸 안에 있는 그런 물건에 대해서 떠드는데, 비텍은 아무 걱정 없이 나한테 계속 보고를 하는 거지.

"언젠가 친구하고 싸운 적이 있어. 그 친구든 나든 둘 중 하나는 끝장이라고 생각했지. 그리고 사실은 친구도 그렇게 생각했던 거야, 난 그 친구를 잘 알거든. 사흘쯤 꽁무니에 붙어 다니면서 나도 등 뒤에 누가 붙어 있는 건 아닌지 그냥 보기만 했어. 어느 날 저녁에 흐미엘나 거리[122]에서 기다리고 있다가 그 친구를 붙잡아서 한 방 먹였는데, 마음먹은 대로 맞지 않았어. 다음날 나타났는데 팔에 붕대를 감고 눈을 내리깔고 나를 보더군. '넘어졌어' 하더라고."

"그래서 넌 어떻게 했는데?"

내가 물었어, 왜냐하면 이건 동시대의 역사거든.

"아무것도 안 했어, 금방 체포됐으니까."

저 위에 말한 동료가 뭔가 일조한 것인지 아닌지 판단하기 어렵지만, 비텍은 모든 걸 운에 맡기지는 않았어. 파비악에서는 부서 일을 맡았는지 목욕실에서 일했는지 그랬대. 크론슈미트[123]의 조수였

---

[122] 흐미엘나(Chmielna): 바르샤바 중심가의 거리 이름. 제2차 세계대전 초기에 폭격으로 절반이 파괴되었고, 1944년에 바르샤바 봉기 실패 이후 독일군이 거리 전체를 불태웠다.
[123] 크론슈미트(Krumschmidt)를 잘못 발음한 것. 요셉 크룸슈미트(Joseph Krumschmidt)는 제2차 세계대전 당시 파비악 수용소의 악명 높은 게슈타포 장교.

는데, 어떤 우크라이나 남자랑 같이 근무 시간마다 유대인들을 밟아줬어. 파비악의 지하실 알아? 쇠로 깐 바닥을? 바로 거기서 유대인들이 방금 목욕을 마쳐 벌겋게 살갗이 익은 채 벌거벗고 이쪽에서 저쪽으로 기어갔다가 다시 저쪽에서 이쪽으로 기어오는 거야. 군화를 바닥에서 올려다본 적 있어? 징이 몇 개나 박혀 있는지? 저 크론슈미트가 바로 그런 군화를 신고 벗은 몸 위를 밟고 다니거나 기어 다니는 사람을 타고 다닌 거야. 아리안에게는 좀 더 부드럽게 해줬지. 사실 나도 기어 다녔지만, 다른 부서였고 나를 밟고 다닌 사람은 없었어. 그것도 원칙상 그런 게 아니고 기록이 잘못되었기 때문이었어. 체조 시간이 있었어, 이틀에 한 시간씩. 우리는 그 한 시간 동안 앞마당을 돌다가, 그 뒤에 "엎드려" 하면 팔굽혀펴기를 했어. 학교에서 배웠던 것 같은 좋은 운동이지.

내 최고 기록은 쉬지 않고 일흔여섯 번까지 했던 일인데, 다음번까지 팔이 아팠어. 내가 아는 제일 좋은 운동은 단체로 하는 '비행사, 숨어!'야. 앞사람 등에 가슴을 대고 두 줄로 서서 어깨에 사다리를 메고, 그걸 한손으로 잡고 버티는 거야. "비행사, 숨어!"라는 구령이 떨어지면 어깨에 멘 사다리를 놓지 않고 땅에 붙어야 해. 사다리를 놓는 사람은 몽둥이에 맞아죽거나 개 먹이가 되어서 죽는 거야. 그 다음에는 사람들 위에 놓인 사다리 위로 친위대 장교가 걸어다니기 시작해, 왔다 갔다, 왔다 갔다. 그러고 나서 일어났다가 대열을 흩뜨리지 않고 다시 엎드려야 해.

알겠니? 모든 게 비현실적이야. 마치 작센하우젠[124]처럼 몇 킬로

---

124) 작센하우젠(Sachsenhausen): 1936년부터 1945년까지 독일의 오라니엔부르그에 있었던 정치범 강제수용

미터씩 공중제비를 돌아야 하고, 몇 시간씩 땅을 기어 다니고, 수백 번이나 토끼뜀을 하고, 며칠이나 밤낮으로 한 자리에 서 있고, 몇 달이나 시멘트 관 속에, 참호 속에 갇혀 있고, 팔을 등 뒤로 묶인 채 기둥에 매달려 있거나 의자 두 개 사이에 걸친 파이프에 매달리고, 개구리처럼 뛰고 뱀처럼 기고, 숨이 막힐 때까지 몇 양동이나 물을 마시고, 수천 명이나 되는 이런저런 사람들에게 두들겨 맞고 — 봐, 아무도 모르는 변두리 죄수들의 이야기를 나는 열심히 듣는 거야, 마우키니아, 수바우키, 라돔, 푸와븨, 루블린[125]의 이야기를. 사람을 괴롭히는 기술이 괴물 같이 발전해서, 그런 발상이 제우스의 머리에서 미네르바가 튀어나오듯 사람의 머리에서 갑자기 튀어나왔다고 믿을 수 없는 거야. 살인에 대한 이 갑작스러운 열광을, 겉보기에 잊어버린 듯하던 격세유전의 폭발을 이해할 수가 없어.

그리고 또 있지 — 죽음이야. 이런 수용소에 대한 이야기를 들은 적이 있어, 한 번에 수십 명씩, 매일 새 죄수를 실은 수송열차가 온다는 그런 곳 말이야. 하지만 수용소에는 배급할 수 있는 식량이 한정되어 있거든, 벌써 기억도 잘 나지 않지만, 이천이었나 삼천 명 분량이었을 거야. 그런데 지휘관은 죄수들이 굶는 걸 원치 않았거든. 죄수 한 명마다 제대로 한 끼 식량은 배급받아야 했어. 그러니까 그 수용소에서는 하루에 수십 명씩 인원수가 넘쳤던 거지. 매일

소. 엄격한 규율과 잔혹한 처벌로 유명했으며, 후에 다른 수용소에서도 이를 따라했다. 본문에 나온 파비악 감옥의 운동이나 체벌도 작센하우젠 방식을 따른 것이다.
125) 모두 폴란드의 도시 이름. 마우키니아(Małkinia)는 오슈비엥침 근방의 소도시로 철도 교통의 중심지. 수바우키(Suwałki)는 폴란드 북동쪽 리투아니아 접경지대의 도시. 라돔(Radom)과 푸와븨(Puławy)는 폴란드 중남부의 도시. 루블린(Lublin)은 폴란드 동부의 소도시.

저녁, 막사마다 카드나 빵 쪼가리로 제비를 뽑아서, 뽑힌 사람은 다음날 일하러 가지 않았어. 오후에 그들을 철망 뒤로 데려가서 쏘아 죽인 거야.

그리고 이 격세유전의 폭발 한가운데에 다른 세상에서 온 사람이 서 있는 거야. 사람들 사이에 암거래가 존재하지 않게 음모를 꾸미는 사람, 이 땅에 약탈이 존재하지 않게 하기 위해서 도둑질을 하는 사람, 인간이 살해당하지 않게 하기 위해 죽이는 사람.

그러니까 비텍은 그 다른 세계에서 온 사람이었고, 파비악에서 가장 악랄한 사형 집행인 크론슈미트의 조수였던 거야. 그리고 지금은 내 옆에 앉아서 사람의 몸 안에 뭐가 있고 그 무언가가 어떻게 망가지는지, 그걸 자체적인 방식으로 고치려면 어떻게 해야 하는지 귀 기울여 듣고 있어. 그 뒤 교육 시간에 작은 사건이 일어났어. 의사가, 훌륭하게 '조직'하는 재주가 있는 스타섹을 호명해서 간 기능을 외워보라고 시켰어. 스타섹은 제대로 못 외웠지. 의사가 말했어.

"대단히 멍청하게 대답하는군요. 그리고 일어서서 대답할 수도 있었을 텐데."

"수용소에 들어앉아 있으니 교육 시간에도 앉아 있을 수 있지 않습니까."

스타섹이 얼굴이 빨개져서 대답했어.

"그리고 절 모욕하지 않으셨으면 합니다."

"조용히 해요. 교육 중이지 않습니까."

"물론이죠. 제가 조용히 하기를 바라시겠죠. 왜냐하면 여기 수용소에서 당신들이 무슨 일을 하는지 너무 많은 걸 말해버릴 수도 있으니까요."

여기에 우리는 앉아 있던 탁자를 쾅쾅 찧으며 "옳소! 옳소!"하고 외치기 시작했고, 의사는 문밖으로 도망쳤어. 아돌프가 들어와서 카메라드샤프트(독 : 동지애)에 대해 우리에게 퍼부어댔고, 그런 후에 우리는 정확히 소화기 계통을 절반까지 듣고 막사로 돌아갔어. 스타섹은 곧장 자기 친구들을 찾으러 갔어, 그 의사가 자기한테 발을 걸지 못하도록 말이야. 그리고 분명히 걸지 못할 거야. 왜냐하면 스타섹은 등 뒤가 든든하거든. 그것 하나만은 수용소 해부학에서 완벽하게 배웠어 — 등 뒤가 든든한 사람에게는 발을 걸지 못한다는 거. 그리고 그 의사는 사실 여러 일을 했는데, 환자를 상대로 외과학을 공부했어.[126] 그 중 몇 명이나 과학의 발전을 위해 보내버렸는지, 몇 명이 그 의사의 무지 때문에 희생되었는지 헤아리기 쉽지 않아. 하지만 아마 많을 거야. 병원에는 언제나 사람들이 몰려들고, 시체실도 꽉 차 있거든.

이런 걸 읽으면서 이미 내가 우리 집에서 살던 저쪽 세상을 완전히 버렸다고 생각하겠지. 너한테 보내는 편지에 계속, 계속 수용소에 대해서만, 그 안의 자질구레한 사건들에 대해서만 쓰고 그 사건들에서 의미를 긁어내려고 하니까. 마치 그것 말고는 앞으로 바랄 수 있는 게 아무것도 없는 것처럼…….

우리의 조그만 방을 기억해? 나한테 사주었던 1리터짜리 보온병. 주머니에 들어가질 않아서 결국에는 — 네가 아주 화가 났지 — 침

---

[126] 생체해부를 뜻함.

대 밑에서 돌아다녔어. 그리고 졸리보쥬[127]의 일제검거는? 하루 종일 전화로 나한테 보고를 해주었지? 전차에서 사람들을 끌어냈지만 넌 전 정거장에서 내렸고, 구역을 막아놨지만 벌판으로 나가서 비수와 강변까지 걸어갔다고? 그리고 내가 전쟁에 대해서, 야만성에 대해서, 우리 사이에서 점점 커지는 무식꾼들의 세대에 대해서 불평했을 때 나한테 해준 이야기는?

"수용소에 있는 사람들을 생각해봐. 우리는 그저 시간을 낭비할 뿐이지만, 그 사람들은 고생하잖아."

그런 말을 하던 나는 아무것도 몰랐고 굉장히 순진했어. 미숙하고, 편한 것만 좋아했지. 하지만 내 생각에 우리가 시간을 낭비하지는 않은 것 같아. 전쟁의 열기에 대항해 우리는 다른 세상에서 살았어. 어쩌면 그 후에 다가올 사건들을 위해서. 내 말이 너무 대담하다면 용서해. 하지만 우리가 지금 여기 있다는 사실, 그것도 아마 앞으로 올 미래의 세상을 위해서일 거야. 그 다른 세상이 다가온다는, 인간의 권리가 돌아온다는 희망이 없었다면, 우리가 수용소에서 단 하루라도 살아남았을 거라고 생각해? 바로 그 희망 때문에 사람들은 무심하게 가스실로 가고, 봉기의 위험을 무릅쓰지 않고, 죽음 같은 무기력 속에 빠져드는 거야. 그 희망 때문에 가족이 인연을 끊고, 엄마가 아이를 버리고, 아내는 빵을 위해 자신을 팔고 남편이 사람을 죽이게 되는 거야. 그 희망 때문에 사람들은 매일의 삶을 위해 싸우는 거야. 왜냐하면 어쩌면 오늘이라도 당장 해방이 찾아올지 모르니까. 아, 그건 이미 더 좋은 다른 세상에 대한 희망이 아니

---

[127] 졸리보쥬(Żoliborz): 바르샤바 중심부의, 강가에 면한 구역 이름.

라 그저 삶을 향한 희망이야, 평안과 휴식이 있는 삶. 인간의 역사에서 사람의 마음속에 이보다 희망이 더 강했던 적도 없지만, 이 전쟁에서, 이 수용소에서 일어나는 것 같은 악이 이처럼 지배했던 적도 없었어. 우리는 희망을 버리는 법을 배우지 못했고 그래서 가스실에서 죽는 거야.

봐, 우리가 얼마나 독창적인 세상에서 살아가는지 — 사람을 죽여보지 않은 사람이 유럽에 얼마나 적은지! 그리고 남들이 죽이고 싶어 하지 않는 사람도 얼마나 적은지!

하지만 우리는 타인에 대한 사랑과 사람에게 시달리지 않는 평안과 본능에 굴복하지 않아도 되는 휴식이 있는 세상을 그리워해. 그런 게 사랑과 젊음의 특권이라고 봐.

추신: 하지만 말이야, 나는 그 전에 희망도 특권도 다 목덜미를 그어버렸으면 좋겠어. 그렇게 해서 수용소 콤플렉스를 벗어버릴 수 있다면, 모자를 벗는 데 대한, 얻어맞고 살해당하는 사람들을 아무것도 하지 않고 바라보는 데 대한 콤플렉스, 수용소에 대한 두려움의 콤플렉스를. 게다가 이 콤플렉스가 우리를 따라 다닐까봐 겁이 나. 우리가 살아남을 수 있을지 모르겠지만, 언젠가는 사물을 본래의 이름대로 부를 수 있게 되었으면 좋겠어, 용감한 사람들이 하듯이.

VI

며칠 전부터 오후에 정기적인 오락 시간이 생겼어. 바로 퓌르(für) 도이처(독 : 독일인을 위한)(Deutsche) 막사에서 「모르겐 나흐 하이맛(독 : 내일이면 가족들에게)(Morgen nach Heimat)」[128] 노래를 부르면서 사람들이 줄지어 행군해 수용소를 몇 바퀴씩 도는 거야. 라게르알테스터(독 : 수용소 장로)가 지휘하고 지팡이로 슈리트 운트 트리트(독 : 박자와 속도)(Schritt und Tritt)를 맞춰.

그들은 범죄자, 혹은 군대의 '자원병'이야. 초록 딱지[129]를 전부 끌어내서 죄질이 가벼운 것들을 전선으로 보내. 예를 들어 아내와 장모의 목을 베어 죽였지만 카나리아가 우리 속에서 괴로워하지 않도록 신선한 루프트(독 : 공기)(luft) 속으로 날려 보낸 인간들은 운이 좋은 거야, 남아 있을 테니까. 시체 더미 속이겠지만 그래도 어쨌든.

그 사람들에게 행군을 연습시키면서 단체 생활에 대한 이해도를 보이는지 안 보이는지 기다리는 거야. 그래서 그들은 할 수 있는 한 사회성을 보여주지. 여기서 함께 있었던 게 이틀이 채 안 되는데 그들은 벌써 매점에 무단 침입했고, 소포를 훔쳤고 간이식당을 부수었고 '푹푹'을 초토화했어(그 결과 모두에게 유감스럽게도 폐쇄되었어). 그 사람들은 아주 현명한 척 말해.

"어째서 싸우러 가서 친위대 장교들을 위해 목을 내걸어야 하는 거야, 우리는 여기가 좋은데?"

하고. 파털란트(독 : 조국)(Vaterland)는 파털란트대로 우리가 없어도 망할 텐데,

---

128) 독일 군가.
129) 독일수용소 체계에서 형사 범죄자를 뜻함.

전선에선 누가 우리를 위해 군화를 닦아줄 것이며, 거기에도 어리고 예쁜 남자아이들이 있을 거냐고?

그래서 그렇게 패거리가 길을 따라 걸어가면서 「내일이면 가족들에게」를 노래하는 거야. 모두 다 유명한 살인자에, 각자 다른 놈보다 잘난 거지. 세펠은 지붕 이는 사람들에게 공포의 대상이고, 비와 눈과 살을 에는 추위 속에서도 일하라고 무자비하게 명령하며, 못을 제대로 박지 않으면 지붕에서 떨어뜨리는 그런 인물이고, 아르노 뵘, 죄수번호 팔 번, 몇 년째 막사장에 카포에 라게르카포(독 : 막사 작업 대장) 자리까지 차지하고 있고, 만약에 막사 분대장[130]이 차茶를 내다 팔면 죽여버리고 작업 시간에 일 분 늦을 때마다 혹은 저녁 종이 친 후에 한 마디 할 때마다 스물다섯 대씩 때리는 바로 그 사람이 프랑크푸르트의 나이 든 부모에게는 이별과 귀환에 대해 짧지만 심금을 울리는 편지를 쓰곤 했어. 우리는 그들을 전부 알게 되었지. 누구는 DAW에서 주먹을 휘둘렀고, 또 누구는 고무 공장에서 공포의 대상이었고, 저 사람은 물렁하지만 병이 났을 때 막사장의 숙소에 숨어들어 담배를 훔치곤 하다가 죽도록 얻어맞고 막사에서 쫓겨나서 나쁜 손버릇 때문에 어딘가 불운한 작업대에 주저앉았고. 유명한 남색자, 술꾼, 마약쟁이, 사디스트들이 그렇게 줄지어 가는 거야. 그리고 맨 끝에 가는 것은 쿠르트인데, 우아하게 차려입고 주위를 둘러보면서 발걸음도 맞추지 못하고 노래도 부르지 않아. 결국은 기억해냈지, 나를 위해서 너를 찾아내주고 우리 편지를 서로에

---

[130] 막사 내에서 구역을 구분하는 소단위인 슈투바(sztuba)의 장. 주로 수인들에게 음식 공급하는 일을 맡았으므로 상당한 권력을 휘둘렀다.

게 전해주던 게 바로 저 사람이라는 걸. 그래서 나는 서둘러 아래로 달려가서 붙잡고 말했어.

"쿠르트, 틀림없이 배고프겠지. 자원범죄자님, 위층으로 올라와."

그리고 우리 방 창문을 가리켰어.

그는 저녁때쯤 어떻게 우리 방에 나타났는데, 마조르카 타일을 붙인 오븐에 요리해둔 저녁밥을 먹겠다고 온 거야. 쿠르트는 아주 다정하고(이 단어는 이국적으로 들리지만, 다른 단어를 쓰기 쉽지 않아) 이야기를 잘 해. 언젠가 음악가가 되고 싶었다지만, 부유한 상인인 아버지가 집에서 내쫓았대. 쿠르트는 베를린으로 간 뒤 거기서 여자를 알게 되었는데, 어떤 상인의 딸이었어. 그 여자하고 같이 살면서 스포츠신문에 글을 쓰다가 슈타알헬름[131]과 싸움이 붙는 바람에 빵에 들어갔고, 그 뒤로는 여자 친구 앞에 얼씬도 하지 않았대. 스포츠카를 얻어서 외국 돈을 밀수했지. 어느 날 산책인가를 하다가 자기 여자 친구랑 마주쳤는데, 감히 인사도 못했대. 그 뒤에는 오스트리아로 유고슬라비아로 다니다가 잡혀 들어온 거지. 전에 체포된 기록이 있었기 때문에(위에 말한 저 운 나쁜 달에 말이야) 감옥에서 수용소로 온 거야, 전쟁 끝날 때까지 기다리라고.

저녁이 다가오고 수용소에서는 이미 점호가 끝났어. 우리는 탁자 앞에 옹기종기 모여서 이야기해. 사방에서 이야기하지 — 작업하러 가는 길에, 수용소로 돌아가면서, 삽을 들거나 로라(독 : 손수레)를 밀면서, 저녁에 침상 위에서, 점호 받으러 선 채로. 이야기를 들려주

---

131) 슈타알헬름(Stahlhelm): '철모'라는 뜻으로 1918년부터 1935년까지 독일의 국수주의적인 제대군인 조직. 내부 조직 중에 전투부대도 있었다.

기도 하고 삶에 대해서 이야기하는 거야. 이쪽 삶과 철망 너머의 저쪽 삶에 대해서. 오늘 우리가 수용소에서 모인 건 어쩌면 쿠르트가 얼마 가지 않아 수용소를 나가기 때문일지도 몰라.

"하긴 수용소에 대해서 아무도 자세히 알지 못했어. 목적 없는 노동에 대해서 약간 헛소리가 떠돌았지. 예를 들어 아스팔트를 부수고 다시 깐다든가 모래를 고른다든가. 그리고 물론 끔찍하다는 얘기도. 사람들 사이에 이런저런 소문이 떠돌았어. 하지만 신에게 맹세코 사실대로 말하는데, 사람들은 그 모든 일에 별로 관심이 없었어. 그저 아는 거라고는 한 번 들어가면 나오지 못한다는 것 정도."

"이 년 전에 왔더라면 너도 분명히 굴뚝을 통해서 바람에 날아갔을걸."

훌륭하게 '조직'하는 재주가 있는 스타섹이 냉소적으로 끼어들었어. 나는 심드렁하게 어깨를 움찔해 보였어.

"안 그랬을 수도 있지. 네가 바람에 날아가지 않았다면 나도 날아가지 않았겠지. 그런데 그거 알아? 파비악에 아우슈비츠 사람이 하나 있었어."

"분명 재판받으러 왔겠지."

"바로 그거야. 우리가 여러 가지를 물어봤지만 그는 입에 물이라도 머금은 것처럼 아무 말도 안 했어. 단지 이렇게만 말했지. '와서 보면 알게 돼.' 그리고 지금은 — 무슨 말을 할 수 있겠어. 어린애들한테 설명하려는 거나 마찬가지지."

"넌 수용소가 무서웠어?"

"무서웠지. 아침에 파비악을 떠났어. 차로 기차역에 갔지. 좋지 않았어 — 등에 햇볕이 내리쬐는 거야. 그러니까 서쪽으로 간다는 뜻이지. 아우슈비츠야. 서둘러서 우리를 화물열차에 실었는데, 그 길이라니! 이름의 알파벳 순서대로 타고 갔어, 화물열차 하나에 예순 명씩, 별로 비좁지도 않았다니까."

"네 물건도 가지고 탔어?"

"물론 가지고 탔지. 플레이드 담요하고 약혼녀가 준 정장 조끼하고 침대 시트 두 장."

"멍청아, 동지들을 위해서 남겨두고 왔어야지. 어차피 전부 빼앗아간다는 거 몰랐어?"

"아까웠거든. 그 뒤에 우린 한쪽 벽의 못을 전부 뽑은 후 판자를 뜯고 도망쳤어! 하지만 지붕에 기관총을 든 경비병이 있어서, 처음 나간 세 명을 한 번에 갈기더라고. 마지막 사람이 화물차에서 낯짝을 내밀었다가 목에 한 방 맞았지. 즉시 기차가 섰고 우리는 구석으로 숨고! 고함에 비명에, 지옥이었어! '도망치지 말았어야 했는데!' '겁쟁이들!' '우릴 죽일 거야!' 그리고 욕설에, 엄청난 욕설이었지!"

"여자 막사보다 나쁘진 않을걸."

"그래, 거기보다 나쁘지는 않아. 하지만 언제나 욕설이 심해. 그래서 나는 사람들 무더기 아래 제일 바닥에 앉아 있었어. 생각했지 — 좋아, 총을 쏘더라도 내가 제일 처음 맞진 않을 거야. 그리고 좋았어, 실제로 총을 쐈거든. 사람들 무리에 대고 한 줄로 갈겨서 둘이 죽고 세 번째는 옆구리를 맞았어. 그리고 로스 아우스(독 : 나와, 밖으로), 소지품 없이! 그래, 생각했지, 이제 끝장이다! 괜찮아, 머리에 맞기만 하면! 정장 조끼가 조금 아까웠어. 왜냐하면 그 안에 성경을 넣어놨거든. 알겠어? 약혼녀에게 받아서 항상 가지고 있던 거라서."

"플레이드 담요도 약혼녀한테서 받은 것 같은데?"

"그랬지. 그것도 아까웠어. 하지만 아무것도 가지고 나가지 못했어. 화물차 위에서 그대로 끌어 던졌거든. 너희는 상상도 못할 거야, 닫힌 화물차에서 사람이 튀어나갈 때 세상이 얼마나 크게 보이는지! 하늘이 높고……."

"……파랗고……."

"그렇지, 파랗지, 나무에서는 향기가 나고, 숲은 손에 쥘 수 있을 것 같고! 친위대 장교들이 자동소총을 들고 주위에 빙 둘러 서 있었어. 네 명은 옆으로 데려가고, 우리는 다른 화물차로 쫓아냈어. 백이십 명이 타고 갔는데 세 명이 죽고 한 명은 부상당했지. 화물차 안에서 숨이 막혀 죽을 뻔했어. 너무 텁텁하니까 천장에서 물이 떨어지더라니까, 진짜 말 그대로. 창문도 하나 없고, 아무것도 없어, 전부 다 판자로 막아놨고. 공기와 물을 달라고 소리를 질렀지만, 총을 쏘기 시작해서 우리는 즉시 조용해졌어. 그런 뒤에는 바닥에 쓰러져서 마치 조각낸 돼지새끼처럼 누워 있었어. 처음에는 스웨터를 벗고, 그 다음에는 셔츠 두 겹도 벗었지. 몸 전체가 땀이 되어 흐르는 것 같았어. 코에서 천천히 피가 흘러나오고, 귓가에서 이명이 들리고. 오슈비엥침에 빨리 도착하기만 바랐어. 왜냐하면 신선한 공기를 마신다는 뜻이니까. 경사로에서 문이 열렸을 때, 첫 숨을 들이쉬자마자 완전히 기운을 되찾았어. 4월의 밤이었지. 별이 총총하고, 차갑고. 완전히 젖은 셔츠를 덮고 있었는데도 추위는 느끼지 않앉아. 그때 누군가 나를 껴안고 입을 맞추었지. '형제여, 형제여'하고 속삭였어. 검고 흙냄새 나는 어둠 속에 수용소의 불빛이 줄지어 반짝였어. 그 위로 불안한 빨간 불꽃이 터지곤 했지. 어둠이 그쪽으로 몰려갔어. 불이 하늘에 닿을 듯이 위쪽에서 타오르는 것 같았어. '소각장'이라는 말이 줄지어 선 사람들 사이에 속삭이는 소리로 퍼져 나갔어."

"말솜씨를 보니 시인이 맞군."

비텍이 인정했지.

"우리는 수용소까지 시체를 지고 걸어갔어. 내 등 뒤에서 사람들이 힘겹게 숨 쉬는 소리를 들으며, 뒤쪽에서 약혼녀가 걷고 있을 거라고 생각했지. 몇 번이나 몇 번이나 둔탁하게 때리는 소리가 들렸어. 나도 철문 앞에서 총검으로 허벅지를 맞았어. 아프진 않았는데, 굉장히 뜨거웠어. 피가 허벅지와 종아리를 따라 흘러내렸고. 몇 걸음 걸었더니 근육이 뻣뻣해지면서 다리가 풀리기 시작했어. 호송하던 친위대 장교가 내 앞의 몇 명을 더 내리치더니 우리가 수용소의 쇠창살문에 들어섰을 때 이렇게 말했어.

'여기서 여러분은 푹 쉬게 될 것이다.'

그게 목요일 밤이었어. 그리고 월요일에는 작업하러 갔지. 수용소에서 7킬로미터 떨어진 곳으로. 부듸[132]에, 전신주 나르는 작업을 하러. 다리가 미칠 듯이 아팠어. 하지만 쉬긴 쉬었지. 그것도 잘 쉬었어!"

"그건 아무것도 아냐."

---

132) 부듸(Budy): 아우슈비츠 연계 수용소 중 하나. 여성 수용소가 있었다.

비텍이 말했다.

"유대인들은 먹는 게 더 형편없거든. 자랑할 것도 없잖아."

수용소까지 오는 여정에 대해서는 유대인에 대해서 만큼이나 의견이 나뉘더군.

"유대인들, 알아? 유대인들이 어떤지!"

스타섹이 갑자기 목청을 높였어.

"이제 보게 될 거야, 자기들 수용소에서 암거래를 할 테니까! 유대인들은 소각장에서나 게토에서나 순무 한 사발을 위해서라면 낳아준 어머니도 팔 거야! 언젠가 아침에 작업을 나가려고 대열에 서 있었는데 우리 옆에 특수 작업대[133]가 있었어. 황소 같은 사내애들. 삶에 만족하는 모양이지. 그 이유가 뭐겠어? 앞에는 내 친구 모이셰가 서 있었지, 그, 사무직에서 일했던. 그 친구도 므와바[134] 출신이고 나도 므와바 출신이니까, 어떤지 알잖아. 친구에다 같이 거래하는 사이니까 서로 확실하고 신뢰하지. '무슨 일이야, 모이셰? 왜 그렇게 안 좋아 보여?' '가족사진을 얻었어.' '뭐가 걱정이야, 그건 좋은 일인데.' '그게 좋은 일이라니 염병할, 내가 아버지를 굴뚝으로 보냈다고!' '그럴 리가 없어!' '있어, 내가 보냈으니까. 수송열차와 함께 도착해서 가스실 앞에서 나를 봤어. 나도 정신없이 쫓아갔고. 아버지는 덤벼들어 내 목을 껴안고 입 맞추면서 앞으로 어떻게 되는 거냐고 물었어. 그리고 배가 고프다고 했어, 왜냐하면 이틀이나 먹지도 못하고 기차에 있었으니까. 그런데 저기 코만도퓌러(독 : 담당 장

---

133) 존더코만도(Sonderkommando): 시체 치우는 일을 전문으로 하는, 주로 유대인으로 구성된 작업대.
134) 므와바(Mława): 바르샤바보다 약간 북쪽에 있는 도시 이름.

교)가 소리를 지르는 거야. 서 있지 말라고, 일해야 한다고! 내가 어쩌겠어? 이렇게 말했지. '가세요, 아버지. 욕실에서 목욕을 하고, 그 다음에 얘기해요, 아시겠어요, 저 지금 시간이 없어요.' 그리고 아버지는 가스실로 갔어. 사진은 나중에 옷에서 끄집어냈어. 그러니 말해봐, 사진을 얻었다고 좋을 게 뭐가 있어?"

우리는 모두 웃음을 터뜨렸어. 이제 아리안은 가스실로 보내지 않는다는 것도 그 나름대로 좋은 일이지. 그것만 아니라면 뭐든지 좋아.

"전에는 가스실로 보냈지."

언제나 우리와 함께 앉아 이야기하는 '현지' 남자 간호사가 말했어.

"난 오래 전부터 이 막사에 있어서 여러 가지를 기억하거든. 몇 명이나 내 손을 거쳐서 가스실로 갔는지 몰라, 친구와 우리 고향 출신 지인들까지! 이제 사람 얼굴은 기억도 못 하겠어. 보통은 꼭 무더기로 가거든. 하지만 한 가지 사건은 아마 평생토록 기억할 거야. 그때 나는 구급차에서 일했어. 붕대를 아주 섬세하게 감지는 못했지, 알다시피 쓸데없는 일에 낭비할 시간이 없으니까. 팔이나 등짝이나 아니면 또 다른 곳을 더듬어보고, 리그닌[135]이랑 붕대, 그럼 끝이지! 다음! 얼굴도 똑바로 보지 않았어. 고마워하는 사람도 없었지, 왜냐하면 그럴 필요가 없으니까. 하지만 한 번은 무슨 봉소염 치료를 해 줬는데, 누군가 문가에서 나한테 말하는 거야, '스빠씨바(러 : 고마워요). 간호사님!' 창백하고 비참하고 다리가 부어서 제대로 서 있지도 못하더라고. 나중에 문병하러 가서 수프

---

[135] 나무에서 추출한 화합물로, 소독약 대용으로 썼다.

도 가져다줬지. 봉소염이 오른쪽 엉덩이에 생겼다가 다음에는 허벅다리 전체로 퍼져서 고름주머니로 뒤덮였어. 끔찍하게 괴로워했지. 울면서 어머니를 불렀어. '조용히 해.' 내가 말했지. '우리도 어머니가 있지만 울지 않잖아.' 할 수 있는 한 진정시켰어. 왜냐하면 다시는 집에 못 돌아갈 거라고 애통해 했거든. 내가 뭘 줄 수 있었겠어? 수프 한 사발이나 가끔 빵 한 조각이지. 가스실로 가는 선발에 걸리지 않게 톨레치카[136]를 할 수 있는 한 몇 번이나 숨겨줬지만, 결국은 사람들이 그를 찾아내서 기록해버렸어. 곧바로 찾아갔지. 열이 심했어. 나한테 이러더군. '가스실로 가는 건 아무것도 아니에요. 그렇게 되어야 할 것 같아요. 하지만 전쟁이 끝나고 아저씨가 살아남으면……' '그건 알 수 없어, 톨레치카, 내가 살아남을지.' 내가 가로막았지. '살아남을 거예요.' 그 애가 고집스럽게 반박하더군. '그러면 우리 어머니한테 가세요. 전쟁이 끝나면 분명히 국경도 정부도 수용소도 없고 사람들도 서로 죽이지 않을 거예요. 베지 에떠 빠슬레드니 보이(러 : 이건 마지막 전쟁이잖아요).'[137] 그 애가 힘
_{Ведь это последний бой}
주어 말했어. '빠슬레드니, 빠니마예슈(러 : 마지막이라고요, 알겠어요)?' '알
_{Последний понимаешь}
았다.' 내가 말했지. '우리 엄마한테 가서 내가 죽었다고 말해줘요. 국경이 없는 세상을 위해서, 전쟁도, 수용소도 없는 세상을 위해서 죽었다고. 말해줄 거죠?' '해주마.' '기억해요. 우리 엄마는 달녜보스또츄니 지역, 하바롭스크 시, 레프 톨스토이 거리 드밧짜찌 빠찌
_{Двадцать пять}
(러 : 25번지)에 살아요. 반복해봐요.' 반복했지. 막사장 샤리한테 갔

---

136) 톨레치카(Толечка): 남자 이름 아나똘리(Анатолий)의 애칭.
137) 인터내셔널가의 후렴구이기도 하다.

어, 막사장이라면 아직 톨레치카를 명단에서 뺄 수 있었거든. 막사장은 내 턱주가리를 한 대 갈기더니 숙소에서 쫓아냈어. 톨레치카는 가스실로 갔고. 샤리도 몇 달 후에 수송열차에 껴서 떠났어. 떠나기 직전에 담배를 달라고 했지. 아무도 주지 않도록 내가 단속을 잘 해놨어. 그리고 아무도 안 줬어. 아마 내가 잘못했을지도 모르지, 마우트하우젠[138]으로 가서 끝장나려던 참이었으니까. 하지만 톨레치카의 어머니 주소는 잘 기억해. 달녜보스또츄니 지역, 하바롭스크 시, 레프 톨스토이 거리……"

우리는 입을 다물었어. 불안해진 쿠르트가 무슨 일이냐고 물었지, 왜냐하면 쿠르트는 우리 이야기를 전혀 알아듣지 못하니까. 비텍이 정리해줬어.

"수용소에 대해서, 그리고 세상이 더 좋아질지에 대해서 얘기하는 거야. 너도 무슨 얘기든 해봐."

쿠르트는 미소를 지으며 우리를 쳐다보더니 모두가 알아들을 수 있게 천천히 말했어.

"짧게 얘기할게. 마우스하우젠에 있을 때 거기서 탈주자 두 명이 잡힌 적 있어, 바로 크리스마스 전야에. 광장에 교수대를 세웠지, 커다란 크리스마스트리 옆에. 두 사람을 매달았을 때 수용소 전체가 점호에 불려나왔어. 하필 그때 크리스마스트리에 불이 켜졌고. 그러자 라게르퓌러(막사 담당 장교)가 앞으로 나와서 죄수들을 향해 구령을 외쳤어.

'헤프틀링어, 뮛쩬 압(독 : 죄수들, 모자 벗어)!'
　Häftlinge　　Mützen ab

---
138) 마우트하우젠-구젠(Mauthausen-Gusen): 오스트리아의 강제노동 수용소.

우리는 모자를 벗었어. 라게르퓌러가 크리스마스이브의 전통적인 연설 대신 이렇게 말했어.

'돼지처럼 행동하는 자는 돼지 같은 취급을 받을 것이다. 헤프틀링어, 뮛쩬 아우프(독 : 죄수들, 모자 써)!'
Häftlinge Mützen auf

우리는 모자를 썼어.

'해산!'

우리는 해산했어."

우리는 담배에 불을 붙였어. 모두 입을 다물었고, 각자 자기 일을 생각하고 있었어.

VII

만약 막사의 벽이 무너진다면 두들겨 맞고 침상에 꽉꽉 들어찬 수천 명의 사람들이 바깥바람 속에 내던져지겠지. 그건 중세 시대의 「최후의 심판」 그림보다 역겨운 광경일 거야. 한 인간을 가장 뒤흔드는 광경은 다른 인간이 좁은 침상 구석에서, 몸을 가졌기 때문에 어쩔 수 없이 차지해야 하는 공간에서 자는 광경일 거야. 저들은 몸에 대해 가능한 모든 것을 이용해. 목줄에 들어가는 비용을 아끼기 위해 몸에 번호를 새기고, 다음날 일할 수 있을 만큼만 밤에 잠을 재우고, 낮에는 음식을 먹을 수 있을 정도만 시간을 주고. 그리고 음식도 비생산적으로 돼지지 않을 정도, 딱 그만큼이야. 오직 한 군데만이 삶을 위한 장소인 거야 — 침상 위의 한 구석만

이. 나머지는 수용소 소유, 국가의 소유고. 하지만 그 침상 구석도 셔츠도 삽도 자기 것이 아니지. 병에 걸리면 저들이 전부 도로 가져갈 거야 — 옷도, 모자도, 몰래 들여온 목도리도, 손수건도. 죽으면 금니를 뽑아내지. 이미 오래 전부터 수용소 장부에 기록되어 있으니까. 몸을 태워서 그 재를 벌판에 비료로 뿌리거나 아니면 웅덩이를 메우는 데 사용할 거야. 소각할 때 그 많은 지방과 그 많은 뼈와 그 많은 근육과 그 많은 온기를 모두 낭비하는 건 사실이지! 하지만 다른 곳에서는 사람 몸으로 비누를 만들고, 살가죽으로 인간 전등갓을, 뼈로 장식품을 만들어. 누가 알아, 흑인들에게 수출할지. 그리고 흑인들도 언젠가는 저들이 정복하겠지?

우리는 땅 밑과 땅 위에서, 지붕 밑과 지붕 위에서, 삽을 들고 손수레를 밀고 쇠지레와 손도끼를 들고 일해. 시멘트가 담긴 자루를 메고 다니고, 벽돌을 쌓고 철로를 놓고, 자갈을 깔고 땅을 다지고……. 새롭고 괴물 같은 어떤 문명의 토대를 놓는 거야. 지금에서야 나는 고대 문명의 대가를 알게 되었어. 이집트의 피라미드와 사원들이, 그리스 조각상이 얼마나 괴물 같은 범죄인지! 로마의 도로, 국경의 방벽, 도시의 건물 위로 얼마나 많은 피가 흘러야 했을지! 고대 문명은 그 자체로 거대한 강제수용소였고, 그곳에서 노예들은 소유물이라는 표시로 이마에 낙인이 찍히고 도망치려 한 죄로 십자가에 매달린 거야. 그 고대 문명은 자유인이 노예에 대해서 꾸민 거대한 음모였던 거야!

너도 내가 플라톤을 얼마나 좋아했는지 기억할 거야. 이제는 그가 거짓말을 했다는 걸 알아. 왜냐하면 세상의 사물 속에는 이상이 반영되는 게 아니라 사람의 힘겨운 피투성이 노동이 깔려 있으니까. 바로 우리가 피라미드를 쌓고, 사원을 지을 대리석과 황제의 도로를 놓을 석재를 캐내고, 바로 우리가 갤리선에서 노를 젓고 쟁기를 끌고, 그동안 저들은 대화를 하고 희곡을 쓰고, 조국을 들먹이며 자신들의 음모를 정당화하고 국경과 민주주의를 위해 싸웠던 거지. 우리는 더러웠고 정말로 죽었어. 저들은 미학적인 척, 논쟁하는 척했고.

아름다움이란 없어, 그 안에 인간에 대한 불의가 깔려 있다면. 진리도 없어, 그런 불의를 그냥 지나친다면. 선善도 없어, 그런 불의를 허용한다면.

과연 고대 문명이 우리에 대해서 무엇을 알까? 테렌티우스[139]와 플라우투스[140]가 똑똑한 노예였다는 건 알려져 있고, 호민관 그라쿠스 형제[141]도 알려져 있지만, 노예의 이름은 단지 하나만 남아 있지 — 스파르타쿠스.[142]

저들은 역사를 만들었고, 범죄자들이긴 했지만 — 스키피오[143]를, 법률가이긴 했지만 — 키케로[144]나 데모스테네스[145]를 우리는 아주

---

139) 테렌티우스(Publius Terentius Afer, 기원전 195/185~159년): 고대 로마의 희곡 작가. 본래 로마 상원의원인 테렌티우스 루카누스의 노예였고 후일 자유를 얻은 후 주인의 성을 따랐다.
140) 플라우투스(Titus Maccius Plautus, 기원전 254~184년): 고대 로마의 희곡 작가. 젊은 시절 무대 장치를 만드는 목수로 일했던 것으로 알려졌다.
141) 그라쿠스 형제(Tiberius Gracchus, 기원전 168/163~133년, Gaius Gracchus 기원전 154~121년): 고대 로마에서 토지개혁을 주창했던 정치인 형제.
142) 스파르타쿠스(Spartacus, 기원전 109~71년): 검투사였으며 노예 봉기의 지도자로 유명함.
143) 스키피오(Scipio Africanus, 기원전 235~183년): 로마의 장군. 한니발에 대항하여 카르타고를 함락시킨 것으로 유명하다.
144) 키케로(Marcus Tullius Cicero, 기원전 106~43년): 로마의 철학자, 정치가, 법률가.
145) 데모스테네스(Demostenes, 기원전 384~322년): 그리스의 법률가.

잘 기억하지. 에트루리아[146]인들의 소멸이나 카르타고[147]의 멸망, 배신, 속임수와 약탈에 흥분하고. 로마 법률! 오늘날까지도 남아 있는 건 법이야!

독일인들이 승리한다면 세상은 우리에 대해서 무엇을 알게 될까? 거대한 건물, 고속도로, 공장, 하늘까지 닿는 기념탑이 솟아나겠지. 벽돌 하나하나마다 그 아래 우리의 손이 깔려 있고, 우리 어깨에 철도의 침목과 콘크리트 원판을 메고 나르게 될 거야. 저들은 우리 가족을, 환자들을, 노인들을 죽일 거야. 아이들을 죽일 거야.

그리고 아무도 우리에 대해서는 모르게 될 거야. 시인, 법률가, 철학자, 사제들의 목소리가 우리를 파묻어버릴 거야. 저들은 아름다움과 선과 진리를 만들어낼 거야. 종교를 만들어낼 거야.

삼 년 전 이곳에는 마을과 동리가 있었어. 벌판과 밭의 샛길과 갈지 않고 남겨둔 밭이랑에 배나무가 있었어. 사람들이 있었고, 그들은 다른 사람들보다 좋지도 나쁘지도 않았어.

그리고 우리가 왔어. 사람들을 쫓아내고 집을 무너뜨리고 땅을 평평하게 고르고, 그 땅을 이겨 진흙으로 덮었어. 막사를, 담장을, 소각장을 세웠어. 우리와 함께 부스럼과 봉소염과 이를 퍼뜨렸어.

우리는 공장과 광산에서 일해. 거대한 작업을 완성시키고, 거기서 누군가는 전무후무하게 커다란 이득을 얻을 거야.

이상한 건 이곳 회사 렌쯔 일이야. 그 회사가 우리에게 수용소와 막사와 강당과 매점과 참호와 굴뚝을 지어줬어. 수용소는 회사에

---

[146] 현 이탈리아 북부에 있었던 부족국가로 기원전 500년경 로마에 병합되었다.
[147] 기원전 1000년경 아프리카 북동부, 현 튀니지 지역에 있던 고대 국가.

죄수들을 빌려주고 게슈타포가 원자재를 댔지. 결산해보니까 몇 백만이라는 환상적인 숫자가 나와서, 아우슈비츠뿐 아니라 베를린까지도 머리를 움켜쥐었어. 이렇게 말했대.

"여러분, 이건 불가능합니다. 너무 많이 성취했어요. 이렇게, 이렇게 몇 백만이나 되다니!"

하고. 그렇지만, 회사에서 대답했대.

"이게 결산입니다."

"물론 그렇죠."

베를린이 말했지.

"하지만 우리가 다 가져갈 수는 없어요."

"그럼 절반만."

애국적인 회사가 제안했어.

"30퍼센트."

베를린이 좀 더 흥정했고, 그걸로 결정되었지. 그때부터 렌쯔 회사의 모든 수입은 그 비율만큼 줄어들었어. 렌쯔는 그래도 걱정하지 않아. 모든 독일 회사들이 그렇듯 자본금이 불어나고 있거든. 오슈비엥침에서 엄청난 이득을 얻고 평온하게 전쟁이 끝나기를 기다리는 거지. 수도 회사인 바그너와 콘티넨탈도 마찬가지고, 우물 파는 회사인 리흐터도, 조명기구와 전선을 만드는 시멘스도, 벽돌과 시멘트, 철물과 목재 공급자도, 막사 건물과 줄무늬 죄수복의 생산자도 마찬가지야. 거대 자동차 회사인 우니온도 마찬가지고, 고철 수집 부서인 DAW도 마찬가지야. 믜스워비쩨, 글리비쩨, 야니나, 야보쥬노의 광산 소유주들도 마찬가지고. 우리 중 살아남는 자들은 언젠가 이 노동의 정당한 대가를 반드시 요구해야만 해. 돈도 아니고, 물건도 아니고, 견고한, 돌처럼 단단한 노동으로.

아픈 사람들과 작업을 마친 사람들이 잠자러 갈 때면 나는 멀리 있는 너와 이야기해. 어둠 속에서 네 얼굴이 보이고, 너로서는 낯설게 느껴질 열기와 증오를 띠고 이야기하지만, 너라면 잘 들어줄 거라는 걸 알아.

너는 내 운명과 하나로 묶여 있어. 단지 네 손은 손도끼에 걸맞지 않고 몸은 부스럼에 길들지 않았을 뿐이야. 우리 사이의 사랑과 남아 있는 모든 사람의 아낌없는 사랑이 우리를 묶어주는 거야. 우리를 위해 살아 있고 우리의 세상을 만들어주는 그 사람들의 사랑 말이야. 부모님의 얼굴, 친구들의 얼굴, 남겨두고 온 사물의 윤곽, 그리고 이게 우리가 나눌 수 있는 것 중에서 가장 소중해 — 경험 말이야! 설혹 우리에게 남은 것이 병원 침상 위의 몸뿐이더라도, 우리 곁에는 여전히 우리의 생각과 감정이 남아 있을 거야.

그리고 사람의 품격이란 정말 그의 생각과 감정에 달려 있다는 게 나의 결론이야.

VIII

내가 지금 얼마나 행복한지 너는 모를 거야. 우선, 기다란 전기공 말이야. 매일 아침마다 쿠르트와 함께(왜냐하면 그의 친구거든) 전기공에게 가서 너에게 보내는 편지를 줘. 전기공은 환상적으로 오래된 번호인데, 천 번이 조금 넘는 숫자야. 그는 소시지와 설탕 자루와 여자 속옷을 쌓아두고 신발 속 어딘가에 편지도 한 무더기 넣어뒀어. 전기공은 대머리고 우리 사랑에 대한 이해심이 없어. 자기한테 가져오는 편지를 하나하나 볼 때마다 얼굴을 찡그려. 내가 전기공에게 담배를 쥐어주려고 하면 그는 말하곤 해.

"친구, 우리 아우슈비츠에서는 편지 값을 받지 않아! 가능하다면 답장도 가져다주지."

어느 날 저녁에 답장을 받으러 갔어. 정반대의 절차가 벌어지지. 전기공은 신발 쪽으로 손을 뻗어 네가 보낸 종잇장을 끄집어내서 나한테 건네주고는 심드렁하게 얼굴을 찡그리는 거야. 왜냐하면 전기공은 우리 사랑에 대한 이해심이 전혀 없거든. 그리고 분명히 영창도, 사방 1.5미터 크기의 우리도 좋아하지 않을 거야. 왜냐하면 전기공은 아주 길어서 영창에서는 불편할 테니까.

그래서 우선은 기다란 전기공이지. 두 번째는 스페인 남자의 결혼식이야. 스페인 남자는 마드리드를 지키다가[148] 프랑스로 도망갔는데 저들이 그를 오슈비엥침으로 실어왔어. 스페인 남자답게 어떤 프랑스 여자를 좋아해서 그 여자와 아이도 낳았어. 아이는 괜찮게 자라났지만 스페인 남자는 계속 수용소에 있으니까 프랑스 여자가 고함치는 거야, 결혼식을 원한다고! 그래서 다름 아닌 H[149]에게 청원서를 보냈고, H는 분노한 거지. 새로운 유럽이 이렇게 무질서하다니, 당장 그들에게 결혼식을 치러줘라!

---

148) 스페인 내전(1936~1939) 당시 공화국군에 가담하여 프랑코의 군대에 맞서 마드리드를 방어했다는 뜻.
149) 히틀러를 말함.

프랑스 여자를 아이와 함께 수용소로 데려왔고, 스페인 남자한테서 줄무늬 죄수복을 갑작스럽게 벗겨내고 우아하게 차려 입혀서, 다른 사람도 아니고 바로 카포가 세탁실에서 정장을 다림질해 수용소의 풍부한 수집품 중에서 조심스럽게 골라낸 넥타이와 포켓치프까지 갖추고 결혼식을 올린 거야.

그런 후 신혼부부는 사진을 찍으러 갔어. 신부는 팔에 어린 아들과 히아신스 꽃다발을 안고, 신랑은 신부의 팔짱을 끼고. 그 뒤로 교향악단 전원이 줄줄이 따라갔고, 그래서 분개한 친위대 장교가 부엌에서 외쳤어.

"내가 너희를 멜둥(독 : 기록)에 남길 테다. 근무 시간에 감자를 캐 모으는 대신 음악을 연주하다니! 내 수프에 감자도 안 들어갔잖아! 결혼식 따위, 전부……."

"조용히 하시오……."

다른 권력자들이 그를 달래기 시작했어.

"베를린의 명령이오. 수프는 감자 없이 먹어도 되지 않소."

그동안 신혼부부는 사진을 찍고 첫날밤을 보내기 위해서 '푹푹'에 마련한 신방으로 갔고, '푹푹'은 십 번 막사로 쫓겨났어. 다음날 아침 프랑스 여자는 프랑스로 도로 보냈고, 스페인 남자는 줄무늬 죄수복을 입고 작업하러 갔지.

그래서 수용소 전체가 자부심에 가득 차서 마치 막대기라도 삼킨 듯 뻣뻣하게 걸어 다니는 거야.

"심지어 우리 아우슈비츠에서는 결혼식도 치러준다고."

그러니까 우선은 기다란 전기공, 두 번째는 스페인 남자의 결혼식, 그리고 세 번째는 교육을 끝마쳤다는 거야. 얼마 전에 FKL의 여자 간호사들이 끝마쳤어. 실내악으로 그들에게 작별인사를 했지. 여자 간호사 전원이 십 번 막사 창가에 앉았고, 우리 창문에서는 음악대에서 가져온 드럼과 색소폰과 바이올린을 연주했어. 가장 훌륭한 건 색소폰이었어. 흐느끼고, 울고, 웃고, 반짝이고!

유감이야, 스워바쯔키[150]가 색소폰을 알지 못했다니. 알았더라면 풍부한 시적 표현을 위해서 틀림없이 색소폰 연주자가 되었을 텐데.

처음에는 여자들이었고, 이제는 우리 차례야. 우리는 조그만 다락방에 모였고, 라게르아르츠(독: 수용소 의사)인 로데(그. 유대인과 아리안 사이에 차별을 두지 않는 '괜찮은' 의사)가 왔고, 들어와서는 우리와 우리가 붕대 감은 모양을 쳐다보더니 아주 만족해서 이제 틀림없이 우리 아우슈비츠에서도 사정이 더 좋아질 거라고 말했어. 그리고 급하게 나가버렸어. 조그만 다락방은 춥거든.

우리 아우슈비츠에서는 하루 종일 우리와 작별인사를 해. 프란츠, 그 빈에서 온 남자가, 나를 위해서 전쟁의 의미에 대한 최종적인 발표를 했어. 일하는 사람들과 파괴하는 사람들에 대해 조금 더 듬거리면서 말했지. 전자의 승리와 후자의 패배에 대해서. 우리를 위해 우리 세대의 동지들이 런던과 우랄스크[151]에서, 시카고와 캘커타에서, 대륙과 섬에서 싸우고 있다고. 앞으로 다가올 창조하는 사람들의 형제애에 대해서 말했어. 나는 생각했지. '바로 이렇게 의미와 죽음 사이에서 메시아주의가 싹트는구나, 인간 사고의 일반적인

---
150) 율리우슈 스워바쯔키(Juliusz Słowacki, 1809~1849): 폴란드의 낭만주의 시인.
151) 카자흐스탄의 도시 이름.

길이지.' 그러고 나서 프란츠는 방금 빈에서 도착한 소포를 뜯었고, 우리는 저녁 차를 마셨어. 프란츠가 오스트리아 노래를 불렀고, 나는 그가 알아듣지 못하는 시를 읊었어.

우리 아우슈비츠에서는 내게 작별 선물로 의약품 약간과 책 몇 권을 주었어. 나는 그걸 꾸러미 속의 음식 아래에 쑤셔 넣었지. 상상해봐, '슐롱스크의 천사[152]의 사상'이라니. 그래서 나는 행복한 거야. 왜냐하면 모든 것이 하나로 합쳐지거든. 기다란 전기공과, 스페인 남자의 결혼식과, 교육 종료까지. 그리고 네 번째는 어제 집에서 편지를 받았다는 거야. 편지는 오랫동안 나를 찾아다녔고, 결국 찾아냈어.

거의 두 달 전부터 집에서 생존 소식을 못 들었고 엄청나게 불안했어. 왜냐하면 여기서 듣는 바르샤바 사정은 환상적이라서, 나는 벌써 절망적인 편지를 쓰기 시작했는데 바로 어제, 생각해보라고! 편지를 두 통 받았어. 하나는 스타셱에게서, 다른 하나는 형에게서.

스타셱은 아주 단순한 단어로 편지를 써. 마치 외국어로 마음속의 말을 전하고 싶어 하는 사람처럼. '우리는 너를 사랑하고 너에 대해서 기억하고, 편지를 쓰고, 너의 약혼녀인 투시카에 대해서도 기억한다. 우리는 살고 일하고 창조한다.' 살고, 일하고 창조하지만, 안줴이는 살해되었고 바쩩은 '떠나갔어.'[153]

이건 얼마나 끔찍한 일인지, 우리 세대에서 가장 재능 있던, 가장

---

[152] 슐롱스크의 천사(Angelus Silesius): 본명은 요하네스 셰플러(Johannes Scheffler, 1624~1677)로 바로크 시대의 종교 시인.
[153] 안줴이는 안줴이 트줴빈스키(Andrzej Trzebiński, 1922~1943)로 저널리스트, 비평가, 희곡 작가. 바쩩은 바쯔와프 보야르스키(Wacław Bojarski, 1921~1943)로 시인, 비평가, 수필가. 모두 지하저항군의 비밀 과정에서 보롭스키와 함께 공부했다.

열정적으로 창조하던 두 명, 바로 그 두 명이 죽어야 했다니!

  너도 내가 얼마나 날카롭게 그들과 대립했는지 알 거야. 탐욕적인 정부를 건설하는 데 대한 그들의 제국주의적인 발상과, 사회를 이해하는 그들의 불공정한 시각과, 민족 예술에 대한 그들의 이론과, 브죠좁스키[154] 선생 자신만큼이나 흐리멍덩한 그들의 철학과, 아방가르드의 벽에 이마를 찧는 그들의 시작詩作과, 의식적이고 무의식적인 위선으로 가득한 생활 방식.

  하지만 두 세계의 문턱이, 우리도 언젠가는 건너갈 그 문턱이, 우리 사이를 갈라놓은 오늘, 나는 세계의 의미와 생활 방식과 시의 형태에 대한 그 논쟁을 받아들이겠어. 그리고 오늘 나는 그들을 탄핵하겠어, 강력한 정복 정부라는 발상에 고개를 숙였기 때문에, 우리 자신의 악이 아니라는 결점을 가진 악에 경탄했기 때문에. 그리고 오늘 그들을 탄핵하겠어, 시의 비사상성을 주장했기 때문에, 시 안에 사람이 부재한다고, 시 안에 그 시인이 부재한다고 주장했기 때문에.

  하지만 다른 세계의 문턱을 통해서 그들의 얼굴이 보이고, 나는 그들을, 내 세대의 소년들을 생각하면서 우리 주위의 황무지가 점점 커지는 걸 느껴. 살아 있던 사람들이 그렇게 소리도 없이, 자기들이 쌓아올리던 업적의 한가운데에서 떠나버렸어. 이 세상에 무척 속했던 사람들이 떠나갔어. 다른 쪽 바리케이드에서 온 그 친구들에게 나는 작별을 고해. 부디 그들이 여기서는 보지 못했던 진리와 사랑을 다른 세상에서 찾아내길!

---

154) 스타니스와프 브죠좁스키(Stanisław Brzozowski, 1878~1911): 폴란드의 철학자, 문필가, 평론가.

……에바, 만물의 조화와 별들에 대해서, 그리고 "아직 그렇게 나쁘지 않다"고 그토록 아름답게 시를 읊던 그녀도 총살당했어. 황무지, 점점 커지는 황무지야. 멀고 가까운 사람들이 떠나가고, 이제 기도할 줄 아는 사람들은 이미 싸우기 위해서가 아니라 사랑하는 사람들의 목숨을 위해서 기도해야 해.

나는 우리가 끝이라고 생각했어. 우리가 나중에 돌아간다면, 그건 우리를 목 조르는 이 끔찍한 대기를 알지 못하는 세상으로 돌아가는 거라고. 오로지 우리만이 바닥까지 내려가본 거라고. 하지만 저쪽에서도 사람들이 떠나가고 있어 — 삶의 한가운데, 전투의 한가운데, 사랑의 한가운데에서 곧장.

우리는 나무처럼, 돌처럼 아무것도 느끼지 않아. 그리고 베어낸 나무처럼, 깨어진 돌처럼 아무 말도 하지 않아.

두 번째 편지는 형에게서 온 거야. 너도 알지, 율렉 형이 나한테 얼마나 다정한 편지를 쓰는지. 그리고 지금 형은 우리를 생각한다고, 기다린다고, 책과 시를 전부 간직해두었다고 썼어…….

내가 돌아가면 서재의 내 서가에서 새로운 내 시집[155]을 보게 될 거야. '네 사랑에 대한 시야.' 형은 이렇게 썼어. 그 책은 우리의 사랑과 시를 상징적으로 엮어주었어. 너만을 위해서 썼고 네가 체포될 때 가지고 있던 그 시가 책으로 나온 건 분명히 커다란 승리라고 생각해. 그 시집이 출간된 건 어쩌면 우리가 뒤에 남길 기념물일까? 난 사람들의 친절을 감사하게 생각해. 우리 뒤에 남을 시와 사랑을 간직해주었고 그들에 대한 우리의 권리를 인정해주었다는 걸.

---

[155] 보롭스키의 두 번째 시집 『길(Drogi, 1944)』이 출간된 것을 말한다.

그리고 형은 너의 어머니에 대한 이야기도 썼어. 어머니가 우리를 생각하시고, 언젠가 우리가 돌아가서 언제나 함께 있게 될 거라 믿으신다고. 왜냐하면 그런 것이 사람의 권리니까.

……수용소에 돌아오고 며칠 뒤에 너에게서 받은 첫 번째 편지, 뭐라고 썼는지 기억하니? 편지에는 네가 병들었고, 네가 나를 수용소에 '집어넣었기' 때문에 절망스럽다고 썼어. 너만 아니었으면 나는, 기타 등등. 하지만 정말 어땠는지 알고 있어?

그때 나는 네가 약속한 대로 마리아가 전화하기를 기다리고 있었어. 오후에는 우리 집에서 수업이 있었어, 수요일이면 언제나 그렇듯이. 내 기억에 아마 언어에 대해 공부한 걸 뭔가 말했던가봐. 그리고 카바이드 등잔이 꺼졌던 것 같아.[156]

그 뒤에는 네 전화를 기다렸어. 약속했으니까 반드시 전화하리라는 걸 알고 있었어. 그런데 전화하지 않았지. 식사 중이었는지는 기억이 나지 않아. 만약 그랬다면 돌아가서 다시 전화기 앞에 앉아 있었을 거고, 그러면서 혹시 옆방에서 듣지나 않을까 걱정했어. 신문의 무슨 기사 스크랩한 것과 모로와[157]의 소설을 읽었는데, 소설은 영혼의 무게를 재는 사람에 대한 이야기였어. 영구히 지속되는 용기에 사람의 영혼을 담는 법을 배워서 그 안에 자기와 사랑하는 여자의 영혼을 담아두려고 했던 거지. 하지만 담을 수 있었던 건 우연히 만난 두 서커스 광대의 영혼뿐이었고, 그의 영혼과 여자의 영혼

---

[156] 보롭스키는 체포 당시 지하저항군의 일원이었다. '수업'이란 저항군의 비밀 학교를 말한다. 이 작품은 실제로 아우슈비츠에서 여자 막사의 약혼녀에게 보낸 편지이다. 약혼녀의 이름은 '마리아'이지만 보롭스키는 작품 내에서 약혼녀를 '투시카'로 바꾸어 불렀다. 이후 내용이 불분명한 것도 모두 검열을 피하기 위해서이다.
[157] 앙드레 모로와(André Maurois, 1885~1967): 프랑스의 소설가.

은 우주로 날아가 흩어져야만 했어. 나는 새벽에 잠들었어.

그리고 아침 일찍 집으로 갔어. 보통 때처럼 서류 가방과 책을 들고. 아침밥을 먹고, 저녁때까진 돌아올 거고 무척 바쁘다고 말하고, 개의 머리를 쓰다듬어주고 너의 어머니에게 갔어. 어머니는 너 때문에 불안해하고 계셨어. 전차를 타고 마리아에게 갔어. 가는 길에 나는 우와젠키 공원[158]의 종을 오랫동안 들여다봤어. 무척 좋아하거든. 긴장을 풀기 위해 걸어서 푸왑스카[159]를 지나갔어. 계단에 보기 드물게 꽁초가 많이 떨어져 있었고 내가 제대로 기억한다면 핏자국도 있었어. 하지만 그건 그냥 상상일지도 몰라. 문가로 가서 약속한 신호대로 종을 울렸어. 그러자 손에 권총을 든 남자들이 문을 열었어.

그때부터 일 년이 흘렀어. 하지만 이 이야기를 쓰는 건 내가 너와 함께라는 사실을 결코 후회하지 않는다는 걸 네가 알아줬으면 하기 때문이야. 그리고 상황이 달랐을 수도 있으리라는 생각은 하지 않아. 하지만 미래에 대해서는 자주 생각해. 우리가 살게 될 인생에 대해서, 만약에……, 앞으로 쓸 시에 대해서, 우리가 앞으로 읽을 책에 대해서, 우리 집에 놓아둘 물건들에 대해서. 알아, 바보 같다는 거. 하지만 그런 생각을 해. 심지어 우리 장서표에 대해서도 생각해둔 게 있어. 중세 식으로 쇠 모서리를 두른 두꺼운 책 위에 장미가 던져진 문양으로 할 거야.

---

158) 우와젠키(Lazienki): 바르샤바의 유명한 조경 공원.
159) 푸왑스카(Puławska): 바르샤바 중심가의 거리.

IX

우리는 이미 비르케나우로 돌아왔어. 전처럼 막사로 가

서 침상에 누운 환자들의 부스럼[160]에 박하차를 발라줬고, 오늘은 아침부터 다 같이 마룻바닥을 닦았어. 그런 다음에는 똑똑해 보이는 표정을 짓고 천자 시술을 하는 의사 옆에 서 있었어. 그 다음에는 마지막 남은 프론토실[161] 주사 두 개를 가져다가 이 편지와 함께 너에게 보낸다. 마침내 우리 막사 이발사(바깥에서는 크라쿠프에 있는 우체국 근처에서 식당을 운영했어) 헨릭 리베르프로인드가, 내가 분명 문학가들 중에서는 최고의 남자 간호사일 거라고 인정해줬어.

그밖에는 하루 종일 너한테 보내는 편지를 들고 돌아다녀. 너한테 보내는 편지는 그냥 이 종잇장일 뿐이지만, 목적한 장소에 닿기 위해서 나는 다리가 있어야만 해. 그리고 그 다리를 찾기 위해서 노력하는 거야. 마침내 다리 한 쌍을 찾아냈는데, 끈을 묶는 빨간 신발을 신은 긴 다리야. 다리는 그밖에도 검은 안경을 끼고 어깨가 떡 벌어지고 매일 FKL에 남자 아기의 시체를 가지러 가. 왜냐하면 그건 우리 쪽 슈라이브슈투바(행정 사무실)와 우리 쪽 시체실을 거쳐서 우리 SDG[162]가 직접 들여다봐야 하거든. 세상은 질서라는 토대 위에 서 있는 거고, 좀 덜 시적으로 말하자면 오르둥 뮈스 자인(독 : 질서가 있어야만 한다).
_{Ordnung müss sein}

---

[160] 원문의 병명은 크레짜(kreca). 일종의 피부병으로 아우슈비츠에서 네 번째로 흔한 질병이었으며, 여자 막사의 기록에 따르면 막사 전체가 감염되어 가스실로 간 적도 몇 번 있었다고 한다.
[161] 프론토실(prontosil): 항박테리아 약품의 일종.
[162] SDG: 게슈타포 위생병을 뜻하는 사니타츠디엔슈트그라데(Sanitatsdienstgrade)의 준말.

그러니까 그 다리는 FKL에 다니고 나에 대해서 아주 호감을 가지고 있어. 그의 말로는 자기도 여자 막사에 아내가 있어서 얼마나 힘든지 안대. 그래서 편지를 그렇게 쉽게, 기꺼이 받아가는 거야. 그리고 기회가 있으면 나도 데려가주겠대. 편지는 그때까지 즉시 보내고, 나는 너한테 가기 위해서 노력하고 있어. 게다가 나는 여행을 하고 싶은 기분이야. 친구들은 담요를 가져가서 필요한 곳에 깔라고 충고하더군. 내 운과 수용소의 지략을 봐서는 첫 시도에 걸릴 거라고, 냉정하게들 생각해. 나는 아마 어떻게든 보호막을 치고 갈 거야. 그 친구들에게는 부스럼에 페루산 발삼이나 바르라고 충고했어.

그리고 또 바깥풍경을 둘러보고 있어. 바뀐 건 아무것도 없고, 그저 진흙만 이상하게 많아졌어. 봄 냄새가 나. 사람들이 진흙에 빠질 거야. 숲에서는 전나무 냄새와 연기 냄새가 번갈아서 풍겨와. 트럭이 물품과 부나에서 온 '무슬림'을 번갈아 싣고 지나다니고. 한 번은 창고로 가는 저녁 식사를 싣고 가고, 또 한 번은 교대하러 가는 친위대 장교를 싣고 가.

아무것도 바뀐 건 없어. 어제 일요일에 우리는 이 검사를 받으러 막사에 있었어. 수용소 막사들은 겨울에 끔찍해! 더러운 침상에 쓰레기투성이 바닥에, 찌든 사람 냄새. 막사는 사람으로 가득하지만 이는 한 마리도 없어. 이 소독이 밤새 계속되는 것도 헛수고는 아니야.

우리는 검사가 끝나서 벌써 막사에서 나갔고, 그때 소각장에서 특수 작업대가 돌아왔어. 연기를 쐬고 지방 덩어리를 뒤집어쓴 채 무거운 꾸러미를 지고 몸을 숙이고 걷더군. 그들은 금붙이만 빼고 뭐든지 마음대로 가져와도 되는데, 그래도 금을 가장 많이 밀반입해 와.

막사 아래에는 사람들이 조그만 그룹으로 나뉘어서 대열을 지어 행군하면서 미리 보아두었던 꾸러미를 낚아챘어. 비명과 욕설과 때리는 소리가 짜증스럽게 공기 중으로 피어올랐어. 마침내 특수 작업대는 담장과 마당으로 수용소의 나머지 부분과 가로막힌 자기네 철문 안으로 사라졌어. 그래도 곧 유대인들이 몰래 빠져나오기 시작했어. 거래하고 '조직'하고, 친구나 지인을 만나러.

그중 하나를 붙잡았는데, 예전 우리 작업대에서 알게 된 친구야. 나는 병이 나서 KB[163]로 갔지. 그 친구는 '운'이 더 좋아서 특수 작업대로 갔어. 어찌되었든 종일 삽질을 하고 수프 한 사발을 얻어먹는 것보다는 그쪽이 낫지. 그는 상냥하게 손을 내밀었어.

"아, 자넨가? 뭐가 필요해? 사과가 있으면……."

"아니, 자네가 원하는 사과는 없어."

나는 친절하게 대답했어.

"아직 안 죽었어, 아브라멕? 어떻게 지내?"

"별일 없어. 체코 수송열차를 가스실로 보냈지."

"그건 자네가 말 안 해줘도 알아. 자네 개인 생활은 어때?"

"내 생활? 나한테 무슨 '개인 생활'이랄 게 있겠어? 굴뚝과 막사와 다시 굴뚝이지. 아니면 내가 여기 아는 사람이 있겠나? 아, 그걸 알고 싶은 거구만, '개인 생활.' 소각로에서 태우는 새로운 방법을 고안해냈지. 어떤 방법인지 알아?"

---

163) KB: '병원'을 뜻하는 독일어 크랑켄바우(Krankenbau)의 준말.

나는 매우 예의바르게 궁금해 했어.

"이렇게, 애들 넷을 머리채를 잡아서, 머리를 무더기 속에 집어넣고 머리카락에 불을 붙여. 그 뒤에는 혼자 알아서 타고 게마흐트(독 : gemacht 끝났다)인 거지."

"축하해."

나는 건조하게, 열의 없이 말했어. 그는 기괴하게 웃음을 터뜨리더니 내 눈을 들여다보았어.

"이봐, 간호사, 우리 아우슈비츠에서는 우리가 할 수 있는 방법으로 즐겨야 하는 거야. 그렇지 않으면 어떻게 버티겠어?"

그리고 손을 주머니에 넣고는 작별인사도 없이 가버렸어. 하지만 그건 거짓말이고 그로테스크야, 수용소 전체처럼, 세상 전체처럼.

1944년 8월 1일부터 10월 3일까지 폴란드 지하저항군은
나치에 대항하여 바르샤바에서 봉기를 일으켰다.
이것은 제2차 세계대전 당시 폴란드 내에서
가장 크고 조직적인 투쟁이었으나 참혹한 실패로 끝났고,
이때 독일군의 폭격으로 바르샤바의 85퍼센트가 초토화되었다.
바르샤바 봉기 당시 독일군은 바르샤바 주민들을
대규모로 강제 소개疏開하여 폴란드 곳곳과
독일 본토의 수용소로 이송하였다.
한편 1944년 8월에 보롭스키도 아우슈비츠를 떠나
독일의 다하우 수용소로 이송되었는데,
그곳에서의 경험이 이 작품의 바탕이 되었다.
이 작품에서 주인공과 주인공의 친구 로멕은
독일군에 의해 바르샤바에서 소개당해
독일 본토의 수용소로 이송된 바르샤바 주민들을
봉기에 참여하지 않은 겁쟁이로 여기고 경멸하며,
반어적인 의미로 이들을 '저항군'이라고 부른다.

어느 저항군의 죽음

구덩이 옆에 좁다랗게 한 줄로 이어진 풀밭 뒤로 사탕무를 심은 벌판이 펼쳐져 있었다. 방금 파내서 던져놓은 끈끈한 진흙의 갈색 둔덕 쪽으로 몸을 기울이면 두툼한 녹색 나뭇잎이 거의 손에 닿을 듯 보이고, 그 아래로 분홍색 잎맥이 있는 하얀 무가 축축한 땅에 늘어져 있었다. 벌판은 경사져서 언덕 아래로 이어지다가 옅은 안개 속에 흐릿하게 보이는 검은 숲의 담벼락 아래에서 끊어졌다. 숲 가장자리에 보초병이 서 있었다. 그가 든, 아마 덴마크제일 듯한 긴 소총이 우스꽝스러운 막대기 모양으로 창처럼 튀어나와 있었다. 몇 십 미터쯤 왼쪽에는 쓰러질 것 같은 자두나무 아래 다른 보초병이 자리 잡고 앉아서 회색 공군 외투로 단단히 몸을 감싼 채 귀와 이마 위로 눌러 쓴 제모 아래로 욕조 바닥 같은 계곡을 내려다보고 있었다.

계속해서 경사면에는, 숲에서 이어진 어린 버드나무들이 여기저기 무리지어 서서 아래쪽으로 내려가는 곳에, 예상보다 훨씬 거세게 흐르는 냇물과 계곡을 대각선으로 가로지르는 도로 사이로 거대한 트랙터들이 오가면서 포클레인으로 파내고, 또 계곡 아래쪽에서 줄줄이 수레에 실어 밀고 올라오는 흙을 사람들이 쟁기날로 골랐다. 그곳은 위험하고 시끄럽고 북적거렸다. 사람들은 손수레를 밀고 침목과 레일을 나르고 건물 위장용 뗏장을 떼어내고, 그러면 트랙터가 바로 그 아래의 대지를 골랐다.

욕조 바닥 같은 계곡에서 우리는 구덩이를 팠다. 그 구덩이는 해가 빛나고 나무 아래 바람에 날려 떨어진 잘 익은 자두가 가득하던 좋았던 시절에 앞날을 예견하고 마무리해둔 것인데, 비가 오자 물에 잠기기 시작해 이제는 완전히 무너질 위기에 처해 있었다. 그래서 우리는 수도를 설치할 사방 벽을, 여기 말대로 하자면 '뭉텅이 지지 않도록' 반듯하게 파라는 명령을 받았는데, 그때는 구덩이에 수도관을 설치하라는 제안을 받은 노르웨이인들이 첫 10킬로미터를 설치하자마자 단결해서 마지막 하나까지 다 죽어버릴 것이라고는 예상하지 못했다.

이 때문에 우리는 더욱 서둘러 차출되어 레일을 나르고 하느님이 내버려두신 그대로 야외에 무더기로 엉켜서 뒹구는 철근을 정리하게 되었고, 계곡 바닥으로 쫓겨 내려가서 다시 구덩이를 파게 되었는데, 그 구덩이는 사탕무밭과 점잖지 못할 정도로 가깝게 맞닿아 있었다.

"이런 구덩이를 그냥 봤으면 아무것도 아니라고 생각했겠지."

내가 로멕에게 말했다. 로멕은 라돔 근방에서 활동하던 전직 게릴라인데 이 년 전부터 수용소에서 일하며 폴란드에서 파괴된 것들을 독일인에게 도로 지어주는 중이었다. 우리는 비르템베르그[164]언덕 근처의 조그만 풀밭 가장자리에 그 더러운 수용소가 세워진 순간부터 한 팀이 되어 일했기 때문에 구덩이를 파는 데는 어느 정도 경지에 이르렀다. 로멕이 손도끼로 부드러운 흙을 때려 죽처럼 만들면 내가 삽 끝으로 그 흙을 떠다가 둔덕 위로 던졌다. 로멕이 손도끼에 느긋하게 달라붙은 채 서서 고개를 끄덕일 때면 나는 구덩이의 습기 차고 부서진 벽에 기대거나 교묘하게 내려놓은 삽 위에 앉아 있었다. 내가 고개를 끄덕일 때면 그가 구덩이를 지지하는 역할을 이어받았다. 멀리서는 구덩이 안에 천천히, 그러나 힘들게 쉬지 않고 일하는 사람 한 명만 있는 것처럼 보였다.

"그런데 구덩이가 뭐 어떻다고?"

로멕이 손도끼를 들고 열의 없이 고개를 끄덕이며 대화를 이어갔다. 하루 종일 대화를 끊어지지 않게 이어가는 능력은 음식과 거의 같은 정도로 중요했다.

"묻혀버린 거야. 그뿐이지. 다 파내고 나면 또 다른 일을 해야지."

그가 박자에 맞춰 손도끼를 두드려서 어절을 끊으며 말했다.

"저쪽에 봉기[165] 때문에 잡혀온 사람들처럼 레일이나 침목을 나르

---

164) 비르템베르그(Württemberg): 비르템베르그는 폴란드 식 발음이며 본래 독일 발음은 뷔르템베르크이다. 독일 남부의 지방 이름. 1944년 8월 나치가 아우슈비츠를 소개하기 시작하면서 보롭스키는 독일의 다하우 수용소에 소속된 연계 수용소인 나쯔바일러-다우트메르겐(Natzweiler-Dautmergen)으로 이송되었다. 이 이야기의 공간적 배경도 다우트메르겐 수용소이다. 독일군이 아우슈비츠 수용소를 버리고 본토로 후퇴하고 있다는 사실에서 죄수들은 이미 전쟁의 끝을 예감하고 있었던 듯하다.
165) '봉기'는 챕터 해설에서 설명한 바르샤바 봉기를 뜻한다.

지만 않으면 아무래도 좋아. 삽과 손도끼로 일하면 어떻게든 버틸 수 있어. 하지만 뭔가 할 말이 있다면 그냥 말해, 빙빙 돌리지 말고."

그가 지평선을 바라보았다. 눈은 빛이 바랜 것 같은 푸른색이었고, 선량하고 무척 마른 얼굴에는 광대뼈의 윤곽이 뚜렷이 보였다.

"해조차 안 보이네."

그가 관찰한 바를 무뚝뚝하게 말했다.

"어떻게 생각해, 비가 올 것 같아?"

그는 벽 아래 움푹 들어간 곳에 이럴 때를 대비해 파둔 진흙 위로 웅크리고 앉았다. 그곳은 건조하고 거의 따뜻하게 느껴졌다. 구덩이 위로는 몰아치는 가을바람이 지나가고 습기로 부풀어 오른 불안한 구름이 서둘러 흘러갔으나, 구덩이 아래쪽은 평화로웠다.

"빌어먹을 비."

내가 경솔하게 대꾸했다.

"우리가 이걸 처음 겪는 게 아니잖아? 그리고 봐, 구덩이를 처음 파기 시작했을 때 우리 쪽에서 오래된 사람들은 거의 천 명이었어. 각자가 다 이름만 대면 알 만한 수용소에서 뽑혀 나온 거지. 모두 이미 한두 가지 일을 겪은 게 아냐."

나는 침묵 속에서 빈 삽을 몇 번 흔들고 둔덕에서 흘러내리려는 흙더미를 막았다.

"우리는 구덩이를 팠고, 해가 약간 비쳤고, 비도 약간 왔고, 구덩이가 약간 파묻혔고 — 그리고 우리는 절반만 남았어. 하지만 저쪽 사람들……"

나는 고갯짓으로 구덩이의 모서리 너머를 가리켰는데, 그곳에서는 우리 그룹의 나머지 사람들, 봉기에서 잡혀온 사람들이 일하고 있었다.

"저 사람들은 절반이나 살아남을지 알 수 없어. 소문으로는 시체 운반꾼들이 어제 한 사람당 빵 두 덩어리씩 얻었다고 해. 시체 오십 구를 상자에 담아서 날랐거든. 그리고 유대인 하나가 수용소 한가운데에서 진흙 속에 빠져 죽었어. 그것 때문에 우리가 어제 점호 시간에 그렇게 오래 서 있었던 거야. 우리 막사에선 이미 수프가 다 식었더라고."

전직 게릴라는 구덩이 안의 푹 들어간 자리에서 일어나서 손도끼를 움켜쥐었다.

"두 덩어리 아냐, 두 덩어리까진 아냐. 시체 운반꾼 한 명당 빵 반 덩어리하고 마가린 약간을 상으로 받았을 뿐이야. 그리고 그거 알아? 저기 저 사람들, 네 말대로 하자면 저항군들, 난 저 사람들이 전혀 불쌍하지 않아. 난 저 사람들한테 여기로 오라고 시킨 적 없어. 자기들이 원한 거지. 자원자들, 전쟁 말기에 자발적으로 잡혀 들어와서 수용소를 짓고 남의 나라를 산업화하는 사람들……."

그는 신랄하게 덧붙이고 욕설로 말을 맺었다.

"분명히 벌써 구덩이 하나를 다 치웠을 거야. 저 사람들이 정치 얘기로 말다툼을 한다는 소린 들어본 적 없으니까. 저들은 더 먼 곳으로 떠나야 해. 아침부터 바보처럼 애를 쓰지. 마이스터 바치[166]가 누군가에게 빵 껍질이라도 줄 거라고들 생각하는 거야."

---

166) 마이스터(meister): 독일어로 '장인'이라는 뜻이지만 여기서는 노동 부대의 계급 중 하나로, 노동자들을 직접 관리하는 하급 실무관리직이다. 바치(Batsch)는 사람 이름이다.

"무슨 말이야, 주잖아! 겁내지 마, 우리 크로아티아인이 잘 지켜보고 계산해서, 때가 되면 소시지라도 되는 양 너한테 줄 테니까! 그는 자기 나름대로 체계가 있어서 일하도록 격려하는 요령을 잘 알고, 거의 때리지 않으면서도 빵 껍질로 꼬여내지. '너 이 바보야, 일해'하고 꾹 찌르는 요령도 알고. 짐승처럼 뒈지고 싶은 사람은 빵 껍질을 기다리라고 해. 나라면 적게 먹고 아무 일도 안 하는 쪽이 더 좋아."

"그런 사람은 한 조각씩 한 조각씩 남한테 빵 한 덩어리를 다 벌어다주고도 자기는 빵 껍질 한 쪽만 먹게 되지."

내가 열성적으로 동의했다.

"사탕무 가지러 갈까. 조금 먹는 건 어때, 응? 지금이 딱 좋아, 마이스터가 마을에 갔거든."

"물론 좋지만, 네가 가. 이번엔 네 차례야. 어제도 그제도 내가 가져왔잖아. 하지만 카포(독 : 작업 반장)를 조심해, 저기 포클레인 근처에서 돌아다닌다."

로멕이 경고했다.

"두 개 정도 가져와, 저쪽에서 무슨 꿍꿍이가 있을지도 몰라. 바보는 어디에나 넘쳐나니까. 사탕무를 아무한테나 줘버리면 안 돼."

"주긴 누굴 줘! 늙은이가 분명 자기 발로 찾아올걸. 어쨌든 그 사람은 빵은 다 안 먹어도 푸성귀는 뭐가 됐든 많이 집어삼켜야 하잖아. 못 먹는 게 뭐가 있겠어! 쐐기풀에, 야생 마늘에, 풀밭에서 뽑은 파뿌리도 먹지. 내가 분명히 말하는데, 그 사람은 죽어 넘어질 거야."

나는 삽이 쓰러져서 진흙투성이가 되지 않도록 땅에 조심스럽게 박은 뒤에, 지난번 비로 생긴 웅덩이를 건너 몰래 구덩이를 가로질러갔다.

문제는 코앞에 펼쳐진 벌판이 아니라 트랙터에 가까운 다른 쪽 벌판에서 사탕무를 뽑아 와야 한다는 사실이었다. 그곳은 사람들이 시끄러운 소음 속에 흙을 가득 채운 짐차를 밀고, 카포는 낚싯바늘에 걸린 물고기처럼 신경질적이고, 보초병이 지루함을 못 이겨 가끔 누군가를 쏘기도 하는 곳이었다. 그 이유는 사탕무를 뽑아 먹는 것이 엄격하게 금지된 일이었기 때문이다. 비르템베르그의 평화로운 마을 사람들이 무슨 죄가 있어서 그들의 땅에 갑작스럽게 죄수들이 떼 지어 몰려와 돌에서 기름을 만들겠다고 슈투트가르트에서 발링겐까지 조그만 수용소를 여기저기 짓는단 말인가? 마을 사람들은 벌써 너무 많이 참아주었고, 그들의 풀밭은 어떻게 해볼 수도 없이 다 파헤쳐놓았고, 가축이 풀을 뜯을 벌판은 야전 공장 산하로 넘어갔고, 토트 작업 부대[167]의 군인과 마이스터들은 입맛을 다시며 텃밭과 정원을 헤매 다니고, 게다가 이 군인들은 또 쭈르 짜이트(독 : 현 시점에서) 점점 전쟁터 쪽으로 빠져나가 부재중인 현지 남자들의 여자 친구들을 쫓아다녔다.

우리에게서 꽤 떨어진 구덩이의 모퉁이 너머에서 바르샤바 봉기의 저항군이던[168] 한 무리의 나이 든 신사들이 일하고 있었는데, 차

---

167) 토트 작업 부대(Organisation Todt): 독일 제3제국 시대의 건축 부대. 창립자의 이름인 프리츠 토트(Fritz Todt)의 이름을 따서 '토트 조직'이라고 한다. 유명한 자동차도로인 아우토반을 비롯하여 주로 군용 시설을 건설하는 작업을 담당했는데, 강제수용소의 죄수들을 노동력으로 이용했다.
168) 주인공과 친구 로멕은 계속 이들을 '저항군'이라고 부르지만, 작품의 내용으로 보아 이들은 저항군이 아니라 바르샤바 주민으로서, 바르샤바 봉기 당시 독일군에게 강제 소개 당해 다하우로 이송된 것으로 추정된다. 봉기 당시 독일군에 의해 바르샤바 시와 근교에서 강제로 소개 당한 주민의 수는 약 오십만에서 오십오만 명 정도였고, 이 중 구만 명 정도가 독일 본토의 수용소로 분산 이송되었다.

림새는 모두 똑같은 줄무늬 죄수복이었지만 그래도 어떤 개별적인 특징이 엿보였다. 어떤 사람은 겉옷을 바지 속에 넣어 입었고, 다른 사람은 겉옷 아래 시멘트 자루를 덧대었는데 그것은 비와 바람으로부터 훌륭한 보호막 노릇을 했고, 또 다른 사람은 머리와 팔만 내놓고 타르 천을 뒤집어써서 보호막을 삼았다.

"여러분, 저 좀 지나가게 해주세요. 하느님이 작업에 행운을 주시기를."

내가 붙임성 있게 말했다.

"그리고 거기 저항군 아저씨, 타르 천은 벗으시는 게 좋겠어요. 어제 유대인이 숨긴 역청을 찾아냈다고 친위대원이 때려죽이는 거 못 보셨어요?"

"하지만 내가 유대인인가? 유대인은 때려죽일 수 있어도 아리안은 안 그래. 어쨌든 자네는 자네 걱정이나 하게. 나도 셔츠가 세 벌이었으면 현명하게 타르 천 따위 뒤집어쓰지 않고 돌아다닐 거야."

"이봐, 자네 사탕무 뽑으러 가나?"

한때는 우아했겠지만 지금은 흠뻑 젖은 장화를 신은 사람이 내게 물었다.

"예? 사탕무라뇨, 그게 뭐죠?"

"우리한테도 하나 가져다주지."

"사탕무는 위장에 좋지 않아요, 아저씨. 두르흐팔(독 : 설사병)이 생겨서 눈 세 번 깜빡할 사이에 죽게 돼요. 살아남는 편이 낫지 않겠어요?"
durchfall

"그래도 젊은이, 배가 고플 때가 있는 거야. 그리고 사람이 배가 고프면 별로 살고 싶지가 않은 법이네."

사리에 밝은 노인이 말했다.

나는 나이 든 '무슬림'을 자세히 살펴보았다. 그는 웃옷을 꼬아 굵은 끈처럼 만들어서 안을 역청으로 두껍게 채운 후에 공격적으로 세운 좁다란 목깃 아래 감았는데, 쐐기풀로 만든 그 습기 찬 천 조각이 그의 몸을 덥혀 주리라 믿는 것 같았다. 그런 반면 그는 바지 자락을 그래 봬도 한때는 우아했던 바르샤바제 장화 안에 넣을 생각은 못 하는 것 같았다. 바지 자락에는 오래되어 말라버린 진흙과 찐득한 기름 같은 새로 파낸 찰흙이 두껍게 달라붙어 있었다.

"이봐요, 아저씨."

내가 조롱 섞어 말했다.

"자기 자신을 존중할 줄 모르시네요. 자기 주변을 좀 돌아다니고, 깨끗이 치울 줄도 알아야 해요. 수용소는 모든 게 저저 주어지는 휴양지도 아니고 엄마가 돌봐주는 집도 아니에요. 진흙을 떨어내고 몸을 녜므노쥬코(러: 약간) 움직이면 언젠가 앉은 자리에서 빵 한 덩어리를 전부 먹던 시절보다 더 건강해질 거예요. 하지만 사탕무만 먹으면서, 거기다가 수프 반 그릇 주고 매일같이 담배를 사면 그 뒤로는 어떻게 될 것 같아요? 버텨낼 것 같아요? 상자 속에 엎어져서 실려 나가는 거예요, 그렇게 끝나는 거라고요. 벌써 반쯤은 운이 없어 보이네요."

"자네도 거의 물뿐인 수프 1리터와 빵 한 덩어리만 먹고 지내면 꼭 우리처럼 보일 걸세."

타르 천을 뒤집어쓴 그 사람이 내 일장연설을 가로막았다.

어느 저항군의 죽음   235

"내가 아저씨들보다 더 많이 먹는다는 거예요, 뭐예요?"

나는 진심으로 항의했다.

"난 그냥 바르샤바에서 온 아저씨들처럼 고상한 생활에 익숙해 있지 않을 뿐이에요. 그리고 나 자신을 존중할 줄 안다고요."

"그래 어제 우리 막사에서 수프 한 그릇 가지고 나간 건 누군데, 자네 아닌가? 사실이 아니라고 말할 텐가?"

"어제 아저씨들 막사의 막사장에게 빗자루를 팔았더니 그 값으로 나한테 수프를 한 대접 줬어요. 우리는 모두 같이 버드나무 옆에서 일했다고요. 내가 아저씨들한테 빗자루 만들지 말라고 했나요? 아저씨들은 오후 내내 편하게 누워 있었잖아요, 내가 버드나무 가지를 짤 동안."

"어허, 그래, 나도 저렇게 똑똑했으면 좋겠군. 막사장이 내 음식을 뺏어가지 않게 말이야. 자네들 같은 아우슈비츠 출신한테는 누구나 수프를 공짜로 주지 않나."

"우리가 모두 그랬듯이 몇 년쯤 들어앉아 있으면 아저씨에게도 사방에서 수프를 한 그릇씩 더 줄 거예요."

나는 짜증스럽게 대답하고 불필요하게 늦어진 것을 혼자 욕하며 사탕무 쪽으로 뛰어갔다.

100미터 정도 더 가서 구덩이는 트랙터와 포클레인이 갈라놓은 검고 네모진 땅 쪽으로 굽어졌다. 바로 그 모퉁이 앞에는 구덩이에서 파낸 흙무더기를 치우고 구덩이 안쪽 벽에 납작한 구멍을 두 개 파놓았는데, 그것은 발을 디디고 올라가기에 안성맞춤이었다. 푹 파인 곳에 발을 디디고 손가락으로 구덩이 가장자리를 붙잡고 나는 구덩이 위로 힘주어 몸을 들어올려, 겉옷 전체가 진흙으로 뒤덮이는 것을 아랑곳하지 않고 사탕무 사이로 조심스럽게 기어갔다. 사탕무 잎으로 살짝 가려진 이곳에서 나는 어느 정도 즐거운 기분이 되었다. 첫눈에 가장 굵어 보이는 사탕무 한 뿌리를 골라서 서두르지 않고 잎을 뜯어내고 땅에서 뽑아냈다. 밭 주위를 둘러보았지만 찢어지고 희끄무레한 분홍색 사탕무 줄기 말고는 아무것도 눈치 채지 못했다. 그래서 나는 사탕무를 하나 더 뽑아서 두 개 다 겉옷 안에 집어넣고, 잎사귀 몇 개를 손에 쥐고 카포나 보초병의 시선을 가리는 가림막으로 삼아 구덩이 쪽으로 물러나기 시작했다. 마침내 부서지고 축축한 벽 안으로 들어가서 나는 안도의 한숨을 쉬었다.

나는 주머니에서 꺼낸 조그만 나무 주걱으로 겉옷과 바지에 묻은 진흙을 떨어내고 손과 신발 표면을 대단히 주의 깊게 긁어낸 후 사탕무를 겉옷자락 아래 숨긴 채 재빨리 우리 편으로 건너갔다. 나는 약간 흥분해서 쫓기는 개처럼 가쁜 숨을 쉬었다.

"젊은이, 하나만 주게, 한 조각만 주게."

저항군들 가까이 지나갈 때 그들이 나를 설득했다.

"이봐요, 나 좀 내버려둬요!"

내가 역겨울 정도로 축축한 사탕무 뿌리를 배에 바짝 붙여 쥐고 거의 절망적으로 외쳤다.

"직접 가서 뽑아 먹어요! 저기엔 모두 다 먹을 만큼 사탕무가 자란다고요! 나 한 사람이 몇 개 뽑아오는데 달라붙으면 어쩌자는 거예요?"

"자네한텐 더 쉽지, 자네는 젊지 않나!"

타르 천을 뒤집어쓴 그 사람이 말했다.

"그럼 아저씨들은 늙어서 겁에 질려 아무것도 안 하니 뒈져버려요. 내가 겁을 냈으면 아마 오래 전에 무덤 자리에 풀이 자라고 있을 거라고요!"

"그래 너나 뒈져라, 이 개자식아!"

타르 천을 쓴 신사가 내 뒤에서 쌀쌀맞게 외쳤다.

나는 전직 게릴라에게로 달려갔다. 로멕은 손도끼의 손잡이를 쥔 채 구덩이 안에 쭈그리고 앉아 있었다.

"아무도 안 보는데 뭐 하러 기운을 쓰겠어?"

그가 아주 이성적으로 말했다.

나는 겉옷 안에서 사탕무를 꺼냈다. 전직 게릴라는 구덩이 바닥을 손도끼로 헤집어 조그만 구멍을 파고 나서 옷 속에 숨겨두었던 값을 따질 수 없이 귀중한 물건 — 주머니칼을 꺼낸 후, 사탕무 껍질을 주의 깊게 벗기더니 벗겨낸 껍질을 작은 구멍에 던져 넣었다.

"있잖아, 한 번은 우리가 라돔에서 멀지 않은 어떤 작은 마을의 촌장을 손봐주러 갔어."

그가 사탕무에서 그의 섬세한 미각에 맞지 않는, 잎맥이 단단한 부분을 베어내며 말했다.

"예쥐니인지 제르쥐니인지, 그 마을 이름이 그랬어. 우리는 오두막 주위를 둘러싸 잠복했고 늑대가 — 로멕의 모든 이야기에서 늑대는 언제나 주인공이었다 — 창문을 통해 오두막으로 기어들어갔고, 우리는 그가 상황을 정리할 때까지 기다렸지. 하지만 그는 아무것도 안 하고 그냥 나만 부르는 거야. 그래서 나도 들어갔지. 일단

둘러봤어, 왜냐하면 좀 어두웠거든. 침대에 촌장이 아낙과 함께 누워서 나오려고 하질 않아. '취조 받으러 나와라.' 늑대가 말했지. '남편을 보낼 순 없어요, 침대에서 취조해요.' 아낙이 말하는 거야. 그리고 촌장은 겁에 질려서 아무 말도 못 했어. 베개를 잡으라고 내가 말했지, 힘들지만, 조국을 위해서 못 할 일이 뭐가 있겠어. 우리가 떼 지어 베개로 촌장 얼굴을 눌렀고, 깃털이 거의 천장까지 날아오를 지경이었어. 그러면 아낙이 비명을 질렀을 것 같지? 과연! 이렇게 말하는 거야. '이런저런 빨치산들만 들어와서 내 베개하고 깃털 이불을 갈가리 망가뜨려 놓다니!'"

"다들 사기꾼이야."

나는 벗겨낸 사탕무 껍질을 버린 구멍을 삽으로 덮으면서 결론지었다.

"그런데 촌장이 사탕무하고 무슨 상관이야?"

"상관있지, 아주 많이 있어."

전직 게릴라는 나에게 잘라낸 사탕무 조각을 건네주었고, 나는 그것을 즉각 주머니에 넣었다.

"왜냐하면 늙은이의 식료품 찬장도 똑같았거든."

그는 손으로 비현실적인 원을 그렸다.

"소시지를 줄줄이 배급받았어."

"무슨 소시지라는 건가, 자네? 내가 돼지고기는 좀 알거든."

진흙투성이가 된, 한때는 우아했던 장화를 신은 노인이 돌연히 말했다. 그는 소리 없이 우리에게 다가와서 삽에 몸을 기대고는 전직 게릴라의 이야기에 깊이 공감하며 귀를 기울였고, 사탕무를 자르는 모습은 조금 덜 공감하면서 지켜보았다.

"무슨 소시지라뇨? 물론 빵에 끼워먹는 작은 소시지는 아니죠. 마늘을 넣은 보통 시골 소시지예요."

로멕이 심술궂게 대꾸했다.

"이 사탕무보다는 틀림없이 훨씬 낫죠. 그건 상상할 수 있을걸요!"

그는 내게 얇게 자른 사탕무 조각을 건네주고 자기도 한 조각 잘라 먹었다. 그것은 구역질나는 날카로운 단맛이 났고, 삼키면 온 몸에 불쾌한 냉기가 퍼졌다. 그 때문에 조심해서 한 번에 조금씩만 먹었다.

"이봐, 자네, 한 조각만 주게, 그러지 말고."

장화를 신은 사람은 노인 특유의 고집으로 계속 우리를 졸랐다.

"직접 뽑아 드시라니까요."

로멕이 말했다.

"바르샤바에서처럼 누군가 아저씨들 대신 자기 목을 내놓기 바라시죠, 그렇죠? 직접 하기는 겁나니까?"

"내가 어떻게 바르샤바에서 싸울 수 있었겠나? 독일인들한테 곧장 실려 나왔는데."

"가요, 아저씨, 가서 일하고 계속 애쓰세요. 어쩌면 마이스터 바치가 아저씨들한테 빵 껍질이라도 줄지 모르니."

나는 비웃듯이 말했다. 그런데도 우리가 무심하게 잘라낸 빳빳한 조각들에서 그가 눈을 떼지 못하고 그대로 서 있어서 성급하게 덧붙였다.

"들어보세요, 아저씨. 사탕무는 위장에 해로워요. 물기가 너무 많다고요. 그런데 아저씨는 몇 개씩 되는 걸 전부 먹잖아요. 다리 아프지 않아요?"

"어디가 아프다는 건가? 그냥 좀 부었지."

노인이 활기를 띠고 말하며 줄무늬 죄수복의 진흙투성이 바지자락을 끌어올렸다. 진흙에 푹 젖은, 한때는 우아했던 장화 속에서, 환상적으로 뒤틀린 누더기와 걸레 속에서 부어오르고 병적으로 흰, 거의 푸르스름한 장딴지가 드러났다.

나는 몸을 숙이고 손가락으로 피부를 눌렀다. 전직 게릴라는 무관심하게 손도끼로 땅을 헤집었다. 그 어떤 부어오른 다리도 그에게 강한 인상을 남기지 못했다.

"보세요, 아저씨, 손가락이 마치 뒤섞은 밀가루 반죽을 누르는 것처럼 몸에 쑥 들어가잖아요. 그게 왜 그런지 알아요? 물 때문이에요. 다른 게 아니고, 그냥 물. 다리에서 심장까지 가면 그때는 끝장이에요. 아무것도, 심지어 커피도 마실 수 없게 돼요. 그리고 당연한 얘기지만 식물도 먹을 수 없고요. 그런데 아저씨는 사탕무를 달라고 하잖아요."

노인은 비판적인 눈으로 장딴지를 쳐다본 뒤 표정 없는 눈을 들어 나를 보았다.

"자네들에게 빵 한 조각 주지. 하지만 사탕무를 하나 다 줘야 해."

그가 소리 없이 말하고 주머니에서 더러운 누더기로 싼 빵을 꺼냈는데, 내가 순간적으로 그리고 전문적으로 평가한 바에 따르면 그것은 아침 배급 빵의 반쪽이었다.

전직 게릴라는 손도끼에 기대서서 다른 손으로 옆구리를 짚었다.

"이봐요 아저씨, 아저씨들은 다 똑같아요. 매일 똑같은 짓을 한다고요. 처음부터 빵을 보여주고 그 다음에 우는 소리를 했어야죠. 아저씨들도 아침부터 버틸 줄 안다고 말예요."

그가 조롱과 긍정과 부러움을 섞어 덧붙였다.

"그래, 해야 할 일을 하는 거지. 그런 사탕무라면 최소한 뱃속은 채울 수 있어. 빨리 주게, 일하러 가야 하니까. 계속 서서 이야기하는 사이에도 저쪽에서는 다른 사람들이 나 대신 땅을 파고 있다고."

"빵은 손톱만큼 주면서 사탕무는 팔뚝만한 걸 원하는군요."

로멕이 수용소 거래의 원칙에 따라 일단 불평했다.

"하지만 어쨌든 가져가세요. 아저씨들 일없이 돌아다니지 않게."

로멕은 빵을 잡아채어 구덩이의 움푹 파인 곳에 숨겼고, 그런 뒤에 주머니에서 사탕무 조각을 꺼내어 잘라낸 모서리가 없이 한 뿌리인 것처럼 보이도록 덩어리로 맞춘 뒤에 노인에게 건네주었으며, 노인은 손바닥에 사탕무 조각을 받아 모은 뒤 삽을 뒤로 끌면서 구덩이 모퉁이를 돌아 서둘러 가버렸다.

그러자 로멕은 움푹 파인 공간에 손을 뻗어 빵을 꺼내서 그것을 공정하게 두 조각으로 똑같이 나누어 나에게 한 조각 주었다. 빵을 입에 넣고 주의 깊게 침과 섞어 우리는 씹기 시작했고, 서두르지 않고 삼켰다. 마침내 로멕이 주머니에서 납작하게 눌린 시든 자두 두 개를 꺼냈다. 교활한 미소를 지으며 하나를 내게 던졌다. 나는 공중에서 그것을 잡았다.

"너도 알지? 사람은 참을성이 있어야 하고 때맞춰 먹을거리를 얻어올 줄 알아야 해. 아침에 연장을 가지러 창고에 갔다가 자두를 주웠어. 내가 빵도 이런 식으로 갈무리하는 방법을 알았다면……. 하지만 너라면 당장 먹어버렸을 거야."

"당연히 먹어버렸겠지."

내가 동의하며 대답했다. 우리는 굳이 설명하지 않고 다시 이전의 작업 방식으로 되돌아갔다. 그가 둔덕에서 떨어진 나머지 진흙 더미를 부수며 손도끼를 짚고 고개를 끄덕였고, 내가 움푹 파인 곳을 등으로 버티며 앉았는데, 그 안쪽은 열린 구덩이 속보다 더 따뜻한 느낌이 들었다. 그것은 아마 구덩이 위에는 바람이 불지만 여기는 머리 위로 지붕처럼 약간의 땅이 있기 때문인 것 같았다.

"그거 알아? 난 오슈비엥침에 있을 때 소포를 받으면 농축 우유는 그 자리에서 다 마셨어."

내가 꿈꾸듯 회상하며 말했다.

"나누어 먹는 건 절대 못했어. 그리고 여기서도 배급 음식은 그 자리에서 다 먹지. 내가 언제 빵을 가지고 다니는 것 본 적 있어? 한두 입에 다 먹고 커피를 조금 마시고, 하지만 많이 마시진 않아. 그리고 하루 종일 삽을 들고 서 있는 거지. 땅 파는 건 그렇게 힘들지 않거든."

"가장 좋은 방법은 음식을 주머니에 넣어 다니지 않는 거야. 뱃속에 있는 건 도둑도 못 훔쳐가고, 불로 태울 수도 없고, 세금으로 떼어갈 수도 없지. 음식을 잘게 잘라 나눠 먹으면서 한꺼번에 다 먹는다고 잔소리하는 사람은 더 빨리 뒈질 뿐이야. 그건 유대인 방식이라고."

"그리고 바르샤바식이지."

내가 방금 있었던 거래를 생각하며 덧붙였다.

"그리고 바르샤바식이야."

전직 게릴라가 동의했다. 그는 손도끼를 땅에 박아 넣고 구덩이 벽에 기대어 섰다. 구덩이는 좁았으나 불균형하게 깊었다. 습기 찬 흙은 썩어가는 풀의 시체 같은 냄새를 풍겼다. 구덩이 한쪽에서는 파낸 진흙을 쌓은 둔덕이 커져갔고, 둔덕 뒤로는 사탕무밭이 펼쳐졌고, 그 뒤로는 트랙터와 줄줄이 늘어선 경비병과 숲이었다. 다른 쪽은 풀밭이었고, 그곳에는 여기저기 야생 자두가 자랐다. 자두나무는 욕조 바닥보다 더 낮은, 계곡의 가장 아래쪽에 자리 잡은 마을까지 이어졌다. 우리 쪽에서는 교회의 첨탑 장식이 보였는데, 그것은 마을 가운데를 흐르는 가을 시냇물이 모인 폭포와 조금씩 더 낮아지는 집들의 붉은 지붕 위로 솟아 있었다. 그 뒤로 어린 전나무 숲이 언덕의 경사면을 따라 올라갔다. 숲 뒤로는 우리의 조그만, 지은 지 얼마 안 되는 수용소가 펼쳐졌는데, 그곳에서 두 달 동안 삼천 명이 죽었다. 숲으로부터 하얀 띠처럼 보이는 길이 이어져 마을 안으로 사라졌다가 자두나무와 함께 다시 흘러나왔다.

멀리, 풀밭을 대각선으로 가로지르며 마이스터가 내리막길을 내려왔고, 풀밭의 젖은 녹색 속에서 토트 부대 제복의 강렬한 색깔이 뚜렷하게 보였다. 그는 수도관을 설치하고 레일을 나르고 시멘트 자루를 싣는 작업에는 대단한 전문가였으며 또한 근처 마을에서 온갖 종류의 음식을 '조직'하는 데 있어 오슈비엥침 사람들조차 따라잡지 못할 정도로 훌륭했다. 자기 휘하 사람들을 잘 돌보았는데, 우리는 스무 명이었다. 매일 자기 동료들에게서 빵 껍질을 모아서 가장 열심히 힘겹게 일한 사람들에게 나누어주었다.

나는 삽을 손에 쥐고 정력적으로 부서진 흙을 파 던지기 시작했다. 전직 게릴라는 손도끼를 들고 흙이 날아가는 길을 막지 않도록 나에게서 몇 미터는 좋이 떨어져 서서 손도끼를 구덩이 가장자리 위로 높이 들어 도끼가 자기 무게로 구덩이 안에 떨어지도록 했다.

"아까 구덩이에 대해서 뭔가 말하려고 하지 않았던가?"

침묵이 위험할 정도로 길어지자 그가 추측했다. 하루 종일 이야기를 해야 한다. 사람은 그렇게 해야만 시간관념을 잃어버리고 음식에 관한 파괴적인 꿈을 꿀 기회를 갖지 않게 된다.

"뭐든 말해봐! 무슨 얘기였는데?"

그리고 그는 다시 한 번, 손도끼가 구덩이 위로 번쩍이도록 일부러 신경 쓰면서 도끼를 휘둘렀다.

"왜냐하면 그게, 말하자면, 이렇게 흙을 헤집고, 독일인들에게 이익이 되도록 땅을 파고, 오늘은 슐롱스크[169]에서, 베스키디[170] 근방 어딘가에 있다가, 내일은 비르템베르그, 또 그 다음에는 스위스 국경에서, 매번 친구들 중 누군가가 죽고, 또 다시 새 사람들을 끌어오고, 이렇게, 형제여, 제자리에서 빙빙 도는 거야. 그리고 끝이 안 보여. 그러다가 겨울이 오면……."

"떠들지 마. 벽에 귀를 대고 들어봐, 포병대 때문에 땅이 우르릉 울리는 소리가 들려. 저기 서쪽에서 땅을 두드리는 거야, 두드린다고……."

---

169) 슐롱스크(Śląsk): 폴란드 서남쪽 지방 이름.
170) 베스키디(Beskidy) 산맥: 체코 북동쪽, 폴란드 남쪽에 면한 산악지대.

"벌써 한 달 전부터 두드려대고 있어. 그동안 우리는 사람이 몇 죽고, 생석회, 벽돌, 시멘트, 레일, 철근하고 또 이것저것 실어냈고, 구덩이랑 구멍을 파고, 철도를 건설하고 — 그래서 어떻게 됐어? 점점 배가 고프고 추워지지. 그리고 비가 더 자주 와. 돌아갈 거라는 희망을 어떻게든 간직했지만, 이제는 — 누구에게 돌아가지? 어쩌면 어딘가에서 사람들이 구멍을 파고 있을지도 몰라, 우리 저항군이 팠던 것처럼. 하지만 전쟁이 끝나서 더 이상 구멍 같은 걸 파지 않게 된다 해도, 넌 우리가 보통 사람처럼 생활하는 법을 알 거라고 생각해? 혹은 영원토록 뭔지 알 수 없는 공포감에 떨거나, 혹은 신념이라는 걸 전부 잃고 양손이 닿는 곳마다 모두 도둑질을 하겠나? 무슨 말을 하겠어. 난 여기서 아침부터 음식만 생각해. 그것도 소설에서나 읽었던 그런 어마어마한 음식이 아냐. 그냥 배부를 정도의 빵과, 그 위에 두껍게 바른 버터야."

"난 앞으로 어떻게 될지는 생각 안 해."

전직 게릴라가 날카롭게 말했다.

"중요한 건 오늘을 살아남는 거야. 난 아내와 아이에게 돌아가고 싶어. 벌써 세상을 돌아다니면서 너무 많이 싸웠다고. 분명히 앞으로 네 상황도 지금보다는 나아질 거야, 안 그래? 아니면 지금처럼 평생 사는 걸 원해?"

그리고 그는 조롱하듯이 웃음을 터뜨렸다.

"손도끼, 손도끼 휘둘러."

내가 경고했다.

"마이스터가 구덩이 위에 서 있어, 안 보여?"

마이스터를 못 본 척하면서, 우리는 대화에 한껏 열중하며 힘겹게 일했다. 기운을 쓰느라 신음하면서 나는 정직하게 삽에 꽉 채운 흙을 거의 둔덕 꼭대기까지 퍼냈다. 마이스터 바치는 우리 위에 잠시 뒷짐을 지고 서서 마치 헤아릴 수 없이 높은 곳에서 내려다보듯 지켜보면서, 장화의 검은 가죽을 반짝이며 구덩이 가장자리로 천천히 걸어왔다. 군복 외투 자락은 거칠거칠하게 진흙이 묻어 있었다.

"카포, 카포."

그가 저항군 그룹을 내려다보며 서서 나에게 소리쳤다.

"이리 와! 이 사람 왜 땅에 누워 있나? 왜 일하지 않지?"

마이스터들은 독일어를 할 줄 아는 사람은 누구나 다 카포라고 불렀다. 오래된 오슈비엥침 사람들은 그것을 무척 재미있다고 생각하거나, 아니면 솔직히 말해서 심지어 끔찍하게 여겼는데, 카포는 카포이기 때문이다.[171]

나는 구덩이를 가로질러 뛰어갔다. 모퉁이 뒤 구덩이 바닥에 늙은이가, 그러니까 진흙투성이지만 한때는 우아했던 장화를 신은 그 사람이 웅크리고 앉아서 배를 움켜잡고 끙끙거렸다. 마이스터는 걱정스러운 듯, 그러나 멀리서 거리를 유지하며 죄수들의 얼굴을 지켜보면서 구덩이 가장자리에 쭈그리고 앉았다.

"아픈가?"

그가 물었다.

---

171) 작업 반장인 카포는 죄수이면서도 특권적인 지위를 누리며 휘하에 속한 죄수들의 생사여탈권까지 쥐고 흔드는 막강한 권력을 휘둘렀다. 카포가 이런 특권을 이용해서 저지르는 짓을 목격한 죄수라면, 죄수들 사이의 위계질서를 잘 알지 못하는 독일군 장교가 일반 죄수인 자신을 카포라고 부르는 것이 재미있거나 혹은 끔찍하게 느껴질 수도 있을 것이다.

그는 손에 신문지로 싼 여러 개의 꾸러미를 쥐고 있었다.

나이 든 저항군의 무시무시하게 창백한 얼굴에 드문드문 땀방울이 나타났다. 눈은 꼭 감고 있었다. 눈꺼풀이 가끔 한 번씩 떨렸다. 목깃을 푼 걸 보니 아마 열이 있는 것 같았다. 역청이 가슴께에서 흘러나와 얼굴 앞을 적셨다.

"무슨 일이에요, 아저씨? 보아하니 사탕무가 체한 모양이네?"

내가 동정심을 담아 말했다.

손도끼를 든 그의 동료, 그러니까 방수천을 뒤집어쓴 그 사람이 내게 증오에 찬 시선을 던지고 마이스터 바치에게 어색하게 말했다.

"크랑크(독 : 병들었어요). 그는 아파요, 아파요."
　Krank

그는 마이스터가 폴란드어를 알아들으리라는 희망을 가지고 강조해서 되풀이했다.

"훙거, 페어슈테헨(독 : 굶주려서 그래요. 알아들어요)?"
　Hunger　 verstehen

"물론 그렇죠. 그거야 말할 필요도 없이 명백하죠."

내가 서둘러 덧붙였다.

"사탕무를 너무 많이 먹어서 이제 배가 아픈 거예요. 수용소에 방금 와서 식물이 몸에 해롭다는 걸 몰라요. 욕심과 굶주림은 해결하기 힘듭니다, 마이스터님."

"사탕무? 저쪽 밭에서 뽑은 건가, 응? 오, 그거 아주 안 좋군. 클라우엔(독 : 도둑질), 맞지?"
Klauen

마이스터 바치가 손으로 세계 공용의, 몰래 주머니에 집어넣는 동작을 했다.

"이 아저씨는 그런 일을 할 능력조차 없어요!"

내가 조롱 섞인 경멸을 담아 말했다.

"매일 빵을 주고 사탕무를 산다고요."

마이스터 바치는 다른 세계의 가장자리 같은 구덩이 위에서 저항군을 슬픈 듯이 들여다보며 알아들었다는 뜻으로 고개를 끄덕였다. 늙은이의 동료인 방수천을 쓴 사람이 불안하게 움직였다.

"자네가 얘기 좀 해주게, 이 사람 수용소로 데려갈 수 있냐고. 아픈 사람이잖아, 몹시 아파."

"몹시 아파요?"

내가 놀라서 말했다.

"아직 세상에서 여러 가지를 못 보셨군요. 저녁까지는 시간이 있어요. 아저씨가 어린애예요? 지금은 여기서 나가는 보초병이 하나도 없다는 거 몰라요? 아저씨 뭐예요, 작업 나온 첫날이에요? 그리고 그 방수천 벗으세요, 아저씨까지 누구한테 걸리기 전에. 벌써 한 번 말했잖아요. 나중에 또 우리가 나쁘다고, 경고해주지 않았다고 말하려고 그러죠?"

그리고 나는 그곳을 떠나 내 삽에게 돌아갔다. 전직 게릴라는 마이스터가 이렇게 다른 일로 바쁜 때를 이용하여 능숙하게 손도끼에 의지하며 움푹 들어간 구석에 평온하게 쭈그리고 앉아 있었다. 내가 삽을 집어 들자 그는 구석에서 기어 나와 마찬가지로 일하는 자세로 섰다.

"그 노인이지, 맞지?"

그가 별 관심 없이 추측했다.

"저녁까지도 못 버틸 것 같아."

내가 대답했다.

"벌써 저런 사람을 몇 백 명이나 봤어. 다리가 붓고 설사에, 지금 또 사탕무를 과식했잖아. 앞이 깜깜하다고."

"또 한 명이 줄어드는군……. 내가 저 사람한테 이 수용소로 오라고 시킨 건 아니지. 바르샤바에 남아서 지킬 수도 있었잖아, 다른 사람들은 벌써 봉기를 시작했는데. 안 그래?"

"물론 그럴 수 있었지. 어쨌든 저 사람들이 오슈비엥침으로 떠날 때는 아무도 저들을 감시하지 않았어. 저 사람들은 일하러 간다고 생각한 거야. 지금은 마치 농부가 탄산수에 중독되듯 그렇게 일에 사로잡힌 거지."

나는 화가 나서 삽자루가 휠 정도로 많은 흙을 큰 덩어리로 퍼냈다.

"네가 저 사람을 걱정해서 뭐하겠어. 독일인을 위해서 일하고 싶어 하는 사람은 저렇게 돼도 싸."

전직 게릴라가 말했다.

"오슈비엥침에서는 사람들이 자기는 정치범이 아니라고 소리치고, 셋 중에 하나는 자기 숙부가 폴크스도이처[172]라고 자랑했지만, 여기서는 그 사람들도 사정이 나빠졌지, 먹을 걸 안 주니까. 고작 육 주 전에 도착해서는 벌써 수프를 세 대접씩 받으려고 한다니까!"

"오늘 배급보다 훨씬 많이 먹었나?"

내가 관심을 가지고 물었다. 음식은 특별히 충격적인 순간의 중요한 화제였다.

---

172) 폴크스도이처(volksdeutsch): 제2차 세계대전 당시 독일이 점령한 나라의 국적자이면서 혈통으로는 독일 민족에 속한 사람.

"내가 뭘 먹었다고."

라돔 근방 출신의 전직 게릴라는 조금 풀어졌다.

"어제는 좀 먹었지. 아침부터 배급 빵하고, 또 빵에 뭘 발랐지?"

"마가린과 치즈."

내가 일러주었다.

"마가린과 치즈. 하루 종일 아무것도 못 먹었어. 저녁 무렵에야 우리가 유대인들에게 사탕무를 팔았지. 두 뿌리에 빵 반 덩어리였어. 그리고 저녁에는 또 네가 만든 빗자루 값으로 받은 수프하고. 그리고 그 다음에 또 주방에서 수프를 얻었지, 왜냐하면 냄비를 밖으로 내갔거든."

"나도 좀 데리러 와줄 수 없었어?"

내가 안타까워하며 물었다.

"아니, 왜냐하면 주방에서 다 먹어야만 했거든. 그리고 오늘은……."

그가 말을 이었다.

"아침에 빵 한 덩어리, 마가린 30그램짜리 한 조각, 그 다음에는 자두 몇 개, 그 다음에는 또 그 빵이랑 사탕무 약간. 더 먹고 싶은 건……."

그는 말을 끊고 손도끼를 집어 들었다. 우리 위에 마이스터 바치가 말없이 서 있었다. 우리의 협조성과 요령 있는 작업을 동정적인 눈으로 바라보더니 우리 사이에 신문지로 싼 덩어리를 던졌다. 우리 발아래 빵 껍질이 흩어졌다.

"바로 저 생각을 하고 있었어."

로멕이 기운차게 말했다. 그리고 구덩이 가장자리 위로 도끼가 빛나도록 일부러 신경 쓰면서 팔을 크게 휘둘러 손도끼를 머리 위로 들어 올렸고, 그 사이에 나는 열성적으로 땅을 향해 몸을 숙였다.

하르멘제의 하루

하르멘제는 폴란드 남부 오슈비엥침 근교의 마을 이름이다.
Harmenze

본래 이름은 하르멩줴인데 독일군이 점령하면서
Harmęże

독일식인 '하르멘제'로 이름을 바꾸었다.

1941년 4월부터 인근 마을을 거의 소개하고 극소수 주민만

남긴 후에 주로 닭과 토끼 등을 사육하는 농장을 지었다.

1941년 12월부터 아우슈비츠에 연계된 하위 수용소를 열어

죄수들의 노동력을 동원해서 농장을 운영했다.

이 수용소에 상주하는 죄수는 약 오십 명 정도로

규모가 아주 작았고,

주로 다른 연계 수용소에서 파견해오는 형식으로

죄수 노동력을 이용했다.

이 이야기도 작가가 그렇게 파견 나가서

일한 경험을 바탕으로 한다.

I

개암나무 그늘은 녹색이고 부드럽다. 그것은 방금 파헤쳐 아직도 축축한 흙 위로 가볍게 흔들리면서 이른 아침의 이슬 향기를 풍기는 청록색 지붕이 되어 머리 위로 솟아오른다. 나무들은 길을 따라 높은 시렁을 이루고, 그 꼭대기는 하늘 색깔 속으로 흐르며 녹아든다. 늪지의 숨 막히는 악취가 웅덩이에서 솟아오른다. 공단 같은 녹색 잔디가 여전히 이슬을 머금고 은빛으로 빛나지만 땅은 이미 햇빛 때문에 김을 내고 있다. 오늘도 무척 더울 것이다.

그러나 개암나무 그늘은 녹색이고 부드럽다. 나는 그늘에 가려진 채 모래 위에서 커다란 철로용 렌치로 폭 좁은 레일의 연결부 나사를 돌린다. 렌치는 서늘하고 손 안에 꼭 맞는다. 매순간 나는 그것으로 레일을 때린다. 금속성의 거친 소리가 하르멘제 전체에 퍼졌다가 멀리서 전혀 다르게 들리는 메아리로 돌아온다. 내 곁에는 그리스인들이 삽에 기대 서 있다. 그러나 마케도니아의 경사진 포도밭과 테살로니카 섬에서 온 이 사람들은 그늘을 두려워한다. 그래서 그들은 햇볕 아래 윗옷을 벗고 서서 부스럼과 궤양으로 가득 덮인 형용할 수 없이 여윈 어깨와 팔을 태우고 있다.

"그런데 오늘 참 열심히 일하네, 타덱! 안녕하신가! 배고프지 않아?"

"안녕하세요, 하네치카 부인! 절대로 그렇지 않아요. 게다가 우리 새 카포 때문에 레일을 힘껏 두드려야 해서요······. 죄송해요, 자리에서 일어서지 않아서. 하지만 이해하시겠죠, 전쟁에, 베베궁(독 : 노동), 아르바이트(독 : 작업)······."

Bewegung
Arbeit

하네치카 부인이 미소 짓는다.

"그럼, 당연히 이해하지. 자네라는 걸 몰랐으면 아마 못 알아봤을 거야. 기억해? 내가 양계장에서 자네 주려고 훔쳐온 감자를 껍질째 먹었던 거?"

"먹었다니! 무슨 말씀을, 하네치카 부인, 전 그걸 집어삼켰다고요! 조심하세요. 뒤에 친위대원이 있어요."

하네치카 부인은 체에서 낱알을 몇 줌 집어서 그녀에게 달려오는 닭들에게 뿌려주었으나, 주위를 둘러보고 경멸하듯 손을 저었다.

"아, 저건 그냥 우리 대장이야. 대장은 내가 이 손 안에 꽉 잡고 있지."

"그 작은 손에요? 부인은 무시무시하게 용감한 분이세요."

그리고 팔을 휘둘러 나는 레일을 때리면서 하네치카 부인에게 바치는 곡조인 「여자의 마음」[173]을 두드렸다.

"저런, 젊은이, 시끄럽게 굴지 말아요! 그래도 정말 뭔가 먹지 않겠어? 마침 농장으로 가는 길이니까, 뭐든 가져다줄게."

"하네치카 부인, 진심으로 고맙습니다. 너무 많이 얻어먹었는데, 제가 가난해서……."

"……그래도 정직하지……."

그녀가 가볍게 반어적인 어조로 끼어들었다.

"……그리고 어쨌든 힘이 없어서……."

내가 할 수 있는 한 대꾸했다.

"그런데 힘이 없다니 말인데요. 부인께 드리려고 세상의 이름 중에서도 가장 아름다운 '바르샤바'라는 이름의 예쁜 비누 두 장을 간직해두었는데, 그런데……."

"그런데…… 언제나 그렇듯이 도둑맞았다?"

"언제나 그렇듯이 도둑맞았죠. 아무것도 가진 게 없을 때는 편하게 잠을 잤는데요. 지금은 아무리 꾸러미를 노끈과 철사로 묶어둬도 언제나 사람들이 풀어버려요. 며칠 전에는 꿀 한 병을 '조직'해가더니 지금은 또 비누예요. 하지만 제가 붙잡기만 하면 도둑도 가난해질 거예요."

하네치카 부인은 크게 소리 내어 웃었다.

"상상이 가네. 정말 어린애 같이! 비누에 대해서라면 전혀 걱정할 필요 없어, 오늘 이반에게서 괜찮은 걸 두 조각 얻었으니까. 아, 잊

---

173) 여자의 마음(La donna è mobile): 쥬세페 베르디의 리골레토 제목.

어버릴 뻔했네. 이반에게 비누 값으로 이 꾸러미 전해줘. 소금 절인 베이컨이야."

그녀는 나무 아래 조그만 묶음을 내려놓으며 말했다.

"그리고 여기, 봐, 얼마나 예쁜 비누인지."

그녀는 기묘하게 친숙해 보이는 종이를 풀었다. 나는 다가가서 자세히 들여다보았다. 마치 쉬흐트 공장[174]에서 나온 듯한 커다란 덩어리에 양쪽 모두 기둥 문양과 함께 '바르샤바'라는 글자가 새겨져 있었다.

나는 말없이 그녀에게 묶음을 돌려주었다.

"정말 예쁜 비누네요."

나는 벌판에 느슨한 그룹이 되어 흩어진 채 일하는 사람들을 쳐다보았다. 감자밭 근처의 마지막 그룹에서 이반을 발견했다. 그는 마치 양치기 개가 양떼 주위를 맴돌듯 충실하게 자기 그룹 사람들을 돌보면서 뭔가 소리쳤지만 멀리서 그 말은 들리지 않았다. 그는 껍질이 닳아버린 커다란 막대기를 휘둘렀다.

"도둑은 꼭 가난해질 거예요."

나는 허공에 대고 이야기한다는 사실을 알지 못하고 말했다. 하네치카 부인은 이미 가버렸고, 단지 멀리서 한순간 고개를 돌리고 말했다.

"점심은 보통 때처럼 개암나무 아래 있어."

"고맙습니다!"

---

[174] 쉬흐트 공장(fabryka Schichta): 1869년 바르샤바 중심부에 세워진 공장. 광학기구와 바셀린 등의 화합물을 생산했다.

그리고 나는 다시 렌치로 레일을 두드리고 느슨해진 나사를 조이기 시작했다.

가끔 하네치카 부인이 감자를 가져다줄 때면 그리스인들 사이에 어떤 감정이 일어나곤 했다.

"하네치카 부인 구트(Gut), 엑스트라(extra) 프리마(prima)(독 : 좋다. 아주 아름답다). 저 사람 네 마돈나?"

"무슨, 어디가 마돈나야!"

나는 아무렇게나 일을 하다가 잘못해서 렌치로 손가락을 찧는다.

"그냥 아는 사이야. 그러니까, 카메라데(camerade) 필로스(filos), 꽁프리(compris), 그레코 반디토(Greco bandito)(친한 동료라고, 알겠냐, 그리스인 악당아)?"[175]

"그레코(Greco) 닉스(niks) 반디토(bandito)(그리스인 악당 아니다).[176] 그레코 좋은 사람. 하지만 넌 어째서 저 사람 먹을 것 안 먹지? 감자, 파타타스(patatas)(그 : 감자)?"

"나 배고프지 않아, 먹을 거 있다고."

"너 닉스(Niks) 구트(gut), 닉스(niks) 구트(gut)(좋지 않아, 좋지 않아)."[177]

나이 든 그리스인, 열두 개의 남쪽 언어를 아는 테살로니카 출신 짐꾼은 고개를 젓는다.

"우리는 배가 고파, 영원히 배가 고파, 영원히, 영원히……"

그는 뼈가 앙상한 팔을 뻗는다. 딱지가 잔뜩 앉은 부스럼과 궤양 아래의 피부는 마치 근육이 외따로 떨어진 듯 기묘하고 뚜렷하게 움직이고 미소는 긴장된 얼굴의 윤곽을 누그러뜨리지만 그의 눈에 언제나 떠다니는 열기는 가실 줄 모른다.

---

175) 부정확한 독일어, 그리스어, 프랑스어, 폴란드어가 뒤섞인 문장.
176) 부정확한 독일어와 폴란드어가 섞여 있다.
177) 독일어를 부정확하게 발음한 것.

"다들 그렇게 배가 고프면 하네치카 부인한테 부탁해봐. 먹을 걸 가져다줄 거야. 그렇지만 지금은 일들 하라고, 라보란체, 라보란도(일해, 일해).¹⁷⁸⁾ 당신들이랑 이야기하는 거 따분해. 난 다른 데로 갈래."

"바로 그거야, 타데우슈, 자네가 잘못한 거라고."

나이 들고 뚱뚱한 유대인이 다른 사람들 사이를 밀고 나오며 말했다. 그는 삽을 땅에 기대고 나를 내려다보며 서서 말을 이었다.

"어쨌든 자네도 배가 고파봤으니까 우리를 이해할 수 있지 않나. 하네치카 부인이 감자를 한 양동이 가져다준다고 해서 자네한테 손해될 건 아무것도 없을 텐데."

그는 '양동이'라는 말을 길게 꿈꾸듯이 끌었다.

"너 말이야, 베케르, 네 개똥철학 가지고 나한테 떨어져서 흙을 삽질하는 데나 신경 쓰는 게 좋아, 꽁프리(프 : 알았어)? 하지만 알아두라고, 네가 뒈진 후에도 난 널 한 대 더 때려줄 거다, 알겠어? 왜 그런지 알아?"

"대체 왜 그런데?"

"포즈난¹⁷⁹⁾ 때문이야. 네가 포즈난 근방의 유대인 막사에서 라게르알테스터(독 : 수용소 장로)였다는 게 사실이 아니라고 할 텐가?"

"그래서, 내가 그랬다면 어쩔 건데?"

"사람들을 죽였지? 그리고 마가린 한 조각이나 바보 같은 빵 한 덩어리를 훔쳤다고 기둥에 매달았지?"

"난 도둑을 매단 거야."

---

178) 이탈리아어 단어를 폴란드어와 섞어서 말한 것.
179) 포즈난(Poznań): 폴란드 서북쪽의 도시.

"베케르, 사람들 말이 격리 수용소에 네 아들이 있다더군."

베케르의 손이 경련하듯 삽자루를 잡았고, 그의 시선은 내 몸통, 목, 머리를 주의 깊게 관찰하기 시작했다.

"너, 그 삽 내려놔. 그렇게 전투적으로 쳐다보지 마. 바로 네 아들이 포즈난의 그 사람들 때문에 너를 죽이라고 했다는 것도 사실이 아닌가?"

"사실이야."

그가 둔중하게 말했다.

"그리고 둘째 아들도 내가 포즈난에서 매달았지. 하지만 팔이 아니고 목을 매달았어. 빵을 훔쳤거든."

"짐승!"

내가 소리쳤다.

그러나 나이 들고 머리가 허옇게 센, 약간은 멜랑콜리한 경향이 있는 유대인 베케르는 이미 진정하고 마음을 가다듬었다. 오만하게, 거의 경멸을 담아 나를 쳐다보았다.

"수용소에 얼마나 오래 있었지?"

"아…… 몇 달 됐지."

"그거 아나? 타데우슈, 난 자네를 아주 좋아해."

그가 예상치 못한 말을 했다.

"하지만 자넨 진짜 굶주림이 뭔지 안 겪어봤지, 그렇지?"

"굶주림이 뭔가에 따라 다르지."

"사람이 다른 사람을 먹을 것으로 볼 때가 진짜 배고픈 거야. 난 벌써 그런 굶주림을 겪어봤어. 알겠어?"

그리고 내가 아무 말도 하지 않고 단지 때때로 렌치로 레일을 치면서 카포가 오지 않는지 기계적으로 왼쪽 오른쪽을 둘러보자 그가 말을 이었다.

"우리 막사는, 거기는 작았고……. 거기도 길 옆에 있었어. 그 길로 잘 차려입은 사람들이 다녔지, 잘 치장한 여자들도. 예를 들면 일요일에 교회를 가는 거야. 아니면 젊은 부부나. 그리고 그 뒤는 마을이야, 그냥 보통 마을. 거기서 사람들은 뭐든지 다 가지고 있었어, 우리한테서 반 킬로미터 떨어진 곳에. 그런데 우리는 순무나 먹고……. 이봐, 우리 막사에선 사람을 음식으로 먹으려 들었다고! 그런데도 버터를 훔쳐 팔아 보드카를 사고, 빵으로 담배를 사는 요리사들을 날더러 죽이지 말라는 건가? 내 아들이 도둑질을 해서 그 애도 죽였네. 난 짐꾼이야. 그러니까 인생을 안다고."

나는 마치 새로운 사람을 만난 것처럼 호기심 어린 눈으로 그를 들여다보았다.

"그럼 넌? 너도 네 배급 음식만 먹었나?"

"그건 다르지. 난 라게르알테스터였다고."

"조심해! 라보란도, 라보란도, 프레스토(이 : 일해, 일해, 빨리)."
　　　　　Laborando　laborando　presto

나는 재빨리 고함쳤다. 길모퉁이 뒤에서 자전거를 탄 친위대원이 나타나 우리를 주의 깊게 들여다보면서 지나갔기 때문이다. 즉시 우리는 고개를 낮게 숙이고 준비된 자세로 쥐고 있던 삽을 무겁게 들어 올렸고, 렌치로 레일을 때렸다.

친위대원은 나무 뒤로 사라졌고, 삽들은 아래로 내려와 움직이지 않았다. 그리스인들은 보통 때와 같은 무감각 상태에 빠져들었다.

"몇 시지?"

"몰라. 점심까진 아직 멀었어. 그거 아나, 베케르? 작별인사로 뭐 하나 말해주지. 오늘 막사에서 선발이 있을 거야. 네가 그 궤양과 함께 굴뚝으로 가길 빌겠어."

"선발? 그런 게 있을지 자네가 어떻게 알아……."

"뭘 그렇게 무서워해? 있을 거야, 그게 다라고. 왜, 겁나? 늑대 이야기가 있지……."

나는 기발한 발상에 기뻐하면서 심술궂게 미소 짓고 「소각장」이라는 제목의 최신 유행 탱고를 흥얼거리며 떠난다. 모든 정기가 갑자기 다 빠져나간 공허한 눈으로 베케르는 움직이지 않고 앞을 바라보고 있다.

II

내가 맡은 철로는 벌판 전체에 길고 넓게 이어진다. 나는 그 한쪽 끝을 소각장에서 차로 실어온 불탄 뼈 무더기가 있는 곳까지 이어 갔고, 철로의 다른 쪽 끝은 그 뼈를 마지막으로 묻는 웅덩이 속에 빠뜨렸으며, 또 다른 방향으로 그 철로를 타고 모래언덕으로 나갔는데, 그 모래는 지나치게 습한 찰흙에 건조한 성분을 첨가하기 위해 벌판 전체에 고르게 뿌려질 것이었으며, 거기서 나는 다시 잔디 깔린 땅의 둔덕을 따라 철로를 놓았고, 그 땅은 모래언덕 쪽으로 이어지는 곳이었다. 철로는 여기저기로 나아가고, 교차하는 곳에는 거대한 철제 회전판이 있어서, 한 번은 이쪽으로, 한 번은 저쪽으로 방향을 바꿔주었다.

한 무리의 반쯤 벌거벗은 사람들이 그 회전판을 둘러싸고 몸을 숙이고 손가락으로 붙들었다.

"후우우우우, 위로!"

내가 소리치면서, 좀 더 효과를 주기 위해 지휘자처럼 시사적으로 팔을 들었다. 사람들은 한 번, 두 번 당겼고, 누군가 회전판 위로 육중하게 넘어져서 혼자 힘으로 제대로 일어서지 못했다. 그는 동료들에게 차여가며 원에서 기어 나와 모래와 눈물로 범벅된 얼굴을 땅 위로 쳐들고 끙끙거렸다.

"쭈 슈베르, 쭈 슈베르……(독 : 너무 무거워). 너무 무거워, 친구, 너무 무겁다고……."
Zu schwer, zu schwer

그는 짓밟힌 손을 입에 대고 있는 힘껏 빨았다.

"다시 일해, 아우프(독 : 들어올려). 일어서! 자 다시 한 번 후우우, 위로!"
Auf

"위로!"

사람들의 무리는 고분고분하게 하나의 목소리로 복창하며 할 수 있는 한 몸을 낮게 숙여 물고기처럼 뼈가 튀어나온 등을 반원 모양으로 구부리고 몸통의 근육에 힘을 준다. 그러나 회전판을 붙잡은 팔은 느슨하고 무력하게 늘어진다.

"위로!"

"위로!"

갑자기 원형으로 둘러선 사람들의 긴장한 등 위로, 뻗은 목덜미로, 땅에 닿을 정도로 숙인 머리 위로, 흐늘거리는 팔 위로 우박처럼 타격이 떨어져 내렸다. 삽날이 투둥 소리를 내면서 뼈가 보이도록 살갗을 베고 배 위로 떨어지며 둔한 신음 소리를 냈다. 회전판 주위에서 소란이 벌어졌다. 사람의 끔찍한 비명 소리가 갑자기 터져 나왔다가 끊어졌고, 회전판은 위쪽으로 움직였다가 육중하게 떨리면서 사람들 머리 위에 매달려 언제 떨어질지 모르는 상태로 위태하게 움직였다.

"개 같은 놈들."

카포(독 : 작업 반장)가 물러서며 말했다.

"내가 너희를 제대로 도와주지."

그는 힘겹게 숨을 몰아쉬며, 노란 반점이 떠오른 빨갛게 부은 얼굴을 손으로 문지르면서 이 사람들을 생전 처음 보는 것처럼 그 반점 사이로 지치고 멍청한 시선을 들었다. 그러더니 내 쪽으로 돌아섰다.

"너, 철도원, 오늘 덥나?"

"덥습니다. 카포, 저 회전판은 세 번째 인큐베이터 옆에 놓는 거죠, 맞습니까? 그런데 레일은요?"

"구덩이까지 똑바로 이어가."

"하지만 거기는 가는 길에 흙 둔덕이 있는데요."

"그럼 파서 옮겨. 오후까지 마쳐야 해. 그리고 저녁까지 들것을 네 개 만들어와. 몇 놈을 막사까지 들어서 날라야할지도 몰라. 오늘 덥지 않나, 응?"

"더워요. 하지만, 카포……. 그 회전판 계속, 계속 날라! 세 번째 건물까지! 카포가 보고 있다!"

"철도원, 레몬 줘."

"나중에 제 쪽으로 조수를 보내시죠. 지금은 주머니에 가진 게 없습니다."

그는 몇 번 고개를 끄덕이고는 절룩거리며 가버린다. 먹을거리를 찾아 농장으로 가는 것이다. 하지만 그곳에서 그에게 아무것도 주지 않으리라는 것을 나는 안다 — 그는 사람들을 때리기 때문이다. 우리는 회전판을 내려놓는다. 무시무시하게 애를 써서 철로를 잇고, 손도끼로 평행을 맞추고, 맨손으로 나사를 조인다. 굶주리고 열에 들뜬 형상들이 무력하게 진이 빠진 채 피투성이가 되어 기어 다닌다. 해가 하늘에 높이 떠올라 점점 성가신 열기를 내리쬔다.

"몇 시야, 친구?"

"열 시."

내가 철로에서 눈을 떼지 않고 말한다.

"하느님 맙소사, 맙소사, 아직도 점심까지 두 시간이나 남았어. 오늘 수용소에서 선발이 있다는 거, 우리가 소각장으로 갈 거라는 거 정말인가?"

벌써 모두 선발에 대해서 알고 있다. 그들은 상처가 더 깨끗하고 작아 보이도록 몰래 씻어내고, 붕대를 뜯어내고, 근육을 문지르고, 저녁에 더 기운차고 즐거워 보이도록 물을 뒤집어쓴다. 힘겹게 영웅적으로 목숨을 위해 싸운다. 다른 사람들은 아무래도 상관하지 않는다. 그들은 얻어맞지 않기 위해 몸을 움직이고, 굶주림을 느끼지 않기 위해 풀과 끈끈한 진흙을 씹고, 하나씩 흩어져서 걷는다.

아직은 살아 있는 시체들이다.

"우리 모두 소각장 행이야. 하지만 독일인은 모두 망할 거야. 전쟁 피니(프 : 끝). 독일인은 모두 소각장으로 간다. 모두, 여자들, 아이들. 알겠어?"
fini

"알겠어, 그레코 구트(독 : 그리스인은 착하다). 하지만 거짓말이야. 선발은 없어. 카이네 앙스트(독 : 걱정하지 마)."
Greco   gut
Keine   Angst

나는 흙무더기를 파서 옮긴다. 가볍고 편리한 삽은 손 안에서 '혼자' 움직인다. 축축한 흙덩어리는 쉽게 무너져 부드럽게 공기 중으로 날아간다. 아침 식사로 베이컨 사분의 일 조각을 빵에 얹어 마늘과 함께 먹고 농축 우유 한 깡통을 마셨을 때는 일하기도 즐겁다.

담장을 두른 인큐베이터의 가느다란 그늘 속에 코만도퓌러(담당 장교)가 쭈그리고 앉아 있다. 풀어헤친 셔츠를 입은 조그맣고 말라비틀어진 친위대원이다. 삽질하는 사람들 사이에서 돌아다니느라 지친 것이다. 그는 채찍으로 아프게 후려치는 방법을 안다. 어제 내 등을 두 번 갈겼다.

"글라이스바우어(독 : 철도 노동자), 무슨 새 소식 없나?"
Gleisbauer

나는 삽을 휘둘러 흙 표면을 가른다.

"오룔 근방에서 볼셰비키 삼십만이 전사했답니다."[180]

"잘 됐군, 안 그래? 어떻게 생각하나?"

"물론 잘 됐죠. 왜냐하면 그곳에서 독일군도 다른 군대만큼 죽었거든요. 그리고 볼셰비키들이 일 년 후에는 여기까지 와서 더 멀리

---

[180] 오룔(Opёл): 러시아 서쪽 끝의 도시 이름. 1943년에 이곳에서 모스크바를 점령하려는 독일군에 대항하여 러시아군이 대대적인 전투를 벌였는데, 이는 제2차 세계대전의 전환점이 되었다.

점령해간답니다."

"그렇게 생각하나?"

그는 심술궂게 웃음 짓고는 신성한 질문을 던진다.

"점심까진 멀었나?"

나는 시계를 꺼냈는데, 그것은 우스꽝스러운 로마식 숫자가 새겨진 오래된 은제 쓰레기다. 아버지 시계와 비슷하기 때문에 나는 그것을 좋아한다. 무화과 한 꾸러미를 주고 샀다.

"열한 시입니다."

피곤한 친위대원은 담장 아래에서 일어나 아무렇지 않게 시계를 내 손에서 가져갔다.

"이리 줘. 아주 마음에 드는군."

"안 됩니다. 그건 제 거예요. 집에서 보내왔어요."

"안 된다고? 그럼 안 되지."

그는 팔을 크게 휘둘러서 시계를 담장에 던져 망가뜨렸다. 그런 후에 다시 그늘에 앉아서 다리를 웅크렸다.

"오늘 덥지, 응?"

나는 말없이 시계를 집어 들고 화가 나서 휘파람을 불기 시작한다. 처음에는 명랑한 요안나에 대한 폭스트로트, 그런 후에 레베카에 대한 오래된 탱고, 그 뒤에는 「바르샤비안카」[181]와 「로타」[182], 그리고 드디어 좌파 레퍼토리다.

마침 인터내셔널가를 휘파람으로 불면서 머릿속으로 되풀이하던

---

181) 바르샤비안카(Warszawianka): 1831년 러시아 점령기에 작곡된 폴란드 저항군의 군가.
182) 로타(Rota): 폴란드 작가 마리아 코노프니쯔카(Maria Konopnicka)의 1908년작 시에 맞춰 1910년 작곡된 애국적인 노래. 분할점령기에 독일에 점령된 폴란드 서부에서 저항하는 뜻으로 불렀다.

참이었다 — 에토 부뎃 포슬레드니 이 레쉬텔느이 보이(러 : 이것이 마지막,
Это будет наш последний и решительный бой
결정적인 전투가 될 것이다).[183] 그때 갑자기 키 큰 그림자가 나를 가리고 무거운 손바닥이 내 목덜미에 떨어졌다. 나는 고개를 들고 얼어붙었다. 거대하고 빨간, 부어오른 얼굴이 내 앞에 펼쳐졌고, 삽자루가 불안하게 공중에서 흔들렸다. 흠잡을 데 없이 하얀 줄무늬 옷이 멀리 떨어진 나무의 녹색과 뚜렷하게 대비되었다. 가슴에 '3277'이라는 숫자가 박음질로 박힌 조그맣고 빨간 삼각형이 이상하게 흔들리며 눈앞에서 커졌다.

"뭘 휘파람을 부는 거지?"

카포가 내 눈을 똑바로 들여다보면서 물었다.

"이건 아주 세계적인 표어입니다, 카포 님."

"그 표어를 아나?"

"그게…… 조금…… 여기저기서……."

내가 조심스럽게 덧붙였다.

"그래서 알아?"

그가 물었다. 그리고 그는 목쉰 소리로 「로타 파네」[184]를 부르기 시작했다. 삽자루를 집어던졌고, 눈이 불안하게 번득였다. 갑자기 멈추더니 삽자루를 몽둥이처럼 집어 들고 반쯤은 경멸, 반쯤은 동정을 담아 고개를 끄덕였다.

"진짜 나치 장교가 들었다면 넌 벌써 죽었을 거다. 하지만 저건……."

---

183) 러시아어판 인터내셔널가의 후렴을 약간 바꾼 것. 원어는 러시아어지만 보롭스키가 폴란드인이므로 발음은 폴란드어식으로 표기했다.
184) 로타 파네(Rota Fahne): 붉은 깃발. 독일 공산주의 노래.

담장 아래 피곤한 친위대원이 입을 넓게 벌리고 선량하게 웃으며 말한다.

"이런 걸 수용소라고 한단 말이지! 카프카즈처럼 해야 한다고!"

"코만도퓌러님, 벌써 웅덩이 하나를 사람 뼈로 채웠고, 그 전에 몇 명이나 묻었는지, 그리고 몇 명이나 비수와 강으로 갔는지, 그건 장교님도 모르고 저도 모릅니다."

"주둥이 닥쳐, 돼지새끼야."

그리고 친위대 장교는 땅에 내버려둔 채찍 쪽으로 손을 뻗으며 담장 아래에서 일어선다.

"사람들 모아서 점심 먹으러 가."

나는 삽을 던지고 인큐베이터의 석탄 뒤로 사라진다. 멀리서 아직도 카포의 헐떡이는 쉰 목소리가 들린다.

"예, 맞아요, 모두 돼지새끼들입니다. 다들 두들겨서 쓰러뜨려야 해요. 장교님, 장교님이 옳습니다."

나는 증오에 찬 시선으로 그들을 흘긋 돌아보았다.

III

우리는 하르멘제를 가로질러 이어지는 길을 따라 나간다. 키 큰 개암나무가 나뭇잎 흔들리는 소리를 내고, 그늘은 더 짙은 녹색이지만 조금 마른 것처럼 보인다. 말라버린 잎사귀처럼. 그것이 오후의 그늘이다.

길에 나선 후에는 초록색 덧창이 달린 조그만 집을 반드시 지나가야만 한다. 그 집의 덧창 가운데에는 어색하게 파낸 하트 문양이 있고, 짧은 커튼은 흰색인데 반쯤 닫혔다. 창문 아래에는 창백하고 색 바랜 섬세한 장미가 덩굴져 있고, 상자 안에는 뭔가 이상한 보라색의 작은 꽃들이 자란다. 어두운 녹색 담쟁이가 아무렇게나 뒤덮인 현관 층계 위에서 조그만 여자아이가 커다랗고 우락부락한 개와 함께 놀고 있다. 개는 한눈에도 따분해 보이며 아이가 귀를 잡아당기게 내버려두고, 단지 파리를 피하기 위해 고개를 돌릴 뿐이다. 조그만 여자아이는 조그만 흰색 원피스를 입고, 팔은 햇볕에 타서 갈색이다. 개는 턱 아래가 갈색인 도베르만 종이고, 조그만 여자아이는 하르멘제의 주인인 운터샤르퓌러[185]의 딸이다. 그리고 장미덩굴과 조그만 커튼이 있는 작은 저택은 그의 집이다.

길에 도달하기 전에 몇 미터 정도 늪지의 끈끈한 진흙과, 톱밥을 섞고 소독제를 부은 땅을 지나가야만 한다. 이것은 하르멘제에 그 어떤 전염병도 끌고 들어오지 못하게 하기 위한 것이다. 나는 그 진창을 조심스럽게 옆으로 돌아서 사람들과 함께 길에 나선다. 그곳에는 한 줄로 늘어선 수프 냄비가 있다. 수용소에서 자동차가 그 냄비들을 싣고 왔다. 작업대마다 각각 분필로 지정해놓은 냄비들이 있다. 나는 냄비 옆을 돌아서 간다. 우리는 시간에 맞춰 도착했고, 아직 아무도 우리 몫을 훔쳐가지 않았다. 내가 직접 해봐야겠다.

"우리 것 다섯 개, 좋아, 가져가. 그 두 줄은 여자들 거야. 싸움 일으키면 안 돼. 아하, 됐군."

---

[185] 운터샤르퓌러(unterscharführer): 부罚분대장 혹은 소대장에 해당하는 독일군 계급.

나는 큰 소리로 독백하며 이웃 작업대의 냄비를 끌어당기고 그 자리에 절반 정도 작은 우리 것을 세워놓은 후 분필로 새 표시를 해 둔다.

"가져가!"

나는 전부 다 이해하면서 그 절차를 멍하니 바라보는 그리스인들을 향해 큰 소리로 외친다.

"너, 거기 냄비 바꿔치기했지! 기다려, 멈춰!"

저쪽 작업대 사람들이 부른다. 그들도 점심을 먹으러 왔지만, 너무 늦게 왔다.

"뭘 바꿔치기해? 입 닥쳐!"

저쪽 작업대 사람들이 뛰어온다. 그러나 그리스인들은 냄비를 땅에 끌면서, 신음하면서, 자기들 언어로 "푸타레" 혹은 "포르카"라고 욕하면서, 서로 밀치고 쫓으면서 하르멘제를 세상으로부터 갈라놓는 기둥 뒤로 사라진다. 나는 그들 뒤에 마지막으로 지나가면서 저쪽 사람들이 벌써 냄비 주위에서 서서 입이 닳도록 나를 욕하며 내 가족들까지 상소리로 들먹이는 것을 듣는다. 그러나 전부 다 괜찮다 ─ 오늘은 내가, 내일은 그들이, 먼저 훔치는 쪽이 더 똑똑한 것이다. 작업대에 대한 우리의 애국심은 운동경기의 범위를 절대 넘어가지 않는다.

수프가 냄비 안에서 부글부글 끓는다. 그리스인들은 몇 걸음마다 냄비를 땅에 내려놓는다. 물가에 내던져진 물고기처럼 가쁘게 숨 쉬면서 꽉 닫히지 않은 뚜껑 아래로 가느다란 줄기를 지어 흘러내리는 끈끈하고 뜨거운 기름을 손가락으로 몰래 핥는다. 손의 먼지와 때와 땀이 섞인 그 맛을 나도 안다 — 바로 얼마 전에 나도 그런 냄비를 날랐던 것이다.

그들은 냄비를 내려놓고 뭔가 기대하듯이 내 얼굴을 쳐다본다. 나는 가운데 냄비로 장엄하게 다가가서 천천히 나사를 돌려 풀고 끝없이 긴 반 초 동안 손을 뚜껑 위에 올려놓았다가 — 들어올린다. 열 몇 쌍의 눈이 혐오감에 빛을 잃는다 — 쐐기풀이다. 흐릿한 흰 액체가 냄비 안에서 부글거린다. 표면에 마가린의 노란 원이 떠다닌다. 그러나 모두 그 색깔을 보고 그 아래에는 썩은 색깔에 혐오스러운 냄새를 풍기는 썰지 않은 뻣뻣한 쐐기풀 덩어리가 통째로 들어 있다는 것을, 그리고 수프는 바닥까지 전부 똑같은 — 물, 물, 물이라는 것을 알아본다……. 움직이는 사람들의 눈앞에서 세상은 순간적으로 깜깜해진다. 나는 냄비의 뚜껑을 덮는다. 우리는 말없이 냄비를 아래쪽으로 나른다.

나는 지금 커다란 반원을 그리며 벌판을 돌아서 이반의 그룹 쪽으로 간다. 이반은 감자밭 옆의 풀밭에서 뗏장을 뜯어내고 있다. 줄무늬 옷을 입은 사람들이 길게 줄지어 움직이지 않고 검은 흙무더기 앞에 서 있다. 때때로 삽이 움직이고, 누군가 몸을 숙였다가 그 자세 그대로 얼어붙은 듯 멈추었다가, 천천히 몸을 바로 펴고 삽을 들어 올리다가 반쯤 몸을 돌린 채, 끝까지 마치지 않은 몸짓 속에, '게으름뱅이'라는 종의 짐승처럼 오랫동안 멈추어 서 있다. 다음 순간 다른 누군가 움직이고, 삽을 휘두르고 똑같이 무력한 둔감함 속으로 빠져든다. 그들은 손이 아니라 눈으로 일한다. 지평선에 친위대원이나 카포가 나타나거나 혹은 신선한 흙의 습기 찬 그늘이 지배하는 구덩이 속에서 감독관이 무겁게 몸을 일으키면, 삽이, 빈 삽이 더라도 가능한 한 , 활기차게 소리를 내고, 몸의 각 부분이 마치 영화에서처럼 움직인다 ― 우스꽝스럽게, 각을 지어서.

나는 곧장 이반을 향해 다가간다. 그는 자기 구덩이 속에 앉아서 굵은 막대기 겉면에 싸구려 주머니칼로 장식을 새기고 있다 ― 네모, 곡선, 하트 문양, 우크라이나 글자. 그 옆에 나이 들고 믿을 수 있는 그리스인이 꿇어앉아서 그의 자루에 뭔가 채우고 있다. 나는 또, 이반이 나를 보고 겉옷을 내던져 자루 위를 덮기 전에 거위의 하얗고 깃털로 뒤덮인 날개와 등 쪽이 이상하게 휘어진 빨간 머리를 눈치 챘다. 소금 절인 베이컨이 주머니 속에서 물렁물렁하게 느껴졌고, 내 바지에 보기 흉한 얼룩이 생겼다.

"하네치카 부인이 보냈어."

내가 짧게 말했다.

"아무 말도 안 하던가? 달걀 가져오기로 했는데?"

"비누 고맙다고 전하라던데. 아주 마음에 들었나봐."

"토 호로쇼(우 : 그거 잘 됐군). 어제 카나다의 유대인에게서 산 거야. 달걀 세 개를 줬지."
То　хорошо

이반은 소금 절인 베이컨 꾸러미를 연다. 그것은 뭉쳤고, 뜨뜻해졌으며 노란색이다. 나는 그것을 보자 구역질이 나는데, 아침부터 베이컨을 너무 많이 먹어서 아직도 트림이 나오기 때문일 것이다.

"오, 블라지(우 : 젠장)! 그런 비누 두 조각에 겨우 이만큼 줬어? 케이크는 안 줬나?"
Блядь

이반이 의심스럽게 나를 바라보았다.

"알잖아. 이반, 정말 너한테 너무 적게 줬어. 나도 그 비누 봤거든."

"그걸 봤어?"

이반은 구덩이 안에서 불안하게 몸을 움직였다.

"가야겠어, 사람들 일 시켜야지."

"봤다고. 너한테 너무 적게 줬어. 넌 더 받아야 돼. 특히 나한테서. 갚아주도록 노력할게."

한순간 우리는 흔들리지 않는 시선으로 서로의 눈을 들여다본다.

IV

구덩이 바로 위에 골풀이 자라났고, 그 반대편, 군에서 복무한 몇 년을 삼각형 한두 개로 환산하여 어깨에 매달고 콧수염을 기른 멍청한 보초병이 서 있는 곳에, 마치 먼지가 묻은 듯 창백한 잎사귀가 달린 산딸기가 자라났다. 구덩이 바닥으로 구정물이 흐르고 그 안은 뭔가 녹색의 미끈미끈한 괴물이 지배하며, 때때로 점액과 함께 검고 구불구불한 장어가 기어 나온다. 그리스인들은 그것을 날로 먹는다.

나는 구덩이 위에 다리를 벌리고 서서 삽으로 지탱하며 바닥을 향해 천천히 내려간다. 장화를 적시지 않기 위해 나는 조심스럽게 선다. 보초병이 가까이 다가와 말없이 들여다본다.

"여기는 뭘 할 예정이지?"

"수로입니다. 그리고 나중에 저희가 구덩이를 치울 겁니다, 보초병님."

"그 고급 장화는 어디서 가져왔지?"

내 장화는 실제로 고급이었다 — 바닥창이 이중이고 수작업으로 만든 데다 헝가리식으로 아주 교묘하게 신발 구멍을 낸 반장화였다. 친구들이 하역장에서 가져다준 것이다.

"수용소에서 이 셔츠와 함께 받았습니다."

나는 실크 셔츠를 보초병에게 가리켜 보이며 대답한다. 그 셔츠 값으로 토마토를 거의 1킬로그램은 주었을 것이다.

"너희 수용소에서는 그런 장화를 준다고? 봐, 내가 신은 걸."

그는 주름지고 구멍 난 장화를 내게 보여준다. 오른쪽 발끝을 덧대었다. 나는 이해한다는 표시로 고개를 끄덕인다.

"네 장화 나한테 팔겠나?"

나는 그를 향해 한없는 놀라움이 담긴 시선을 보냈다.

"어떻게 수용소 물품을 보초병님한테 팔 수 있습니까? 어떻게 그럴 수가 있어요?"

보초병은 소총을 벤치에 기대어놓고 내게 가까이 다가와서 그의 형체를 반사하는 물 위로 몸을 기울인다. 나는 삽을 끌어당겨 반영을 흐려놓았다.

"아무도 모르면 뭐든지 해도 돼. 빵을 줄게. 내 식량 자루에 들었어."

빵은 이번 주에 바르샤바에서 열여섯 덩어리를 받았다. 게다가 이런 장화 값으로 보드카 반 리터는 확실히 받을 수 있다. 그래서 나는 참을성 있게 미소를 지었다.

"감사합니다, 수용소에서 배급을 잘 받아서 배가 고프지 않습니다. 빵과 소금 절인 베이컨은 충분히 있어요. 그리고 보초병님한테 빵이 너무 많으면, 저기 흙무더기 옆에서 일하는 유대인들에게 주세요. 오, 저 사람, 뗏장 나르는 사람이요."

눈이 흐릿하고 탁한, 조그맣고 마른 유대인을 가리키며 내가 말했다.

"아주 성실한 청년이지요. 그리고 어쨌든 이 장화는 좋지 않습니다 — 밑창이 떨어지려고 하거든요."

밑창은 실제로 가느다랗게 찢어졌다 — 그곳에 때로는 몇 달러, 때로는 몇 마르크, 때로는 편지 같은 걸 숨긴다. 보초병은 입술을 깨물고 눈썹을 찌푸린 채 나를 쳐다본다.

"수용소엔 무슨 일로 들어왔나?"

"거리를 걸어가는데 일제검거가 있었죠. 잡힌 뒤 갇혀서 실려 왔습니다. 전 완전히 결백해요."

"너희 모두 다 그렇게 말하지!"

"오, 그렇지 않아요. 모두 다는 아닙니다. 제 친구는 거짓된 노래를 불렀다고 체포되었어요. 보초병님도 아시죠, 팔쉬 게중겐(독: 거짓된 노래).
Falsch gesungen"

끈적끈적한 구덩이 바닥을 끊임없이 휘젓던 삽이 뭔가 단단한 것에 부딪쳤다. 나는 잡아당겼다 — 철사다. 입속으로 더러운 욕설을 중얼거리는데, 얼빠진 보초병이 나를 쳐다본다.

"바스 팔쉬 게중겐(독: 무슨 거짓된 노래)?"
Was falsch gesungen

"오, 얘기하자면 길어요. 한 번은 바르샤바에서 예배 시간에 찬송가를 부르는데, 제 친구가 국가를 부르기 시작했어요. 그런데 아주 틀리게 불렀기 때문에, 그래서 잡혀서 갇혔습니다. 그리고 사람들 말이 가락을 제대로 배우기 전에는 풀려날 수 없다고 했어요. 심지어 때리기까지 했는데, 그래도 아무 성과가 없어서 분명히 전쟁이 끝날 때까지 갇혀 있을 거예요. 왜냐하면 음악적 소질이라곤 전혀 없거든요. 한 번은 독일행진곡을 쇼팽의 행진곡과 착각한 적도 있어요."

보초병은 뭔가 중얼거리더니 풀밭 쪽으로 가버렸다. 앉아서 생각에 잠긴 채 소총을 쳐들더니 장전 손잡이를 만지작거리다가 장전했다. 마치 뭔가 생각난 듯이 고개를 들었다.

"너, 바르샤바 출신, 이리 와. 빵을 줄 테니 유대인들에게 전해줘라."

그가 자루 쪽으로 손을 뻗으며 말했다.

나는 할 수 있는 한 가장 상냥하게 웃는다. 구덩이 저편으로 경비병이 줄지어 늘어서 있고 보초병은 마음대로 사람들에게 총을 쏠 수 있다. 하나 맞출 때마다 사흘 휴가와 오 마르크를 받는다.

"죄송하지만 저희는 마음대로 그쪽을 다닐 수가 없습니다. 하지만 보초병님께서 원하신다면 빵을 던져주세요. 제가 틀림없이 잡을게요."

나는 기다리는 자세로 서 있지만, 보초병은 갑자기 자루를 땅에 도로 내려놓고 벌떡 일어난 뒤 다가오는 경비병 감독관에게 "전부 이상 무"라고 보고한다.

내 옆에서 일하는 야넥은 바르샤바 출신의 귀여운 아이인데, 수용소 상황을 전혀 이해하지 못하고 아마 끝까지 이해하지 못할 것이다. 그는 열심히 진창을 갈라서 다른 쪽까지, 거의 보초병의 발 바로 아래까지 편편하고 주의 깊게 고른다. 경비병 감독관이 가까이 다가와서 마차를 끄는 말 한 쌍이나 아니면 풀을 뜯는 가축을 볼 때와 같은 눈길로 우리를 바라본다. 야넥은 그쪽을 향해 환하게 미소 지은 후 알겠다는 듯 고개를 끄덕인다.

"구덩이를 치우는 중입니다, 로텐퓌러.[186]"

감독관은 갑자기 이야기를 하기 시작한 짐 끄는 말이나 최신 유행의 탱고를 부르기 시작한 풀 뜯는 암소를 볼 때처럼 놀라서, 말하는 죄수를 쳐다보았다.

"이리 와."

그가 말했다. 야넥은 삽을 내려놓고 구덩이를 건너뛰어 다가갔다. 그러자 감독관은 팔을 들어 온힘을 다해 그의 얼굴을 때렸다. 야넥은 넘어져 산딸기 덤불을 붙잡았다가 진창 속으로 굴러 들어갔다. 물이 거품을 내고, 나는 웃느라 숨이 막힌다. 그러자 감독관이 말했다.

"빌어먹을, 네가 여기 구덩이 위에서 뭘 하든 무슨 상관이야! 아무것도 안 해도 돼. 하지만 친위대 장교에게 말할 때는 대가리의 모자를 벗고 차렷 자세를 해라."

감독관은 가버렸다. 나는 야넥이 진흙탕 속에서 나오는 것을 도와주었다.

---

[186] 로텐퓌러(rottenführer): 독일군에서 하사에 해당되는 계급.

"하지만 도대체 무엇 때문에 얻어맞은 거야, 무엇 때문에, 무엇 때문에?"

그는 아무것도 이해하지 못한 채 어리둥절해서 물었다.

"괜히 자원해서 나서지 마."

내가 대답했다.

"그리고 지금은 씻어."

우리가 구덩이의 진흙 고르는 일을 마칠 무렵 마침 카포의 조수가 찾아왔다. 나는 식량 자루를 끌어당겨 빵 한 덩이와 소금 절인 베이컨과 양파를 옮긴다. 레몬을 꺼낸다. 반대쪽의 보초병이 말없이 지켜본다.

"조수, 이리 와. 여기 있어. 누구 건지는 알지?"

"좋아, 타덱. 그런데 이봐, 먹을 것 좀 없어? 있잖아, 단 것으로. 아니면 달걀이나. 아냐, 아냐, 내가 배고픈 게 아니야. 난 농장에서 먹었어. 하네치카 부인에게서 달걀부침을 좀 얻어먹었어. 굉장한 여자야! 단지 이반에 대해서라면 뭐든지 다 알고 싶어 해. 그런데 그거 알아? 카포가 농장에 가면 아무것도 안 준대."

"사람을 때리지 않으면 그땐 주겠지."

"직접 그렇게 말해."

"그러니까 네가 조수인 거야. '조직'을 할 줄 몰라. 좀 둘러봐. 여기서 몇몇은 거위를 잡아다가 저녁에 막사에서 튀기는데, 너희 카포는 수프를 먹는다고. 어제 쐐기풀은 맛있었대?"

조수는 관찰하듯 나를 쳐다본다. 그는 어리지만 대단히 영리한 소년이다. 독일인으로, 이제 갓 열여섯 살이지만 군대에 있었다. 밀수를 했다.

"타덱, 까놓고 말해. 우리 서로 이해하잖아. 나를 누구 총알받이로 세우려는 거야?"

나는 어깨를 들썩인다.

"그런 게 아냐. 하지만 거위를 잘 둘러보라고."

"그런데 그거 알아? 어제 또 거위 한 마리가 없어져서 운터샤르퓌러가 카포의 턱주가리에 한 방 먹이고 화가 나서 시계를 빼앗은 거? 그래, 가서 둘러볼게."

이미 점심 휴식 시간이기 때문에 우리는 함께 간다. 냄비 쪽에서 사람들이 겁에 질려 쉿소리를 내고 팔을 휘두른다. 서 있는 사람은 연장을 내던진다. 삽이 흙더미 위에 나뒹군다. 벌판 전체에서 냄비 쪽으로 지친 사람들이 천천히 다가온다 — 이제 곧 재우게 될 굶주림을, 점심 전의 황홀한 순간을 조금이라도 더 즐기려는 것이다. 모두의 뒤에서 이반의 그룹이 늦게 나타난다. 이반은 구덩이 위의 '내' 보초병 앞에 멈춰 서서 그와 길게 이야기한다. 보초병은 어깨로 가리킨다. 이반은 고개를 끄덕인다. 소란과 부르는 소리에 밀려 그는 서두른다. 내 옆을 지나가면서 내뱉는다.

"너 오늘은 사냥감을 하나도 못 잡을 것 같다."

"오늘 하루 아직 안 끝났어."

내가 대답했다. 그는 악의에 찬 도전적인 눈초리를 곁눈으로 내게 던진다.

V

텅 빈 인큐베이터에서 조수는 그릇을 꺼내고 의자를 닦고 점심 식사를 위해 상에 식탁보를 덮는다. 작업대의 서기인 그리스인 언어학자가 구석에서 가능한 한 가장 작고 가장 평범해 보이려고 애쓰면서 웅크려 있다. 활짝 열린 문으로 개구리 알처럼 물기 어린 눈에 잘 익은 게 색깔인 그의 얼굴이 보인다. 밖에서는 높은 흙 둔덕이 사방을 둘러싼 조그만 공터에 죄수들이 앉아 있다. 서 있을 때처럼 다섯 명씩 줄을 서거나 무리를 지어 앉았다. 다리를 꼬고 허리를 곧게 펴고, 팔은 허벅다리 쪽으로 내리고 앉아 있다. 점심 식사가 배급되는 동안 움직여서는 안 된다. 나중에는 몸을 뒤로 기울이고 동료의 무릎을 베고 누울 수 있지만, 열의 모양새를 흐트러뜨리면 큰일이 난다. 한 옆에는 흙더미의 그늘 속에서 친위대원들이 자동 권총을 무심하게 무릎 위에 놓고 아무렇게나 앉아 가방과 식량 자루에서 빵을 꺼낸 후 주의 깊게 마가린을 발라 천천히, 마치 잔치처럼 즐겁게 먹는다. 그중 하나에게 카나다의 유대인 루빈이 다가가서 조용히 말을 건다. 사업을 하는 것이다 — 자기 자신과 카포를 위해서. 카포 자신은, 거대하고 새빨간 남자인데, 냄비 옆에 서 있다.

우리는 수프 그릇을 손에 들고 마치 경험 많은 웨이터처럼 달려간다. 완전한 침묵 속에 우리는 수프를 배급하고, 완전한 침묵 속에 손에서 다 먹은 그릇을 억지로 떼어낸다. 사람들은 텅 빈 그릇 바닥에서 뭔가 더 파내려 하고, 식사 시간을 좀 더 늘리려 하고, 한 번 더 수프 그릇을 핥고, 몰래 손가락으로 바닥을 훑으려 하기 때문이다. 카포가 펄쩍 뛰어 냄비에서 물러나서 줄지어 앉은 사람들을 덮친다 — 눈치 챈 것이다. 수프 그릇을 핥는 얼굴에 발길질을 하고, 아랫배를 한 번, 두 번 차고, 무릎과 손을 털면서, 그러나 식사 중인 사람들을 조심스럽게 피하면서 물러선다.

모든 눈이 힘주어 카포의 얼굴을 바라본다. 아직도 냄비가 두 개 남았다 — 더 먹을 수 있다. 매일 카포는 이 순간을 만끽한다. 수용소 생활을 근 십 년 했으니 그는 사람들에게 이런 절대 권력을 휘두를 권리가 있다. 국자 끝으로 더 먹을 자격이 주어진 사람을 가리킨다 — 절대 실수하는 법이 없다. 수프를 더 얻어먹는 것은 일을 더 잘하는 사람, 힘이 더 세고, 더 건강한 사람이다. 병들고 약하고 마른 사람은 쐐기풀을 탄 물을 한 그릇 더 얻을 권리가 없다. 일마 인가 굴뚝으로 갈 사람들에게 음식을 낭비해서는 안 된다.

포어아르바이터(독 : 십장)들은 그 계급 덕분에 냄비 바닥에서 긁어낸 감자와 고기를 담은 수프 두 그릇을 가득 받는다. 나는 수프 그릇을 손에 들고 망설이면서 주위를 둘러보는데, 누군가의 끈질긴 시선을 느끼기 때문이다. 가장 앞줄에 베케르가 앉아 있고, 튀어나온 눈은 욕정에 차 수프를 주시한다.

"받아, 먹어, 어쩌면 드디어 체할지도 모르지."

그는 말없이 손에서 수프 그릇을 낚아채고 걸신들린 듯 먹기 시작한다.

"그릇은 네 옆에 놓아둬, 조수가 가져가게. 안 그러면 카포한테 얼굴을 한 방 맞는다."

두 번째 수프 그릇은 안줴이에게 넘겨준다. 대신 그는 나에게 사과를 가져다준다. 그는 과수원에서 일한다.

"루빈, 보초병이 뭐라고 했나?"

내가 그늘로 가기 위해 그를 지나가면서 목소리를 죽여 묻는다.

"보초병 말이, 키예프[187]를 점령했대."

그가 조용히 대답했다. 나는 놀라서 걸음을 멈추었다. 그가 성급하게 내게 손을 흔들었다. 나는 물러서서 그늘로 들어간 뒤 실크 셔츠를 더럽히지 않기 위해 겉옷을 벗어 깔고 한잠 자기 위해 편하게 앉는다. 우리는 쉬는 것이다, 각자 할 수 있는 방법으로.

카포는 인큐베이터로 가서 수프 두 그릇을 다 먹은 후 잠들었다. 그러자 조수는 주머니에서 삶은 고기를 한 조각 꺼내어 빵에 대고 자른 후 고기에 양파를 곁들여 사과처럼 베어 물면서 굶주린 군중의 눈앞에서 과시하듯이 먹기 시작했다. 사람들은 서로 바짝 붙어 열을 지어 앉아서 겉옷으로 머리를 가리고 깊고 불안한 잠에 빠졌다. 우리는 그늘 속에 누워 있다. 반대쪽에는 흰 두건을 쓴 여자아이들의 작업대가 앉아 있었다. 그들은 멀리서 우리를 향해 뭔가 소리치고, 눈 깜짝할 사이에 일이 성사된다. 이쪽과 저쪽이 알겠다는 듯 고개를 끄덕인다. 여자아이들 중 하나가 아주 멀리 옆쪽에 무릎을 꿇고 앉아 있는데, 머리 위로 쳐든 손에는 커다랗고 무거운 나무 기둥을 받쳐 들었다. 작업대를 담당하는 친위대원이 몇 분마다 개의 목줄을 놓아준다. 개는 미친 듯이 짖으며 여자아이의 얼굴에 달

---

[187] 키예프(Київ): 현재 우크라이나의 수도. 중세에는 러시아 역사와 문화의 중심지였으며 제2차 세계대전 당시에도 러시아 영토였다.

려든다.

"도둑인가?"

내가 느긋하게 추측한다.

"아니, 옥수수밭에서 페트로와 함께 있는 걸 잡았대. 페트로는 도망쳤어."

안췌이가 대답했다.

"오 분이나 버틸까?"

"버틸걸. 단단한 여자애야."

버티지 못했다. 팔을 기울이고 기둥을 떨어뜨리더니 큰 소리로 울음을 터뜨리며 땅에 쓰러졌다. 안췌이가 고개를 돌려 나를 쳐다보았다.

"타덱, 담배 없어? 유감이군, 그게 인생이지!"

그리고는 머리를 겉옷으로 감싸고 편하게 몸을 펴더니 잠들었다. 나도 자려고 누웠는데 조수가 내게 소리쳤다.

"카포가 부른다. 조심해, 화났어."

카포는 잠이 깨서 눈이 빨갛다. 그는 눈을 문지른 뒤 움직이지 않고 허공을 쳐다본다.

"너."

그의 손가락이 위협적으로 내 가슴을 건드렸다.

"왜 수프를 남에게 주었지?"

"저는 따로 먹을 게 있습니다."

"그 대가로 뭘 받았지?"

"안 받았습니다."

그는 여전히 믿을 수 없다는 듯 고개를 끄덕인다. 거대한 턱뼈가 사료를 씹는 암소처럼 움직인다.

"내일은 수프를 전혀 못 받을 줄 알아. 따로 먹을 게 하나도 없는 사람들이 받게 될 거다. 알겠나?"

"좋습니다, 카포."

"내가 명령한 들것 네 개는 왜 안 만들었지? 잊어버렸나?"

"시간이 없었습니다. 제가 오전에 뭘 했는지 카포도 보셨잖아요."

"오후에 만들어. 그리고 조심해, 거기 네가 들어가 눕지 않게. 난 너를 그렇게 만들 수 있다."

"가도 됩니까?"

그때서야 그는 나를 쳐다보았다. 깊이 묵상에 잠겨 있다가 갑자기 방해받은 사람 같은 공허하고 죽어버린 시선을 나에게 꽂았다.

"여기서 뭘 더 원하나?"

그가 물었다.

VI

개암나무 아래에서 사람의 억눌린 비명 소리가 전해왔다. 나는 렌치와 너트를 모아서 가지런히 쌓아 보따리를 꾸리며 야넥에게 말했다.

"야넥, 상자 가져가. 네 엄마가 화내시겠다."

그리고 나는 길 쪽으로 걸어갔다. 베케르가 땅에 누워 뒹굴며 피를 뱉어내고, 이반이 그를 아무렇게나 차고 있었다 — 얼굴, 배, 아랫배…….

"보라고, 이 유대놈이 무슨 짓을 했는지! 네 점심 식사를 다 집어삼켰어! 빌어먹을 도둑놈!"

땅바닥에 하네치카 부인이 가져다준 점심 식사와 남은 곡물죽이 뒹군다. 베케르는 온통 곡물죽투성이다.

"내가 저 자식 점심에 주둥이를 디밀었지."

그가 숨을 헐떡이며 말했다. 이반이 말한다.

"네가 끝내, 난 가야 해."

"그릇 씻어."

내가 베케르에게 말했다.

"그리고 나무 아래 갖다둬. 카포한테 삽히지 않게 조심해. 방금 들것을 네 개 만들었다고. 그게 무슨 뜻인지 알아?"

길에서 안줴이가 유대인 두 명을 훈련시키고 있다. 행군을 할 줄 몰라서 카포가 그들의 얼굴에 대고 막대기를 두 개나 부러뜨렸고, 반드시 배워야 한다고 선언했다. 안줴이가 그들의 다리에 막대기를 하나씩 묶고 어떻게 해야 하는지 설명한다.

"죠르또베 비 데티, 타이 디비시, 쩨 레바, 아 쩨 프라바, 링크스, 링크스(Чертове вы дети тай дывышь це лева а це права links links)(이런 악마의 자식들 같으니, 그래도 모르겠나, 저건 왼쪽, 그리고 저건 오른쪽, 왼쪽, 왼쪽)."[188]

그리스인들은 눈을 크게 뜨고 원을 그리며 행진하면서 겁에 질려 발을 땅에 시끄럽게 질질 끈다. 거대한 먼지구름이 위쪽으로 높이

---

[188] 우크라이나어와 독일어를 섞어 말한 것.

피어오른다. 구덩이 근처, 장화를 사겠다던 보초병이 서 있는 곳에서 우리 아이들이 일을 하는데, 땅을 '계획'하고 흙을 밀가루 반죽처럼 섬세하게 삽으로 다진다. 내가 깊은 발자국을 남기면서 지름길로 가자 그들이 고함친다.

"타덱, 어떻게 지내나?"

"별일 없어. 키예프가 점령당했대."

"그거 사실이야?"

"웃기는 질문이군!"

이렇게 목청껏 서로 고함치면서 나는 옆쪽으로 그들을 피해서 구덩이를 따라 걷는다. 갑자기 내 뒤에서 부르는 소리가 들린다.

"할트, 할트, 두, 바르샤우어(독 : 정지, 정지, 너, 바르샤바 출신)!"
 Halt   halt   du   Warschauer

그리고 잠시 후에 예상치 못하게 폴란드어로,

"정지! 정지!"

구덩이 반대쪽에서 '내' 보초병이 나를 향해 소총을 공격 자세처럼 기울이고 서둘러 달려온다. 매우 흥분했다.

"정지! 정지!"

나는 정지한다. 보초병은 머루 덩굴 사이로 힘들게 걸어오며 소총을 장전한다.

"너 방금 뭐라고 말했나? 키예프라고? 너희 여기서 정치적인 음모를 퍼뜨리는군! 너희 여기에 비밀조직이 있는 거지! 번호, 번호, 죄수번호를 대!"

화가 나고 흥분해서 몸을 떨면서 종이쪽지를 꺼내고 오랫동안 연필을 찾는다. 내 안에서 뭔가 흘러나가는 듯한 느낌이 들었으나, 나는 조금 냉정을 되찾았다.

"죄송합니다만, 보초병님께서 오해하셨습니다. 보초병님은 폴란드어를 잘 모르세요. 저는 막대기[189]에 대해서 말한 겁니다, 안쥐이가 길에서 유대인들에게 묶어준 것 말예요. 그리고 그게 아주 우습다고요."

"맞아요, 맞아요, 보초병님, 바로 그렇게 말했어요."

여럿의 목소리가 합창으로 맞장구치며 동의한다.

보초병은 소총의 총신으로 구덩이 건너편에 있는 나를 붙잡으려는 듯 소총을 겨누었다.

"너 완전히 미친놈이군! 내가 오늘 안으로 정치범 등록을 하겠다! 번호, 번호!"

"일일구, 일일영……."[190]

"팔 보여봐."

"보세요."

나는 번호가 새겨진 팔을 내밀면서 멀리서는 볼 수 없을 거라고 확신한다.

"더 가까이 와."

"금지돼 있습니다. 보초병님이 등록하셔도 할 수 없지만, 저는 '하얀 반카'가 아니에요."

'하얀 반카'는 며칠 전에 빗자루를 만들 나뭇가지를 꺾으러 보초 경계선에서 자라는 자작나무에 올라갔다. 빗자루 값으로 수용소에

---

189) 폴란드어로 막대기는 키이(kij)인데, 키예프와 발음이 비슷하다.
190) 보롭스키의 죄수 번호는 119198번이었다.

서 빵이나 수프를 얻을 수 있기 때문이다. 보초병이 겨냥해서 쏘았고, 총알은 가슴을 대각선으로 꿰뚫고 등 쪽 목덜미로 빠져나갔다. 우리는 그 아이를 수용소로 날라 왔다. 나는 화가 난 채로 돌아서서 걷기 시작했으나 석탄 뒤에서 루빈이 바로 나를 쫓아왔다.

"타덱, 대체 무슨 짓을 한 기야? 그리고 앞으로 어떻게 되는 거지?"

"어떻게 돼야 하는데?"

"하지만 네가 전부 다 얘기했잖아, 그게 나라고……. 아아, 네가 정말 좋은 일을 해주었잖아. 어떻게 그렇게 큰 소리로 외칠 수가 있지? 넌 날 망쳐놓으려는 거야."

"뭘 겁내는 거야? 우리 사람들은 함부로 불지 않아."

"나도 알고 너도 알지만, 그래도 지허 이스트 지허(독), 말하자면
　　　　　　　　　　　　　　　Sicher　ist　sicher
분명한 건 분명한 거야. 너 그 장화라도 보초병에게 주지 그래. 그 정도면 분명히 마음을 풀걸? 그럼, 내가 한 번 이야기해볼게. 비싼 값이 들어도 상관없어. 난 그 보초와 거래해본 적이 있어."

"그거 참 훌륭하군, 그 얘기까지 하다니."

"타덱, 난 앞이 깜깜해. 장화 줘봐, 내가 설득해볼게. 괜찮은 청년이야."

"다만 너무 오래 살았을 뿐이지. 장화는 못 줘, 아깝단 말이야. 하지만 시계가 있어. 가지도 않고 유리도 깨졌지만, 그러니까 네가 필요한 거지. 아니면 네 시계를 줘도 되잖아, 한 푼도 안 들였으니까."

"아아, 타덱, 타덱……"

루빈은 시계를 집어넣고, 나는 멀리서 부르는 소리를 듣는다.

"철도원!"

나는 지름길로 벌판을 가로질러 달려간다. 카포의 눈은 불길한 빛을 띠었고, 입 가장자리에는 거품이 나타났다. 팔, 거대한 고릴라의 팔은 규칙적으로 흔들리지만, 손가락은 신경질적으로 움켜쥐었다.

"루빈하고 무슨 거래를 했지?"

"카포도 다 보셨잖아요. 카포는 전부 다 아시잖습니까. 그에게 시계를 주었어요."

"뭐어어?"

그 손이 천천히 내 목을 향해 올라오기 시작했다. 나는 겁에 질려 돌처럼 우뚝 섰다. 전혀 아무런 움직임도 없이('저건 야수야'라는 생각이 머릿속을 스쳤다) 그에게서 시선을 떼지 않고, 나는 단숨에 내뱉었다.

"그에게 시계를 주었어요. 보초병이 제가 비밀작업을 진행한다고 정치범으로 등록한다고 했거든요."

카포의 팔이 천천히 긴장을 풀고 옆구리를 따라 내려갔다. 그의 턱은 가볍게, 마치 더위를 타는 개의 턱처럼 벌어졌다. 내 이야기를 들으면서 결정을 내리지 못하고 삽자루를 흔들었다.

"가서 일해. 오늘 너를 수용소로 실어 나르게 될 것 같다."

다음 순간 그는 번개같이 움직여서, 급작스럽게 차렷 자세를 취하며 모자를 벗는다. 뒤에서 자전거에 얻어맞고 펄쩍 뛰어 물러난다. 나도 모자를 잡아챈다. 하르멘제의 주인인 소대장이 흥분하여 빨갛게 된 채 자전거에서 뛰어내린다.

"이 미친 작업대에서는 무슨 일이 벌어지는 건가? 저 사람들은 왜 다리에 막대기를 묶고 걸어 다니지? 지금은 작업 시간이야!"

"저 사람들은 행군을 할 줄 모릅니다!"

"할 줄 모르면 죽여! 그런데 또 거위가 사라진 거 알고 있나?"

카포가 내게 고함쳤다.

"뭘 멍청한 개처럼 서 있나? 안드레이가 저 사람들 훈련을 맡았잖아. 로스(독 : 가)!"
　　　　　　　　　　　　　　　　　　　　　　　　Los

나는 오솔길로 뛰어갔다.

"안드레이, 콘차이 이흐(그 사람들 끝내)!¹⁹¹⁾ 카포의 명령이야!"
　　Андрей　кончай　их

안줴이는 막대기를 붙잡아 그대로 내려쳤다. 그리스인은 팔로 막으면서 비명을 지르고 쓰러졌다. 안줴이가 막대기를 그의 목에다 얹고 그 위에 올라서서 몸을 흔들었다.

나는 재빨리 내가 갈 길로 떠났다.

멀리서 카포가 친위대원과 함께 '나의' 보초병에게 가서 오랫동안 이야기하는 것을 보았다. 카포는 삽자루로 돌발적인 몸짓을 했다. 모자를 이마에 눌러 쓰고 있다. 그가 떠나자 루빈이 보초병에게 다가갔다. 보초병은 벤치에서 일어나 구덩이 가까이 다가가서 마침내 수로 안으로 들어섰다. 조금 뒤에 루빈이 내게 고개를 끄덕였다.

"널 등록하지 않은 것에 대해 보초병님께 감사드려."

루빈의 손목에 시계가 없었다.

나는 감사를 표하고 작업장 쪽으로 걸어간다. 이반의 조수, 늙은 그리스인이 길에서 나를 잡는다.

---

191) 러시아어를 폴란드어식으로 발음한 것. 러시아어의 안드레이(Andrej)와 폴란드어의 안줴이(Andrzej)는 같은 이름이다.

"카메라데, 카메라데(동지, 동지),[192] 저 친위대원은 수용소에서 온 사
Camerade camerade
람이죠, 그렇죠?"

"아니면 뭔데요?"

"그럼 오늘 정말 선발이 있을까요?"

그리고 테살로니카 출신 상인인 머리가 허옇게 세고 바짝 마른 그리스인은 이상하게 황홀경에 빠져서 삽을 던지고 팔을 위로 쳐든다.

"누 솜므 레 좀므 미제라블르, 오 디유, 디유(프: 우리는 비참한 사람들이다.
Nous sommes les homes misérables O Dieu Dieu
오 하느님, 하느님)!"

창백하고 푸른 눈이 그 눈과 똑같이 창백하고 푸른 하늘을 올려다본다.

VII

우리는 수레를 들어올린다. 모래를 꽉꽉 채운 그 수레는 바로 샤이브(독: 원판)[193]에서 궤도를 이탈했다. 네 쌍의 비쩍 마른 팔이 수레를 한 번은 앞으로, 한 번은 뒤로 밀고 흔든다. 흔들어서 움직이게 만들어 앞바퀴 한 쌍을 들어 올려 레일 위에 앉혔다. 그 아래 쐐기를 박고, 이제 굴러간다. 레일 위를 굴러가려는 차에서, 갑자기 우리는 손을 모두 놓고 차렷 자세가 된다.

"집합!"

---

192) 프랑스어 단어를 부정확하게 발음한 것.
193) 샤이브(scheib): 여기서는 철도의 선로방향을 조정하는 회전판.

내가 멀리서 고함치고 호각을 분다.

짐수레는 무기력하게 쓰러져서 바퀴가 땅 속으로 파고든다. 누군가 불필요한 막대를 내던지고, 우리는 곧장 짐수레의 모래를 원판 위에 쏟는다. 그리고 이것은 내일 청소할 것이다.

우리는 집합하러 간다. 잠시 후에야 아직 너무 이르다는 사실을 깨닫는다. 해는 여전히 높이 솟아 있다. 집합 시간이면 해가 나무 꼭대기에 걸리는데 아직 거리가 좀 남았다. 아무리 봐도 세 시다. 사람들의 얼굴은 불안하고 의문이 가득하다. 우리는 다섯 명씩 서서 열을 고르고 자루와 허리띠를 바로잡는다.

서기가 쉬지 않고 우리 숫자를 센다.

농장 쪽에서 친위대원과 우리 보초병들이 다가온다. 우리 주위를 둘러싼다. 우리는 서 있다. 작업대 끝에 시체를 두 구 실은 들것이 있다.

길에는 보통 때보다 사람이 훨씬 많았다. 하르멘제 사람들이 우리가 평소보다 작업을 일찍 끝낸 데 불안해하며 여기저기 걸어 다닌다. 그러나 오래된 죄수들에게 사정은 명백하다 — 수용소에서 정말 선발을 하려는 것이다.

몇 번 하네치카 부인의 밝은 색 손수건이 흔들거렸다.

그녀는 우리 쪽으로 질문하는 듯한 눈길을 돌린다. 바구니를 땅에 내려놓고 헛간에 기대서 바라본다. 나는 그녀의 시선을 따라간다. 그녀는 불안하게 이반을 보고 있다.

곧 친위대원 뒤로 카포와 피곤한 코만도퓌러가 다가왔다.

"흩어져서 팔을 위로 들어."

카포가 말했다. 그때서야 모두 이해했다 — 검열이다. 우리는 외투의 단추를 끄르고 자루를 연다. 친위대원은 능숙하고 빠르다. 손으로 몸을 훑고 자루를 집어 든다. 남은 빵과 양파 몇 개와 오래된 소금 절인 베이컨 몇 쪽 옆에 — 사과가 있다. 의심의 여지없이 과수원에서 딴 것이다.

"이건 어디서 났지?"

나는 고개를 든다. '내' 보초병이다.

"소포로 받았습니다, 보초병님."

한순간 그는 냉소적으로 내 눈을 들여다본다.

"난 이것과 똑같은 사과를 오늘 점심 후에 먹었는데."

군인들은 주머니에서 해바라기 씨 조각과 옥수수 속, 약초, 참수리풀, 사과를 털어내고, 가끔 가끔씩 사람의 짧은 비명 소리기 터져 나온다. 때리는 것이다.

갑자기 소대장이 대열 한중간으로 들어서서 늙은 그리스인의 옆구리에서 커다랗게 부풀어 오른 가방을 끌어냈다.

"열어."

그가 짧게 말했다. 그리스인은 떨리는 손으로 가방을 열었다. 소대장은 안을 들여다보고 카포를 불렀다.

"봐, 카포, 우리 거위다."

그리고 그는 가방에서 거대한 날개를 벌린 거위를 꺼냈다.

조수도 자루 쪽으로 달려가서 의기양양하게 카포에게 소리쳤다.

"있어요, 있어요, 내가 말했잖아요!"

카포가 막대를 흔들었다.

"때리지 마."

그의 팔을 잡으며 친위대원이 말했다. 그는 총집에서 권총을 꺼내 그리스인 쪽으로 곧장 돌아서서 총으로 우아하게 몸짓하며 말했다.

"어디서 났지? 대답하지 않으면 쏜다."

그리스인은 침묵했다. 친위대원이 권총을 치켜들었다. 나는 이반을 쳐다보았다. 그는 완전히 창백했다. 우리의 시선이 마주쳤다. 그는 입을 꽉 다물고 대열에서 앞으로 나섰다. 친위대원에게 다가가서 모자를 벗고 말했다.

"제가 줬습니다."

모두의 시선이 이반에게 박혔다. 소대장은 천천히 채찍을 들어 얼굴을 한 번, 두 번, 세 번 후려쳤다. 그런 후에 머리를 때리기 시작했다. 채찍이 휙휙 소리를 내고 죄수의 얼굴은 피투성이 채찍 자국으로 덮였지만, 이반은 쓰러지지 않았다. 모자를 손에 들고 몸을 뻣뻣이 세우고 차렷 자세로 서 있었다. 고개를 숙이지 않고, 단지 온몸이 흔들렸다.

소대장이 팔을 내렸다.

"번호 기록해서 등록해. 작업대, 해산!"

우리는 군인처럼 고른 발걸음으로 행진해 돌아간다. 우리 뒤로는 해바라기 씨 무더기, 약초 덩어리, 누더기와 가방들, 으깨진 사과가 남았고, 그 모든 것 뒤에는 주둥이가 빨갛고 하얀 날개를 펼친 거위가 누워 있다. 작업대 끝에서 이반이 걷는데, 아무도 그를 부축해주지 않는다. 그의 뒤로 들것 위에 나뭇가지를 덮은 시체 두 구를 실어 나른다.

하네치카 부인 옆을 지나갈 때 나는 그녀 쪽으로 고개를 돌렸다. 그녀는 창백해진 채 몸을 빳빳이 세우고 손으로 가슴을 꽉 움켜잡고 서 있었다. 입술이 불안하게 떨렸다. 시선을 들고 나를 보았다. 그때 나는 그녀의 크고 검은 눈에 눈물이 가득한 것을 보았다.

점호가 끝나고 우리는 막사 안으로 쫓겨 들어갔다. 침상 위에 누워서 창문 틈으로 내다보며 선발이 끝나기를 기다린다.

"이 선발 전체가 마치 내 잘못인 것 같은 느낌이 들어. 그 이상한 언어의 운명론 있잖아. 이 저주받은 오슈비엥침에서는 심지어 나쁜 말조차 현실로 이루어지는 힘을 갖고 있어."

"신경 쓰지 마."

카직이 대꾸했다.

"그 햄에 곁들여 먹을 거 있으면 줘."

"토마토 없어?"

"매일 성 요한 축일은 아냐."

나는 완성된 샌드위치를 밀어냈다.

"못 먹겠어."

밖에서는 선발이 끝나간다. 의사인 친위대원이 기록된 사람들의 숫자와 번호를 모아서 다음 막사로 간다. 카직은 갈 채비를 한다.

"난 담배 사러 갈래. 그런데 그거 알아, 타덱? 넌 약해빠졌어. 누가 내 곡물죽을 먹어치웠다면 난 그 자식이야말로 곤죽이 되도록 패줬을 거야."

그 순간 아래쪽에서 침상 가장자리로 뭔가 희끄무레하고 거대한 해골이 기어 올라와서 창피한 듯 깜빡이는 눈으로 우리를 쳐다보았다. 그 뒤에 베케르의 얼굴이 나타났는데, 구겨지고 전보다 더 늙은 것 같았다.

"타덱, 자네한테 부탁할 게 있어."

"얘기해."

내가 그쪽으로 몸을 기울이며 말했다.

"타덱, 나 굴뚝으로 가네."

나는 더 낮게 몸을 숙이고 가까이서 그의 눈을 들여다보았다. 그 눈은 평온하고 공허했다.

"타덱, 하지만 난 여태까지 너무 배가 고팠어. 뭔가 먹을 걸 줘. 이 마지막 저녁을 위해서."

카직이 손으로 내 무릎을 쳤다.

"저 유대인 알아?"

"베케르야."

내가 조용히 대꾸했다.

"너, 유대인, 여기 침상 위로 올라와서 먹어. 다 먹으면 나머지는 굴뚝으로 함께 가져가라고. 침상으로 올라와. 난 여기서 안 자. 너한테 이가 있을지도 모르니까."

"타덱."

카직이 내 팔을 잡았다.

"가자. 막사에 훌륭한 사과파이가 있는데, 엄마가 방금 보낸 거야."

그는 침상에서 내려가서 내 팔을 건드렸다.

"봐."

그가 속삭였다. 나는 베케르를 쳐다보았다. 그는 눈을 감고 마치 장님처럼 헛되이 위로 올라오기 위해 판자를 찾고 있었다.

이 작품의 배경은 전쟁이 끝나고
미군이 나치 강제수용소를 해방시킨 후인 1945년 7월이다.
미군은 다하우 수용소를 1945년 4월에 해방시켰다.
작품에 나오는 대로 이후에 미군은 해방된 죄수들을
뮌헨 근교로 이송하여 이전에 나치 장교 막사였던 건물에 수용했고,
전쟁 범죄자인 나치 장교들은 반대로 죄수 수용소에 가두었다.
해방된 죄수들은 정치범인지 일반 범죄자인지, 나치에 협조했는지 등을
파악하여 분류하는 작업을 위해 이후에도 한동안 억류되어 있었고,
보롭스키도 그렇게 해서 1945년 9월까지 뮌헨 수용소에 남아 있었다.
이 작품은 그 기간 동안에 일어난 이야기를 다룬다.
'그룬발트 전투'란 1410년 7월 15일
폴란드 중북부의 도시 그룬발트(Grunwald)에서
독일의 튜튼족 기사들에 대항하여
폴란드 국왕 브와디스와프 야기에워 2세(Władysław II Jagiełło)가 이끄는
폴란드-리투아니아-러시아 연합군이 승리를 거둔 전투를 뜻한다.
중세 유럽 최대의 전투였으며,
폴란드 역사상 독일에 대항하여 거둔 가장 빛나는 승리이기도 했다.
작품 속에서 다하우 수용소의 해방된 폴란드인 죄수들은
역사적으로 독일에 대항하여 거두었던 승리를 기념하며
민족적 자존감과 앞날의 희망을 북돋우려 하는 것이다.

그룬발드 전투

I

넓고 햇살이 가득 비치는 친위대 장교 막사 연병장을 가로질러, 깊은 우물 바닥을 지나가듯, 건물의 돌 벽 안에서 박자에 맞추어 콘크리트를 자르듯, 대대가 둔한 소리를 울리며 지나가면서 노래를 불렀다. 나치 군인들에게 물려받은 초록색 소매의 외투를 입은 그들의 팔은, 정력적으로 허리로 올라갔다가 성난 것처럼 일정하게 움직이며 땅을 향해 떨어졌는데, 대대가 행군하는 것이 아니라 자신의 힘을 믿으며 목쉰 소리로 노래하는 다리가 여러 개 달린 한 사람이 걸어가는 것 같았다. 단지 여러 색으로 이루어진 대대의 다리만이 여기저기 밝은 색 반점 같은 펠트 덧신을 신어서 군대식의 일률적인 외양을 흐트러뜨렸다.

대대는 조감도 전경으로 내려다본, 등에 줄무늬와 부채꼴 주름이 있고 몸통이 움직이지 않는 세 마리의 녹색 애벌레처럼, 맥박 치는 기둥 같은 햇볕이 굴러다니는 연병장을 뻣뻣하게 지나갔다. 일렬로 선 미군 트럭을 지나갔고, 그 트럭들은 마치 걸레를 채운 자루처럼, 사람과 짐의 눈부신 내용물 때문에 안쪽에서부터 흔들렸다. 대대는 방금 새로 칠한 가느다란 깃대 아래의 콘크리트 바닥을 힘겹게 두들겼고, 바람이 그 위로 낚싯대를 휘두르듯 색색 가지 누더기 국기를 휘둘러댔다. 대대는 저녁에 화톳불을 피우기 위해 준비해둔 각목과 어린 전나무의 침엽으로 뒤덮인 목재와 벤치와 의자 무더기 아래로 다가갔다. 한때 프랑스식 창문[194]이 달려 있던 강당 아래에서 대대는 날카롭게 방향을 꺾었는데, 강당에서는 얼마 전까지도 나치 친위대원들의 애국적인 회의가 열리곤 했다. 대대는 꼼꼼하게 깨뜨린 유리창의 유리 위로 여러 개의 발을 움직여갔다. 단어 중간에서 노래를 멈추고, 날카로운 햇볕의 반짝임과 방금 잘라낸 나뭇가지의 두툼하고 거무스름한 잎사귀로 광장에서 가로막힌 강당의 음울한 입속을 향해 마치 터널 안으로 들어가듯이 움직여갔다. 눈이 멀 정도의 백악질 먼지가 대대 뒤를 따라 뱀 모양으로 기어가며 강당 입구에서 뭉쳐 올라 널찍이 퍼지다가 땅으로 내려앉아 둥실 흩어진 채 우연히 불어온 바람에 부풀어 올라 대기 중으로 날려 들어가 흔적 없이 흘러가버렸다.

벌거벗은 채 무릎을 세워 턱에 대고, 우물 벽과도 같은 삼층 창문의 좁다랗고 딱딱한 창틀에 앉아 지저분한 개처럼 햇볕에 몸을 녹

---

194) 천장부터 바닥까지 이어져서 문처럼 드나들 수 있게 된 창문.

이면서 나는 졸음에 겨워 기지개를 켜고 거기에 동조하듯 하품한 후 장교실 어딘가에서 '조직'해온 책을 옆으로 치웠는데, 그것은 무모한 딜과 기생충 람의 영웅적이며 즐겁고 찬양할 만한 모험에 대한 이야기였다.[195]

"군인 여러분."

내가 다음 차례로 등을 햇볕에 내놓기 위해 강당 쪽으로 돌아서서 말했다.

"대대는 대주교의 미사를 보기 위해 교회로 행군했다. 여러분은 여러분이 있는 곳이면 세상 어디에나 있는 조국에 대한 의무를 잘 수행했다. 계속 자도 좋다."

강당은 단순하게 군대식으로, 씻지 않은 성기에서 풍기는 소금에 절어버린 오래된 땀의 악취를 풍겼다. 하느님과 조국을 찬양하는 히틀러식 문장들로 장식하고 흰 칠을 하지 않은 벽 아래 철제 이층침대가 두 줄로 놓여 있었다. 그 중간에는 거칠게 두들겨 만든 탁자가 이어졌고, 그 다리 아래 등받이 없는 간이의자 몇 개가 돌아다녔고 길 잃은 아이처럼 무력한, 에나멜을 씌운 타구가 헤매고 있었다. 대기 중에 가느다란 줄무늬가 있는 게으른 파리들이 웅웅 소리 내며 날아다녔고 깊이 잠든 사람들이 무거운 숨소리를 냈다.

"행군은 어떻게들 하던가? 대대는? 군인들이 훈련 중에 진흙에 빠진 '무슬림'처럼 허우적대더군."

---

[195] 『무모한 딜』: 원제는 『플랑드르와 다른 나라에서 딜 울렌슈피겔과 람 고드작이 겪은 영웅적이며 즐겁고 영광스러운 전설과 모험(La Légende et les Aventures Héroïques, Joyeuses et Glorieuses d'Ulenspiegel et de Lamme Goedzack au Pays Flandres et Ailleurs)』. 벨기에의 작가 샤를르 테오도르 앙리 드 코스테르(Charles Theodor Henri de Coster, 1827~1879)가 1867년에 발표한 소설. 유럽 구전 민담에 나오는 익살스러운 이야기들을 바탕으로 하였으며, 폴란드에는 1914년에 처음 소개되었다.

문가의 벽 쪽에서 자고 있던 준위 후보[196] 콜카가 대꾸했다.

거대하고 핏줄이 튀어나온 그는 좁다란 침대에 몸이 맞지 않았다. 독일군 겉옷 배급 문제로 장교들과 다툰 뒤 군대를 배척할 심산이었지만, 그는 천으로 된 제복을 절대 버리지 않았다. 그 제복을 입은 채 하루 종일 침대에 누워서 더위에 숨 막혀 하며 징 박은 군화로 침대의 쇠 손잡이를 찼고, 움직일 때마다 아래쪽 침대에 깔린 썩어버린 짚자리의 지푸라기를 흐트러뜨렸는데, 그 쓰레기장이 내 잠자리였다. 그는 여드름 난 얼굴을 변함없이 창문 쪽으로 돌리고 좁다란 창턱을 멍하니 쳐다보면서 대대의 노랫소리와 발소리에 욕심 사납게 귀를 기울였다.

"폴란드 보병대도 행군을 잘 해. 폴란드인 장교들이 조국의 영광을 위해 지휘할 때는."

내가 창턱에서 뛰어내리며 소리쳤다. 등이 너무 달아올라서 뜨겁게 달군 바늘로 훑은 것 같았다.

"육 년간 수용소에서 오인조로 돌아다니다가 지금은 두 달 쉬고 다시 하느님과 조국의 영광을 위해 네 명씩 돌아다니고, 카포 대신 장교들이 선두에 섰잖아. 행군하는 법은 배울 수 있겠지만, 조리병들이 유대인 여자들에게 식량을 내주지 않도록 하는 건 불가능해."

내가 무심하게 허공을 바라보면서 덧붙였다.

"깜짝 놀랄 소리를 하는군, 내가 제대로 알아들었다면."

---

196) 준위 후보(Podchorąży): 주로 군사학교에서 졸업을 앞둔 장교 후보생을 가리키는데, 폴란드 군대 체계에서는 그 자체로 하나의 계급으로 인정하여 하사관 중 가장 높은 계급으로 취급한다. 군사학교 혹은 훈련 과정을 마치면 장교로 승급하게 된다.

카틴[197]에 관한 독일 책을 읽고 있던 우락부락한 준위[198]가 쏘아붙이고 코에서 뿔테안경을 벗겨낸 뒤 잠에 취한 근시안을 가늘게 뜨고 나를 보았다. 그는 꽉 끼는, 아주 깨끗한 삼각팬티를 고집스럽게 입고 몸의 근육 덩어리를 빛내면서 돌아다녔다. 머리부터 발끝까지 마치 먼지 앉은 옹기그릇처럼 약간 빛이 바랜 문신으로 가득했다. 오른쪽 허벅다리에서 사타구니 쪽으로 굵직하고 비뚤어진 화살표가 기어 올라갔고, 빨간 글자가 의심의 여지없이 지시했다. '아가씨들만을 위함.'

"주방에서 당직 서는 사람이 도둑맞지 않도록 지키면 되지 않소. 조리병이 임신한 유대인 여자를 위해서 도둑질할 새가 있는지 준위가 한 번 보시오."

문가에서 스테판이 끼어들었는데, 그는 영어를 공부하면서 입속말로 단어를 되풀이하고 있었다. 준위는 책을 탁자 위로 던지고 커다란 장화로 바닥의 돌을 때리면서 창문으로 다가갔다.

"또 개자식들이 석탄으로 요리를 하는구나."

그가 창밖으로 머리를 내밀고 말했다.

"주방에 전기 설비가 돼 있고 냄비랑 다 있는데 저 사람들이 우리에게 왜 필요해? 렌지 위에서 뭘 끓이는 거야? 분명 장교 식사로군. 수용소 희생자 모두 형제고 동료인데도 행군은 예배당으로 가고 냄비 쪽으로는 가지 않지. 그런데 자네는 이런 일도 알고 그림이

---

197) 카틴(Katyń): 러시아 서부 스몰렌스크 지방의 도시. 1940년 봄에 소련 비밀경찰이 포로로 잡은 폴란드군 장교들을 이곳에서 대규모로 학살한 사건이 있었다. 2010년 4월에는 카틴 숲 학살 사건 추모행사를 위해 이곳으로 가던 폴란드 대통령기가 추락하여 대통령 레흐 카친스키를 비롯한 폴란드 지도자들이 한꺼번에 사망하는 사고가 일어나기도 했다.
198) 준위(Chorąży): 폴란드 군대 체계에서 장교 중 가장 낮은 계급.

있는 책도 읽는 이런 감독관이 마음에 드나? 대령의 엉덩이를 핥으러 갔으면 소위가 되기 전엔 나가지 말아야지."

나는 짧고 칭찬하는 듯한 웃음을 터뜨렸다. 준위는 침대 위에 벌렁 눕다가 머리를 위쪽 침대의 날카로운 모서리에 부딪치고는 성적인 주제에 관하여 거칠게 욕설을 내뱉고 드문드문하고 뻣뻣하며 허옇게 센 머리카락을 쓰다듬더니 혐오감을 담아 스테판에게 말했다.

"너, 볼셰비키 찌꺼기, 내가 가까이 가지 않는 한 너도 다가오지 마. 그리고 뭐가 마음에 안 들면 군대를 나가면 되잖아."

문신으로 새긴 귀 한 쌍과 눈을 흉내 낸 푸르스름한 점으로 장식된 젖꼭지가 마치 토끼 주둥이처럼 발작적으로 진동했다.

"도둑질, 도둑질! 네 손으로 잡질 못했으면 짖어대지 마. 좋은 개는 짖지 않고 잡아서 무는 법이야."

"그거요, 바로 그거죠, 물어요, 준위님. 준위님은 도둑 잡는 개 아니오. 대령이 준위님의 목줄을 잡고 있지. 멍, 멍."

스테판이 목쉰 소리로 짖더니 조그맣고 툭 튀어나온 눈을 심술궂게 깜빡였다. 신경질적으로 비뚤어진 입술 안에서 개처럼 고르고 하얀 치아가 번뜩였다. 마치 개집에 목줄로 묶인 것처럼 긴장한 채 탁자를 따라 걸어 다녔다.

준위가 천천히 침대에서 일어났다. 준위 후보인 콜카가 관심을 가지고 몸을 움직이며 머리 아래 받쳤던 주먹을 뺐다. 짚자리가 삐걱거리고 지푸라기가 아래쪽 침대로 흩어져 떨어졌다. 나는 못마땅하게 눈살을 찌푸렸다.

연병장을 떠나는 트럭이 굉음을 냈다. 갑자기 시끄럽게 떠드는 소리가 여기저기서 들려오다가 마치 칼로 자른 것처럼 멈추었다.

그러자 동시에, 다하우로 이송되는 화물차에서 더 좋은 자리를 차지하기 위해 싸우다가 내가 거의 때려죽일 뻔했던 병든 집시가 갑작스러운 침묵에 놀라 끙끙대며 침대에서 몸을 일으켰다.

"오 사람들, 시끄러운 사람들 같으니, 또 얻어맞고 싶은 모양이군."

그가 흐느끼듯 훌쩍이며 중얼거렸다.

"이제까지 얻어맞은 것만으로는 성에 차지 않소? 하지만 우리 폴란드인, 우리 형제는 언제나 멍청하지. 한 숟가락의 물속에 형제를 빠뜨려 죽이려드니까."

그리고 창백하고 여윈 얼굴을 빨간 양귀비꽃 무늬의 베개에 파묻었는데, 그것은 한밤에 부유한 독일 농군의 집으로 놀리기서 가져온 것이었다. 그는 며칠 전부터 심각한 복통으로 고생하고 있었다. 익지 않은 양고기를 먹은 탓이었다. 움직이지 않고 병든 짐승처럼 참을성 있게 누워 있었다. 병원에 가기보다 뒈지는 편을 선호했는데, 왜냐하면 다우트메르겐[199]에 있는 조그만 강제수용소의 병원을 기억하고 있었기 때문이다.

준위가 침대에서 뻣뻣하게 일어나 앉았다. 침대 시트의 튀어나온 모퉁이를 잘난 체하면서 접어 넣었는데, 그것은 어쨌든 이 방의 유일한 시트였다. 그는 손가락으로 다리 부근을 불안하게 긁었다. 책을 집어 들고 사각사각 소리 내며 몇 장 넘긴 후 둔한 눈길로 카틴

---

[199] 다우트메르겐(Dautmergen): 독일 남서부의 도시. 제2차 세계대전 중에는 다하우 수용소의 하위수용소인 나쯔바일러-다우트메르겐(Natzweiler-Dautmergen) 수용소가 있었다. 보롭스키는 1944년 8월에 다우트메르겐 수용소로 이송되어 미군이 수용소를 해방시킨 1945년 4월까지 있었다.

의 무덤 사진을 들여다보았다.

'다투진 않겠군.'

내가 실망해서 생각하고 창턱에 몸을 기댔다.

막사의 돌 벽 아래 가느다란 줄과 같은 녹음綠陰 위로, 연병장 전체에 악취를 전염병처럼 퍼뜨리며 아무렇게나 쌓여 썩어가는 쓰레기의 무더기 위쪽으로 빈혈에 걸린 듯 가느다란 단풍나무가 흔들렸고, 또한 빨갛게 꽃피는 산울타리가 콘크리트 바닥 위로 촘촘히 흩어져 있었다. 나무와 산울타리보다 더 위쪽으로 줄줄이 늘어선 쌍둥이처럼 서로 비슷한 수많은 창문 안에 색색 가지 누더기 속옷이 빨랫줄에 걸렸고, 방금 칠해서 말리기 위해 햇볕에 내놓은 여행용 나무 가방들이 짐 가방 묶는 노끈에 걸린 채 돌아갔다.

프로미넨트[200]들이 지내는 일층에는 유리가 고르게 끼워진 베니스식 창문[201]들이 일렬로 늘어서서 그 아래쪽은 물결치는 그늘 속으로 흘러 들어가고 위쪽은 마치 금빛 페인트 같은 햇빛 속에 녹아들었다. 일층에서, 이층에서, 다락방 바로 아래쪽까지 어딘가에서 아직 죽지 않은 라디오들이 목쉰 소리를 내질렀다.

외국 군인들이 지키는 철문 너머 차도에는 자동차들이 일렬로 이어지고 자전거들의 가느다란 흐름이 끊임없이 흘러가고 색색 가지 여름옷이 땅에 단단히 심은 풍성한 플라타너스 사이로 반짝거렸다.

그곳에 바로 세상이 있었고, 그 세상으로 놓여나는 대가는 행군을 잘하는 것, 벌점 기록, 복도 청소, 충성심, 굳건함, 그리고 조국

---

200) 프로미넨트: 죄수 중의 특권 계층.
201) 위쪽이 아치형으로 되어 있고 덧창을 단 긴 창문.

이었다…….

그리고 건물의 중앙부에서, 이층에서, 알라흐[202] 출신자들 군단 軍團의 주방에서, 환기구를 통해 무심히 튀어나온 녹슬어 갈색이 된 조그만 파이프로부터 — 푸르고 섬세한 연기 한 줄기가 조용히 새어나와 가느다란 얼룩이 되어 흔들리며 아무도 몰래 공기 중으로 흩어졌다.

"세상은 참 아름답군, 형제들."

내가 일부러 비탄의 표정을 지으며 한숨을 쉬었다.

"하지만 어쩌겠나, 여러분. 독일군에게 갇혀 있을 때처럼 지금도 여기 갇혀서, 자기 앞가림을 할 줄 모르기 때문에 세상으로 가는 통과증은 받을 수 없고, 군인들이 총을 쏘기 때문에 벽의 개구멍으로도 나갈 수 없고, 갈 데 없이 헤프틀링(독 : 감옥)이지. 그래 갇혀 있는 건 어때? 누군가 아들이 양을 한 마리 가져오거나 아니면 독일 여자라도 데려오면 갇혀 있을 만하지. 그런데 자넨? 배고프고 집에서 멀리 떨어진 채 앉아 있으라고. 최소한 도둑맞지 않게! 모두가 똑같은 운명이라면 좀 견디기 쉬웠겠지……. 하지만 때가 되면, 때가 되면……."

나는 말하는 내내 눈을 가늘게 뜨고 준위를 지켜보고 있었다. 준위는 불안하게 침대 위에서 몸을 움직였고, 입술을 적대적으로 떨었다. 그러나 아무 말도 하지 않았다. 선반에서 제복을 꺼내 가볍게 코를 씩씩거리며 옷을 입기 시작했다. 입술을 꼭 다물고 땅을 내려

---

[202] 알라흐(Allach): 다하우 수용소 근교에 있던 하위수용소. 도자기 공장이 있어서 죄수들의 노동력으로 '알라흐 도자기'를 생산했고, 나치 친위대 장교용 검과 단검도 이곳에서 생산했다.

다보았다.

"준위님은 분명히 그룬발드 미사에 가겠죠?"

콜카가 방 반대쪽에서 무관심하게 물었다.

"아니오, 준위 후보님. 부엌에 확인하러 갑니다. 하지만 찾아내지 못하면!"

그가 꽉 다문 이빨 사이로 불길하게 내뱉었다.

"찾아낼 겁니다, 준위님, 찾아낼 거예요."

스테판이 흥얼거렸다.

"다만 아드님이 잡혀가지 않도록 조심하시오. 그러면 누가 먹을 걸 가져다주겠소? 대령은 양을 데려오지 않아요."

"그런데 자네, 타덱."

준위 후보 콜카가 침대 손잡이 위에 다리를 올려놓았다.

"'그룬발드'에 안 가나?"

"마음이 안 내켜. 극장에 갈까 해. 불가에서 아마 뜻밖의 공연을 준비하고 있을 거야. 미사가 뭐가 흥미롭겠어?"

"미사에 가봐."

콜카가 느긋하게 설득했다. 손을 바지 속에 넣고 흥미로운 듯 흔들었다.

"미사에 가봐. 나한테 얘기해줄 수도 있고, 신문의 편집장님한테 기사를 보낼 수도 있잖아. 굴라슈[203]를 줄지도 몰라. 오늘 점심이 굴라슈야."

---

203) 쇠고기와 양파, 여러 가지 야채와 파프리카 가루를 넣어 맵게 끓인 스튜. 한국의 육개장과 유사한 맛이 난다. 본래 헝가리 요리지만 동유럽 전체에 일상화되어 있다.

"미사에 안 가도 줘. 매일 수프를 주잖아."

"여자애들도 볼 수 있고……. 대주교 보고 싶지 않아?"

"그 사람하고 나하고 무슨 상관이 있어?"

내가 강조하기 위해 양팔을 벌렸다.

"우리는 모두 이렇게 서로 다른 인생 경험을 했잖아! 대주교는 전쟁 내내 어딘가 더 큰 세상에 있었어. 알잖아, 영웅주의와 조국, 그리고 하느님도 약간. 그런데 우리는 또 다른 곳에서 살았고, 거기에는 순무와 빈대와 가래가 있었을 뿐이야. 대주교는 분명 실컷 먹었겠지만 난 배가 고파. 대주교는 오늘의 장엄한 행사를 폴란드의 관점에서 보겠지만 나는 굴라슈와 내일의 고기 없는 수프라는 관점에서 보지. 대주교의 몸짓은 내가 이해할 수 없을 거고, 내 몸짓은 그에게 너무 평범할 거고, 양쪽 다 서로를 약간 경멸하지. 게다가 그룬발드라니? 어쩌면 여기 창턱 위가 나한테 별로 안 좋을지도 몰라 — 햇볕이 너무 세게 내리쬐고, 파리가 윙윙거리고, 다정한 이웃들과 잡담을 하고……."

내가 준위 쪽을 향해 고갯짓으로 인사를 했다.

"……그리고 마치 극장에서처럼 모든 게 다 보여."

나는 현실적으로 덧붙였다.

"그리고 어쨌든 아직 대주교는 안 왔어."

겨우 장군들만 시간에 맞춰 가서 성스러운 미사를 위해 정렬했고, 장군들 위로는 연기와 그들을 위해 요리 중인 점심 식사 냄새가 날아다녔다.

선두에 대령이 걸어갔는데, 약간 빛바랜 잎사귀 색깔의 담요를 현지 재단사들이 영국식 유행에 따라 만든 제복을 입고 있었다. 위쪽에서 내려다본 대령은 햇빛으로 광을 낸 머리와 뻣뻣한 다리가 달린 거대한 덩어리와 비슷했는데, 왜냐하면 품위 있게 똑바로 움직이면서 군대식의 정력적인 걸음걸이를 애써 유지했기 때문이다. 그 옆으로 처녀림 같은 녹색의 독일군 장교 제복에 감싸인 소령이 따라갔다. 대령 쪽으로 손을 뻗고, 위에서 보기에 그에게 뭔가 설교하듯 설명하는 것 같았는데, 어쩌면 알라흐 출신자 군단의 전복적인 소동에 대한 것일 수도 있었다. 그 뒤로 선생님을 따라가는 한 떼의 말을 듣지 않는 아이들처럼 녹색과 검은색의 외투를 입고 손짓하는 팔들이 구별할 수 없는 한 무리를 이루어 절름거렸고, 그 위로 민속적인 색깔에 화려하게 파묻힌 제모를 쓴 붉은 머리들이 떠다녔다.

"독일인들이 미처 저들까지 함께 쳐부수지 못하다니!"

스테판이 생각에 잠긴 채 창턱에 기대어 화를 내며 연병장을 바라보았다. 검고 비죽비죽 튀어나온 머리카락이 개의 털처럼 번들거렸다.

"저런 것들은 세상이 끝날 때까지 남아 있을 거야. 폴란드, 오 폴란드여, 폴란드를 위해서. 조국에서 얼마나 멀리 떨어져 있든 수프 두 그릇만 얻을 수 있다면! 내가 얼마나 멍청했는지, 얼마나 멍청했는지, 멍청했어!"

그는 창턱에 기댔던 몸을 바로 세우고 편편한 손바닥으로 이마를 때렸다.

"너도 직접 봤잖아. 내가 저 쓰레기들을 막사에 재우고, 먹여주고, 내 목을 걸고 보호해주고, 멍청한 집시들에게서 먹을 것을 훔쳐 줬어."

"자기 자랑하지 마, 막사장."

준위 후보 콜카가 날카롭게 말을 끊어서, 스테판은 방 쪽으로 몸을 돌렸다.

"우리는 어쨌든 같은 수용소에 있었잖아. 네가 훔친 건 너 자신을 위해서는 빵과 버터였지만 저들을 위해서는 수프 정도가 다였어."

"하지만 막사에 자리를 준 게 누구인데요? 깨끗한 침상, 깨끗한 담요, 폭신한 짚자리는? 그걸로 모자랍니까? 작업에서 살아남았을 것 같아요?"

"뒈져버렸다면 공기는 깨끗해졌겠지."

내가 아무렇지도 않게 덧붙이고 재미있어하는 눈길로 스테판, 비르케나우의 남자 간호사로 전에 나의 동료였으며, 그 뒤에는 조그만 교대 작업조에서 친위대원의 조수이자 심부름꾼이었고, 그때 길을 빨리 비켜주지 않는다고 내 얼굴에 심각하게 한 대 먹인 적이 있으며, 마침내 가장 부유한 막사인 회복기 환자 병동의 막사장이 되어, 그 때문에 막사장에게 바칠 담배와 과일과 고기를 찾아 수프가 냄비 째로, 빵은 열 덩어리씩 수용소 안을 돌아다니게 만들었던, 바로 그 스테판이 이제 봉기 때 목숨을 살려준 폴란드인 장교 한두 명이 오늘날 그에게 대갚음 명목으로 수프를 배불리 주지 않는다고 스스로 찬양하는 것을 지켜보았다.

"그리고 기억해?"

그가 억울해하며 말을 이었다.

"알라흐에서 대령이 어땠는지? 사람들이 그에게 커피 가는 기계를 가져갔고, 대령은 누군가에게서 밀을 조금 얻어다가 침상에 앉더니 — 아무것도 없어, 그저 밀을 갈아서 팬케이크를 부칠 뿐이야. 알겠어? 여기선 세상이 무너지고, 나치 포병대가 수용소로 들어오고, 여자들이 불타죽고, 사방의 마을이 불타고, 남자들은 칼을 들고 강도질을 하러 가고, 미국인들이 들어오고, 광기에, 사람들은 모두 형제가 되고 전쟁이 끝나는데! 그런데 대령은 — 밀을 갈아 팬케이크를 부치더니 변소로 뛰어가는 거야. 그러더니 벌써 저렇게 중요한 인물이 됐어, 마치……."

나는 양손을 위로 쳐들었다. 스테판은 말이 막힌 채 입을 다물었다. 그래서 나는 그 기회를 이용하여 애수에 차서 읊었다.

위계질서가 생겨나고,
형제가 마침내 형제를 알아본다.
조그만 기계를 돌려 밀가루를 가는 것은
우리의 대령, 원로원의 일원이다.

수프를 두 그릇째 얻어먹었고
그래서 스스로 강하고 힘세다 느끼며
나도, 나도 복무할 수 있다고
단지 먹을 것만 준다면
대령, 똑바로 겨누어라!

대령, 밀가루를 갈아라!
쐐기로 쐐기를 만들도록 하라,
우리는 카지노로 너에게 연대를 만들어서
전투에 한 번 이길 때마다
수프를 주마 — 4리터씩!

"그랬지, 네가 옳아, 스테판."

내가 칭찬했다.

"내가 쓴 시예요, 준위님. 잘 썼죠, 그렇죠오오?"

준위는 이미 마지막 단추를 채우고 있었다. 평온한 시선을 내게 던졌다.

"똑똑한 선생 때문에 놀라버렸소."

그가 씁쓸하게 말했다.

"이런 시기에 그런 바보짓이라니……. 명령을 받으면 모여서 다툼을 일으키지 말 것! 다투면 우리는 망한다! 우리는 죽을 수 없다!"

"카틴에서 그랬소, 응? 카틴에서? 준위님, 안타깝소?"

스테판이 준위 반대편에 서서 신랄하게 짖어댔다.

"준위님은 책권이나 읽었지, 책권이나, 수프를 다 먹고, 독일 여자나 주무르고, 이제는 합심하라고 외치고……. 카틴에서, 응?"

"물론 카틴에서 그랬다, 이 후레자식아! 너, 그게 무슨 뜻인지 알아? 동쪽에서 온 너의 사랑하는 폴란드인 동지들, 너의 폴란드다, 빌어먹을 쓰레기야!"

준위가 갑자기 고함치고는 동시에 탁자로 다가갔다. 뼈가 튀어나온 손가락을 까만 탁자 표면에 내리쳐서 손톱에 피가 서렸다.

"그래서 뭐요, 당신은 폴란드가 마음에 안 들죠, 맞죠, 마음에 안 들죠? 준위님은 다른 나라를 원했겠죠. 깃발을 들고 가려고, 깃발을?[204] 아들 녀석이 밤마다 양 우리를 돌아다니며 계집애들과 어울릴 수 있게? 당신이 폴란드를 너무 잘 만들어서 토할 지경이오!"

"너의 그 조국으로 가버려라, 가버려!"

준위가 이빨 사이로 내뱉었다. 하얗게 질린 입술이 떨리기 시작했다.

"널 잡는 사람은 아무도 없어. 스파이 같으니!"

"무서워할 것 없어요, 가는 참이오."

스테판이 부드럽게 노래하듯 말했다.

"난 시간이 있어요. 그저 당신을 좀 더 들여다보고 기억해두는 거요. 가서 당신을 기다릴 거요, 그렇지, 기다릴 거요!"

준위 후보 콜카가 침대에 힘들게 앉아서 다리를 아래로 늘어뜨렸고, 그 바람에 내 침상 위로 쓰레기가 먼지처럼 흩어졌다. 그는 즐겁게 내게 팔을 흔들더니 일부러 천치처럼 머리를 기울이고 관자놀이를 몇 번 때렸다. 검은 집시가 빨간 양귀비꽃이 그려진 베개 위에서 고통스럽게 끙끙거렸다. 나는 콜카에게 미소를 지어 보이고 대답 대신 안에서 물이 출렁거리는지 알아보려는 것처럼 고개를 흔들었다.

---

[204] 준위(chorąży)라는 폴란드어 단어의 어원은 '깃발을 든 사람'이다. 이 명칭은 18세기 폴란드 군부대에서 지휘관이 부대를 상징하는 깃발을 들던 관습에서 유래했다. 작품에 등장하는 준위는 국적은 폴란드인이지만 지역적으로는 당시 러시아 영토였던 지방 출신인 것으로 추정된다.

"너의 그 폴란드로 가라, 카틴 사건을 일으킨 그 폴란드인들에게로, 가버려!"

준위가 열을 받아 진홍색이 된 채 소리쳤다. 준위는 재빨리 탁자 뒤로 돌아가서 쿵 소리를 내며 탁자를 뒤집은 후 스테판의 목을 향해 달려들었다.

프랑스식 창문이 달려 있고 방금 꺾어온 나뭇가지로 장식한 강당 안에서 종이 은빛 소리를 냈다. 강당 앞에 모인 작은 군중은 안쪽으로 흩어졌고, 그러자 동시에 붉은색과 흰색으로 화려하게 장식한 지휘관실의 장엄한 문으로부터 연보라색 사제복을 입은 신부가 들어와 검은색과 녹색 사제들의 좁은 원에 둘러싸여 강당으로 향했다.

"아, 그만들 좀 해!"

내가 쉿소리를 지르고 싸움을 말리는 콜가를 도우러 달려갔다.

"개자식들, 싸우지 마! 대주교가 성스러운 미사를 집전하러 왔다고!"

II

대주교가 제단에서 돌아섰다. 그의 발치에 있는 의자 팔걸이 위로 장교들의 허연 머리가 번득였다. 장교들 사이로 첫 번째 줄에 마치 동상처럼 움직이지 않는 위원장이 앉아 있었다. 슬로바키아 식으로 세운 눈처럼 하얀 목깃 위로 머리카락을 짧게 깎은 거대하고 황소 같은 얼굴이 튀어나와서 진지하게 제단 쪽을 보았다.

계속해서 배우가 대령에게 가려진 채 포즈를 잡고 의자에 앉아 있었다. 너무 크고 너무 뻣뻣한, 훔쳐온 사복 정장을 입고 어색해하며, 불안하게 들썩이면서, 입술을 꽉 다물고 살진 뺨을 축 늘어뜨리고 관객 쪽으로 질문이라도 던지듯이 안경을 번쩍였다. 그 옆에 새빨간 드레스를 입고 갈색 공단 좌석 위에 늘어져 앉은 것은 여가수인데, 전쟁이 끝나기 전 기근의 시기에 다하우 전체가 그녀를 가졌었다는 소문이 떠돈다. 지금은(계속 소문이 떠돈다) 배우가 그녀를 가졌다. 그녀의 무릎 위에 골판지로 만든 것처럼 보이는 미군 철모가 놓여 있다. 퍼스트 루테넌트(영 : 미군 중위), 바로 수용소 지휘관인데, 다리를 꼬고 앉아서 무관심하게 껌을 씹고 이국적인 보석 반지를 반짝이며 여가수의 허벅다리를 멍하니 쳐다본다.

의자 뒤로는 빽빽하게 들어차서 강당 창문을 빈틈없이 채운 군중이 자작나무 십자가를, 침대 시트를 꿰매 만든 커다란 국기에 종이를 잘라내서 시침핀으로 붙인 독수리를, 담쟁이가 흔들리고 화창한 하늘이 떨리는 문을 신실하게 들여다보았고, 들여다보면서 침묵했다. 벤치 옆에는 대대가 움직이지 않고 서 있었다.

"『무모한 딜』다 읽으면 나한테 줘."

편집장이 속삭였다.

"굴라슈 먹으러 우리 쪽으로 올 텐가? 우리는 일찍 극장으로 갈 생각이거든."

나는 한쪽 무릎을 꿇고 주먹을 가슴에 댔다.

"가죠."

땅바닥에서 그의 옆으로 미끄러지며 내가 열정적으로 동의했다.

대주교는 제단 발치에서 군중을 바라보고 눈에 띄지 않게 고개를 끄덕였다. 그때까지 아무것도 하지 않고 좌석 옆에 서 있던 다하우의 사제가 활기차게 뛰어 일어나 그의 머리에 주교관을 얹어 주었다. 대주교는 성급한 몸짓으로 그것을 바로잡고(눈에 띄게 꽉 눌려 있었다) 그때서야 무기력하게 팔을 벌려 우리를 축복했다. 열성적으로 기울인 머리 위로 기도문을 미약하게 중얼거리는 소리가 흘러 다녔다.

콘크리트 연병장 반대편에서는 빈혈 걸린 플라타너스 아래 좁다랗게 자라난 풀 위로 미제 트럭에서 쏟아져 나온 수송대가 흩어졌다. 풀밭에는 침구가 깔려 있고, 그 위에 젖 먹이는 여자들, 더위에 소리소리 지르는 새까만 어린것들, 더위에 숨이 막히고 모든 일에 관심이 없는, 안이 비치는 원피스를 통해 육체를 반짝이는 여자아이들이 앉아 있었다. 땀에 젖은 셔츠를 입은 남자들은 나직하게 그 무리 옆에 서 있거나 건물 아래를 돌아다니거나 강당을 멍하니 쳐다보거나, 아니면 더 기운이 있는 사람들은 수송대가 살게 될 헛간을 살펴보러 갔다.

"아하, 시인이로군. 예배 보러 온 게 아니에요? 조국과 하느님의 신비에서 도망쳤습니까? 전사자들과 다른 사람들의 영혼 위에 세워진 국기의 깃대 아래 주춧돌을 놓지 않아요?"

노끈으로 둘러 묶은 여행 가방과 베개와 이불 더미 위에 눈이 유별난 여자아이가 앉아 있었다. 그녀의 목에는 십자가 대신 괴상한, 기다란 캡슐이 매달려 흔들렸는데, 조그만 호각과 비슷했다. 고급 아마포로 지은 치마 아래 강하고 단단한 허벅다리의 윤곽이 드러났다. 아름다운 다리가 깃털 이불 위에서 부드럽게 떠다녔다. 그 아래, 커다란 짐 가방 위에 교수가 다리를 벌리고 당당하게 앉아 있었는데 안경 뒤에서 마치 참호 속에서처럼 내게 조롱하듯 웃어 보였다. 내 턱이 욕정으로 떨리는 것을 보았음이 틀림없었다.

"나는 생물학적으로 버텨냈습니다. 이제는 폴란드로 가는 길의 토대를 놓고 있습니다. 영적인 무기력함에서 벗어나 살아 있는 민족에게로 걸어갑니다."

내가 얼버무리며 말했다. 우리는 둘 다 웃음을 터뜨렸다. 우리는 사제가 인쇄해서 나누어준 수용소의 외설적이며 애국적인 글에서 가장 알맞은 단락을 인용했던 것이다.

"저 아가씨."

교수가 위쪽으로 몸짓을 했고, 그러면서 여자아이의 내켜하지 않는 다리를 건드렸다.

"저 아가씨는 마침 살아 있는 민족에게로 도망쳤던 겁니다. 수송대 전체가 필즈노[205]에서 왔어요. '녹색 국경'[206]을 건너 폴란드에서 넘어왔답니다."

나는 알아들었다는 표시로 눈썹을 치켜 올렸다. 여자아이는 그 대답으로 치아를 번득였다. 깃털 이불 위에서 고쳐 앉았다. 지나치게 풍성한 젖가슴이 블라우스 아래에서 흔들렸다.

"숲의 강도들[207]에게서요?"

내가 추측했다. 나는 양고기를 얻으러 다른 막사를 돌아다니다가

---

205) 필즈노(Pilzno): 폴란드 남부의 도시. 프랑스에서부터 시작하여 유럽을 동서로 가로지르는 E40 고속도로와 73번 국도가 지나가는 교통의 요지다.
206) 녹색 국경(Zielona granica): 국경에서 경비가 소홀한 구역을 이르는 은어.
207) 당시 공식적으로 폴란드 저항군의 일원이었던 게릴라 부대를 반어적으로 이르는 말. 이런 게릴라 부대는 주로 독일군이 점령했다가 물러난 지역을 수비했으나 무기를 제대로 갖추지 않은 경우가 많았다.

바르샤바에서 방송하는 라디오를 들었다. 가족을 찾는 이런저런 우편함 사이에 계속 숲의 강도에 대한 불평이 들려왔다.

"정반대예요. 우리 쪽에서요. 유대인이에요. 도망쳤죠. 더 좋은 풀밭을 찾는 암소들처럼요. 금지된 곡식을 찾으러오듯 우리 쪽으로 기어들어 왔죠. 하지만 여기서는 밭을 묵히고 있어요, 아가씨!"

그는 여자아이 쪽으로 몸을 숙이고 그녀의 무릎을 한 번 친 뒤에 완전히 드러내놓고 손으로 여자아이의 장딴지를 어루만졌다.

나는 여자아이에게 손을 내밀었다. 그녀는 속눈썹을 깜빡였는데, 어쩌면 순간 그녀의 눈에 내리꽂힌 햇빛 때문이었을지도 모른다.

"귀 기울이지 말아요, 아가씨. 저건 세상의 절반을 기어 다니고 나서도 더 좋은 풀밭을 찾아내지 못한 암소가 불평하는 거예요."

"우리는 한 집에서 왔어요."

여자아이가 말했다.

"게토에서요."

여자아이는 마치 사과하듯이 웃음 지었다.

"그리고 다시 한 집에서 만났어요."

그녀는 손으로 막사의 돌멩이를 움켜쥐었다.

"나치 장교 숙소에서요."

"마치 전쟁이 없었던 것 같았죠."

교수가 신랄하게 말하고 자기 말에 혼자 즐거워하며 시끄러운 소리로 웃었다. 주름진 손을 비비고 푸주한의 앞치마처럼 얼룩진 바바리아식 가죽 반바지를 두들겼다.

"암소에 대해 기억해두시오, 덜 무르익은 시인."

그가 덧붙이고 자기 털투성이 무릎을 내려다보았다.

"더 좋은 풀밭을 찾기 위해서요?"

여자아이가 깃털 이불 위에서 물었다. 손가락 끝으로 남자의 머리카락을 빗겨주었다. 나는 곁눈으로 그녀를 보면서 빈정거리듯이 입술을 꽉 다물었다.

"아니."

교수가 내키지 않는 듯 대꾸했다.

"자기 소유의 풀밭을 갖기 위해서지. 그리고 남의 풀밭에서 자기 소떼의 대사 노릇을 하지 않기 위해서."

"그럼 우리 풀밭은 대체 어디에 있는데요?"

"팔레스타인에. 예루살렘 근방의 아코 감옥에 있지. 불법 이민죄로 거기에 반년 동안 갇혀 있었소. 전쟁 기간 동안, 하, 하, 하."

그는 천둥 같은 소리로 웃음을 터뜨리고 일어서서 말없이 콘크리트 연병장을 가로질러 강당 쪽으로 가버렸다. 강당에서 예배가 끝나고 사람들이 쏟아져 나왔고, 마치 수프 그릇처럼 연병장을 소음으로 가득 채웠다. 프로미넨트의 무리가 대주교의 쇳소리를 묻어버리며 지휘관실 쪽으로 흘러가 일층의 중위 숙소 문 안으로 스며들었다.

"저게 바로 살아 있는, 금욕주의적인 민중이죠. 독일 오동나무 위에 걸린 폴란드 겨우살이."[208]

나는 광장 쪽을 향해 경멸하듯 팔을 흔들었다.

"그래도 힘은 남아 있어요. 왜냐하면 우리는 이상을 위해 싸우니

---

[208] 단향과의 식물. 주로 크리스마스트리 장식을 만드는 데 쓴다.

까! 그런데 당신들의 그 — 폴란드에는, 대체 뭐가 있단 말이오?"

나는 떠나지 않았고, 폭 넓은 면바지가 고집스럽게 허벅다리를 스쳤다. 여자아이는 깃털 이불 위에서 부드럽게 내려와 고양이처럼 자기 몸을 내 몸에 비비며 땅에 안착했다. 지나치게 튀어나온 젖가슴이 또 다시 블라우스 안에서 흔들렸다.

"아저씨는 내가, 승객의 절반은 앉아 있고 나머지 절반은 덜덜 떠는 전차에서 내린 불쌍한 승객이라고 생각하죠? 그게 독수리의 왕관[209] 때문이라고 말예요? 하지만 아저씨도 폴란드 농담들 아시죠? 바로 그렇지 않다는 거예요!"

그녀는 열정적으로 소리쳤다.

"그 때문이 아니에요!"

그녀는 정력적으로 손을 뻗어 여행 가방을 움켜쥐었다. 몸을 숙였을 때 허벅다리가 분홍빛 원피스 아래에서 반짝였다. 수송대는 열띠게 서둘러서 짐을 막사 안으로 옮기기 시작했다. 나는 꾸러미를 두 개 붙잡고 남자답게 장화로 콘크리트 바닥을 때리며 계단을 올라갔다. 그동안 내내 여자아이의 목덜미를 쳐다보았는데, 그것은 침구에 싸인 채 내 앞에서 흔들렸다. 그녀의 숙모인지 아니면 돌봐주는 사람인지 그녀에게 쇳소리를 지르며 떨리는 손으로 침구를 잡아채고 길을 가리켜 보였다.

우리는 일층 방에 짐을 우르르 내려놓고 즐겁게 소리 지르며, 입 속말로 욕을 하면서 다시 여행 가방을 가지러 뛰어갔다. 그렇게 지

---

[209] 왕관을 쓴 독수리는 폴란드의 국가 상징이며, '승객의 반은 앉아 있고 반은 덜덜 떠는 전차'라는 것은 전후에 유행했던 '폴란드란 무엇인가?'로 시작하는 농담의 대답이다.

나가면서 다시 여자아이와 스쳤고 그녀의 재미있어하는 시선과 마주쳤다.

　몇 시간 후면 가득 차게 될 방 안에서 남자들은 길을 막으며 반쯤 부서진 문과 깨진 창문과 망가진 이층침상을 붙잡았다. 지하실처럼 어두운 방 안은 천장까지 기름 낀 먼지가 피어오르고 나는 목이 막혔다. 쓰레기를 모아서 깨진 복도 창문을 통해 막사 뒤편에 자리 잡은 사람들의 머리 위로 곧장 던졌는데, 그 사람들은 그룬발드도 신선한 7월의 낮도 규칙에 의해 받게 될지 모를 처벌의 위협도 상관하지 않았고, 침상과 탁자에서 떼어낸 굵직한 나무 거스러미 몇 개로 지은 무수히 많은 화톳불가에 모여 앉아 프라이팬이나 간이식기, 통조림을 담았던 불에 그을린 상자와 전리품으로 빼앗은 알루미늄 냄비에 그룬발드로 오기 전날 밤 약탈한 양고기, 곡물죽, 수프, 콤포트 등 온갖 종류의 음식을 요리하고, 녹슬고 불탄 양철판에 감자전을 부치고, 열심히 불에 입김을 불어가며 모든 색깔이 뒤섞인 끓는 혼합물을 나무 주걱으로 저었다. 연기가 아래에서부터 끓어오르는 진하고 더러운 크림처럼 부글거리더니 부풀어서 느긋하게 땅 위로 올라간 뒤 흠집 난 담장을 통해 가까운 풀밭으로 퍼졌고, 지평선에 펼쳐진 멀고 편편한 숲의 윤곽을 지우고 차로에 아치처럼 가지를 뻗은 플라타너스를 크림으로 칠하듯이 감쌌다. 끓기 시작하는 날것 냄새가 연기와 섞여 날카롭게 콧구멍을 쏘아대자, 속이 메슥거릴 지경이었다. 아래쪽, 연기 밑에서 먹을 것을 요리하는 배고픈 사람들의 비명과 욕설이 냄비 바닥에서 솟아나오듯 부글거리며 끓어올랐다. 나는 여자아이를 창문에서 데려와 타일을 바른 하얀 세면실 쪽으로 끌고 갔는데, 여자아이는 나머지 음식과 배설물로 더러워져서 변소처럼 악취를 풍겼다.

"그러니까 여기선 이렇게 사는 거군요."

유대인 여자아이가 흐르는 물 아래 팔을 내밀고 경멸적으로 말했다.

"앞에서는 그룬발드, 뒤에서는 요리. 나라면 여기선 하루도 못 버텨요. 아, 못 버틸 거예요!"

"아가씨도 익숙해질걸요."

내가 마음에 상처를 입고 대답했다.

"이건 그냥 격리 수용일 뿐이에요. 강제수용소도 자유도 아니에요. 하지만 더 나아질 거예요, 더 자유로워질 거예요! 우리는 강력한 힘이에요! 도덕적인 힘!"

내가 갑자기 목소리를 높였다.

"하지만……."

나는 진정했다.

"사람들은 배가 고파요. 사람은 음식을 먹어야만 하고, 여자를 안아야만 해요. 몇 년이나 이 사람들은 배가 고팠다고요! 빵을 마음껏 먹는 날을, 첫 여자를 안는 그날을 몇 년이나 기다려 왔다고요! 이건 원칙적인 문제예요. 여기에는 그룬발드도 도움이 안 돼요."

여자아이는 귀찮다는 듯 팔에서 물기를 털어냈다. 치마 가장자리에 손을 문질렀다. 허벅다리가 번쩍였다. 우리는 복도로 나갔다. 자동문이 우리 뒤에서 조그맣게 쿵 소리 내며 닫혔다. 그 문은 여태까지 망가지지 않았다.

"그럼 수용소에서 이렇게 오래 지내면서도 아저씨는 저 담장 너머로 나가고 싶지 않았어요?"

여자아이는 마치 개나 고양이의 특별한 변종을 보듯이 관찰하는 눈으로 나를 쳐다보았다.

"난 지금 빵이나……."

그녀의 목소리에 아주 가볍게 조롱하는 억양이 섞여 들었다.

"……여자에 대해서 말하는 게 아니에요. 그냥 숲으로 가버릴 수는 없어요?"

"두려웠어요."

내가 솔직하게 인정했다.

"사람들이 지키고 있으니까요. 이 세월을 살아남고 전쟁이 끝난 후에 죽다니, 안 돼요, 그건 너무 끔찍해요. 사람은 두 배로 자신을 소중히 여기게 되죠."

"두려웠다고요!"

그녀는 손뼉을 딱 쳤다.

"아, 두려웠다고요!"

"그럼 뭔가 아가씨를 나…… 남의 풀밭 위로 끌어당겼다면, 어떻게 무섭지 않겠어요? 이 조국에서 아가씨라면 도망치겠어요? 서유럽의 신기루에서? 바로 이게 서쪽이에요!"

나는 연기가 뭉클뭉클 흘러나오는 깨진 창문을 손으로 가리켰다.

"우리 모두 두려워해요. 그렇게 해서 평화가 찾아온 거예요."

여자아이는 조롱하듯이 웃음을 터뜨렸다. 우리는 숲이 내다보이는 창문이 있는 복도를 지나갔다.

"전혀 무섭지 않아요! 난 사랑으로부터 도망쳤어요. 우스워요.

아, 얼마나 우스운지!"

나는 흘러내리는 바지를 추켜올리고 헐벗은 양팔을 가슴에 십자로 얹었다. 운동복 셔츠 아래 돋아난 여드름이 부끄러웠으나, 여태까지 목깃이 달린 셔츠를 훔칠 기회가 없었다.

"육 년간 나는 가톨릭 신자였어요. 폴란드 사람이었고요. 이런저런 계명을 모두 배우고, 정기적으로 미사와 고해를 다녔어요. 엄마는 트레블린카[210]에서 죽기 전에 나한테 기도문 책을 주었어요. 오늘날까지도 헌사가 눈에 보여요. '사랑하는 딸 야니나에게, 첫 성찬식 날에, 엄마가.' 그때는 이름이 달랐어요. 어쨌든 나는 유대인처럼 보이지 않으니까요."

그녀는 눈으로 내 눈에서 동의를 구하며 일종의 자부심을 담아 말했다.

사실 그녀는 유대인처럼 보이지 않았다. 색이 옅고 폭신폭신한 금발에 얼굴이 넓고 약간 편편했다. 단지 깊고 검은 눈만이 오팔처럼 흐릿한 광채를 내며 불안하게 빛났다.

"정말 아가씨는 아리안 같아요."

내가 칭찬의 뜻으로 말했다. 그녀의 눈이 감사의 뜻을 담아 빛났다.

"두려움은 알겠어요. 그런데 사랑은 어디 있죠?"

"사랑도 있어요. 내가 사랑에 빠졌으니까요. 가톨릭 신자하고요. 공산주의자였고 유대인을 싫어했어요."

그녀는 순진하게 비난했다.

---

[210] 트레블린카(Treblinka): 폴란드 북동부에 있었던 강제노동 및 유대인 학살 수용소. 이곳에서 약 칠십오만 명이 사망했다.

"나를 많이 사랑했어요. 그에게 거짓말을 할 수 없었어요. 거짓말을 해선 안 되는 게 맞죠?"

나는 잘 꾸며낸 공감의 침묵 속에 그녀의 눈을 지그시 바라보았다.

"독일인들이 물러가기 시작하자마자 군대에 들어갔어요. 말이 나왔으니 말인데 그건 시에들쩨[211]에서였어요. 그에게 야전 우편으로 편지를 쓰고 도망쳤어요. 아주 쉬웠어요, 아, 얼마나 쉬웠던지!"

"답장을 안 기다리고요?"

내가 놀랐다. 그녀는 복숭아처럼 얼굴이 붉어져서 입술을 깨물었다.

"그가 답장을 쓸까봐 두려웠어요……."

그녀는 말을 멈추었다.

"그는 마치 인민 민주주의자[212] 같았어요. 그리고 나는…… 정말 더 이상은 할 수 없었다고요! 원하지 않았어요! 사람들이 나를 유대인 창녀라고 하는 편이, 폴란드인들이 내게서 뒷걸음치는 편이 나았다고요!"

남자 몇 명이 뛰어가면서 우리와 부딪치더니 복도 모퉁이를 돌아 사라졌다. 마당 어딘가에서 흥분한 고함 소리가 들려왔다.

나는 그녀의 손을 잡았다. 그 팔은 마치 고양이털처럼 따뜻하고 부드러웠다. 창문에서 들어온 연기가 복도에 퍼져 천장에 거미줄처럼 가느다란 띠 모양으로 걸렸다.

"나도 잘 알아요."

떨리는 턱을 간신히 억누르며 내가 아무렇지 않게 대답했다.

---

211) 시에들쩨(Siedlce): 폴란드 동부의 도시.
212) 인민 민주주의(Narodowa Demokracja: ND): 19세기 말에 시작된 폴란드의 국수주의적 정치 사조.

"아가씨는 아주 용감해요. 겁이 나서 용감해진 거죠. 나도 그렇게 되고 싶어요."

그리고 나는 단숨에 내뱉었다.

"산책 가지 않겠어요? 그러니까 저기, 수용소 부지 너머로? 거기는 분명 전나무가 여름 냄새를 풍길 텐데, 난 아직 한 번도 못 가봤어요. 열린 공간이 그리워서 목이라도 매달 지경이라 걸어서 서쪽이나 동쪽으로 가고 싶어요. 모아둔 책을 두고 가기가 아까울 뿐이에요. 하지만 아가씨하고는……."

나는 신뢰의 몸짓으로 그녀의 손을 꼭 쥐었다.

"……아가씨하고는 멀리 가지 않을 것 같아요. 안전하죠."

나는 장화로 더 활기차게 바닥을 치면서 한 손으로 바지를 추켜올렸다. 마르고 거친 천이 쐐기풀처럼 쓸렸다. 벌써 복도에서는 냄비가 덜컹덜컹 소리를 냈다. 점심시간이 가까워지고 있었다. 위장이 마치 아픈 이빨처럼 쓰렸다. 연병장은 고함 소리로 가득 울렸다. 다시 사람들이 복도를 달려 입구 문 안으로 사라졌다. 거기서 뭔가 벌어지고 있는 게 틀림없었다.

"내일도 우리는 계속 길을 떠나요."

여자아이가 손을 빼면서 말했다.

"어디로 가는지 누가 알겠어요? 하루는 이 수용소에서, 하루는 다른 수용소에서……. 언제나 새로운 사람들이고, 낯선 사람들이에요. 난 그게 역겨워요!"

그리고 그녀는 갑자기 거의 속삭이듯 말했다.

"팔레스타인으로 가는 게 너무너무 무서워요. 내가 거기 유대인들과 무슨 상관이 있어요? 혼자서 개인적으로 유대인인 건 좋아요! 하지만 유대인 마을에서 소젖을 짜고, 유대인의 닭을 만지고, 유대인에게 시집을 가고? 싫어요, 싫어요!"

그녀는 마치 내가 그렇게 하라고 설득한 것처럼 비명을 질렀다.

"난 아마 대학에 입학하는 걸로 도망칠지도 몰라요. 하지만 어찌 됐든 우리는 다시 만나지 못해요. 안 돼요."

그녀는 자신의 생각을 단호하게 되풀이해 말했다.

"다시는 만나지 못해요. 안 됐어요. 어쩌면 아저씨와 사랑에 빠질 수도 있었는데."

그녀는 내 눈에 나타난 표정을 재미있어하며 미소 지었다.

"아저씨는 이야기를 들어줄 줄 알거든요. 로멕처럼요. 그게 시에 들쩨의 그 사람이에요."

그녀는 짧게 설명했다. 나는 그녀의 팔꿈치를 잡고 거칠게 내 쪽으로 돌려 세웠다. 지나치게 튀어나온 젖가슴이 내 몸을 스쳤다. 피가 물결치며 온몸으로 흘러 퍼졌다.

"우리는 앞으로 다시 만나지 못해요!"

그녀는 장난스럽게 나를 밀어냈고, 입 끝이 떨렸다.

"하지만······."

목소리를 낮추었다.

"그 편이 더 나아요."

내가 용기를 잃고 그녀를 놓아주자 그녀는 내 팔 안으로 파고들었다.

"언제 가고 싶어요, 그······ 산책?"

"점심 먹고 가요, 좋죠?"

내가 감정을 담아 속삭였다.

"교대 근무 시간이 더 쉬울 거예요. 가요."

다시 남자 몇 명이 복도를 달려갔다. 끝에 가던 사람이 몸을 돌려 우리 쪽으로 격려하듯 손을 저으며 숨 가쁘게 소리쳤다.

"와서 봐요! 진압 활동이에요! 소총을 든 군대예요! 혁명이라고!"

그리고 쿵쾅거리며 계단을 내려갔다.

내 말에 대답하지 않고 여자아이는 문 쪽으로 달려갔다. 나도 뒤따라갔다. 우리는 마당으로 달려 나갔다. 문가에서 군중이 웅성거리고 있었다. 광장 가운데로 사람들의 물결이 뒷걸음쳐 들어갔고, 배를 탄 것처럼 천천히 안으로 들어가는 여러 대의 지프차 옆에서 사람들은 소음을 내며 맴돌았는데, 그 지프차 안에는 군인들이 서 있었다. 미국인들인데, 소총을 위협적으로 흔들었다. 곧 첫 번째 차에서 총 소리가 터져 나왔다. 군중은 마치 퍼덕거리는 거위 떼처럼 놀라서 적대적인 고함으로 응대하고 갑자기 조용해져서 목구멍 안쪽으로 소리를 내며 새장 같은 막사 안으로 달아났다. 즉시 모든 창문이 떠들썩하게 지껄이는 사람들의 머리로 가득 찼다. 지휘관실 문에서 소령이 뛰어나왔다. 군인들을 보고는 그대로 우뚝 서더니 계단 아래로 조용히 물러섰는데, 그곳에서 대주교의 형체가 품위 있게 뚜렷이 드러났다.

여자아이는 온몸을 떨었다. 나는 그녀를 내 쪽으로 당겼다. 그녀의 지나치게 튀어나온 젖가슴이 내 손가락 아래에서 부드럽게 눌리는 것을 느꼈다. 그녀는 나를 믿는 듯, 얌전히 안겼다.

"짐승."

그녀가 이 사이로 내뱉었다.

"아, 저런 짐승! 여기서 도망갈 수만 있다면 뭐든지 주겠어요! 도망쳐요."

그녀는 손으로 내 손을 감쌌다. 텅 빈 위장이 마치 꽉 끼는, 타오르는 장화처럼 뱃속을 긁었다.

"그 조리병들이에요."

우리 앞의 누군가가 일러주었다.

"그들이 미국인을 보낸 거라고요. 냄비 앞에 서 있더니 오만해져서는! 라디오를 오후에 런던 방송 쪽으로 맞추려고 하지 않았어요. 창문 아래 사람들이 모여서면 시끄럽다고! 특히 첫 번째 주방에서 요리하는 저 한 사람, 알라흐에서 조리병이 되었는데, 사람들한테 감자 한 그릇을 던졌어요. 남자애들이 싸우기 시작했어요. 단지 소리 지르지 않고 싸워야만 했죠. 한 번, 두 번 붙잡아서, 염병하도록 목덜미를 비틀고, 그러면 끝이에요. 하지만 폴란드 사람들한테 이래도 돼요?"

그리고 음울하게 생각에 잠겼다.

"벌써 저들에겐 충분히 줬어요."

다른 사람이 격려했다.

"일주일만 지나면 모여들지 않을 거예요. 저 사람들 살아서는 수용소에서 나가지 못해요, 내 분명히 말하겠는데."

일층의 모든 유리창이 시끄럽게 가득 차 있었다. 그림자가 점점이 진 방 안에서 쓰레기처럼 흩어진 가재도구 위로 사람들이 분주히 돌아다니며 잡동사니를 구해낼 수 있는 한 구해냈다. 일층 정문을 지키는 군인의 철모에 햇빛이 반사되어 눈이 아팠다. 사람들은 차가 대문 쪽으로 돌아서는 동안 망설이며 기다렸다.

그때 막사 건물 반대편에서 문이 열리고 여럿이 빽빽하게 섞인 사람들의 무리가 마치 개떼처럼 서로 밀치며 몰려나와 텅 빈 광장을 가로질러 곧장 지휘관실을 향해 갔다. 마치 투우鬪牛처럼 고개를 숙이고 앞서 가는 것은 준위였다. 스테판이 그의 발뒤꿈치를 밟았다. 그는 여자를 반쯤 안아 들고 있었는데, 여자는 쇳소리를 내며 벗어나려고 몸부림쳤다. 다른 사람이 옆에서 다가와 여자의 목을 잡아 거칠게 다루어 얌전하게 만들었다. 나머지 사람들은 뛰어나와 그들과 그들보다 머리 하나는 더 크게 솟은 콜카를 둘러쌌는데, 콜카는 흰 앞치마를 두른 사람의 팔을 등 뒤로 비틀어 잡고 발길질을 하고 있었다. 군인들이 반대편에서 달려들었다.

나는 여자아이가 소리를 지를 정도로 꽉 붙잡았다. 키스하려고 여자의 얼굴을 기울였으나, 여자는 화를 내며 물러섰다.

"그럼, 이따 점심 후에."

내가 포기하고 말한 후 군중을 밀어젖히고 광장으로 나섰다.

"친구들이에요!"

여자가 멀리서 소리쳤다. 까치발을 하고 서서 손을 얼굴로 들어 올렸는데, 어느 정도는 놀라움 때문이었지만 약간은 기차역에서 하는 몸짓 같았다. 나는 군인들이 우리를 둘러싸기 조금 전에 우리 방 남자들을 따라잡았다.

"이봐, 타덱."

콜카가 천둥 같은 소리로 웃었다.

"도둑을 잡았어! 우리가 부엌에서 고기 한 자루를 통째로 찾아냈다고! 그리고 요리사님의 숙소에는 침대에 독일 여자가 누워 있고! 미처 데리고 나가질 못한 거지. 더 빨리, 짐승아!"

그리고 그는 붙잡은 사람을 무릎으로 밀었다. 요리사는 군인들을 보고 고통에 소리쳤다. 군인 하나가 콜카에게 뛰어가 목구멍 안쪽으로 소리를 내며 총신을 들어올렸다. 그러나 때리지는 않았다.

지휘관실 앞 계단 위, 대령과 소령 사이에 대주교가 서서 부드럽고 지친 눈길로 우리를 보고 있었다. 기도하듯 입술을 움직였지만, 스테판은 질문을 한다고 생각했다.

"도둑질을 했단 말예요, 주교님. 독일 여자한테 줄 음식을 동료들한테서 훔쳤어요! 도둑질에 간음까지 했다고요!"

그는 소리치고, 얻어맞아서 핏발선 눈을 분노로 번쩍이며 계단에 서 있던 여자를 밀었고, 여자는 쓰러지면서 무릎을 꿇었다.

"그리고 라디오도 못 듣게 하고! 당신들 라디오예요."

그가 전투적으로 덧붙였다.

"바르샤바 방송이 아니고, 런던 방송이라고요!"

III

편집실은 시적인 꽃무늬가 있는 벽지를 아늑하게 바른 방이었다. 그 방의 정통적인 거주자인 나치 장교들이 막사 근처에서 일어난 전투 중 영광의 전장에서 전사하거나 가족에게로 도망가거나 아니면 우리가 비워둔 다하우 수용소의 죄수 자리를 차지한 후에 남은 것은 기적적으로 아우슬렌더(외지인)[213]들에 의해 완전히 부서지지 않은 문짝 두 개짜리 단단한 옷장뿐이었는데, 그 외국인들은 수용소에서 풀려나자마자 전쟁이 끝나고 주인이 사라진 막사를 덮쳐서 유리창, 샹들리에, 욕실과 세면실의 거울을 전부 두들겨 깨고 영화 촬영기기를 조각조각 분해하고 병원에서 렌트겐 기사의 이빨을 부러뜨리고, 차고의 자동차와 오토바이, 대포를 불태우고, 총탄을 훔치면서 막사 벽의 일부를 쓰러뜨리고, 다른 것보다 더 눈에 띄는 마호가니 거실 가구를 부수고 변기를 엄청나게 더럽힌 후 국가를 부르며 떠났다.

그리하여 옷장이 있었고, 그 옆에는 부서진 무더기 속에서 튀어나온, 가짜 호랑이 가죽을 덮은 간이침대가 있었고, 그 위에 선전 책자 무더기가 뒤덮여 있었는데, 그 책자는 연병장을 차지한 쓰레기 중에서 꼼꼼하게 선별한 것이었다. 도서관은 병원과 약국과 영화관과 그리고 몇 만 명이나 되는 나치 장교들의 신분증과 사진을 담은 거대한 서류 파일과 마찬가지로 가루가 되어 날아가고 쓰레기장에 버려졌기 때문이다.

나는 소파 모서리에 몸을 움츠리고 앉아서 벽의 거무스름한 얼룩을 아무 생각 없이 바라보고 있었는데, 그 벽에는 어디서 튀어나왔는지 모를 노르비드[214]가 프로테스탄트적으로 턱수염을 기른 초상

---

213) 외국인이라는 뜻의 독일어 아우슬란더(auslander)를 폴란드식으로 잘못 쓴 것.
214) 노르비드(Cyprina Kamil Norwid, 1821~1883): 폴란드의 후기 낭만주의 시인.

화가 장식되어 있었다.

기울어진 문 뒤에서 복도의 냄비가 덜컹거리는 소리가 전해졌다. 여기 장교실에서는 그룬발드의 굴라슈조차 줄도 서지 않고 감시도 없이 나누어 준다. 장교들은 각자 예비용으로 저녁을 대비해서 두 그릇, 세 그릇씩 골랐다. 왜냐하면 빵은 상황에 따라 달라서, 가장 흔한 경우가 300그램이었기 때문이다. 사병들에게도 모자란데, 장교는 더 말할 것도 없다!

편집장이 고기 냄새를 피워 올리는 꽉 찬 수프 두 그릇을 소중하게 들고 안으로 뛰어 들어왔다. 그릇 하나를 내 손에 쥐어주었다.

"받아, 먹고 더 자라야지."

그가 짧지만 뚜렷하게 말했다. 그는 발음법을 완벽하게 터득했는데, 왜냐하면 약간 귀가 안 들렸고, 예전에 비아위스톡[215]에서 일간지 기자의 통신원이었던, 마른 나뭇가지처럼 귀가 먹은 대위와 함께 살았기 때문이다. 그 두 사람은 마치 말썽쟁이 아이들처럼 불안한 외침 소리로 방 안을 채웠다.

나는 천천히 숟가락을 굴라슈에 집어넣고 주의 깊게 고기를 골라냈다. 이미 욕심 사나울 정도로 배가 고프지는 않았다. 그룬발드 전투를 기념하여 우리에게 감자 1리터와 고기와 소스가 분배되었다.

"있잖아요, 전 제 방에서 살고 싶어요."

타자기와 지형紙型을 창가로 밀어놓고 탁자 앞에 앉아 큰 소리로 입맛을 다시면서 즐겁게 음식을 먹기 시작한 편집장에게 내가 말했다.

"내 책을 꽂아놓고, 밤에는 바지를 옷장에 걸고, 그리고 침대에서

---

215) 비아위스톡(Białystok): 폴란드 동부의 도시 이름.

자고 싶어요. 방에 혼자 있으면 정말로 좋을 거예요!"

"아니면 둘이서!"

편집장이 소리쳤다.

"룸메이트하고?"

내가 못마땅하게 얼굴을 찡그렸다.

"아니, 여자랑. 수송대에서 자네가 얘기했잖아, 여자가 있는 걸 안다고!"

"그게 이상해요? 수용소에서 나왔으니 이제 그럴 때도 되지 않았어요?"

편집장은 봉기 때 수용소에 들어오면서 젊은 아내를 뒤에 남겨두었다.

"여자랑 같이 서쪽으로 도망칠지도 몰라요."

그는 숟가락을 놓고 내 눈치를 보았다.

"그래, 그렇겠지."

그가 비웃었다.

"자네가 도망친다고! 이봐 젊은이, 자네 시하고 책을 다 버리겠다고? 세상이 두렵지 않겠나? 배를 곯게 되면 어쩌고?"

나는 마음이 상해서 수프 그릇을 밀어놓았다. 고개를 돌려 창문을 보았다. 깨진 창유리 조각 사이로 햇빛이 무지개처럼, 공작새의 깃털처럼 빛나며 두 줄기로 퍼졌다.

"뭐, 걱정하지 말게."

편집장이 탁자에서 일어나 내 얼굴을 쓰다듬었다.

"날 어떤 식으로 만드셨든 나는 그런 사람인 거지. 그렇습니다,

하느님. 그런데 그 고기 소동 봤나?"

"봤어요."

내가 내키지 않게 중얼거렸다.

"그 일에 대해서 편집장님이 뭔가 쓰실 수도 있겠어요. 사건이니까요!"

"진짜 사건에는 언론이 필요 없는 법이야, 젊은 친구. 게다가 토카렉 신부가 아마 쓰지 못하게 할 거야. 우리는 어쨌든 정부 신문이니까!"

그는 빵을 한 조각 뜯어내서 소스에 적셨다.

"그런데 자넨 무사히 도망쳤나?"

"군인들이 놔줬어요. 영어만 하면 세상을 마음대로 다닐 수 있다니까요. '오케이'들한테 나는 아무것도 아니니까. 우연히 지나던 길이라고 설명하고 상황을 이야기해줬어요. 고개를 끄덕이더군요. 게다가 악수하자고 손도 내밀었어요. 스테판 아세요?"

내가 물었다.

"회복 병동에서 막사장이었어요."

"공산주의자? 그 사람 막사에 있었지. 아주 나쁘진 않아."

"망나니예요."

내가 간단하게 대꾸했다.

"사람들을 때리고, 막사장이 되어 빈다(완장)[216]를 차는 것만 바라고 친위대의 시중을 들고. 작업대로 내보내니까 풀이 죽어서 돌아다녔죠. 사흘도 제대로 못 버텼어요. 전혀 수용소 출신답지 못

---

[216] 같은 뜻의 독일어 빈데(binde)에서 온 말로, 수용소에서 보직을 맡은 죄수들이 차고 다닌 완장.

해요."

편집장은 고개를 끄덕였다. 수프 그릇을 기울이고 소스를 마셨다.

"아마도 내가 보기엔……."

그는 소스를 삼키는 사이사이에 말을 이었다.

"그를 좀 안 좋아했나보군."

"하지만 변명은 잘 해요, 그건 틀림없어요! 사람들이 그에게 공산주의자에 강도라고 고함치고, 특히 대령 이야기를 했어요. 그랬더니 그가 물론 그 대령과 소령들을 위해서 사람을 때리고 물건을 훔쳤다고 말하는 거예요. 하지만 이제는 더 이상 때리지도 않고 훔치지도 않는다고. 다들 수용소에서 뒈지게 내버려두라고, 내가 그 사람들 죽게 도와주겠다고. 소리소리 지르는데, 굉장했다고요!"

"그래도 가두지는 않았다던데, 듣자하니?"

"퍼스트 루테넌트(영 : 미군 중위)가 선택지를 줬어요. 영창으로 가든지 아니면 수용소를 떠나라고요. 달리 어쩔 도리가 없었던 게, 대주교가 처음부터 끝까지 듣고 있었거든요. 스테판이 독일 여자를 끌어안고 사과한 뒤에 둘이 같이 수용소를 나갔어요."

"대주교 앞에서 그랬다고? 아, 상놈! 주교의 눈에 군대 전체가 신용이 떨어졌지 않나."

그는 숟가락을 핥고 수프 그릇을 종이로 닦은 후 종이는 창밖으로 던지더니 수프 그릇을 옷장 안에 넣고, 옷장을 꼭 잠그고, 입술은 손수건으로 닦아내고, 손수건을 주머니에 넣고, 창가의 타자기를 제자리에 돌려놓고, 그제야 나갈 준비가 되어 알려주었다.

"극장으로 가게. 표가 두 장이야. 야누슈 — 귀가 안 들리는 다른 한 명이다 — 가 시장하고 브리지를 하러 갔어. 다른 부대에서 누군가 왔는데, 우리를 이탈리아로 데려갈지도 몰라. 하지만 그건 글렀지! 모두 다 가고 싶어 하니까. 지금은 함께 카드놀이를 해. 아무것도, 대주교뿐만 아니고 검열조차도 그들을 움직이진 못해."

그리고 편집장은 내 손에서 책을 도로 가져가고는 나를 문 밖으로 밀어냈다. 그러면서 의심스러운 눈빛으로 나를 쏘아보았다. 그는 자기에게 말하지 않고 인쇄물을 가지고 나가는 것을 싫어했다. 편집장은 주의 깊게 문을 잠그고 옆 방 문을 두드리고 연기 속에 파묻혔는데, 그 연기는 닫힌 창문 앞에 뭉쳐서 방 안을 마치 빽빽한 양털처럼 감쌌다. 더러운 바닥에는 아직 다 먹지 않은 굴라슈가 든 수프 그릇 몇 개가 의자 앞에 놓여 있었다. 분명 저녁을 위해 남겨 둔 것 같았다. 편집장이 탁자 위에 열쇠를 내던지고, 한 마디도 하지 않고 나가버렸다.

연병장에서는 저녁의 화톳불을 지필 준비가 끝났다. 단단한 사각형 무더기를 쌓아 올렸는데, 가상자리는 역청을 바른 나뭇등걸로 보완하고 꼭대기에 솟아오른 기둥에는 독일군 철모를 씌웠으며 그 기둥 아래에는 장전 손잡이가 없는 부서진 독일군 소총 두 개를 십자로 묶었다. 무더기 주위에는 벤치와 의자, 안락의자가 놓였다.

우리 모두 긴장 속에 화톳불과 저녁의 민속 공연을 기다렸다. 그러나 이미 막사 전체가 너무 오랫동안 앉아 있었고, 예외가 되는 것은 물론 건물 뒤를 돌아다니거나 도둑에게서 침상을 지키거나 혹은 수용소 밖으로 원정을 나가거나, 극장이 설비된 차고 근처로 터전을 옮긴 사람들뿐이었다. 극장의 닫힌 대문 앞에 군중이 모여서 미군의 장난감 같은 군모를 쓰고 폴란드의 상징색인 희고 붉은 띠를 두른 경찰을 둘러싸고 욕을 하며 위협적으로 소리를 질렀다. 경찰관은 팔을 넓게 벌리고 불쌍할 정도로 애를 쓰며 입구를 지켰다.

"여러분, 자리가 없습니다! 제발 부탁이에요, 여러분! 내일 오세요. 내일도 그룬발드 공연을 반복할 겁니다. 모두 다 볼 수 있어요!"

그는 목쉰 소리로 외쳤다. 수탉처럼 얼굴이 빨개질 때까지 점점 더 쉰 소리로 외치다가 입을 다물고 팔을 내렸다.

그는 입구에서 밀려났고, 폴란드의 상징색 띠는 잡아 뜯겨 짓밟혔다. 군중이 대문을 덮쳤다. 대문은 삐걱삐걱 신음했지만 자물쇠는 열리지 않았다.

"지식인도 할 수 없어."

편집장이 재미있어하며 말하고는 배우들이 드나드는 창고 반대편의 조그만 문 쪽으로 나를 끌어당겼다. 우리가 관객석으로 숨어 들어가서 극장 문을 지키던 경찰관과 눈 깜짝할 사이에 이야기를 매듭지었을 때 나는 한순간이지만 장교가 된 것 같은 느낌을 분명하게 받았다.

우리는 장군들과 함께 두 번째 줄에 자리를 잡았는데, 무대의 노란 조명이 거기까지 비추었다. 좁지만 측정할 수 없이 긴 강당의 나머지 부분은 검고 푸르스름한 어둠 속에 잠겨 있었고 꽉 들어찬 사람들의 얼굴이 언뜻언뜻 보였다. 바깥에서는 몰려든 군중의 적대적인 고함 소리가 들려왔고 무게를 못 이긴 철문이 삐걱거리는 소리를 냈다. 아무도 거기에는 신경 쓰지 않았다. 모두 무대를 지켜보았다.

왜냐하면 바로 그때 붉은색과 흰색, 녹색으로 장식한 환하게 밝혀진 무대 중앙에서 진동하기 시작한 피아노의 검은 상자가 흘려보내는 애국적인 가락을 반주 삼아 생일을 맞이한 어린아이처럼 달아오른 여가수, 풍성한 금발 여인이 크라쿠프식 옷차림[217]에, 덜 익었지만 이미 색이 바래기 시작한 보리 이삭으로 만든 관을 쓰고 서 있었기 때문이다. 손가락으로 치맛자락을 잡고 시선은 순진하게 커튼을, 천장을, 하늘을 향해 들었다.

여가수 주위에 수용소의 줄무늬 죄수복을 입은 젊은 사람들 몇이 다가가 여가수의 꽉 끼는 조끼에 달린 리본을 붙잡고 자세를 잡고 섰다. 그들 중 몇은 아는 사람이었다. 그들은 그 유명한 수용소 '알라흐'에서 슈라이버(독 : 서기)였고, 줄무늬 죄수복은 몸에 멋지게 맞았는데, 아직 수용소에 있을 때 특별히 주문해서 맞춘 것이 틀림없다. 노동자의 작업복을 입은 다른 사람들이 무대 주변에서 허둥거리거나 손수레를 밀거나 여가수 주위에 삽과 손도끼와 쇠지레를 날라 갔다.

가장 앞쪽, 그러니까 거의 무대 가장자리에 닿을 정도 거리에 뚱뚱하고 열정적인 배우가 서서 손으로 여가수를 가리키며 애수에 가득찬 시 읊기를 끝마치고 있었다.

"성모의 이름으로, 우리는 당신의 아이들입니다. 폴란드여, 군인과 노동자들이여!"

무게를 이기지 못한 철문이 무시무시하게 삐걱거리는 소리와 이미 사람으로 넘칠 듯이 가득한 차고로 밀고 들어오는 군중이 지르

---

[217] 남부 폴란드 민속의상을 말함. 여자는 색색 가지 수를 놓아 화려하게 장식한 검은 조끼 아래 흰 블라우스와 빨간 치마를 입는다. 남자도 마찬가지로 화려하게 장식한 조끼에 흰 셔츠를 입고 모자에 깃털을 꽂는 것이 특징이다.

는 승리의 함성이 관객들의 거대한 박수와 광기 어리고 애국적인 외침에 묻혔다. 사방이 조금 진정되었을 때, 달아오른 폴란드 공화국[218]과 황홀경에 빠져 그녀를 쳐다보는 공화국의 연인인 배우를 다시 한 번 보여주기 위해 침대 시트로 만든 커튼이 다시 옆으로 걷혔을 때, 마침내 관객석 가장자리에 어떻게든 자리 잡고 앉은 편집장이 비밀스럽게 내 쪽으로 몸을 숙이고 꾸미지 않은 만족감을 드러내며 큰 소리로 외쳤다.

"유감이야, 무대에 침대를 갖다놓지 않아서! 저 '공화국' 괜찮은데! 죄 지을 가치가 있어!"

IV

"**말해봐,** 자기는 왜 이 수용소에 갇혀 있는 거야? 여기서 더 앞으로 헤치고 나갈 이유가 없어?"

여자아이가 다정하게 내 위로 몸을 기울였다. 지나치게 풍성한 젖가슴이 블라우스 아래에서 흔들렸다. 오팔처럼 흐릿한 광채를 내는 그녀의 불안한 눈 속에 내가 나 자신의 조그마한, 둥글게 튀어나온 조각이 되어 반사되었다. 나는 고개를 들고 그녀의 촉촉하게 벌어진 입술에 입 맞추려고 했다. 여자아이는 눈살을 찌푸리더니 몸을 뺐다.

---

[218] 폴란드어에서 폴란드(Polska)와 공화국(Rzeczpospolita)은 모두 여성형이며, 공화국이라는 폴란드어는 단어의 뜻 그대로 풀이하면 '공공의 물건'이다.

"그래, 여기서는 어디든 헤치고 나갈 이유가 전혀 없어."

나는 느긋하게 한숨 쉬고 졸음에 겨워 썩은 침엽 냄새를 풍기는 땅에 쓰러졌다.

"넌 폴란드에 두고 온 그 사람만 그렇게 사랑하는구나."

그녀는 손으로 내 입을 막았다.

우리 위로 하늘을 향해 전나무 숲이 솟아올라 나뭇잎 스치는 소리를 냈다. 바람이 나무껍질을 스치며 사삭사삭 소리를 냈다. 전나무 꼭대기에 꽂혀 갈라진 해가 깃털을 단 화살처럼 숲속 깊은 곳으로 떨어져 창백한 녹색 풀 위에 걸렸고, 풀은 가느다란 금실처럼 빛나며 사방으로 느긋하게 퍼지는 여름의 악취로 충만했다. 그 풀에서는 여자의 몸처럼 정신을 빼앗는 온기가 피어올랐다. 길 잃은 말파리가 조그만 폭탄처럼 우리 머리 위에서 커다랗게 붕붕거리다가 노란 꽃의 줄기 위에 내려앉았다.

"지저분한 개가 우유 그릇에 달려들듯이 욕심 사납게 귓가로 파고드는군."

내가 관대하게 말했다.

"그보다는 창턱으로 기어오르는 아이 같지."

여자아이가 관찰한 바를 말했다.

"아, 얼마나 많은 아이들을 돌봐줘야만 했는지. 난 아이들이 싫어!"

그녀가 소리쳤다. 겁먹은 말파리가 윙윙 성난 소리를 내며 날아갔다.

"가자."

그녀가 갑자기 결정했다.

"늦었어. 전나무가 거무스름해진 거 보여? 네 시? 다섯 시?"

그녀는 시선을 들어 가벼운 바람의 흐름에 잠긴 전나무 꼭대기를 쳐다보았다.

"아, 해가 아주 낮아졌네."

그녀는 무릎으로 지탱하며 몸을 일으켜 옷에서 나머지 침엽을 털어내고 머리를 매만졌다.

"가자."

그녀가 내 손을 밀어내며 조급하게 일어섰다.

"나랑 같이 가! 아, 나랑 같이 가자! 난 팔레스타인이 너무 무서워!"

숲을 가로질러, 포플러나무의 둑에 둘러싸인 아스팔트 도로가 흘러갔다. 그 길을 따라 따뜻하게 달아오른 여러 색깔의 남녀 커플이 오갔다.

"그거 알아, 니나?"

숲 가장자리에서 내가 침묵을 깨고 그녀를 반쯤 안았다.

"독일인들은 저렇게 살아. 그리고 나도 저렇게 살고 싶어, 알겠어? 수용소 없이, 군대 없이, 애국심 없이, 규율도 없이, 정상적으로, 남에게 보이기 위해서가 아니고! 냄비에서 뜬 수프를 먹지 않고, 폴란드에 대해서 생각하지 않고."

"그래, 바로 그거야."

니나가 말끝을 잡았다.

"그러니까 나랑 같이 서쪽으로 가자. 난 정말 자유로워."

"폴란드의 남자 친구는?"

"그 애에 대해선 잊어버릴 거야."

"하지만 아직까진 안 잊어버렸어?"

"다른 남자 친구가 없었으니까, 안 잊었지."

"다른 남자는 없었다고?"

그녀는 잠시 후에 힘들게 말했다.

"나랑 같이 폴란드를 떠나온 사람들, 그 사람들은 나랑 관계없는 남이야. 그 사람들에게선 떨어져 나올 수 있어. 같이 브뤼셀로 가자. 거기에 돈 많은 벨기에 사람에게 시집간 언니가 있어. 난 의학을 공부할 거야."

아스팔트가 발아래에서 뜨겁게 김을 냈다. 길 위로 포플러가 원형 지붕처럼 가지를 펼쳤고, 그 지붕은 막사의 붉은 담벼락과 탑까지 뻗어갔으며, 그곳을 다리橋처럼 녹색으로 둘러싼 뒤에 잘 익은 사과처럼 금빛으로 빛나며 시내 외곽에 있는 마을의 판자를 인 지붕까지 이어졌다. 그 지붕들은 실크 스카프를 통해서 보는 것처럼 대기 중의 푸르스름한 연기를 통해 분홍색으로 반짝였다.

"니나, 나랑 같이 남아 있자."

내가 예상치 못하게 말했다.

"난 여기서 아무것도 아니지만, 앞으로 자리를 잡을 거야. 날 도와주는 친구들도 있고, 버리고 갈 수 없는 책도 있어. 힘들게 모은 거라서, 알아? 난 위험을 무릅쓰는 게 무서워. 죽음을 너무 많이 봐서, 나 자신이 그 앞에 나설 수는 없어. 다른 사람은 몰라도, 내가 왜? 열린 공간도 무섭고, 사람도 무서워. 왜냐하면, 난 아무것도 아니잖아? 아무 권리도 없잖아?"

나는 머릿속으로 내게 적용되는 권리를 찾으며 말을 멈추었다.

"아무것도 없어! 알겠어, 아무것도 없다고!"

나는 목소리를 낮추고 그녀의 얼굴에서 공감의 표정을 찾듯이 들여다보았다.

"여기서 나가면 아무도 우리에게 먹을 것을 주지 않아. 교차로 하나 건널 때마다 저 하얀 철모를 쓴 까만 원숭이들이 우리를 붙잡아서 알지 못하는 수용소에 처넣을 수도 있어. 그러면 거기서는 굶주림이 우리를 갉아먹을 거야."

"난 겁나지 않아."

니나가 건조하게 말했다.

"하지만 발아래 디딜 땅이 전혀 없어진다는 건!"

나는 암시적인 비유를 찾으며 발을 멈추었다.

"뿌리 없는 나무 같은 거야! 말라 죽는다고!"

"그럼 넌 폴란드로 돌아가겠구나."

여자아이가 확인하고 내가 자신을 정당화하려는 순간에 경멸적으로 입을 일그러뜨렸다.

"그냥 하루만 나를 원했던 거야, 다른 모든 사람들처럼."

"모든 사람들?"

나는 이 사이로 쇳소리를 냈다.

"그래, 모든 사람들!"

그녀가 소리쳤다. 발이 걸려 비틀거렸다. 내가 그녀의 팔을 잡아주었다. 그녀는 돌연히 적대적으로 뿌리쳤다.

"나를 유대인으로만 보는 모든 사람들 말이야! 그거 알아?"

그룬발드 전투

그녀는 호각 모양의 목걸이를 감싸 쥐었다. 손가락이 떨렸다.

"다른 사람들과 달리 자기는 이제까지 이게 뭔지 나한테 물어보지 않았어. 이건 모세의 십계야, 히브리어로 적은 계명이야. 이게 나를 유대인들과 연결시켜준다고 해. 하지만 나는 유대인도 아니고 폴란드인도 아니야. 나는 폴란드에서 쫓겨났어. 그리고 유대인들은 혐오스러워. 또 다른 사람들도 있을 거라고 생각했어. 하지만 넌 사람이 아니라 그저 폴란드인일 뿐이야. 폴란드로 돌아가!"

그녀가 표독스럽게 외쳤다.

"폴란드로 돌아가!"

"폴란드로 돌아가!"

마치 새처럼 갑자기 발아래에서 터져 나온 목소리에 나는 깜짝 놀랐다.

금빛이 나는 키 큰 풀 위로 검은 머리를 짧게 자른 이마가 번득였다. 스테판이 땅에서 몸을 일으켜 여자아이에게 고개를 숙여 보였다.

"폴란드로 돌아가."

그가 반복했다.

"나랑 같이 가자. 난 걸어서 가는 길이야."

"걸어서? 대단한 남자로군."

내가 말꼬리를 잡았다.

"독일 여자는 어디 있지?"

나는 의심스럽게 주위를 둘러보았다.

"덤불 속으로 가버렸지. 그래, 집에 도로 데려다줬어."

그는 손으로 머리를 쓸었다.

"예쁜 아가씨로군. 나랑 같이 가지?"

"저기, 같이 가고는 싶지만, 그런데……."

나는 망설였다. 면으로 된 제복이 몸 전체를 태웠다. 스테판은 햇빛에 눈이 부셔 눈을 가늘게 뜨고 눈꺼풀 아래로 노골적인 경멸을 담아 나를 쳐다보았다. 손가락 사이에 마른 나뭇가지를 잡고 돌리자 그것은 소리를 내며 부러졌다.

"책, 책이란 말이지."

그가 쓴웃음을 지었다.

"그런 말을 하고 싶었어? 그리고 길에 나서면 굶게 될 거라고? 정상적인 삶을 어떻게 사는가? 나한테 묻는다면, 여자가 밥을 먹여 줄 거라고 하겠어, 형제여. 여자를 하나 붙잡았군, 붙잡았어, 응?"

그의 이빨이 마치 개의 것처럼 반짝였다. 얻어맞은 눈에 손을 가져다댔다.

"그 유대인 여자 말고 또 뭘 가졌지?"

"우리는 수용소로 돌아가요."

니나가 속삭이는 소리로 끼어들었다.

"아저씨는, 아저씨는……."

그녀는 주먹을 쥐었다. 턱이 발작적으로 떨렸다.

"아저씨는 나치하고 똑같아요!"

스테판은 가볍게 웃음 지었다. 여자아이에게는 주의를 기울이지 않았다.

"수용소는 미국인들이 점거했지."

그가 나에게 말했다.

"들어가서 담요를 가져오려고 했어. 안 들여보내주더군. 내일은 모두 다 실어내갈 거야! 모두 다!"

"미쳤군! 대령하고 소령도? 막사 사람들 전부? 사제는, 주방은?"

"수용소로 가봐, 보게 될 테니까."

스테판이 말했다.

"폴란드에서 기다리지."

"실려 가지 않아. 잘못 안 거야. 오늘은 그룬발드라고."

"그룬발드!"

스테판은 웃음을 터뜨리더니 얼어맞은 눈을 만졌다.

"그룬발드와 함께 가라고."

그는 냉소적으로 말하고 작별인사 없이 숲속으로 사라졌다. 그가 헤치고 간 전나무 가지가 그의 뒤에서 흔들렸다.

"수용소로 돌아가자."

니나가 말했다. 그녀는 마치 물가에 던져진 물고기처럼 숨을 가쁘게 쉬었다.

"힘들어, 돌아가자. 어쩌면 운 좋게 안으로 들어갈 수 있을지도 몰라."

"분명히 들어갈 수 있을 거야."

내가 조금 지나치게 열성적으로 말했다.

나는 그녀의 어깨에 팔을 두르고 길을 따라 데려갔다. 그녀는 내게 기대왔다. 혼잣말을 하듯이 소리 없이 입술을 움직였다. 아스팔트 바닥을 따라 자전거의 행렬이 끊임없이 흘러갔다. 독일인들은 더운 여름날 오후를 잘 이용했다. 교차로에 수용소 사람이 앉아 있었다. 빨간 여행 가방 두 개를, 겉에 바른 옻칠이 녹지 않도록 그늘에 세워두었다. 열린 배낭 안을 뒤적이고 있었다. 나치의 이슬람 분대[219] 장식이 달린 빨간 군모를 귀 위로 눌러썼다. 머리를 움직일 때마다 까만 술이 흔들렸다.

수용소로부터 숲까지 풀 위에 사람들이 끈처럼 늘어서 있었다. 그들은 경비가 제대로 지키지 않는 구멍과 샛길을 알고 있었고 아직 시간이 있을 때 막사에서 빠져나온 것이다.

우리는 발걸음을 빨리했다. 아치형으로 가지를 뻗은 나무가 바람에 스치는 소리를 내서 마치 숲이 우리와 함께 가는 것 같았다. 마른 덤불숲 아래 탱크 몇 대와, 작업장이 딸린 가게처럼 질서정연하게 쌓아올린 소총, 대포알과 독일군 지뢰가 놓여 있었다. 더위 때문에 졸음에 빠진 미군 병사가 그것을 지키는 중이었다.

길가에 한 줄로 늘어선 트럭들이 마치 굶주린 시궁쥐처럼 가느다란 엔진 뚜껑을 수용소 쪽으로 돌리고 서 있었다. 내일을 기다리는 중이다. 자동차 사이로 반쯤 벌거벗은 흑인들이 분주히 돌아다녔다. 마치 구리를 뒤집어쓴 것처럼 갈색 땀방울이 날카롭게 번쩍였다. 우리가 그들 옆을 지나가자 소리를 질렀다. 그 미군들은 무게를 못 이겨 쓰러져 있는 철문을 통해 우리를 막사에 들여보내려는 것이다. 철문은 그 전형적인 모양새로 보아 예전에 양을 내보내던 자리가 틀림없었다. 그 구멍 앞에는 아무도 없었다. 그런 반면 담장

---

219) 제13사단: 이슬람교를 믿는 보스니아인과 크로아티아인으로 이루어진 독일군 최초의 비非 아리안 군단. 1943년 7월에 창설되어 1944년 1월까지 훈련받은 후 당시 유고슬라비아 지역에 투입되어 주로 게릴라 저항군 진압과 세르비아인 학살을 담당했다. 검은 방패 속에 칼이 들어 있는 특유의 문양을 사용했으며 군모 뒤쪽에 검은 술을 달기도 했다.

이 달아오른 땅을 향해 약간의 냉기를 뿜어주는 모퉁이에서는 방수천을 막대기 몇 개로 받친 지붕 아래 그늘 깊은 곳에서 군인이 앉아 졸고 있었다. 철모는 풀 위에 놓고 소총은 무릎 사이에 끼우고 턱은 가슴에 닿았다. 다른 모퉁이 앞에는 앞섶을 풀어헤친 군인 둘이 서서 시끄럽게 떠들며 담배를 나누어 피우고 있었다.

우리는 철문 앞의 풀밭 위에 완전히 드러난 채 마녀의 오두막 앞에서 길을 잃은 아이들처럼 서 있었다.

"어두워질 때까지 기다리자."

내가 불안감에 휩싸여 말했다.

"어쩌면 안 들여보내줄지도 몰라. 숲으로 돌아가자."

그녀는 짧고 경멸적인 웃음을 터뜨리며 나를 팔로 밀어냈다.

"그렇게 '그룬발드'를 향해 서두르더니, 이게 뭐야? 또 겁이 나? 기다려봐, 아가야, 날 따라와."

그리고 내가 뭔가 말하기도 전에, 무슨 행동을 하기도 전에, 여자아이는 성급하게 치마를 매만지고 지나치게 풍성한 젖가슴 위로 블라우스를 당기고는 재빨리 철문 쪽으로 향했다. 돌무더기에 도달하자 그 위로 기어오르기 시작했다. 꼭대기에서 바람이 한 줄기 불어와 그녀의 허리를 꽉 감싸고 머리카락을 흩날렸다. 손으로 머리카락을 잡고 돌풍에 날리지 않게 버텼다. 한순간 그녀는 냉소적인 미소를 띤 얼굴을 내 쪽으로 돌렸다. 나를 불렀지만 바람이 그녀의 목소리를 사방으로 날렸다. 나는 그녀를 따라 달려가다가 갑자기 멈추었다. 그녀에게 신호하기 위해 손을 들었으나 그녀는 내게 등을 돌렸고, 나는 소리를 지르려 했으나 침묵을 지켰다. 담배를 나누어 피우던 군인 두 명이 철문 쪽으로 몸을 돌렸고, 그중 하나가 어깨에서 소총을 끌어내리며 웃음을 섞어 목청껏 외쳤다.

"프로일라인, 프로일라인! 할트, 할트! 컴 히어(아가씨, 아가씨! 멈춰, 멈춰! 이리 와)!"[220]
　Fräulein　　Fräulein　　Halt　　halt　Come　here

"스톱, 스톱(영)!"
　Stop　Stop

다른 한쪽이 쇳소리로 외쳤다.

담장의 다른 쪽 모퉁이에서 자고 있던 군인이 무의식적으로 고개를 들었다가 벌떡 일어섰다. 몸을 굽혀 무릎 사이에 끼워두었던 소총을 집어 어깨에 겨누고 눈 깜짝할 사이에 고개를 오른쪽으로 기울였고, 그리고…….

여자아이는 방어적인 몸짓으로, 마치 갑자기 숨이 답답해진 것처럼 손을 들어 목에 대었다. 돌무더기의 가장자리 너머로 한 걸음 더 옮겨 벽돌 위로 미끄러지듯 기어가려는 것처럼 그 너머로 부드럽게 밀려갔다. 그리고 아래로 던져진 것처럼 가장자리 너머로 사라졌다. 돌무더기 너머, 수용소가 시작되는 그곳에서 목소리가 들려오고 말소리가 섞이고 비명이 터졌다. 웃으면서 여자아이를 부르던 두 군인이 아직 다 피우지 않은 꽁초를 내던지고 발로 밟아 끈 후 무더기 쪽으로 달려갔다. 잠에 취한, 총을 쏜 군인은 총구를 아래로 해서 소총을 어깨에 걸고 땅에서 철모를 집어 먼지를 털고 머리에 쓴 뒤 아무 생각 없이 휘파람을 불면서 또한 철문 쪽으로 서둘러 갔다.

나는 천천히 걸어서 돌무더기로 다가가 모두가 보는 앞에서 그것을 지난 후에 사람들을 밀치고 니나 옆으로 들어갔다.

---

[220] 독일어와 영어가 섞여 있다.

그녀는 떨어지면서 벽돌에 뺨을 긁혔다. 일그러지고 촉촉한, 방금 흘러나온 피로 뒤덮인 입술에 커다란 푸른색 파리가 앉아 있었다. 그림자로 가려지자 그것은 윙윙거리며 날아갔다. 입술 아래에서 죽은 흰색 치아가 반짝였다. 부어오른 눈은 마치 농축된 젤리처럼 흐렸다. 방어적인 몸짓으로 꽉 쥔 양손은 무겁게 돌 위에 놓여 있었다. 생명의 마지막 징후인, 숨 막히는 냄새를 풍기는 따뜻한 피가 넓은 반점이 되어 지나치게 튀어나온 가슴을 감싼 블라우스를 따라 퍼져서 마치 녹슨 것처럼 가장자리가 마르기 시작했다. 호각 모양의 조그만 펜던트가 목에서 옆으로 밀려나와 목걸이 줄에 걸린 채 몇 번 흔들리다가 움직이지 않게 되었다. 나는 시체의 머리 아래에서 날카롭고 불편한 벽돌 조각을 빼내고, 머리카락을 부드럽게 다듬고, 머리를 생석회의 부드러운 모래 위에 놓아주고 꿇어앉은 자세에서 일어나 바지에서 먼지를 주의 깊게 털어냈다. 말없이 집중한 사람들의 얼굴이 원형으로 둘러싼 그늘에 가려 위쪽이 어두워졌다. 나는 내키지 않아 하며 길을 비켜주는 군중을 팔꿈치로 밀어내며 그 사이로 힘겹게 빠져나갔다. 그들은 나를 보내준 후 전보다 더 가까이 시체 위로 모여들었다.

마당에서는 버려진 냄비와 식기 아래에 피워놓은 불이 연기를 냈다. 바람이 덜걱거리는 소리를 내며 연기를 마치 지푸라기처럼 돌려 담장 너머로 던졌다. 다락에서 불 속으로 내던져진 판자들이 대기 속에서 소리 없이 미끄러져 떨어져서 검은 불을 배경으로 하얗게 보이다가 무시무시하게 부러지는 소리를 내며 쓰러졌다. 땅에서 먼지기둥이 솟아올라 천천히 땅 위를 휩쓸고 다니다가 다시 내려앉았다. 측정할 수 없이 먼 곳에서 단조롭고 분명치 않은 웅성거리는 목소리가 마치 벽 너머에서 들리듯 내게 전해졌다. 주거용 막사 사이에서, 어린 플라타너스로 둘러싸인 거리에서, 방수천으로 덮은 대포의 긴 포신이 튀어나온 차고 모퉁이에서, 군인들이 미는 조그맣고 우스꽝스러운 지프차가 튀어나와 나무 사이로 기어가서 연기와 먼지의 거대한 덩어리를 뿜어내고는 땅에 바퀴를 버티고 기기긱 소리를 내며 브레이크를 걸더니 멈추었다.

"웟스 해픈드(영 : 무슨 일이 있었나)? 이 사람들 왜 소리를 지르는 거지?"
_{What's happened}

중위가 운전병 쪽으로 몸을 기울였다. 운전병은 무관심하게 어깨를 들썩였다. 나는 놀라서 장교를 쳐다보았다. 우리를 둘러싼 침묵 속에서 그의 목소리는 천을 찢는 소리처럼 날카롭고 불쾌하게 들렸다. 장교는 이런 시선과 마주치자 눈을 가늘게 뜨고 입술을 약간 힘주어 다물었다. 차에서 다리를 내밀고 망설이며 발을 흔들었다. 햇빛이 갈색의 반들반들한 반장화에 비치며 꽃 모양의 둥근 빛을 뿌렸다. 무릎에 자동 권총을 얹은 군인 두 명이 뒷좌석에 버티고 앉아 있었다. 운전병은 주머니에 손을 넣어 담배 한 갑을 꺼내 다채로운 띠를 찢고 뒤쪽으로 몸을 기울여 나눠주었다. 섬세한 하늘색 연기 한 줄기가 얼굴 주위에 흐르다가 바람에 날려 공기 중으로 사라졌다. 나는 서두르지 않고 차 쪽으로 다가갔다.

"두 유 스피크 잉글리쉬(영 : 영어 하나)?"
Do you speak English

중위가 재빨리 물었다. 나는 마치 도망치려는 것처럼 망설이며 턱을 움직이다가 입을 우물거리기 시작했다.

그룬발트 전투

"아이 두(영 : 합니다)."
_{I   do}

내가 고개를 끄덕였다. 내 목소리가 빈 강당처럼 머릿속에서 울려 퍼져서, 나는 몸을 떨었다. 장교를 사람이 아니라 먼 곳의 상관없는 물체를 보듯이 바라보았다.

군중이 여자아이의 시체를 완전히 가리고 있었으나, 그들은 돌아서서 군인들을 바라보았다. 마치 헤드폰을 쓴 것처럼 귓속이 울렸다. 갑자기 사람들의 벽이 움직였고, 틈이 생겼다.

"윗스 해픈드(무슨 일이 있었지)?"

중위가 약간 더 날카롭게 물었다. 발로 땅을 건드렸다. 차에서 뛰어나올 것 같아 보였다.

"누가 저 사람들을 해쳤지? 어째서 저렇게 소리치는 거야? 무슨 일이 있었나?"

소총의 총구를 땅을 향해 내린 군인이 군중 속에서 걸어 나왔고, 그 뒤로 아까 담배를 피우던 두 사람도 밀고 나왔다. 그러나 먼저 나온 사람이 뭐라고 채 말하기 전에 내가 장교를 향해 말했다.

"나씽, 써(영 : 아무 일도 없었습니다)."
_{Nothing sir}

나는 별 것 아니라는 손짓과 정중한 승복의 몸짓으로 그를 진정시켰다.

"아무 일도 없었어요. 그쪽 군인들이 조금 전에 수용소의 여자아이에게 총을 쏘았을 뿐입니다."

중위가 갑자기 풀려난 용수철처럼 차에서 뛰어내렸다. 그의 얼굴은 순간 피가 몰렸다가 하얗게 되었다.

"마이 갓(영)."
_{My   God}

그가 말했다. 갑자기 입 안이 마른 것이 틀림없었는데, 얼굴을 찡그리면서 껌을 뱉어냈기 때문이다. 분홍색 껌 덩어리는 길의 먼지로 빨갛게 되었다.

"마이 갓! 마이 갓!"

그가 머리를 움켜잡았다.

"우리는 여기 유럽에서 그런 일에 익숙해졌습니다."

내가 무심하게 말했다.

"육 년 간 독일인들이 우리에게 총을 쐈는데, 지금 당신들이 총을 쏜다고 해서 다를 게 뭐가 있습니까?"

나는 나지막하게 피어오른 먼지 속을 지나서, 얕은 강 속을 걷듯이 주위를 둘러보지 않고 무거운 걸음으로 막사 안쪽 깊은 곳으로, 내 책을 향해, 내 물건들을 향해, 분명 벌써 배급되었을 내 저녁밥을 향해 떠났다. 침묵은 공기가 꽉 찬 풍선처럼 소리를 내며 귓가에서 터졌다. 그제야 나는 군중이 여자아이의 시체 위로 바짝 모여서 군인들의 눈을 쳐다보며 내내 외치고 있었음을 깨달았다.

"게-슈타-포! 게-슈타-포! 게-슈타-포!"

V

군인들의 방은 폐허가 되어 있었다. 탁자와 바닥에 있는 도자기 수프 그릇의 깨진 조각이 짙은 어둠 속에서 그물로 건져낸 말라버린 뼈처럼 하얗게 보였다. 침대에서 끌어내린 짚자리가 땅을 향해 무력하게 매달려 있는 모습이 마치 살해당한 것 같았다. 옷장에서는 배를 갈라 내장을 꺼내놓은 것처럼 누더기가 쏟아져 바닥에 뭉쳐진 채 놓여 있었다. 발아래에서는 낡아빠지고 구겨진 책 무더기가 사각사각 소리를 냈다. 공기 중에는 텁텁한 지하실 같은, 시체 같은 냄새가 피어올랐다. 마치 이 누더기, 짚자리, 그릇 조각과 책들이 깨지고 뜯어진 채 썩으면서 계속해서 분해되는 것 같았다.

밤하늘을 향해 열려 있는 창문의 푸르스름하고 창백한 사각형이 거대한 꽃처럼 피어났다 — 붉은 조명탄 때문이었다. 철문 근처의 높은 탑에서 쏜 것이었다. 부드러운 불빛이 소리 없이 유리창 위로 흘러가는 모습이 신선한 피 같았다. 그림자는 떨리기 시작해서 뒤흔들린 물처럼 흔들리다가 위로 떠올랐다.

나는 불빛을 이용해서 옷장을 쳐다보았다. 쓸모가 있을 만한 물건은 무엇이 되었든 전부 긁어내갔고, 나머지는 파괴되었다. 옷장 바닥을 더듬다가 냄비 속에서 아직 상하지 않고 남은 감자전에 손이 닿았다. 손가락 아래에서 마르고 부서진 잎사귀처럼 바스락거렸다.

조명탄이 쓰레기 더미 위로 흘러갔고, 몇 번 뛰어오르다가 더 강한 빨간색으로 번쩍이더니 꺼졌다. 사방이 완전히 깜깜해졌다. 나는 침대로 가서 손으로 더듬었다. 거칠거칠한 짚자리에 손가락이 쓸렸다. 담요는 없었다. 도둑맞았다. 방 안쪽 침대 위에서 누군가 끙끙거리며 몸을 움직였다. 꿰뚫는 듯한 속삭임 한 줄기가 갑자기 들려왔고, 분명치 않은, 중간에 끊어진 웃음소리가 갑작스럽게 부스럭대는 지푸라기 소리와 함께 흘러나왔다. 그리고 조용해졌다.

"집시? 집시, 형제여, 자넨가?"

나는 대단히 안도하며 물었다. 옷장 쪽으로 가서 침대를 붙잡고 방 안쪽을 향해 힘들게 걸어가기 시작했다. 깨진 유리가 발아래에서 와그작거리는 소리를 냈다.

"집시, 거기 있나?"

나는 불확실하게 멈추어서 긴장하며 기다렸다.

"내가 여기 있는 게 무슨 소용이야, 번개라도 맞은 것처럼 온몸이 이렇게 아픈데!"

집시가 어둠 속에서 끙끙거렸다. 짚자리가 다시 불안하게 부스럭거렸다.

"저 사람이라는 족속들, 대체 무슨 일을 저지른 건지! 내가 그때까지 살아남지 못하게 하려는 거야. 아무도 없었고, 아무도 음식을 가지러 가지 않고……."

"아무도 저녁을 안 가져왔어?"

내가 절망해서 외쳤다. 갑작스럽게 온몸을 감싸는 허기가 느껴졌다. 나는 탁자에 기댔다. 의자가 손에 닿았다. 나는 앉았다.

"저녁밥이 없다고."

나는 기계적으로 되풀이했다.

"그리고 내일은 이송이니까 또 음식을 안 주겠군."

"아무도 없었어, 아무도 돌봐주지 않고."

지푸라기를 부스럭거려 마치 우는 듯한 소리를 내며, 울먹이는 목소리로 집시가 말을 이었다.

"방으로 쳐들어와서 전부 다 부수고 훔쳐갔어. 타덱 씨, 타덱 씨가 봤더라면, 그걸 보기만 했더라면 아마 심장이 터졌을 거야. 타덱 씨 책을 전부 찢고, 콜카 씨에게서 담배를 빼앗아갔어. 폴란드인이 폴란드인에게 그런 짓을 한 거야. 오, 자비로우신 하느님, 우리를 불쌍히 여기소서. 그리고 내 신발을 가져갔어. 옷이나마 간신히 지켜낸 거야. 머리 밑에 베고 있었거든."

"양고기를 날로 먹는 게 아니었어. 그냥 뒀으면 오늘 도둑맞았을 텐데. 남자들이 이송될 준비를 하는 거야, 도둑질도 이상할 게 없어."

내가 조롱하듯 말했다. 아쉬움에 이를 꽉 물고 발아래에서 부서지는 둥근 수프 접시를 찼다. 그것은 쨍 소리를 내며 콘크리트 위로 흩어졌다.

"준비하는 거지, 준비한다고. 그러다가 옆구리에 칼을 맞지."

집시가 훌쩍이며 욕했다.

"그리고 편집장님이 와서 타덱 씨 옷장의 책을 또 가져갔어. 타덱 씨가 분명 돌아오지 않을 테니까 남겨두긴 아깝다고 했어. 편집장에게는 쓸모가 있을 거라고 했어, 왜냐하면 안데르스 장군한테 갔거든."

"편집장? 나한테 수프를 주던 사람이? 떠났다고! 결국 떠났군! 나 없이!"

나는 다시 배가 고프다는 것을 느꼈다.

"그리고 준위님이 영창에 들어앉았고 콜카 씨도 영창에 들어앉았어."

집시가 단조롭게 말을 이었다. 빨간 조명탄이 다시 남청색 하늘에 번쩍였고 그 옆에서 녹색, 주황색, 노란색 불빛이 피어나 함께 꽃다발을 이루어 땅 쪽으로 흘러내렸다. 집시의 검은 얼굴이 마치 수은으로 덮이듯 시체 같은 형광색 빛에 덮였다가 어둠에 잠겼다.

"그리고 사람들 말이, 준위님과 콜카 씨는 벌로 폴란드로 도로 보내대."

"하지만 콜카는 이탈리아로 가고 싶어 했는데."

내가 어리둥절해서 말했다.

"뭐, 그럼 폴란드에서 스테판과 함께 만나겠군. 스테판이 곧 그들을 찾아낼 거야."

"그리고 준위님 옷장을 부수고 사진기와 돈을 가져갔어. 오 하느님, 하느님……. 나한테 불을 지르고……."

"거짓말하지 마, 거짓말하지 말라고. 더러운 집시 같으니, 내가 또 얼굴에 한 방 먹인다……. 너야말로 돈을 훔쳤잖아. 아빠가 어디다 숨기는지 훔쳐본 거지."

아래쪽에서 준위의 아들이 대꾸했다. 침대가 감정에 겨워 삐걱거렸다.

"아, 무사히 돌아오셨어요?"

내가 정중하게 기뻐했다.

"아빠가 타덱 씨를 걱정했어요. 아빠는 자기 걱정이나 하는 게 좋을 텐데, 바보처럼 싸움이나 하고."

준위의 아들이 불퉁스럽게 내뱉었다.

"난 내가 알아서 할 수 있어요. 바보짓은 하지 않고 폴란드로 가는 수송차도 타지 않을 거예요."

그가 경멸을 담아 덧붙였다.

"뭔가 가져왔어요?"

"가져왔죠."

그가 대답했다.

"하지만 양은 아니에요. 양보다 더 좋은 거예요. 들어봐요, 타덱 씨."

그는 손으로 더듬었고, 어둠 속에서 놀란 여자의 비명이 터져 나왔다.

"독일 여자를 사왔어요. 개구멍으로 끌고 왔죠. 아는 카우보이들이 경비를 섰거든요."

"정말 운이 좋았군요."

나는 부러워서 한숨을 쉬었다.

"타덱 씨도 돌아다니기만 하면 운이 좋을 수 있어요. 그런데 그저 책 속에 앉아 있기만 하죠. 행운이 자기 발로 걸어 들어오진 않아요. 중요한 건 오늘이에요."

"내일은요? 수송대는 어떻게 된대요?"

"내일에 대해서는 내일 얘기해요."

마지막 단어는 하품 속에 목쉰 소리로 울려 나왔다.

"남자들이 포기하지 않을걸요."

"그렇게 생각해요?"

"하지만 방어할 준비들을 하고 있어요."

그가 확신에 차서 장담했다.

"저쪽에서."

그는 조명탄으로 밝혀진 마당 쪽으로 손을 흔들었다.

"그룬발드를 준비하고 있어요. 하지만 우리가 더 나은 걸 해낼 거예요. 얼마나 많은 남자들이 브라우닝[221]을 갖고 있는지. 게다가 수류탄에, 소총에, 기관단총에! 조명탄만 그룬발드를 위한 것인 줄 알아요? 지붕에 대형 기관총 두 대만 설치해놓으면, 얼마나 쏘아댈지……. 왜요, 오케이들이 안 도망갈 것 같아요?"

그는 마치 일어서려는 것처럼 침대에서 몸을 일으켰다. 그러나 그저 담요로 여자를 옆고 폭신폭신한 금발 끝까지 감쌌을 뿐이고, 한숨을 쉬며 다시 침대에 누워서 손을 담요 밑에 넣었다.

하늘이 모든 색깔로 번쩍였다. 조명탄의 분수가 공기 중으로 흘러 넘쳤고, 어둠의 바닥으로 한껏 달아오른 방울이 되어 떨어졌고, 하늘로 터져 올랐다. 막사의 빨간 지붕이 움직이지 않는 하늘을 배경으로 유령처럼 색깔이 바뀌었는데, 그 하늘은 가끔가끔 남청색으로 물들었다.

"그룬발드를 준비한다고요."

내가 준위의 아들에게 말했다.

"내일 그룬발드 전투를 되풀이해야 할 거예요. 내일 사람들이 여자를 찾아내지 않게 조심해요, 아까우니까."

"오, 굉장한 걱정이군."

그의 목소리가 마치 숨이 가쁜 것처럼 약간 떨렸다.

"붙잡으라고 해요. 여자가 나한테 필요하지도 않을 건데? 아니면 여자와 함께 남자애들에게 가서 같이 지붕에 앉아 있을지도 몰라요. 거기에 숨겨두면 악마도 찾지 못해요. 활동이 끝나면, 그냥 나가면 되고. 좋아, 다음번까지 안녕이죠!"

---

[221] 브라우닝(Browning): 권총의 한 종류.

"아마 수송대가 코부르그[222]로 갈 것 같던데."

집시가 대꾸했다.

"난 이렇게 아픈데, 어떻게 갈 수가 있겠어? 날 안 데려가면 어쩌지? 타덱 씨, 타덱 씨는 영어를 할 줄 아니까 카우보이들에게 부탁 좀 해주겠어?"

그는 아무것도 덮지 않고 누워서 죽어가는 짐승처럼 가쁘게 숨을 쉬었다. 조명탄 빛이 반사되어 빛나는 눈으로 나를 들여다보았다. 푹 꺼진 검은 얼굴에서 그 눈은 믿을 수 없을 정도로, 인광燐光을 내듯이 번쩍였다.

"무슨 상상을 하는 거야, 내가 도둑을 돌봐줄 것 같아? 다하우로 가는 길에 자넬 목 졸라 죽이지 않은 게 유감이야, 그랬으면 오늘 문제가 좀 덜했을 텐데."

내가 경멸을 담아 말했다. 준위의 아들은 소리 내어 웃고 침대에서 돌아누웠다.

"나도 수송 전에 숨어야 해. 그 뒤에는 수용소에서 뭔가 '기능'을 맡기가 더 쉬워질 거야, 식료 담당이나 아니면 비서 같은."

내가 조금 더 부드럽게 덧붙였다.

"아니면 뭘 어떻게 하겠어?"

"그룬발드에 나가세요."

준위의 아들이 충고했다.

"일이 끝나면 여기서 편하게 잘 수 있을 거예요. 나는 고기를 요리하러 갑니다."

---

[222] 코부르그(Cobourg): 독일 남부의 도시.

나는 탁자에서 일어나서 손으로 더듬어 책을 찾으려다가 문에 이르렀다. 그 순간 문이 반대쪽에서 열리더니 복도의 검은 굴에서 조명탄의 노란 불빛 속에 입을 반쯤 벌린 날카롭고 어두운 얼굴이 흔들렸다. 조명탄이 아래로 흘러내렸고, 번쩍거리는 안경이 분홍색으로 반들거렸다.

"교수님, 교수님이군요!"

내가 히스테릭하게 외쳤다. 나는 그를 탁자로 데려갔다.

"저를 찾아다니셨어요?"

교수는 여전히 티롤식 가죽 반바지를 입고 있었다. 검은 털이 듬성듬성 난 하얀 무릎으로 색색 가지 그림자가 지나가고, 바바리아식 셔츠를 물들이고 얼굴 위로 올라가서 천장을 통해 창밖으로 도망쳤다.

"찾아다녔죠."

교수가 말했다.

"어쨌든 나는 타덱 씨의 방에 있을 예정 아니었소. 타덱 씨를 위해서 불가에 좋은 자리도 맡아두었어요. 금방 시작할 거요. 이렇게 오랫동안 어디에 있었어요?"

그는 무릎을 쳤다. 주머니에 손을 넣었다. 구겨지고 알맹이가 흩어진 담배가 손가락 사이에서 펴진 후 입술 사이에서 흐릿한 불꽃을 내며 타올랐고, 입술에 붉은 빛이 흘러 지나가며 얼굴의 움푹한 곳 사이에 약한 반영을 비추었다.

"어디에 있었는지 모르겠어요, 정말."

나는 미약하게 말했다. 고개를 숙이고 바닥을 내려다보았다. 땅

바닥에 닿아 떨어진 채로 영웅적이며 즐겁고 찬양받아 마땅한 『무모한 딜』의 모험 중에서 가슴을 드러내고 담장 아래에서 기타를 치는 여자의 목판화가 펼쳐져 있었다.

"수용소 어딘가를 돌아다녔어요. 하지만 아무래도 상관없잖아요! 동료 간의 예절이라고? 여기서! 다음 날이면 이송? 그럼 내일부터 더 이상 만나지 않겠죠."

"세상은 좁아요!"

교수가 외쳤다. 그는 담배를 빨았다. 푹신해 보이는 연기 덩어리가 아래쪽을 분홍빛으로 빛내며 창백한 등을 펴고는 천장 아래로 퍼져 나갔다.

"물론 또 만날 거요. 이쪽이 아니면 다른 풀밭에서라도."

그는 자기가 좋아하는 풀밭과 암소에 대한 생각으로 돌아왔다.

"다만……"

갑자기 그는 단어 중간에서 얼어붙은 듯 멈추었다.

"그 애를 쏘아죽였죠."

다 피우지 않은 꽁초를 내던지며 그가 잠시 후에 말했다.

"철문에서 그 애를 쏘아죽였어요. 산책을 나갔는데."

"교수님의 이웃 아가씨 말인가요?"

"예, 필즈노에서 온 그 아가씨요. 한 건물에 살던 이웃. 9월에 떠나올 때는 아직도 어린아이였어요. 오래 전에 몇 번이나 그 애한테 과자를 사주었죠. 알아요? 크림이 든 거였어요. 곁에는 딸기를 곁들였고."

내가 그 과자를 아는지 확신할 수 없다는 눈으로 나를 쳐다보았다.

"그 애 아버지와 동료 사이였죠."

그는 설명하는 말투로 덧붙였다.

"하지만 지금은, 보세요."

그는 손으로 내 어깨를 쳤다.

"가슴이 불룩한 여자가 됐죠! 거의 그 애를 손에 넣었는데, 그 애를 만질 수 있게 되었는데 이런 불운이 닥치다니……."

그는 다시 주머니에 손을 넣었다. 고집스럽게 안을 뒤졌다. 찾지 못했다. 깊이 한숨을 쉬고 손으로 머리를 받쳤다.

"이런 불운이라니!"

마치 졸린 듯이 되풀이했다.

"이제 어쩌지요?"

그는 입을 다물고 고개를 끄덕였다.

"그룬발드에 나갑시다!"

그가 결정을 내렸다.

"그녀와 함께 있었던 건 접니다. 숲에서 그녀와 함께 있었어요."

나는 나 자신도 예상하지 못한 말을 했다.

"내 앞에서 그녀를 쏘아죽였어요. 그런데 교수님은 저한테 그룬발드에 대해서 말씀하시니……."

내가 침대에서 뛰어 일어났다. 교수는 고개를 들고 마치 물에서 걸어 나오듯 무겁게 몸을 일으켜 흔들거리다가 내 손을 잡았다. 멜빵의 연결고리에 새겨진 갈색 사슴이 조명탄의 불꽃에 살아 있는 것처럼 흔들렸다. 교수의 뼈가 앙상한 얼굴에서 빛이 서로 섞이며 부풀어 올랐고, 붉은색과 초록색이 섞여 함께 이마 쪽으로 올라가

서 천장 아래로 흘러갔으며, 그 자리에 분홍색, 푸른색과 노란색 빛이 쏟아지더니 턱 아래, 입가에, 눈 아래, 귓속에, 초상화의 물감처럼 자리 잡았다. 교수의 얼굴은 무지개의 모든 색으로 물들었고, 가운데에서부터 부풀고 부어올랐으며, 뺨은 색깔이 바뀌는 유리구처럼 불룩해졌고, 교수는 빛에 숨이 막힐 것 같아 보였다. 그는 갑자기 휘파람 소리를 내며 숨을 내쉬고 입을 크게 벌리더니, 커다랗게 울려 퍼지는 웃음소리를 냈다.

"하, 하, 하, 하! 하, 하, 하, 하!"

그는 꽤 오래, 숨이 막힐 정도로 웃으며, 손으로 나를 점점 더 세게 붙잡고, 불빛은 즉시 그의 열린 입 속으로 들어가 여러 색으로 그 안을 물들였다.

"교수님, 제발 그만하세요!"

내가 그의 손에서 몸을 빼며 외쳤다.

"미쳤어요!"

"그런데 나는 오늘 그 애랑 자게 될 거라고 생각했으니. 저녁도 준비했어요. 심지어 침대 시트까지 얻었다고! 하, 하, 하, 하! 타덱 씨가 그 애와! 젊음! 젊음!"

그는 웃으면서 커다랗고 마르고 흉악할 정도로 색색 가지인 온몸을 흔들었다.

"어쨌든 그냥 보통 여자애였는데! 내가 그 애를 원했는데! 하, 하, 하, 하!"

그는 갑자기 휘청거리다가 폭발적으로 기침을 하고 헐떡거리며 땅을 향해 몸을 숙였다. 빛으로 가득한 방 전체가 선박처럼 흔들렸다. 색색 가지 짚자리, 탁자, 벽, 수프 그릇, 책들이 마치 빛나는 덩어리처럼 색깔을 바꾸며 빙빙 돌았다.

"알겠소, 교수."

구석에서 준위의 아들이 말했다.

"다 늙어서 사랑에 빠지면 안 되는 거요. 여자는 얻지 못하고, 폐결핵만 얻어요. 그리고 그룬발드도 못 보고. 누워요, 누워, 염병."

그가 성급하게 덧붙였고, 침대가 삐걱삐걱 소리를 냈다.

"누가 머리에 역청이라도 부은 것처럼 휘청거리는군."

"그룬발드, 그렇지, 그룬발드!"

교수가 몸을 바로 세웠다. 얼굴은 해파리처럼 번쩍이는 빛으로 뒤덮였고, 마지막 조명탄과 함께 꺼져서 식어가는 재처럼 회색이 되었다.

"모두들 그룬발드에 나가시오!"

창밖의 조명탄 빛을 꺼버린 어둠 속에서 갑자기 불그스름한 불꽃이 터져 나와 엎드린 개처럼 검은 창문들을 핥고는 종처럼 어둠을 흔들었다. 나무 그림자가 지붕 위까지 길게 늘어나서 마치 촛불처럼 흔들렸다.

"당신들 모두 그룬발드에 가시오!"

교수가 함성을 질렀다. 나를 창가로 끌고 갔다.

"보시오, 봐요!"

그가 조급하게 외쳤다. 몸을 돌려 방을 바라보았다.

"모두들 가시오."

그가 빌듯이 말했다.

"여자도 데려와요, 그녀도 볼 수 있게."

나는 창턱 너머로 몸을 기울였다. 검은 수프 그릇 같은 마당에서, 달리는 말의 꼬리처럼 바람에 날려 펼쳐진 불타는 무더기의 흔들리는 구球 주위에, 말없는 군중이 서 있었다. 화톳불의 번쩍이는 빛이 얼굴을 훑으며 혈색으로 채웠으나, 곧 어둠이 그 빛을 빨아냈다. 마른 나무판이 탁탁 소리를 내며 타올랐고, 불똥이 어둠 속으로 날아올랐다. 조명탄의 빛은 침묵을 지켰다.

"독일인 마을의 교회에 가봤어요? 안 가봤소?"

교수는 이미 정신을 차렸다. 진지하게, 거의 엄숙하게 말했다. 그의 얼굴은 어둠의 옷을 입어 다시 한 번 날카롭고 지친 것처럼 보였다.

"나는 거기 매일 갑니다. 평화로워요. 하느님의 영광으로 가득하고. 거의 넘칠 지경이오. 조그만 설교단에, 조그만 창문에는 조그만 창살이 쳐져 있고, 조그만 제단에, 벽에는 성경 구절이 적혀 있소. 그리고 그 조그만 벽 하나에는 조그만 십자가들이 걸렸고, 그 조그만 십자가 위에는 부고가 걸려 있어요. 전부 나치 장교들만! 알겠소? 그리고 십자가들 아래에는 꽃이, 꽃무더기가!"

그의 눈에 화톳불의 불그스름한 불빛이 비쳤다.

"그렇게 독일인들은 자기들 전사자를 숭배하는 거요."

"그런데 우리는요?"

내가 비통하게 중얼거렸다.

"사람이 죽어도 다리 저는 개만큼도 상관을 안 하지."

준위의 아들이 침대에서 일어나 벌거벗은 채 창문으로 터벅터벅 걸어왔다. 여자는 잠옷 윗도리를 입고 그의 뒤를 따라 유령처럼 조용히 걸어왔다. 검은 집시가 팔꿈치를 짚고 몸을 일으켜 부러운 눈으로 창밖을 바라보았다.

"우리는?"

교수가 생각에 잠겨 되풀이했다.

"우리도 여기에 그들과 함께 있어요. 우리는…… 보시오!"

그가 사납게 소리쳤다.

"화톳불을 보시오! 저걸 기다렸던 거요, 저게 그룬발드요!"

무더기에 방금 꺾어온 전나무 가지가 덤으로 던져졌다. 불길이 꺼졌다. 짙고 더러운 연기를 뿜었다. 바람이 연기를 도로 짓밟았고, 불꽃이 하늘 아래 흩뿌려졌다. 군중 속에서 사제복을 입은 신부가 튀어나왔다. 하얀 목깃이 불그스름한 목을 꽉 감쌌다. 사제는 마치 죽복하려는 것처럼 양팔을 들었다. 어딘가 어둠 깊은 곳에서 나치 장교 제복을 입은 사람이 끌려나왔다. 철모가 금속성 소리를 내며 연병장의 콘크리트 바닥에 떨어졌다. 군중은 웃음을 터뜨렸다. 군복 입은 사람의 머리에 다시 철모가 씌워졌다. 사제는 양팔로 그를 안고, 힘겹게 움직여 군중의 외침 가운데 그 사람을 불꽃 속으로 던졌다.

내 옆에 서 있던 여자의 얼굴이 재처럼 회색이 되었다. 그녀의 눈은 두 조각의 석탄처럼 공포에 질려 반짝였다. 눈꺼풀에 덮여 빛이 꺼졌다. 손가락을 내 팔에 꽉 박아 넣었다.

"바스 이스트 로스(독 : 저게 뭐죠)?"
   Was ist los

그녀는 이를 덜덜 떨며 속삭였다. 나는 진정시키려는 몸짓으로 그녀의 차가운 손을 쓰다듬었다. 그녀는 온몸을 내게 기댔다. 그녀에게서 피어오른 향기가 콧구멍 안으로 파고들고 온몸에 박혔다.

"바스 이스트 로스(독 : 저게 뭐죠)?"

그녀의 입이 일그러졌다. 이마에 흘러내린 머리카락을 쓸어 올렸다.

"루히그, 루히그, 킨트(독 : 진정해라, 진정해라, 아이야)."
 Ruhig ruhig Kind

교수가 부드럽게 말했다.

"나치 장교 인형을 태우는 거요. 저게 소각장과 그 조그만 교회에 대한 우리의 대답이오."

"그리고 죽은 여자아이에 대한."

내가 이 사이로 내뱉었다.

나는 손을 뒤로 돌렸다. 여자의 따뜻한 몸이 나에게 바짝 붙어 흥분과 공포로 떨렸다. 축축하고 뜨거운 입김을 내 뒷덜미에 곧장 내쉬었다.

군중 앞으로 뚱뚱하고 작고 마치 빨간 외투 같은 불빛에 둘러싸인 배우가 나섰다. 사제가 불길 속으로 계속 새로운 인형을 던져 넣고, 그 인형들이 석유라도 부은 듯 불기둥 속에 흩어지면서 그 서슬에 살아 있는 것처럼 비틀거리는 동안, 배우는 팔을 위로 쳐들어 소리치는 군중을 조용히 시킨 후, 한 번의 손짓으로 군중을 넓은 거리를 따라 흩어지게 하더니 막사의 어두운 지붕을 향해 고개를 들고 신호했다.

조명탄의 폭포가 터져 나왔다. 하늘은 크리스마스트리처럼 환해졌고, 벵갈 불꽃[223]이 터져 나와 방울방울 땅으로 떨어졌다. 지붕에서 기관총 쏘는 소리가 길게 들려왔다. 발사된 총알이 잿빛 연기를

---

223) 불꽃놀이의 일종. 불꽃이 작고 사방으로 튄다.

내며 마치 야생 거위 떼처럼 하늘을 가로질렀다. 조명탄의 불에 휩싸인 군중은 마당 전체와 함께 뚜렷하게 보였는데, 마당은 바람에 날린 비눗방울처럼 한 덩어리로 흔들렸다.

"죽은 이들은 죽은 이들이 묻게 하라."

교수가 생각에 잠겨 말했다.

"우리, 산 사람들은 산 사람들과 함께 가자."

조명탄의 도가니에 잠긴 그의 뺨이 다시 부풀고 부어올랐다. 갑자기 교수가 두 번째로 날카로운 웃음을 터뜨렸다.

"산 사람은 산 사람과 함께! 하, 하, 하, 하! 하, 하, 하, 하! 산 사람은 산 사람과 함께. 저 사람들처럼, 영원히! 보시오!"

그는 손을 뻗어 둔중한 어둠 속에 잠긴 강당 쪽을 가리켰다. 그 그늘 아래에는, 불빛의 칼날 밑에 반쯤 열린 거대한 껍질 밑에서처럼, 나무 그림자가 비벼대는 건물의 돌 벽 사이로, 그룬발드 전투 기념일에 땔감 무더기 속으로 나치 군인 복장의 짚 인형을 던져 넣는, 이전에 나치 장교 막사였던 건물의 연병장에서, 모든 것을 파괴하고 사람들을 돌이킬 수 없이 흩어놓게 될 이송 전날에, 콘크리트 위로 발소리가 울려 퍼지며, 대대가 행군하며 노래 불렀다…….

돌로 된 세상
— 나의 동지 파베우 헤르쯔(Paweł Hertz)에게 —

언젠가부터, 여자의 자궁에서 자라나는 태아처럼, 내 안에서 성숙하여 전율과 기대로 나를 뒤덮는 하나의 깨달음이 있다. 그것은 광대무변한 삼라만상이 마치 우주적인 비누거품처럼 상상할 수 없이 빠른 속도로 부풀어 오르고 있다는 사실이다. 손가락 사이로 물이 흐르듯 이 세상이 허공 속으로 흘러나가 언젠가 — 바로 오늘일 수도 있고, 내일일 수도 있고, 몇 광년 후일 수도 있지만 — 단단한 물질로 지어진 것이 아니라 지나가는 소리로 만들어진 것처럼 그 허공 속으로 돌이킬 수 없이 가라앉아버릴 거라는 생각이 한순간이라도 떠오를 때면, 동전 한 푼을 아까워하는 구두쇠 같은 불안감이 마음을 꿰뚫어 나는 어쩔 줄 모르게 된다. 비록 전쟁이 끝난 뒤로 나는 아주 가끔씩만 마지못해 구두를 닦아 신고 바지 끝에 묻은 진흙은 거의 떼어내지 않고 그대로 두지만, 이틀에 한 번 뺨과 턱과 목

주위를 면도하는 것조차 엄청난 노력이 필요하지만, 시간을 아끼기 위해 손톱을 깎는 대신 이빨로 물어뜯고 희귀한 책도 애인도 구하지 않지만, 그리고 이런 일들을 포기함으로써 내 운명이 우주의 운명과 연결되어 있다는 느낌을 유지하려 하지만, 어쨌든 바로 얼마 전부터 나는 타는 듯이 더운 오후에 집을 나와서 내가 사는 도시의 공업지구로 길고 외로운 산책을 열심히 다니기 시작한 것이다.

텁텁하고 오래된 빵처럼 바짝 마른 폐허의 먼지를 크게 심호흡하여 폐 속으로 빨아들이는 것을 나는 무척 좋아한다. 습관처럼 고개를 오른쪽 어깨 위로 약간 기울이고 얼굴에 나타난 경멸을 그다지 감추려고도 하지 않은 채 파괴된 아파트 건물 벽 아래 팔 물건을 늘어놓고 쭈그려 앉은 시골 아낙과, 진흙투성이 누더기를 건져내기 위해 한밤중에도 웅덩이 사이를 뛰어다니는 더러운 아이들과, 먼지를 뒤집어쓰고 지독한 땀 냄새를 풍기며 새벽부터 밤까지 인적 없는 거리에 서둘러 전차 선로를 놓는 노동자들을 구경한다. 왜냐하면 나는 저 잡초가 자라난 폐허와, 시골 아낙들과, 밀가루를 넣은 그들의 가짜 사워크림과 상한 소시지와, 전차 선로와, 누더기 조각과 그것을 건지러 뛰어다니는 아이들과, 이탄 채굴장 앞에 놓인 쇠막대와 망치와, 그리고 노동자들의 근육질 팔과 지친 눈과 몸과, 거리와, 판자로 지은 노점이 가득한 거리 끝의 작은 광장과, 그 위로 울려 퍼지는 사람들의 성난 말소리와, 센 바람에 쫓긴 구름과 — 이 모든 것이 갑자기 날아올라서 마치 시냇물 위에 걸쳐놓은 널판 아래 빠르게 흘러가는 물살 속에 비친 나무와 하늘처럼 내 발 아래 어딘가 저 아래쪽으로 덩어리져 무너지는 모습을 거울에 비친 것처럼 분명하게 떠올릴 수 있기 때문이다.

그리고 또 가끔은 생리적이라고 할 만한 어떤 느낌이 내 안에서 단단해지고 굳어져 송진처럼 무감각해지는 것만 같다. 지난 몇 년 동안 놀라움에 눈을 휘둥그렇게 뜨고 세상을 보면서 어디를 가든 창틀에 선 어린 고양이처럼 조심스럽게 거리에 발을 디뎠던 것과는 반대로, 지금 나는 바삐 움직이는 사람들 속에 무관심하게 파묻히고, 무릎을 드러내고 윤기 흐르는 머리카락을 솜씨 좋게 땋아 올린 모습으로 유혹하는 여자들의 달아오른 몸에 내 몸을 비비면서도 아무런 감정을 느끼지 않는다. 눈을 한 번 깜빡이고 나서 다시 눈꺼풀 사이로, 우주적인 폭풍이 군중을 나무 꼭대기까지 불어 올리고 사람들의 몸을 거대한 덩어리로 말아 올리며 공포에 질려 벌어진 입을 비틀어지게 하고 아이들의 분홍빛 뺨을 남자들의 털 난 가슴과 뒤섞고 갈기갈기 찢어진 여자들의 원피스 조각으로 꽉 쥔 주먹을 휘감으며, 그 위로 하얀 넓적다리를 거품처럼 내던지고 그 아래로 머리카락이 해초처럼 뒤덮인 머리의 일부와 그 위에 쓴 모자가 고개를 내민 모습과 — 그리고 이 괴상하기 짝이 없는 혼란, 군중으로 끓인 거대한 수프가 거리의 시궁창 위로 흘러내려 거품을 내며 하수도로 들어가듯 무無 속으로 사라지는 모습을 즐겁게 바라본다.

그러므로 내가 화강암으로 지은 커다랗고 시원한 건물 안에 들어설 때 품위 있는 모습으로 가벼운 조롱이 섞인 경멸을 가득 내보이는 것도 놀랄 일은 아니다. 나는 불탄 흔적을 깨끗이 치우고 청소부들이 아침마다 — 힘겹게 끙끙거리며 — 먼지를 털어내는 붉은 양탄자를 깐 대리석 계단을 보며 경탄하는 데 익숙해지지도 못했고,

창문에 새로 단 커튼에도, 불타버렸던 집의 벽을 새로 칠한 것에도 주의를 기울이지 않는다. 나는 좁지만 아늑한 귀빈실에 무관심하게 들어서서 가끔은 지나치게 공손한 태도로 지나치게 사소한 물건을 부탁한다. 그런 물건들이 내게는 실제로 중요하지만 — 결국은 나도 알고 있다 — 이 세상이 대리석으로 만든, 지나치게 익은 과일처럼 부풀어 올라 터져서 유리로 된 황무지에 씨앗 대신 메마른 소리를 내는 재만 흩뿌리게 되는 것을 막아주지는 못한다.

먼지와 가솔린 냄새로 가득한 불타는 듯 더운 하루가 지나가고 마침내 제정신이 들게 하는 황혼과 함께 폐병에 걸린 듯한 폐허가 점점 짙어져가는 어둑어둑한 하늘을 배경으로 죄 없는 장식물처럼 보이기 시작하면 나는 갓 설치한 경비등 아래 덜 마른 석회 냄새를 풍기는 아파트로 돌아간다. 아파트는 중개인에게 비싼 가격을 주고 샀는데, 재무부의 그 어느 지국에도 등록되어 있지 않다. 나는 창턱에 걸터앉아 손으로 머리를 받치고, 아내가 좁은 부엌에서 설거지하면서 내는 그릇 부딪치는 소리를 자장가처럼 들으며 창문을 통해 하나씩 차례로 불이 꺼지고 라디오 스피커가 침묵하는 반대편 건물을 바라본다.

그리고 나는 잠시 거리에서 들려오는 불분명한 소음에 귀를 기울인다. 가까운 담배 가판대에서 들려오는 술 취한 노랫소리, 시끄러운 발소리, 역에 접근하는 기차가 땅을 울리는 소리, 야간 순찰대가 교대하는 고집스럽고도 끈질긴 딱딱이 소리, 거리의 모퉁이에 전차 선로를 서둘러 새로 설치하는 소리 — 그리고 내 안에 거대한 실망감이 부풀어 오르는 것을 나는 점점 분명하게 느낀다. 마치 몸을 묶고 있던 끈을 끊어버린 것처럼 기운차게 창턱에서 내려가 또 다시 돌이킬 수 없이 시간을 흘려버렸다는 느낌과 함께 책상 앞에 앉아 서랍 깊은 곳에서 오래 전에 버려둔 종이를 꺼내, 세상이 오늘까지는 무너지지 않았기 때문에, 깨끗한 종이 한 장을 뽑아내어 학자처럼 그것을 책상 위에 펼친 후에 눈을 감고 내 안에서 전차 선로를 놓는 노동자들에 대한, 가짜 사워크림을 파는 시골 아낙들에 대한, 화물을 실은 열차와, 폐허 위에서 어두워져가는 하늘과, 거리의 행인들에 대한, 창문에 새로 단 커튼에 대한, 심지어 그릇을 씻는 아내에 대한 심금을 울리는 애정을 찾아내려고 애써본다 — 그리고 엄청난 지적 노력을 기울여 내가 본 사물과 사건과 사람에게서 진실한 의미를 잡아내기를 갈망한다. 왜냐하면 나는 이 변함없고 힘겨운, 마치 돌로 깎아낸 듯한 세상에 어울리는 위대한, 영원히 남을 대작을 쓰려 하기 때문이다.

작가에 대하여

타데우슈 보롭스키(Tadeusz Borowski)는 1922년 현재 우크라이나 영토인 쥐토미르(Житомир, 폴란드어로는 쥐토미에쥬Żytomierz)에서 태어났다. 쥐토미르는 본래 폴란드 영토였으나 1799년 제3차 분할 점령과 함께 러시아 제국에 강제 합병된 후 많은 폴란드인들이 독립운동의 거점으로 삼았던 곳이다. 이후 러시아 제국의 세력이 약해지면서 1917년에 공산 혁명이 일어나자 이 지역은 독일군, 러시아 제국군, 폴란드군, 소련의 적군赤軍과 여기에 대항하는 반혁명 백위군 등이 번갈아 점령했다. 그리하여 1917년 한 해 동안만 점령군이 열세 차례나 바뀌었던 복잡한 역사가 있는 지역이다.

공산혁명 후 1919년에 소비에트 러시아의 적군이 폴란드를 공산화할 목적으로 침공하면서 폴란드-소비에트 전쟁이 일어난다. 1920년에 전쟁이 끝나고 폴란드 국경이 서쪽으로 후퇴하면서 이 지역은 공식적으로 소련의 일부인 우크라이나 사회주의 공화국에 속하게 되었다. 이때 폴란드로 돌아가지 못한 수많은 폴란드인들이 쥐토미르에 남겨졌는데, 보롭스키 가족도 그렇게 해서 이곳에 남게 된 폴란드인들 중 하나였다.

1926년, 보롭스키가 네 살 되던 해에 아버지 스타니스와프 보롭스키(Stanisław Borowski)가 러시아 정부에 대항하는 비밀조직인 폴란드 군사조직(Polska Organizacja Wojskowa)에 연루되었다는 혐의로 체포되어 러시아 서북쪽에 있는 카렐리야 지역으로 유형을 떠났다. 사 년 후에 어머니 테오필리아 보롭스카(Teofilia Borowska) 또한 같은 혐의로 체포되어 시베리아로 유형을 갔다. 고아 아닌 고아가 된 보롭스키 형제 중에서 당시 열두 살이던 형 율리우슈는 기숙학교에 들어갔고, 여덟 살이던 타데우슈는 숙모에게 맡겨졌다.

1932년에 폴란드에 수감된 공산주의자와 소련에 억류된 폴란드인 죄수를 교환하면서 보롭스키의 아버지도 폴란드로 귀환하게 되었다. 이 소식을 듣고 당시 열네 살이던 율리우슈와 열두 살이던 타데우슈 형제는 여권도 서류도 없이 둘이서 쥐토미르를 떠나 키예프와 모스크바를 거쳐 적십자의 비호 아래 폴란드 국경을 넘어 그곳에서 기다리던 아버지와 재회하였다. 어머니도 이 년 뒤인 1934년 여름 폴란드로 돌아왔다. 이렇게 극적으로 다시 모인 보롭스키 가족은 바르샤바에 정착했다.

그러나 가족의 행복은 오래 지속되지 못했다. 1939년 9월 1일 독일이 폴란드를 침공하면서 제2차 세계대전이 일어났다. 당시 열일곱 살이던 보롭스키는 바르샤바에 계속 거주하면서 지하저항군이 제공하는 비밀 학교에서 고등학교 과정을 마치고 대학 과정에 진학하여 폴란드 어문학을 공부했다. 이곳에서 미래의 아내가 될 마리아 룬도(Maria Rundo)를 만났다. 같은 시기에 보롭스키는 작은 건설 회사에서 일했으며 바르샤바에 대한 월간지 『길(Droga)』의 편집에 참여하기도 하였다.

1942년에 보롭스키는 자기 손으로 직접 인쇄한 시집 『땅 어디에서나(Gdziekolwiek ziemia)』로 문단에 데뷔했다. 이듬해인 1943년 지하저항군에 가담한 혐의로 독일군에 체포되어 정치범 감옥인 파비악에 삼 개월 간 수감되었다가 아우슈비츠-비르케나우 수용소로 보내졌다. 아우슈비츠 수용소는 사실 세 개의 수용소로 나누어지는데, 아우슈비츠 I과 아우슈비츠 III(아우슈비츠-모노비츠, Auschwitz-Monowitz)는 강제노동 수용소, 아우슈비츠 II(아우슈비츠-비르케나우, Auschwitz-Birkenau)가 가스실과 소각로로 악명 높은 유대인 학살 수용소였다. 보롭스키는 유대인이 아닌 순수 폴란드인인데다 젊은 나이의 건강한 남자였기 때문에 비르케나우에서 가스실로 가는 운명을 면하고 대신 강제노동을 하게 되었다.

보롭스키는 아우슈비츠에서도 시를 짓고 글을 썼다. 수용소에서도 가능한 한 주위 사람들을 온화하고 상냥하게 대하려 했으며, 특히 동료 죄수들에게 수용소 생활을 소재로 한 시나 노래를 들려주어 인기가 좋았다고 한다. 약혼녀 마리아 룬도도 같은 시기에 아우슈비츠-비르케나우의 여자 막사에 수감되어 있었다. 당시 보롭스키가 여자 막사의 약혼녀에게 보낸 편지들은 수용소 생활을 생생하게 증언하는 작품으로 전쟁이 끝난 후 신문과 잡지 등에 발표되었다.

1944년 8월, 독일군은 미군과 소련군 양쪽에게 몰려 형세가 불리해지자 아우슈비츠 수용소를 해산시켰다. 죄수들은 다른 수용소로 분산 이송했고, 인종 학살의 증거인 비르케나우의 소각장은 폭파했다. 원래는 '조그만 하얀 집'과 '조그만 갈색 집'의 소각로 두 개를 모두 분해하여 독일로 실어가서 재활용할 예정이었으나, 첫 번째 소각로를 분해하는 도중에 소련군이 예상보다 빨리 진격해오자 나머지 하나를 서둘러 폭파하고 떠났다고 한다. 아우슈비츠 수용소는 현재 오슈비엥침 홀로코스트 박물관이 되었으며, 막사와 철로를 포함한 모든 시설이 그대로 보존되어 있다. 그리고 분해하다 만 첫 번째 소각로와 폭파된 두 번째 소각로의 잔해도 그대로 남아 있다.

보롭스키는 아우슈비츠가 해산되면서 독일의 나쯔바일러-다우트메르겐(Natzweiler-Dautmergen)으로 이송되었다가 1945년 초에 다하우(Dachau) 수용소로 보내졌다. 1945년 5월 1일 다하우 수용소는 미군에 의해 해방되었다. 이때 보롭스키는 수용소 병원에 누워 가스실로 갈 날을 기다리고 있었는데, 몸무게는 간신히 35킬로그램 정도였고 자기 발로 일어설 수 없을 만큼 쇠약해져 있었다고 한다.

미군은 수용소의 죄수들을 곧바로 풀어주지 않았다. 석방 작업은 천천히 진행되었다. 보롭스키는 뮌헨으로 보내져 수감자들을 분류하는 수용소에서 사 개월을 지내고 1945년 9월에 석방되었다. 보롭스키는 이때 함께 석방된 폴란드인 동료들과 함께 뮌헨에서 지내면서 문필 작업에 열중하였다. 이 책에 실린 단편 중 『우리 아우슈비츠에서는……』, 『걸어가던 사람들』, 『하르멘제의 하루』, 『신사 숙녀 여러분 가스실은 이쪽입니다』 이렇게 네 편이 이 시기에 완성된 작품들이다.

보롭스키는 1946년 5월 31일 바르샤바로 돌아갔다. 귀국 이후 보롭스키는 단편을 발표하는 한편 신문과 잡지에 칼럼을 기고하며 저널리스트로 활동했다. 같은 해 12월에 오랜 연인이며 수용소를 함께 헤쳐 나온 동지인 마리아 룬도와 결혼했다.

보롭스키는 아우슈비츠에 대한 단편을 문예지에 계속 발표하면서 한편으로는 이런 단편들을 모은 작품집과 수필집을 1947년부터 1949년까지 차례차례 출간하였다. 1950년에 보롭스키는 작품의 문학성을 인정받아 폴란드 국가 예술상(Państwowa Nagroda Artystyczna)을 수상했다. 또한 1949년부터 1950년까지 베를린에 파견된 폴란드군(Polska Misja Wojskowa)과도 협조했다. 공식적인 직함은 문화사절이었으나, 비공식적으로는 군사정보 관련 협조자였다고 한다.

1951년 6월 26일 딸 마우고쟈타(Małgorzata)가 태어났다. 보롭스키는 7월 1일에 병원을 찾아 아내를 면회한 뒤 다음날 자살을 시도하여 가스와 화학약품에 중독된 상태로 병원에 실려 왔다. 보롭스키는 1951년 7월 3일 사망했다. 자살한 이유가 정확히 무엇인지는 끝내 밝혀지지 않았다.

보롭스키 사망 삼 년 후인 1954년 다섯 권으로 구성된 그의 작품전집이 발간되었다. 폴란드의 문학자이자 1980년도 노벨문학상 수상자인 시인 체스와프 미워슈(Czesław Miłosz)는 전집 발간 일 년 전인 1953년에 처음으로 보롭스키의 작품을 이론적으로 분석하였다. 이후 1960년대부터 보롭스키의 아우슈비츠 소설을 문학적으로 비평하는 작업이 본격적으로 이루어졌다. 현재 폴란드에서 타데우슈 보롭스키는 섬세한 감성을 가진 시인이며 동시에 폴란드 현대사의 가장 어두운 부분을 적나라하게 묘사한 소설가로 인정받고 있다.

작품에 대하여

폴란드에서는 보롭스키처럼 1920년경에 태어나 청소년기에 제2차 세계대전을 맞이한 시인과 소설가 세대를 '콜럼버스 세대(Pokolenie Kolumbów)'라고 한다. 제1차 세계대전(1914~1919)과 폴란드-소비에트 전쟁(1919~1920) 직후의 피폐한 시기에 태어나 막 성년에 이르려는 때에 다시 전쟁을 맞이하여 윗세대의 보호나 지도 없이 자기 힘으로 세상을 헤쳐 나가고 목숨을 부지하는 방법을 스스로 체득해야만 했다는 의미에서 그런 별칭이 붙은 것이다.

이 세대에 속하는 작가 중에서 우리나라에도 알려진 인물로는 1996년도 노벨문학상 수상자인 비수와바 쉼보르스카(Wisława Szymborska, 1923~)와 「솔라리스(Solaris)」 등 철학적인 SF작품으로 유명한 스타니스와프 렘(Stanisław Lem, 1921~2006)이 있다. 그밖에도 시인 즈비그니에프 헤르베르트(Zbigniew Herbert, 1924~1998), 미론 비아워셉스키(Miron Białoszewski, 1922~1983), 크쉬슈토프 카밀 바췬스키(Krzysztof Kamil Baczyński, 1921~1944), 시인이자 소설가이고 희곡 작가로도 알려진 타데우슈 루줴비츠(Tadeusz Różewicz, 1921~), 평론가 예쥐 피쫍스키(Jerzy Ficowski, 1924~2006) 등이 이 '콜럼버스 세대'에 속하여 폴란드 문학사에 커다란 영향을 끼친 문인들이다.

'콜럼버스 세대' 작가와 시인들의 작품은 강렬하고 독창적이다. 작품의 내용이나 경향은 무척 다양해서, 전쟁 체험을 직접적으로 토로하는 작품도 있고 전혀 언급하지 않는 경우도 있으며 장르도 사랑에 관한 시부터 인간 존재의 근원을 탐구하는 SF작품까지 망라한다. 그러나 이렇게 다양한 작품들의 특징을 한 마디로 정의하자면 '강렬하다'라고 할 수 있다.

감수성 예민한 시기에 죽음과 파괴로 가득한 세상을 목격한 경험은 분명 이들의 작품 세계에 영향을 미쳤을 것이다. 그것은 한편으로는 더할 나위 없이 절망적인 경험이었겠지만, 다른 한편으로는 '삶의 방식은 어떠해야 한다' 혹은 '문학 작품은 어떤 식으로 창작해야 한다'라는 규범을 알려줄 사람도 간섭할 체계도 없었기 때문에, 문학사의 관점에서만 조망하자면 '콜럼버스 세대'는 가장 자유롭게 자신만의 세계를 창조했던 세대로도 볼 수 있다.

타데우슈 보롭스키는 이런 '콜럼버스 세대' 작가 중에서도 특이한 경우에 속한다. '콜럼버스 세대'에 속하는 거의 모든 사람들이 어떤 식으로든 지하저항군에 협조하거나 직접 참여하여 싸웠다. 그러나 이런 저항군 활동 때문에 체포되어 아우슈비츠 수용소로 보내져서 홀로코스트를 경험하고 살아남은 뒤 폴란드로 돌아가 소설과 수필 등의 형태로 그런 경험에 대한 기록을 남긴 작가는 보롭스키가 거의 유일하다.

제2차 세계대전과 아우슈비츠에 대한 보롭스키의 작품집으로는 1946년 출간된 『우리는 아우슈비츠에 있었다(Byliśmy w Oświęcimiu)』,

1947년 『마리아와의 작별(Pożegnanie z Maria)』, 1948년의 『돌로 된 세상(Kamienny świat)』이 있다. 이후 1949년에 작가는 『마리아와의 작별』을 재출간하면서 원래의 작품 구성에 단편을 몇 편 더 추가했다.

이런 작품들을 순서대로 읽어보면 전쟁과 수용소가 한 인간을 어떻게 망가뜨리는지 실로 생생하게 알 수 있다. 『타르고바 거리의 졸업시험』에 나타난 열일곱 살의 화자는 전쟁 중에도 세상에 대한 순진한 희망을 잃지 않는다. 폭격과 일제검거에도 굴하지 않고 고등학교 졸업시험을 치름으로써 주인공은 '유럽에 대한 신념과 뉴턴의 이항식에 대한 신념을, 미적분에 대한 신념과 인류의 자유에 대한 신념을 구원'하고 '지식을 위한 전투에서 승리'한다고 진심으로 믿는다. 그런 와중에 친구가 일제검거에 걸려 악명 높은 수용소로 잡혀가지만, 그래도 아직 살아 있다는 희망적인 소식으로 결미를 맺는다.

이런 희망이 꺾이기 시작하는 모습은 『마리아와의 작별』에서 볼 수 있다. 작품의 첫머리에서 주인공은 친구들을 불러 파티를 열고, 날이 새면 건설 회사에 나가 일하고, 저녁이면 시를 쓸 궁리를 하는 등 그때까지는 보통의 젊은 청년처럼 살아간다.

물론 전쟁 중이기 때문에 완전히 정상적인 생활이란 불가능하며, 모든 사람이 살아남기 위해 불법적인 활동을 하고 있다. 예를 들어 주인공은 길 건너 식품 가게의 주인이 암거래를 하면서 가격을 속이고 밤이면 매춘부들을 거리로 내보내 포주 노릇까지 한다는 사실을 알고 있다. 그리고 주인공 자신도 건설 회사에서 일하며 독일 군수물자를 암거래로 사들인 시멘트나 석회 등을 다시 빼돌려 이중, 삼중으로 암거래를 하고 건설 회사 사장의 아파트에서 밀주를 만든다.

이런 것은 모두 살아남기 위해서 어쩔 수 없는 일일 뿐 아니라, 전쟁 이외의 다른 세상을 알지 못하는 젊은 주인공에게는 비뚤어진 세상을 눈치껏 살아가는 일종의 재치이고 요령이다. 그리하여 주인공은 건설 회사 사장과 함께 요령껏 이익이 남는 장사를 하면서 상당한 성공을 거둔다.

이처럼 단순하고 어찌 보면 평온하던 주인공의 세계가 무너지는 것이 약혼녀 마리아가 체포되는 순간이다. 사랑하는 사람이 체포되어 죽음을 향해 실려 가는 모습을 목격하면서도 자기 힘으로는 아무것도 할 수 없다는 무력감과 분노가 처음으로 주인공을 덮친다.

『성경책을 든 소년』에는 체포되어 감옥에 갇히는 것뿐 아니라 총살당할지 모른다는 공포감이 처음으로 나타난다. 이 작품에서는 정치범 감옥인 파비악에 수감된 주인공의 감방에 어느 날 성경책을 든 정체불명의 소년이 들어온다. 주인공의 감방 동료 므왑스키는 이 소년을 폴리짜이, 즉 독일군 경찰서에서 보았다고 주장한다. 이는 곧 소년이 유대인 정치범이라는 의미이다. 그러나 소년은 자신이 유대인도 정치범도 아니라고 부인한다. 그러다 얼마 되지 않아 소년은 불려나가는데, 간수가 부르는 소년의 성 '나모켈'에서 사실은 소년이 유대인임을 알 수 있다.

작가는 소년이 유대인임에도 불구하고 기독교 경전인 성경을 들고 있었다는 점을 제목에서부터 강조하고, 소설 속의 대화에서도 같은 의문을 제기한다. 담벼락에 분필로 낙서를 했다는 언급 등도 이 소년이 유대인 저항군에 가담해서 정치범으로 체포된 것이 틀림없다는 사실을 암시한다. 그러나 이 모든 상황은 소년이 끌려 나가고 얼마 되지 않아 밖에서 총소리가 들리는 것으로 마무리되고 만다.

총소리가 들리기 전까지 감방 안의 분위기는 상당히 부드럽다. 주인공은 동료 죄수들과 함께 태평하게 블랙잭을 한다. 심지어 게슈타포에게 심문받으러 갔던 므왑스키마저도 '따귀를 한 대 맞았다'고 불평할 뿐, 멀쩡한 모습으로 돌아와서 수프를 맛있게 먹는다. 저녁 점호 시간에 마툴라가 불려 나가지만, 게슈타포를 사칭한데다 강도짓까지 하고 다녔던 범죄자이기 때문에 그가 사라지는 것은 아무도 슬퍼하지 않는다.

그러나 죄목조차 불분명한 어린 소년이 불려나가고 바로 뒤에 총소리가 들려오자 감방 분위기는 급변한다. 모두 입을 다물고, '창문에서 흘러들어오는 습기 찬 냉기' — 죽음의 공포가 감방을 휩싼다.

이처럼 죽음의 공포에 짓눌려 아무것도 할 수 없다는 무력감과 분노는 이후 아우슈비츠 생활에 대한 작품들에서 점점 커진다. 앞에서도 언급했듯이 보롭스키는 아우슈비츠 수용소들 중에서도 유대인 학살로 유명한 아우슈비츠-비르케나우에 있었는데, 이때의 경험은 『걸어가던 사람들』과 『신사 숙녀 여러분 가스실은 이쪽입니다』에 생생하게 나타나 있다. 주인공은 죄 없는 사람들이 하루에도 수천, 수백 명씩 짐짝처럼 화물열차에 하나 가득 실려 와서 가스실에서 죽어가는 참상을 매일같이 목격한다. 게다가 죄수 작업대의 일원으로서 그러한 학살을 돕기까지 한다.

이처럼 화물열차로 '수송'되어 오는 사람들을 '처리'하는 작업은 수용소 내에서도 일종의 특권이다. 가스실에서 죽어간 사람들이 남긴 소지품과 귀중품이 모두 작업에 참여한 죄수들의 소유가 되기 때문이다. 작품에도 나타나듯이 금붙이와 현금 등 정해진 품목은 친위대가 수합하여 베를린으로 보내지만, 식품과 옷가지 등 나머지 품목은 작업대가 가져도 된다. 원칙적으로 죄수들이 가질 수 없는 금지 품목도 원한다면 요령껏 훔칠 수 있다. 보롭스키는 유대계의 피가 섞이지 않은 순수 폴란드인, 즉 '아리안'인데다 일반 범죄자가 아닌 정치범으로서, 수용소 안의 죄수들 사이에 암암리에 정해진 위계질서에서도 상위에 속했기 때문에 이런 특권을 누릴 수 있었던 것이다.

이렇게 특수 작업대에 속한 죄수들은 '수송' 작업을 끝내고 나면 '실크 셔츠를 입고 바닥을 이중으로 댄 고급 구두를 신고' '값비싼 프랑스 향수의 향내를 풍기며' '루블린에서 보내온 소시지와 그리스 테살로니카제 견과류' 등 유럽 전역에서 실려 온 귀한 음식을 먹는, 일반 사회의 기준으로 보아도 무척 호화로운 생활을 맛볼 수 있다.

즉 보롭스키가 묘사한 아우슈비츠에는 도덕도 윤리도 영웅주의도 없는 것이다. 진정 죄 없는 피해자는 가스실과 소각로의 불구덩이에서 죽은 사람들뿐이다. 살아남은 사람들은 죄수와 경비병과 친위대 장교를 가릴 것 없이 모두 공범이다. 그들 모두 가스실에서 죽은 사람들의 옷을 빼앗아 입고 죽은 사람들의 음식을 훔쳐 먹고 죽은 사람들의 돈과 금붙이로 자기들의 배를 불렸기 때문이다.

특히 죄수들은 달리 옷과 음식을 해결할 방법이 없었기 때문에, 그리고 오래 살아남은 사람들일수록 수용소 내의 잔혹한 규칙에 길

들었기 때문에, 무슨 수를 쓰든 남을 짓밟고 올라서는 데 일말의 거리낌도 없다. '서둘러 가스실로 달려가는 사람을 보면서 그 모습이 우스꽝스럽다는 이유로 웃음을 터뜨리는' 모습에서 수용소를 지배하는 비인간적인 심리를 엿볼 수 있다. 그리고 보롭스키 자신 또한 그런 세상의 일부였던 것이다.

당시 가스실에서 죽어간 사람들이 남긴 유품은 아직도 오슈비엥침 홀로코스트 박물관에 보관되어 있다. 막사 건물 중 하나를 개조해서 만든 전시실에는 방 하나에 갖가지 모양과 크기의 신발이 가득하고, 그 옆방에는 머리빗과 의치 등 개인 소지품이, 그 옆방에는 각종 가방이······ 하는 식으로 피해자들의 유품을 품목별로 분류하여 유리창 너머에 전시해두었다.

그것은 무어라 말할 수 없이 끔찍한 광경이다. 그런 물품이 전시실을 몇 개씩이나 가득 채울 정도로 많다는 사실이 일단 충격적이며, 그 수많은 물건의 소유자들이 모두 죽었다는 사실을 생각하면 등줄기에 소름이 끼친다. 그런데 보롭스키 자신을 포함한 수용소의 동료 죄수들은 가스실에서 죽은 사람들이 남긴 그런 물건을 아무 거리낌 없이 가져다가 입고 먹고 생활하는 데 사용한 것이다. 그것이 당시 수용소 안에서는 일상적인 생활이었으며 심지어는 헐벗고 굶주리는 다른 죄수들에게 부러움의 대상이었던 것이다.

이처럼 그로테스크할 정도로 솔직한 묘사 때문에 보롭스키의 작품은 발표 당시 폴란드 문학계에 거센 반발을 불러일으켰다. 침략자인 독일군과 그들의 피해자인 강제수용소의 죄수를 모두 공범으로 취급하는 보롭스키의 작품들이 제2차 세계대전 최대의 피해국인 폴란드에서 달갑게 받아들여졌을 리가 없다. 폴란드는 제2차 세계대전과 홀로코스트로 인해 전 국민의 약 16퍼센트를 잃었고 수도인 바르샤바의 81퍼센트가 잿더미로 변했으며 전국적으로 파괴된 기반 시설과 문화재는 가치를 산정할 수 없을 정도였다.

제2차 세계대전이 끝난 후 약 1940년대 중후반부터 폴란드 문학사에는 전쟁문학이 하나의 문학사조처럼 나타나는데, 폐허에서 전쟁의 참상을 돌아보고 인간 존재의 본질을 고찰하면서도 미래의 희망을 조심스럽게 내비치는 내용이 주를 이룬다. 그러니 이러한 사조 속에서 인간이 살아남기 위해 얼마나 잔혹한 짐승이 될 수 있는지, 인간의 본성 속에 어떤 괴물이 숨어 있는지를 숨기지도 꾸미지도 않은 채 적나라하게 드러낸 보롭스키의 아우슈비츠 소설은 반발을 불러일으킬 수밖에 없었을 것이다.

그러나 보롭스키의 목적은 살아남은 사람들을 비난하는 것이 아니었다. 『우리 아우슈비츠에서는……』에서 아우슈비츠 수용소 죄수의 처지를 고대 로마의 노예와 비교하는 대목을 읽어보면 알 수 있을 것이다. 보롭스키가 작품을 통해 고발하고자 한 것은 강자가 약자를 너무 철저하게 억압하여 약자가 억압과 고통 속에 죽어갔다는 사실조차 묻혀 사라져버리는 부조리한 인간 세상의 잔인한 질서이다.

고대 로마가 노예들의 희생 위에 소위 '찬란한 문명'을 이룩했듯이, 제2차 세계대전 당시의 독일도 강제수용소 죄수들의 피땀으로 고속도로와 철로, 공공건물 등의 기반 시설을 완성했다. 유명한 아우토반도 이렇게 강제수용소 죄수들의 노동으로 지어졌고, 아직까지도 이름을 대면 알만한 유명한 회사들도 당시 나치와 결탁하여 공짜나 다름없는 노동력을 공급받아 호황을 누렸다는 사실은 충격적이다.

후대의 사람들은 아우슈비츠와 다른 수많은 강제노동 수용소에서 스러져간 사람들의 이름을 일일이 알지도 못하고 알려하지도 않는다. 그러나 아직도 건재한 아우토반에 감탄하고 독일의 여러 유명 회사에서 만든 상품을 기꺼이 사서 쓴다. 보롭스키가 경계했던 것이 바로 이런 미래이다.

이것은 남의 일만이 아니다. 일제 시대에 징용되어 강제노동에 시달리다 죽어간 한인 노동자들, 종군위안부들의 보상과 사과 문제는 아직 해결되지 않은 가운데 흐지부지 시간만 흘러가고 있다. 바로 우리도 선조들의 피땀과 억울한 죽음은 쉽게 잊어버리고, 그런 희생으로 이룩한 타인의 문화를 아무 비판 없이 경탄하며 받아들이는 어리석음을 저지르는 것은 아닌지 다시 한 번 생각해볼 필요가 있다.

『우리 아우슈비츠에서는……』에 대해 한 가지 덧붙이자면, 보롭스키가 병원에서 일하는 편한 보직을 자진해서 그만두고 땡볕 아래에서 지붕에 타르를 씌우는 힘든 노동을 택한 이유는 단 한 가지, 여자 막사에 드나들면서 약혼녀의 얼굴을 볼 수 있다는 사실 때문이었다. 이런 점을 생각할 때 보롭스키를 참혹한 수용소 생활 속에서도 가장 사랑하는 사람만은 끝까지 포기하지 않은 로맨티스트로도 생각할 수 있다.

그러나 전쟁을 겪은 후 보롭스키의 세계관은 점점 어두워져서 마침내 세상을 하나의 거대한 수용소로 보게 되었다. 이것은 어찌 보면 당연한 일이다. 나치는 1930년대 초반부터 1945년까지 독일과 폴란드, 체코, 슬로바키아 등 동유럽 전역에 강제수용소를 서른다섯 곳 정도 건설했다. 여기에 딸린 하위 수용소와·연계 수용소, 그리고 죄수들이 차출되어 일했던 농장이나 공장까지 합한다면 쉽게 말해 동유럽 전체가 나치의 강제수용소로 변했던 것이다. 보롭스키 자신도 파비악과 아우슈비츠, 독일의 다하우와 종전 후의 피해자 수용소를 포함하여 대여섯 군데 수용소를 직접 경험했다. 그러니 이런 세계관의 변화도 무리는 아니다.

여기서 보롭스키가 말하는 '수용소'는 나치 강제수용소만을 뜻하는 것이 아니다. 보롭스키는 억압하는 자와 억압받는 자의 이중 구도가 있는 곳은 어디든 수용소와 같다고 생각했고, 넓게 보면 결국 인간이 살아가는 세상 전체가 이와 같은 구도로 이루어져 있다고 여겼다. 그러므로 세상에는 억압하는 자와 억압받는 자만 존재할 뿐, 믿음이니 사랑이니 동지애니 인류애니 하는 사치스러운 감정은 찾을 수 없다는 것이 보롭스키의 절망적인 결론이었다.

전쟁이 끝나고 수용소에서 풀려난 뒤에도 보롭스키의 암울한 세계관은 변하지 않았다. 오히려 전쟁이 끝날 때까지, 수용소에서 풀려날 때까지 어떻게든 살아남아야만 한다는 목적의식이 사라져 버렸고, 남은 것은 세상도 삶도 아무 의미가 없다는 슬픔과 공허감뿐이었다.

그런 허무감 속에서 보롭스키는 모든 억압하는 자에 대한 증오를 더욱 강렬하게 느꼈다. 그리하여 1946년 폴란드에 돌아온 이후

1951년 자살하기까지 보롭스키가 남긴 소설과 칼럼들은 거의 다 인간에 대한 증오와 분노가 넘치는 내용뿐이다. 보롭스키의 친구인 타데우슈 드레브놉스키(Tadeusz Drewnowski)가 표현한 대로, 보롭스키는 '돌로 된 세상에서 탈출하려 했으나 실패했던 것이다.'